本 书 系

鲁东大学外国语学院数字化语言文学实验教学示范中心的研究成果

爱·摩·福斯特的小说节奏研究

E. M. Forster

张福勇　著

中国社会科学出版社

图书在版编目（CIP）数据

爱·摩·福斯特的小说节奏研究/张福勇著 . —北京：中国社会科学
出版社，2017.9
ISBN 978 - 7 - 5203 - 0717 - 8

Ⅰ.①爱⋯　Ⅱ.①张⋯　Ⅲ.①福斯特（Forster，Edward Morgan
1879 - 1970）—小说研究　Ⅳ.①I561.074

中国版本图书馆 CIP 数据核字（2017）第 172649 号

出　版　人　赵剑英
责任编辑　安　芳
责任校对　张依婧
责任印制　李寡寡

出　　　版　中国社会科学出版社
社　　　址　北京鼓楼西大街甲 158 号
邮　　　编　100720
网　　　址　http://www.csspw.cn
发 行 部　010 - 84083685
门 市 部　010 - 84029450
经　　　销　新华书店及其他书店

印　　　刷　北京明恒达印务有限公司
装　　　订　廊坊市广阳区广增装订厂
版　　　次　2017 年 9 月第 1 版
印　　　次　2017 年 9 月第 1 次印刷

开　　　本　710×1000　1/16
印　　　张　17.75
字　　　数　265 千字
定　　　价　75.00 元

自　序

　　20 世纪英国著名的小说家兼文评家爱德华·摩根·福斯特（Edward Morgan Forster，1879—1970）一直以来在海内外文坛享有盛誉，自然也受到众多学者的广泛青睐。有鉴于此，有关福斯特的学术研究成果可谓汗牛充栋，不胜枚举。在很大程度上，与其他著名的英国现代小说家一样，诸如詹姆斯·乔伊斯、D. H. 劳伦斯、弗吉尼亚·伍尔夫等，福斯特也是颗闪亮的明星，永远散发着耀眼的光芒！

　　虽然福斯特研究在国内起步较晚，严格地讲，始于 20 世纪末或 21 世纪初，但是近些年来福斯特在国内学界的热度急剧升温，他的作品不仅开始吸引着众多的外国文学研究者的目光，更是受到很多硕士、博士研究生的追捧。短短的数年间，有关福斯特的研究成果纷至沓来，实乃有些让人眼花缭乱，令人欣喜！

　　在这样一股"福斯特热"的大潮中，笔者也深受鼓舞并毅然决然地加入其中，成为福斯特"弄潮儿"的一员。经过数年的静心研读和潜心研究，笔者在福斯特研究方面也取得了一点点成绩，近年来在国内核心刊物上已发表十余篇学术论文，为丰富国内福斯特研究做出了一点微薄贡献。在研究福斯特的文学作品过程中，笔者发现福斯特的最大文学成就莫过于他提出的小说节奏理论以及在其小说创作中的成功运用。然而，迄今为止，人们并未对其小说节奏进行过全面而系统的探究，这不能不说是一大遗憾。更为令人遗憾的是，迄今无人对福斯特的小说节奏学说加以补充和完善，而是仅仅局限于运用福斯特本人在《小说面面观》一书中提出的"简单节奏"和"复杂节奏"对其作品的节奏进行解读，这似乎远远不够。正是在这种想法的驱使之下，笔者尝试借助当代认知理论和叙述学相关理论，把福斯特的二元节奏学说扩展为四元节奏学说，并以此为切入点对福斯特的主要小说作品展开系统的研究，而本书就是该研究成果的集中体现。

　　该研究能够得以顺利进行，一方面归功于我的博士生导师李建波教授的精心指导，另一方面得益于山东省社会科学规划重点项目的经费支持。希望该研究成果能为国内福斯特研究添砖加瓦，但由于笔者学疏才浅，不足之处在所难免，敬请广大同人不吝赐教。

张福勇

鲁东大学外国语学院

2015 年 10 月 20 日

目　　录

绪论 …………………………………………………………（1）

第一章　福斯特的小说节奏及其研究现状 ………………（5）
　　第一节　国内外研究现状综述 …………………………（7）
　　第二节　福斯特的小说节奏说 …………………………（19）
　　第三节　对福斯特小说节奏学说的思考与补充 ………（26）

第二章　福斯特小说的简单节奏 …………………………（30）
　　第一节　《看得见风景的房间》的简单节奏 …………（31）
　　第二节　《天使不敢涉足的地方》的简单节奏 ………（44）
　　第三节　《最漫长的旅程》的简单节奏 ………………（53）
　　第四节　《霍华德庄园》的简单节奏 …………………（65）
　　第五节　《印度之行》的简单节奏 ……………………（84）

第三章　福斯特小说的复杂节奏 …………………………（112）
　　第一节　《看得见风景的房间》的复杂节奏 …………（115）
　　第二节　《天使不敢涉足的地方》的复杂节奏 ………（119）
　　第三节　《最漫长的旅程》的复杂节奏 ………………（124）
　　第四节　《霍华德庄园》的复杂节奏 …………………（132）
　　第五节　《印度之行》的复杂节奏 ……………………（139）

第四章 福斯特小说的叙述运动节奏 ……………………（152）

第一节 《看得见风景的房间》的叙述运动节奏 …………（153）

第二节 《天使不敢涉足的地方》的叙述运动节奏 ………（162）

第三节 《最漫长的旅程》的叙述运动节奏 ……………（169）

第四节 《霍华德庄园》的叙述运动节奏 ………………（188）

第五节 《印度之行》的叙述运动节奏 …………………（201）

第五章 福斯特小说的叙述重复节奏 ……………………（216）

第一节 《看得见风景的房间》的叙述重复节奏 …………（216）

第二节 《天使不敢涉足的地方》的叙述重复节奏 ………（224）

第三节 《最漫长的旅程》的叙述重复节奏 ……………（230）

第四节 《霍华德庄园》的叙述重复节奏 ………………（236）

第五节 《印度之行》的叙述重复节奏 …………………（245）

结语 ………………………………………………………（256）

参考文献 …………………………………………………（262）

绪　　论

　　爱德华·摩根·福斯特（Edward Morgan Forster，1879—1970）
是一位闻名遐迩的英国现代小说家和文学评论家，其文学成就以及文
学地位堪与 D. H. 劳伦斯、詹姆斯·乔伊斯、弗吉尼亚·伍尔夫等齐
名。他是把音乐术语"节奏"用于小说批评的第一人，并因此给小
说批评提供了一条崭新的路径——小说节奏。自从 1927 年他的评论
文集《小说面面观》（*Aspects of the Novel*）问世以来，福斯特作为著
名小说评论家的地位变得更加牢固；他提出的小说节奏概念被一些评
论家视为是对小说艺术的最杰出贡献。虽然"节奏"无处不在——
世间万物皆有其节奏，而且人们熟知诗歌与音乐中广泛存在节奏，但
意识到"节奏"在小说中的存在却始于福斯特。因此，正是由于他
的这一重要发现，使得我们能够透过一种全新的视角对小说的艺术层
面进行鉴赏和分析。

　　福斯特认为，艺术作品（包括语言艺术作品）"是创作者赋予其
生命的独立存在体，并有着自身的内在秩序"，而且这种内在秩序
"是从其内部衍生形成，而非从外部所强加进来的；它是一种内在的
平衡，一种极其重要的协调性……"（Forster 1951：97）由此，福斯
特坚信："小说往往会在音乐里找到和它最接近的、与之相应的东
西"（Forster 2002：435）。在亚木纳·普拉萨德（Yamuna Prasad）
看来，福斯特对音乐与小说所做出的类比是"他对小说艺术的最伟
大贡献"（Prasad 2004：15）。他的节奏说，连同他在《小说面面观》
一书中对小说其他六个"面"所提出的见解，无疑可被用作探究其

小说创作实践的重要理论指导。

不同于亨利·詹姆斯（Henry James，1843—1916）主张从"外部"构建精美的图式以取得作品的艺术美感，福斯特更倾向于采用来自"内部"的节奏去获取艺术美感。他在《小说面面观》中把节奏界定为两大类型——简单节奏（Easy Rhythm）与复杂节奏（Difficult Rhythm）。所谓"简单节奏"即是一种音乐节奏，用福斯特自己的话说，就是音乐中的"diddidy dum"，这种节奏"我们都能把它听出来，而且照着它打出节拍来"（Forster 1927：164），在小说中这种节奏是以词句、意象或象征为主旨的形式呈现出来。所谓"复杂节奏"，它是指"各乐章之间的关系——这种节奏有的人能够听得出来，但无人能够打出节拍"（Forster 1927：164），在小说中与之对应的是结构节奏以及开放式结尾。该种类型的节奏能够在读者读完小说之后使其获得"一种更大的存在"（Forster 1927：169）。以福斯特的节奏说为依据，本书对他的五部主要小说，包括《天使不敢涉足的地方》（*Where Angels Fear to Tread*，1905）、《最漫长的旅程》（*The Longest Journey*，1907）、《看得见风景的房间》（*A Room with a View*，1908）、《霍华德庄园》（*Howards End*，1910）以及《印度之行》（*A Passage to India*，1924），进行系统而全面的探讨，侧重分析小说中"简单节奏"的黏合作用以及音乐效果和"复杂节奏"的扩展性。具体地讲，"简单节奏"部分主要聚焦以词句、意象、象征为主旨的"重复加变化"（repetition plus variations）对故事细节的黏合作用以及对主题的整合作用。研究结果表明，这些主旨的系统性重现，宛如马塞尔·普鲁斯特（Marcel Proust，1971—1922）的《追忆似水年华》（*A La Recherche du Temps Perdu*）中范陀义的乐曲的重复出现，能够使小说从内部缝合起来，最终取得了艺术美感。而"复杂节奏"部分主要探究小说中由各"乐章"之间的关系所产生的内在联结或和谐的内在秩序以及小说的开放式结尾所产生的扩展性效果。当小说的形式结构获得节奏性的构建时，它便"近似于交响曲的壮丽结构"（Rukun Advani 1983：140）。这种交响乐式的结构节奏有助于创建作品的统一性和整体性，使之成为一个合成体——一个崭新的东西。与此同时，对开放式结尾的讨论着眼于其扩展性效果：当人们读完小说时，其扩展性使之超越小说本体成为"一种更大的存在"（Forster 1927：169）。

　　然而，小说中的节奏不仅仅只有福斯特所提出的"简单节奏"和"复杂节奏"两种类型，实际上还有其他类型的节奏存在，比如，像音乐中律动与休止音形成格调并通过重复产生节奏一样，在小说中"描写性停顿"（descriptive pause）和"省略"（ellipsis），"戏剧化场景"（dramatic scene）和"概括"（summary）之间的反复更迭交替同样可以产生节奏（Genette 1980：86—112）。这四种叙述运动可用于研究小说的叙述节奏，因为它们的连续性和交替性关系宛如奏鸣曲、交响曲或协奏曲中由连续音和交替音所形成的关系一般。研究发现，福斯特的小说缺乏"描写性停顿"叙述运动（narrative movement），而更多的是"戏剧化场景"和"概括"两种叙述运动。为此，本书主要聚焦该两种叙述运动的更迭交替所形成的叙述节奏。在热内特（Gérard Genette）看来，"戏剧化场景"和"概括"两种叙述运动的交替关系构成"详尽的场景和概括之间的速度对比，它几乎总是反映了戏剧化与非戏剧化之间的内容对比……一部小说的真正节奏［……］因而是有着等候室和联络人作用的非戏剧化概括与在情节发展上有着决定性作用的戏剧化场景之间的更替"（Genette 1980：109—110）。研究结果表明，福斯特的小说含有丰富的戏剧化场景与概括间的更替，而且他的每部小说中两者更替的频率随着故事情节以及主题的发展而变化。

　　事实上，无论音乐节奏还是小说节奏都是通过某种样式的重复而创造出来的；在乐曲中节奏是由乐音的反复重复而形成的，但在小说中节奏是由叙述表达的重复而构建的。如此理解的话，小说节奏可用热内特在《叙述话语》（Narrative Discourse：An Essay in Method，1980）一书中提出的"频率"（frequency）进行诠释，尤其是适合运用"叙述 N 次发生 N 次的事件"和"叙述 N 次发生 1 次的事件"两种叙述重复来解释节奏。如果这些叙述重复得以匀称地设置，可以建立一个由被叙述事件（故事层面）和叙述表达（文本层面）表现出来的重复关系体系。这种关系体系可以在小说中建立一种具有节奏性的叙述样式。有鉴于此，对福斯特小说的叙述重复节奏（rhythm of narrative repetition）的分析不仅必要，而且很有意义和富有成效，因为本书能够帮助我们进一步揭示福斯特小说的节奏性叙述样式，使我们能更好地鉴赏其小说的特性和艺术美。

简言之，本书是以福斯特的"简单节奏"和"复杂节奏"理论以及热内特的相关叙述学理论为指导展开对福斯特小说的节奏研究。本书得出的结论是，作为小说家，福斯特的最杰出成就之一体现在他对不同类型节奏的精湛创造上，这无疑使福斯特的小说获得了像普鲁斯特的《追忆似水年华》那样把小说从内部缝合起来的艺术效果，而且还通过叙述节奏的巧妙运用，构建了独特的节奏性叙述样式，增强了小说的艺术美感。尽管福斯特小说中每一类节奏都在增强作品的节奏效果及其艺术美感方面起到了各自应有的作用，然而，这四类节奏——"简单节奏""复杂节奏""叙述运动节奏""叙述重复节奏"——结合起来所建立的既复杂又匀称的节奏样式体系赋予他的小说交响乐特质①，使我们阅读他的小说就仿佛在聆听贝多芬或瓦格纳的乐曲。难怪福斯特最钟爱贝多芬和瓦格纳，同时他也是这两位音乐大师的精神继承者。

---

① 参见张福勇、王晓妮《论 E. M. 福斯特小说的"交响曲式"复杂节奏》，《东岳论丛》2014 年第 8 期。

第一章　福斯特的小说节奏及其研究现状

　　爱德华·摩根·福斯特是 20 世纪英国著名的小说家。作为一名小说家，福斯特是"20 世纪英国文学界与劳伦斯、乔伊斯以及伍尔夫齐名的一个耀眼明星"（Gardner 1973：1）。福斯特出生于维多利亚时代晚期，但他的成长期和创作生涯主要处于爱德华时代①和乔治时代②。作为一名小说家和文评家，福斯特享有极高的国际声望。虽然他的寿命远长于同时代的大多数英国作家，但不知何故，他的小说创作却远不及同时代的许多英国作家那么丰硕，比如 D. H. 劳伦斯和弗吉尼亚·伍尔夫等。福斯特一生只创作了六部完整的小说和一部未完成的小说《北极夏日》（*Arctic Summer*, 2003）。尽管福斯特没有能够像人们所期待的那样创作出更多的小说，但是他对英国现代小说的依然贡献巨大。实际上，他的小说深受人们的广泛喜爱，有的被翻译成许多不同的语言，有的被搬上荧屏并享有盛名。由此，福斯特作为伟大小说家的国际声望愈加高涨，愈加广为传播开来。

---

　　①　人们对"爱德华时代"一词的界定迄今尚不一致：某些人认为是从 1901 年至 1910 年英国爱德华七世在位时期；有些人认为是从颓废派文学末期（1868—1901）到 1914 年 *Craze* 杂志创办之时；还有些人认为是从波尔战争（1899—1902）到第一次世界大战（1914—1918）期间。请参见李建波《跨文化障碍的系统研究：福斯特国际小说的文化解读》，《外国文学评论》2000 年第 4 期。

　　②　乔治时代是指英国国王乔治五世从乔治七世手里继承王位并于 1910—1936 年统治英国的时期。该时期英国内受宪法危机之扰，外受政治危机之困。1911 年乔治五世成为出访印度的首位英国君主。他的造访预期着福斯特的首次印度之行（1912—1913 年）。

　　虽说福斯特的三部早期小说（《天使不敢涉足的地方》《最漫长的旅程》和《看得见风景的房间》）在出版时颇受好评，但他作为小说家的声望只是在1910年他发表了第四部小说《霍华德庄园》之后才开始日益高涨起来，并在1924年出版了人们期待已久的《印度之行》后达到了巅峰。福斯特作为一个小说家所取得的巨大成就以及所享有的广泛赞誉，可以从以下人们对他的评价中窥见一斑：他被称为"英国最伟大的尚健在的小说家"（Wilde 1964：9）；他是"一位有着惊人原创性的小说家"（Gardner 1973：3）；他是"最伟大的活着的小说大师"（转引自Prakash 1987：39）；他是"唯一尚健在的小说家，其作品值得我们反复阅读，而且在每次读完之后，很少作家的作品能像他的那样，在读完的最初几天后，给我们一种学到某些东西的感觉"（Trilling 1971：7）；等等。

　　福斯特的小说在寓意上如此丰富深刻，在艺术技巧上如此精美复杂，每次读来都不免给我们"一种学到某些东西的感觉"（Trilling 1971：7）。尽管与同时代的英国小说家相比，如詹姆斯·乔伊斯和弗吉尼亚·伍尔夫，就冲破文学创作传统方面而言，福斯特是位略微逊色的实验性小说家，然而他的小说，正像格朗松曾断言的那样，"建立了一种亲密关系……［使其］在现代英国小说中具有独特性"（K. W. Grandson 1962：117）。由此，日安·卡瓦列罗（Gien Cavaliero）得出的结论是：福斯特"在一般意义上要比康拉德、劳伦斯、乔伊斯或者波伊斯①更受人们喜爱"（转引自Prakash 1987：5）。

　　尽管如此，像20世纪早期的大多数英国小说家的作品一样，虽说当今已被视为经典，但福斯特的小说很晚才真正得到人们的认真关注。实际上，只有在第二次世界大战结束之后，他的小说始才受到世人的广泛注意。大致来讲，乔伊斯的作品、劳伦斯的作品以及康拉德的作品也大都是在这个时候才开始逐渐升温。然而，与以上三位作家相比，福斯特似乎有些特殊和不同，因为乔伊斯、劳伦斯以及康拉德

---

　　① 波伊斯（Theodore Francis Powys, 1875—1953）是英国著名的小说家，其主要作品是小说三部曲：*Mr Weston's Good Wife*（1927），*Kindness in a Corner*（1930）和 *Unclay*（1931）。

通常都被认为是晦涩难懂的作家，而福斯特却被看作守旧的、简单的作家，因而显得不够现代不够超前，比方说，与弗吉尼亚·伍尔夫相比。之所以要与伍尔夫比较，是因为他们都关注人际关系，同时还因为他们对剑桥或布鲁姆斯伯里社团①传统都持有相类似的艺术观和文化价值观。

第一节　国内外研究现状综述

在大多数早期的福斯特评论家看来，福斯特的小说，若与乔伊斯或劳伦斯的小说相比，呈现出来的更多的并非创作技巧上的复杂性问题，而是"源自于他的天赋本性中那些令人困惑以及模糊难解"的问题（转引自 Stape 1945：24）。20 世纪 20 年代和 30 年代的其他一些评论家，如凯瑟琳·曼斯菲尔德（Katherine Mansfield，1888—1923，新西兰作家）、爱德华·尚克斯（Edward Shanks，1892—1953，英国作家及评论家）、理查兹（I. A. Richards，1893—1979，英国评论家及文学理论家）、彼得·巴拉（Peter Burra，1909—1937，英国作家及评论家）、多萝西·霍尔（Dorothy M. Hoare，1901—1972，英国评论家）、罗斯·麦考利（Rose Macaulay，1881—1958，英国作家及评论家）、利维斯②（F. R. Leavis，1895—1978，英国评论家）、布朗（E. K. Brown，1905—1951，加拿大作家及杂志编辑）、奥斯汀·沃伦（Austin Warren，1899—1986，美国随笔作家及评论家）和莫顿·扎贝尔（Morton D. Zabel，1901—1964，美国杂志编辑及评论家）等，他们几乎都确认

---

　　①　布鲁姆斯伯里社团，亦称"布鲁姆斯伯里文化圈"（Bloomsbury Group），位于伦敦的布鲁姆斯伯里区，活跃于 20 世纪早期至 30 年代。该社团主要基于剑桥大学学生间的友谊，由一些艺术家、作家、经济学家、艺术评论家构成，是一个比较松散的组织，定期或不定期地聚在一起讨论他们共同感兴趣的话题。其主要成员包括：Virginia Woolf（作家）、Vanessa Bell（艺术家）、Duncan Grant（艺术家）、Clive Bell（艺术评论家）、John Maynard Keynes（经济学家）、E. M. Forster（作家）等。

　　②　利维斯大概首先指出福斯特的小说是两种风格和意图的奇特结合体，一种是与神秘主义有关，另一种是与风俗有关。这两种不同样式往往同时体现在他的作品中，但在某种程度上彼此之间不相协调。请参见利维斯的文章 "A Passage to Forster：Reflections on a Novelist" published in *The Forum*（LXXVIII，December 1927）。

了这一点，发现福斯特作品的意义含混不清，充斥着不确定性，而且在其意图上和效果上都存在分歧。后来，人们开始采取新的方法对福斯特的小说进行研究。研究表明，福斯特的特性，无论是在他的才智方面还是在他的小说创作手法方面，都远比人们原本认为的要复杂和富有现代性。某些评论家已经意识到并探讨了福斯特作品的复杂性及其写作方法的创新性，尤其体现在他的最后两部小说中（即《霍华德庄园》和《印度之行》）。利维斯探究了福斯特与简·奥斯丁之间存在的可能联系①；李·埃尔伯特·霍尔特（Lee Elbert Holt, 1912—2004, 美国学者及教师）探讨了福斯特受到塞缪尔·巴特勒（Samuel Butler）的影响以及他们的联系。然而，福斯特与马赛尔·普鲁斯特的联系尚没有人直接探讨过，只是福斯特本人在其《小说面面观》中提及。《小说面面观》是一部现代小说艺术的重要文献，可是，正如马尔科姆·布拉德伯里（Malcolm Bradbury, 1932—2000）所指出的那样，"这本书作为现代文学艺术的一个陈述的重要性"（Bradbury 1966：2）一直到1950年才被 E. K. 布朗意识到。

20世纪30年代和40年代，对于福斯特而言，是个重要的时期，因为在此期间他不仅受到了广泛关注，而且也牢固地确立了他的文学地位：作为最伟大的英国现代小说家之一，福斯特跻身于劳伦斯、乔伊斯和伍尔夫之列。

1934年，彼得·巴拉首先注意到了福斯特在其小说中对节奏的精妙运用。在他的评论文章《论福斯特的小说》中，巴拉指出，福斯特的小说是艺术精湛的艺术品，而且它们的艺术效果主要取决于以主旨②形式对节奏的精巧运用。虽然巴拉没有对节奏在福斯特小说中

---

① 详情请见利维斯的文章 "E. M. Forster" in *Scrutiny*, Ⅷ, No. 2（September 1938）。事实上，该文原本是利维斯对罗斯·麦考利的著述 *The Writings of E. M. Forster* 撰写的一篇评论。

② 主旨（Leit-motif）属于音乐术语，指乐曲中的某个旋律段子或乐句，尤其是在瓦格纳的歌剧中，与某个人物、情景或元素相关联。在小说作品中，主旨指的是反复出现的中心思想。根据彼得·巴拉的解释，通过与先前的出现发生联系，"主旨的每一次再现都聚集意义"。详情请见 Malcolm Bradbury, ed., *Forster*: *A Collection of Critical Essays*. New Jersey: Prentice-Hall, Inc., Englewood Cliffs, 1966：26。

的功能做进一步的探究和分析，但是他的这篇文章让福斯特深感高兴，以至于他不仅把该文作为大众文库（Everyman Library）版本的《印度之行》（1942）的"引言"，而且还把巴拉视为具有很高敏锐性的评论家①。在《论福斯特的小说》中，巴拉还指出了福斯特能够成功地把他的小说创作成优秀的艺术品的原因："他对诸如图式和节奏等特性给予了特别关注"（转引自 Bradbury 1966：25）。除此之外，巴拉还进一步指出，在福斯特的小说中地名与建筑物名称的运用恰如其分地成为与反复出现的思想相联系的象征。正是这些地名的运用成为"他作品的架构"（转引自 Bradbury 1966：27）。用巴拉的话来说，福斯特在小说中使用的这种手法正是"古典统一性的现代对应物，是一种具有最大价值的发明，有着全部的古典优势，而无任何的严重局限性"（转引自 Bradbury 1966：27）。尽管巴拉没有在此基础上对福斯特小说的节奏进行更全面更深入的探究，但是他至少正确地指出了节奏的运用对取得完整性的艺术效果的重要性，同时还指出了福斯特在小说中运用节奏的艺术手法是小说写作领域的"一种具有最大价值的发明"。然而，令人遗憾的是，巴拉对福斯特的小说节奏所给予的关注并没有因此引起其他评论家的重视。

福斯特研究真正开始进入繁荣期，是由于罗斯·麦考利（Rose Macaulay）的《爱·摩·福斯特的作品》（1938）和莱昂内尔·特里林（Lionel Trilling，1905—1975）的《爱·摩·福斯特》（1943）等研究专辑的问世产生了巨大而广泛的影响。福斯特的声誉因《爱·摩·福斯特的作品》而与日俱增，并且因《爱·摩·福斯特》的出版得到了进一步提升。特里林的《爱·摩·福斯特》被认为是"福斯特的评论史上最有价值的一本书"（Duckworth 1992：16），同时也是福斯特在美国"流行起来的原因"（Gardner 1973：7）。

E. K. 布朗于 1950 年出版的名著《小说的节奏》，从严格意义上讲，是真正激发人们对福斯特的小说节奏进行高度关注的关键。布朗

---

① 福斯特说道："我非常高兴和自豪地重读了这篇文章，因为 Burra 看到了我所努力尝试的东西……"请参见 Malcolm Bradbury, ed., *Forster*：*A Collection of Critical Essays*. New Jersey：Prentice-Hall, Inc., Englewood Cliffs, 1966：21。

在书中解释道，小说中可能存在三种类型的节奏。在他看来，节奏作为一种艺术手法通常以三种形式出现，即（1）短语、人物、事件；（2）扩展性象征；（3）相互交织的主题。按照布朗的理解，前两种形式的节奏属于福斯特在《小说面面观》一书中所界定的"简单节奏"，而第三种节奏应归类为"复杂节奏"。布朗在《小说的节奏》一书中拿出一个章节的篇幅专门探讨福斯特的力作《印度之行》的节奏，然而他只是从小说中选取了几个例子进行简要阐释，而且主要是针对扩展性象征和相互交织的主题展开评述的。布朗公开声称，"《印度之行》的伟大之处主要取决于福斯特对扩展性象征和主题结构［以相互交织的主题形式］的精通和熟练把握……"（Brown 1950：89）尽管布朗正确地指出《印度之行》的节奏特性是该小说成为一件精美的艺术品和一部伟大的现代经典小说的重要原因，但遗憾的是，他并没有对该小说中的节奏进行全面的研究。不仅如此，他对福斯特的其他小说更是只字未提。其实，福斯特在他的其他小说中也对节奏有着精妙的运用。

尽管如此，布朗对丰富福斯特研究所做出的贡献也不容忽视，因为一方面，他构建了三种类型的节奏可供人们用于小说分析，这无疑给人们提供了一个小说研究的新视角；另一方面，继巴拉之后，布朗对《印度之行》的节奏解析着实激发了其他评论家们对福斯特的小说节奏的浓厚兴趣。

1957 年詹姆士·麦康基（James McConkey）出版了他的福斯特研究专辑《爱·摩·福斯特的小说研究》。在该书中，作者用了一个章节专门阐释福斯特五部主要小说的节奏。显而易见，麦康基的分析较之于布朗的更为详尽和全面，但同时也不难看出，麦康基明显地受到了布朗的影响，因为他同样强调所谓的扩展性象征或意象对福斯特的小说艺术效果的重要作用。

不同于布朗的三分法，麦康基依据福斯特在《小说面面观》中提出的节奏说对节奏进行分析，并在分析中提出了他的一些新见解。他认为，福斯特在他的两部意大利小说（《大使不敢涉足的地方》和《看得见风景的房间》）中运用节奏没有其他三部小说那样广泛，其主要原因是其他三部小说都是"关于外在世界和内在世界的关系，而且在这些世界里我们发现人对超验现实的感知日益困难"（McConkey 1957：97）。在他看来，在小说《天使不敢涉足的地方》和《看得见风景的房间》里，节奏经常不足以发展成为扩展性象征，而更多的是通常被用作"一个艺术手段或者是作为人物刻画和情节发展的伴随物"（McConkey 1957：98）。在小说《看得见风景的房间》里，他认为只有一个重复出现的意象——水的象征——可能有着"扩展性象征的特性"（McConkey 1957：99）；而在小说《天使不敢涉足的地方》里，只有两个意象——蒙特里亚诺（Monteriano）塔和黑暗的丛林——是有效的扩展性象征。在小说《最漫长的旅程》中，麦康基认为，节奏的运用不仅远比两部意大利小说更广泛，同时也更精致。由于《最漫长的旅程》主要是关于人类生存的脆弱性和短暂性，福斯特在书中创造了表示时间持续流动的不变意象反衬那些表示静止的冻结意象。前类意象的最佳代表是小说中的溪流、海洋和平交路口；后类意象的最佳体现是书中的索斯顿公学和凯德伯里（Cadbury）环形高地。这两类意象承载着小说主题，即"一致性与变化性共存"（McConkey 1957：117）。

福斯特的第四部小说《霍华德庄园》无论在结构上还是在主题方面都要比他的前三部小说复杂得多。在分析《霍华德庄园》的节奏时，麦康基强调地方（place）的重要作用，用他自己的话说，"那是最重要的"，而且宣称"霍华德庄园以及与之相关的所有东西，包括希克斯山（the Six Hills），成为重复出现、不断发展的意象"，暗示着"地方的神秘力量"（McConkey 1957：120—121）。尽管麦秸（hay）是表示现在、过去和未来统一的核心意象，但是水（包括河流和海洋）也是一个强有力的意象，不仅代表着连续性，同时也代表着"毫无意义和目的的流动"（McConkey 1957：123）。

在麦康基看来，福斯特的代表作《印度之行》是一部"更具深远意义、节奏艺术运用得更加精美"的小说（McConkey 1957：105）。该小说是围绕其主要意象，也是"所有福斯特的小说中最为令人深思的意象——马拉巴山脉（the Marabar Hills）及其无数的山洞"（McConkey 1957：133）而展开的。在论及这部小说的节奏时，麦康基更多的是聚焦山洞及其可怕的回声这一扩展性象征，因为几乎所有事情都与其密切关联。除此之外，麦康基还简要地谈及了福斯特在《印度之行》中对音乐节奏手法的运用，即"一个主题通过变化反复重现"（McConkey 1957：158）。这种音乐节奏的运用产生了一种与贝多芬的《第五交响曲》相类似的终曲扩展。与 E. K. 布朗一样，麦康基也主张《印度之行》的三个篇章对应着交响乐式的三个乐章，形成了一个"升—降—升"的模式（Brown 1950：66）。福斯特把这种节奏视为能够产生最大限度的解放（liberation）和扩展效果，而且这种效果只有在《战争与和平》中才能够找到。

威尔弗雷德·斯通（Wilfred Stone）的著名福斯特研究专辑《山洞与山》（1966）在福斯特研究领域产生了广泛影响。作者在书中深刻地探讨了福斯特小说艺术的几个不同方面，当然包括节奏艺术。然而，《山洞与山》并非一部研究福斯特的节奏艺术的专著，而是广泛评价福斯特的小说艺术，主要聚焦于福斯特小说的秩序、和谐以及整体性。当然，斯通在行文中也不时地触及福斯特对节奏的运用，特别是福斯特本人所提出的、旨在创建艺术世界中的秩序、和谐与完整性的"复杂节奏"。斯通的见解新颖独特，因为他能够站在很高的高度（艺术的审美高度）对福斯特的小说艺术进行全面的评论。遗憾的是，一方面他对福斯特的小说节奏分析得不够充分，因为他在很大程度上忽略了福斯特提出的"简单节奏"；另一方面他没有对福斯特小说的节奏艺术进行连贯性的、系统化的研究。针对福斯特的小说节奏，斯通的主要观点是：所谓小说节奏是指不同篇章之间的关系，就像交响乐或奏鸣曲中不同乐章之间的关系一般。虽然我们无法否认斯通的论断有其合理性，但他对节奏的认识并非全面。比如说，节奏还可以通过使用某些词语的"重复加变化"（福斯特语）等更为简练的手法起到强化或强调某些思想或主题的作用。

尽管斯通只是非常粗略地涉及了福斯特的小说节奏方面，但是他还是提出了某些比较独到的见解。例如，在谈及《最漫长的旅程》时，他提出"圆圈"和"环形高地"分别代表着"收缩和扩展"，它们"起到了重要的象征性作用……类似于乐曲演奏完毕之后在现存的事务中发现现实一样"（Stone 1966：195）。在解析《看得见风景的房间》的节奏时，斯通指出其中的节奏是由一系列富有重要意义的对比构成的，如风景对比房间、中世纪对照古典时期、禁欲主义者对比享乐主义者，等等。正是"这些对立的事物构成了全书中相互交织的主题画面"（Stone 1966：226）。针对小说《霍华德庄园》，斯通断言这部小说是"福斯特运用'节奏'技巧的一部主要实验性作品"，而且其节奏"主要是由那些通过不断扩展的意义圈（circles of meaning）陈述出来和重现出来的关键词以及这些词语中的某些字眼所承载"（Stone 1966：227—228）。跟 E. K. 布朗和麦康基一样，斯通同样把《印度之行》视为代表福斯特最高艺术成就的作品，认为该小说含有最完美和最精致的节奏。在他看来，福斯特在这部小说中运用节奏的最大成功之处，就在于作者对"那些承载着穿越数以百计的印度人直达天际的节奏波"的"光明与黑暗、轮廓与声响、蛇与山洞"（Stone 1966：306）的描写。与此同时，他还指出，这部小说的节奏"已经超出了一种技巧：它是这部作品的意义的体现"（Stone 1966：343），并且它"体现于双叠词和三重叠词的使用上"，这些词"产生了回声，以声响、触觉、视觉、大地、空气、水或者以世上数以千种事物的形式呈现"（Stone 1966：343）。简言之，斯通主要把这部小说中的节奏解析为以意象形式或双叠词和三重叠词的形式呈现出来，它们形成了不断向外延展的圈或环，正是通过这些圈或环，小说的意义或隐含意义才得以无限扩展开来，"绵延不断，无休无止"（Stone 1966：343）。

普拉萨德（Yamuna Prasad）在其《爱·摩·福斯特：他的小说理论与实践》（1981）一书中依照福斯特本人的小说理论或学说展开分析，因为他坚信"由于福斯特的小说是对他的理论的很好说明，因此他的理论仿佛是对理解小说形式和意义最有帮助的评论……"（Prasad 1981：1）在他看来，福斯特的理论"对所有研究他的小说的人来讲都是具有启发意义的文献"（Prasad 1981：1）。普拉萨德在书中探讨了福斯特的《小说面面观》中涉及的小说七个"面"的四个方面。在这四个方面当中，普拉萨德显然最为关注的还是"节奏"。普拉萨德严格按照福斯特的小说节奏理论，分别解析了福斯特在《小说面面观》中所界定的"简单节奏"，即所谓的"重复加变化"，以及作为小说结构节奏的"复杂节奏"，它宛如交响乐的乐章。据此，普拉萨德全面地讨论了这两种节奏及其在小说形式上有助于使小说成为完整性的艺术品，同时在主题上有助于"强化意义"（Prasad 1981：97）的作用。尽管在很大程度上普拉萨德对福斯特小说的节奏分析无论在广度上还是在深度上都超过了麦康基，但是他依然未能超越福斯特提出的小说节奏理论的界限。

1984 年，拉肯·阿德万尼（Rukun Advani）出版了著名的福斯特研究专辑《作为评论家的爱·摩·福斯特》。阿德万尼从深层上探究了福斯特关于人类爱情、欲望、恐惧、人生、死亡、个体自由、艺术、宇宙等的哲学思想以及形而上学思想，并指出福斯特的独到特质使他偏爱节奏胜过图式，相信"小说是生活的最深层面和最高精神层面，而不是意识层面、逻辑和聪颖的自我的最佳表现形式"（Advani 1984：142）。像弗吉尼亚·伍尔夫、奥尔德斯·赫胥黎（Aldous Leonard Huxley，1894—1963）以及马塞尔·普鲁斯特一样，福斯特也意识到："小说可能通过采用某些音乐的创作手法获得一种新的强度。"（Advani 1984：124）对福斯特而言，帮助小说获得一种新的强度的音乐手法就是节奏。因此，正如阿德万尼所断言的那样，福斯特的节奏概念与"他的音乐概念同义"（Advani 1984：140），而且在福斯特看来，"节奏的运用是使小说具有预言性的唯一方法"（Advani 1984：140）。

安德里亚·韦瑟赫德（Andrea K. Weatherhead）只是聚焦福斯特的第四部小说《霍华德庄园》，主要讨论了该小说与贝多芬的《第五交响曲》相关联的音乐特性。在韦瑟赫德看来，"《霍华德庄园》的结构是基于海伦的话语'恐惧与空虚'"（Weatherhead 1985：251）。这个话语在通篇小说中的重复出现构成了一种"精美的节奏"（Weatherhead 1985：250），而且"在其完整的节奏中呈现出一种更大的意义"（Weatherhead 1985：254）。由此说来，福斯特在这部作品中创造的节奏"可与交响乐的节奏相媲美"（Weatherhead 1985：254）。

拉克希美·普拉凯什（Dr. Lakshmi Prakash），在 1987 年他推出的福斯特研究专辑《爱·摩·福斯特小说的象征主义》一书中，把福斯特称为一种具有"杰出技巧和知性意义"（Prakash 1987：5）的作家。他也对福斯特的小说节奏给予了一些关注。在他看来，意象的重现就使之成为象征，它是"一种语言用于交流微妙、抽象思想和强烈情感的重要工具"（Prakash 1987：77）。依照他的理解，等同于节奏的象征"可被更恰当地称之为主旨（Leit-motif）"（Prakash 1987：208）。以此理解的话，我们可以肯定地说，由词语、人物、事物、地方以及事件等组成的福斯特式象征或节奏有着比字面意义"更大的意义或不同的意义，因此，作者能够传达出想要表达的某些真理"（Prakash 1987：99）；与此同时，"结构象征在福斯特的小说中也起着主导作用"（Prakash 1987：107）。

奥德丽·拉文（Audrey Lavin），在其 1995 年出版的福斯特研究专辑《小说家面面观：爱·摩·福斯特的图式与节奏》一书里，采用福斯特关于"图式"和"节奏"的相关批评理论对作者的前四部小说进行分析。拉文把福斯特的杰作《印度之行》排除在外的原因很简单，那是因为福斯特的前四部小说都创作于 1905—1910 年，而《印度之行》则是完成于 1924 年，与之前的四部小说不在同一个时间范围内。在她看来，福斯特的前四部小说"都被创作时间，即 20 世纪早期，连在了一起……被地点连在了一起，因为它们大部分都是设在英国；被主题连在了一起，因为它们都是关于发现自我的旅行，从个人和社会角度的善与恶出发讲述通向心灵成熟的旅行"（Lavin 1995：5）。拉文还指出，福斯特的图式与节奏"强烈而不明显地支持并时常传达了褒贬不一的价值观、故事情节和人物塑造"（Lavin 1995：4），但与此同时，图式与节奏还给我们提供了内聚性和预言感觉。依照拉文的观点，福斯特"通过把他的图式学说与节奏学说结合起来作为基本的结构手法进行小说写作"，而且这些手法仅仅是"外在的形式"和"内在的秩序"（Lavin 1995：5）。正像福斯特本人在其《小说面面观》一书中蔑视亨利・詹姆斯小说中精致的图式一样，拉文在她的著述中侧重强调节奏。依照福斯特提出的"简单节奏"和"复杂节奏"，她把节奏分为三种类型：（1）简单而确定的象征对应着"简单节奏"；（2）复杂而扩展性象征对应着"复杂节奏"；（3）统一性象征或称联结性节奏（unitive ryhthm）。福斯特并没有提出第（3）类节奏，而是拉文独创的，它的功用是"把福斯特的每部小说联结起来"（Lavin 1995：8）。

克里茨托夫・佛童斯基（Krzysztof Fordonski）于 2005 年出版了福斯特研究专辑《双重视角的形成：爱德华・摩根・福斯特的意大利小说中的象征体系》。不同于普拉凯什对福斯特小说中象征主义的处理方法，佛童斯基试图通过运用迈克尔・里法特尔①（Michael Riffaterre）有关潜台词（subtext）和一语双叙法（syllepsis）的概念，分析福斯特的两部意大利小说，进而探索出普遍存在于所有这些小说中的象征体系。在佛童斯基看来，象征体系更多的属于文学风格问题，它创造了一种类似的音乐效果，而福斯特称之节奏。佛童斯基还探究了空间象征主义。福斯特在其意大利小说中把空间象征主义作为一种艺术手段来呈现，旨在介绍那些对作者本人尤为重要的社会问题，同时也作为一种隐匿的方法呈现那些福斯特无法公开在作品中呈现的问题（由于某种个人原因或社会原因，诸如同性恋）。

有关福斯特小说的研究成果可谓汗牛充栋，因此，要对其进行逐一梳理实属难事。然而，福斯特真正进入我国学者的视野基本上是 20 世纪末或 21 世纪初的事情。由于我国学者对福斯特的关注相对较晚，因而出版或发表的相关研究成果的数量也明显较少。事实上，福斯特对我国读者来说远不及 D. H. 劳伦斯、詹姆斯・乔伊斯或弗吉尼

---

① 迈克尔・里法特尔（1924—2006）是法国结构主义理论的主要倡导者，同时也是美国知名的文学理论家和评论家。他专门研究符号学，一种研究与诠释符号传意的科学。他的代表作品之一是《虚构的事实》（*Fictional Truth*，1990），在该书中他提出并详述了两个概念：潜台词（subtext）和一语双叙法（syllepsis）。前者是指在一部文学作品中的意义或意义集合是隐含而非明晰表达出来的；而后者是指一个词与另外两个性质不同的词搭配，在形式上符合使用习惯，但含义上一个是直义，而另一个则是喻义。

亚·伍尔夫那么知名。但可喜的是，近些年来（确切地讲，自从进入 21 世纪以来），我们看到越来越多的有关福斯特的研究成果出现，而且这种趋势似乎仍然处于高涨之中。与此同时，我们还可以发现，似乎大多国内福斯特研究者更多的是关注《印度之行》，人们要么探讨该作品揭示出的人与自然的完整性（丁建宁，1999），要么探索福斯特在这部小说中呈现出的文化关怀（李建波，2000；崔少元，2000；赵辉辉，2002；张海华，2004；岳峰，2005）；要么分析福斯特的小说主题（李建波，2001），要么论述福斯特的小说艺术思想（殷企平，2000；王丽亚，2004；张福勇，2007）；要么解析这部小说的象征含义（金光兰，2000a），要么分析作品中的人物（赖辉，2004）；要么评论这部小说的诗性和乐性特征（丁建宁，2001），要么探究其意象和节奏（金光兰，2000b），等等。当然，福斯特之所以能在国内不断升温，是因为刚刚提及的（包括很多在此没有提及到的，诸如陶家俊）学者们做出了很大贡献，帮助我国广大外国文学读者不断提升对福斯特的兴趣，进而使越来越多的人关注福斯特及其作品。

在国内福斯特研究专家当中，特别值得提及的是李建波教授和陶家俊教授。他们称得上是国内研究福斯特的大家，不仅因为他们对福斯特的研究起步早，而且更因为他们都对福斯特的研究成果颇丰，并在国内学界产生了强烈反响。李建波教授除了发表过许多富有见地的福斯特评论文章之外，还于 2001 年出版了福斯特研究专著《福斯特小说的互文性研究》。李教授在该书中详尽地探索了福斯特小说的互文性架构，深入分析并揭示了蕴含于福斯特小说中的互文性模式或系统。通过对福斯特小说的互文性研究，李教授不仅极大地帮助了国内外读者更好地了解福斯特小说的深层结构及其独特的艺术特色，而且在很大程度上推动了国内福斯特研究的兴起和发展。陶家俊教授于 2003 年出版了他的学术专著《文化身份的嬗变——E. M. 福斯特小说和思想研究》。在这部著述中，陶教授深入分析了福斯特在文化和政治意识形态方面体现出来的自由—人文主义思想的演变及其在小说作品中的普遍反映。

　　然而，在国内从事福斯特研究的学者当中很少有人对福斯特的小说节奏给予足够的关注。迄今为止，只有金光兰（2000b）、朱静（2001）、鄢恩露（2007）、彭颖（2009）、杨芬（2009）和张福勇（2009，2014，2015）等人曾尝试对福斯特的某些小说节奏进行过探讨和解读。金光兰教授只对《印度之行》中的某些意象，如拉风扇的印度人、黄蜂、匕首槽以及水等做了一番分析和诠释，探究这些意象在小说中产生的节奏。显然，金教授没有对该小说的节奏进行更全面的探讨，忽略了不同类型的节奏及其对提高小说艺术性所产生的作用。朱静在其硕士论文当中只是探讨了福斯特的小说《看得见风景的房间》的节奏运用情形。她只选取了几个比较明显的节奏加以考察，如重复出现的关键短语"风景"和"混沌"，意象"水""音乐"以及作为艺术对比的意象"绘画作品"，"光明"与"黑暗"的并置等。朱静对福斯特小说的节奏研究不仅不够全面，而且缺乏足够的深度。鄢恩露、彭颖和杨芬在她们各自的硕士论文中仅仅选择了福斯特的小说《印度之行》进行节奏方面的探讨。鄢恩露主要针对体现在意象，如"水""火"和"黄蜂"等，所产生的节奏作用展开讨论。彭颖主要分析了小说中体现在几个短语和意象中的简单节奏对主题思想的烘托作用，以及体现在小说的三个部分的引言段落的复杂节奏对小说结构所产生的作用。杨芬主要借助于词语"混沌"和"神秘"的重复使用，通过"黄蜂""蛇""火""水"以及"回声"等意象和象征的重现，透过使用语言模式和事件的方式反复陈述，以及凭借三个引言段落和小说的三个部分的相似性对比，对福斯特在《印度之行》中的节奏运用进行评析。张福勇从理论层面重新解读了福斯特的小说节奏二元说，并在此基础上，将福斯特的节奏理论进行了扩展，由二元说扩展为四元论，即借鉴热内特的相关叙述学理论，用叙述运动和叙述重复两种叙述节奏对福斯特的小说节奏理论进行了补充和完善。本书正是通过运用这种得以补充和完善的小说节奏理论作为该研究的理论基础，尝试对福斯特的五部主要小说的节奏艺术展开全面而系统的探讨和研究。

　　此外，殷企平教授发表的有关福斯特的著述也非常值得一提。他的评论文章《福斯特小说思想蠡测》（2000）和著作《英国小说批评史》（2001）不仅探究了形成福斯特小说艺术观的主要影响因素，而且还深刻地诠释了福斯特小说艺术观的精髓，其中包括福斯特本人在《小说面面观》中所提出的节奏"面"。毫无疑问，殷教授对福斯特小说艺术思想的深入解析不仅对国内读者综合理解福斯特的小说艺术观起到了很大的启迪作用，而且还激发了人们运用福斯特自己的小说理论对其作品进行评价的热情。

综观有关福斯特的研究现状，我们可以得知，福斯特的小说节奏运用已经吸引了一些国内外学者的注意力（尤其是外国学者）。他们要么已经意识到"节奏"是福斯特小说的突出特性，要么遵循福斯特的节奏理论对其做过一些探讨；他们要么只是针对福斯特的某一部小说进行研究，要么对福斯特的小说节奏只做出某些零碎的评价，缺乏系统性的分析。更为显而易见的是，以上所提及的福斯特研究者当中，没有人真正冲破福斯特本人的节奏学说的界限，换言之，几乎没有人不是采用福斯特本人的节奏理论对其作品的节奏进行研究。唯一的例外是拉文发明了一种所谓的"联结性节奏"，她相信这种节奏能够起到把福斯特的每部小说（前四部）彼此联结起来的作用。

虽然迄今已有数位国内外学者对福斯特的小说节奏做过一些研究，但已有的研究还远远不够全面、深刻和系统。我们应该在已有研究成果的基础上调整审视小说节奏的传统角度，即我们应该采用某些新的视角来审视福斯特的小说节奏，因为我们需要开拓新的疆域，尝试新的探索。本研究的宗旨即是在福斯特研究方面尝试新的探索：结合福斯特本人的节奏学说和热内特的相关叙述学理论对福斯特的小说节奏进行更全面、更深入、更系统的研究，以期能够有新的突破和收获。

第二节　福斯特的小说节奏说

"节奏"（rhythm）一词源自希腊词汇"rhuthmos"，意思是"流动"（to flow）。就最广泛意义来讲，"节奏"可以存在于宇宙间的万物之中，或曰世上万物皆有节奏；诸如声音、色彩，甚或形状亦有其节奏，等等。那么，究竟什么是节奏呢？简单说，节奏就是物体以其均匀的、重复出现的方式所进行的运动，比如日出日落、月圆月缺、冬去春来、花开花谢、季节的不停变换、潮起潮落、呼吸、走步甚至心跳，等等，都是由均匀运动产生的节奏。因此我们可以说，节奏在我们的生活中无处不在，甚或我们的生活本身即是节奏。

"节奏"之概念被经常用于诗歌和音乐。作为一个音乐术语，节奏通常用来指"音乐的时间运动模式"[①]。朱光潜先生曾经说过，"节奏是一切艺术的灵魂"（转引自管才君 2007：33）。对音乐而言，的确如此。众所周知，在一部乐曲中，节奏、旋律、和声与乐音是四大基本要素，其中节奏无疑是最关键的要素。如果没有节奏，乐曲将会变成一串杂乱无章的音符，也就是说，正像福斯特在《小说面面观》里评价普鲁斯特的小说《追忆似水年华》那样，节奏能够起到从内部把音符"缝合"起来的作用。尽管音乐节奏与其他三大要素关系紧密，特别是旋律，因为它可以"在没有旋律的情况下而存在"，但"旋律没有节奏就无法存在"[②]。由于节奏是音乐中最为重要的要素，它就像汽油驱动着汽车前行一样推动着音乐向前运动。音乐节奏是由音调和休止组成的，它们被交替地设置在一起而形成音调模式，它们的重复就产生了节奏。就像存在于福斯特小说中的"简单节奏"和"复杂节奏"一样，音乐中的节奏也可以是简单的或复杂的。这再次让我们想起了福斯特在《小说面面观》中所说的一句话："小说往往会在音乐里找到和它最接近的、与之相应的东西。"（Forster 2002：168）在一个音乐单曲中，作曲家可以使用复杂的节奏，同理，一个小说家在一部小说中也可以使用复杂的节奏。

节奏也是诗歌和散文研究的一个重要方面。对节奏、重音和音调的研究被称之为韵律学。当我们研究诗歌节奏时，往往会把研究的重

---

① 引自 "The Free Dictionary". http：//www. the freedictionary. com/rhythm （accessed 20 Feb. , 2007）。

② 引自 website：http：//www. britannica. com/eb/article-64628/rhythm （accessed 26 Feb. , 2007）。

点放在由于重读音节和弱读音节的排列所产生的音调模式上，或者放在诗篇均衡的、富有节奏的流动上。同理，当研究散文作品的节奏时，我们通常把重点放在词语、从句和句子的整齐排列而形成的均衡模式和并置结构上，因为这些均衡的模式和并置的结构能产生某种富有节奏的效果。

但遗憾的是，人们很晚才意识到小说节奏的存在以及小说家在小说作品中对节奏的运用这一事实，更谈不上研究了。

福斯特是把节奏应用到小说批评的第一人。由于他的这一伟大贡献，今天我们才能够采用一个更新颖的视角或方法去鉴赏和研究小说的艺术性。

福斯特是"英国活着的最伟大小说家"（Wilde 1964：9）。1927年，他应邀在剑桥大学做有关英国文学为主题的系列讲座，即著名的剑桥大学克拉克讲座（Clark Lectures）。这次讲座的讲演稿经过整理于同年出版成书，这就是闻名遐迩的《小说面面观》。这部小说研究文集的问世确立了福斯特作为一个非常重要的文评家的地位，因为该文集"是英美小说批评的基石"（Schwarz 1986：41），同时还因为它"不仅让我们知晓了福斯特的小说创作方式与方法，而且还是一部重要的小说艺术研究文集"（Stade 1974：233）。在《小说面面观》里，福斯特对小说的七个"面"进行了详尽的评析，它们分别是故事、人物、情节、幻想、预言、图式以及节奏。有些评论家认为，福斯特对小说艺术所做出的最大贡献是他提出的"扁形人物"（flat character）和"圆形人物"（round character）学说，而在另外一些评论家们看来，福斯特的最大贡献在于他的"节奏"学说。

有别于亨利·詹姆斯从绘画艺术中借用"图式"一词用于小说批评，福斯特转而从音乐中借用"节奏"一词用于小说批评。他坚持认为，一部艺术品（包括语言艺术）"是独立存在的完整体，而且其创造者赋予它属于自身的生命，它因此拥有内在的秩序"（Forster 1951：97）。关于秩序，福斯特认为，它"是某种产生于内部的东西，而非从外部所强加；它是一种内在的稳定性，一种重要的和谐……"（Forster 1951：97）这也就在某种程度上解释了为什么福斯特不喜欢像亨利·詹姆斯的小说里那样精美的图式设计，而是更倾向于能把作品从内部缝合起来的节奏的原因，这是因为节奏可以帮助小说获得使之成为艺术品所需要的美。正是这种来自内部的缝合作用及其巧妙运用才创造出艺术秩序的节奏。就福斯特而言，艺术秩序是所有现存的四种秩序中层次最高的一种，或用他自己的话说，是四种"类别"（category）中最高级的一种：社会和政治类别，天文类别，宗教类别，艺术类别。他之所以有这样的主张，是因为艺术作品"是我们混乱不堪的人类所能创造的唯一的有秩序的产品"（Forster 1951：100），而且这种产品"独立存在，但任何其他东西都做不到"（Forster 1951：99）。仅从这一点我们足以清楚地看到，福斯特不仅把艺术看作一个自给自足的世界，而且还强调艺术作品的内在秩序与和谐的重要性，因为在他看来，就像贝多芬和瓦格纳等音乐家为取得他们期望的音乐效果所做的那样，艺术作品的内在秩序与和谐只能通过运用或创造节奏来实现。

殷企平教授曾评论道，福斯特把"节奏"这个术语用于文学批评"本身就是对亨利·詹姆斯的小说理论和创作实践的一种挑战"（殷企平 2001：159）。如前所言，福斯特主张，"小说往往会在音乐里找到和它最接近的、与之相应的东西"（Forster 1927：168）。在普拉萨德看来，福斯特对音乐与小说所做的类比"是他对小说艺术所做出的最伟大的贡献"（Prasad 1981：15）。尽管音乐"不需要刻画人物，尽管它受制于复杂的法则，但它在最终的表达中释放一种小说可以以它独有的方式获得的美"（Forster 1927：169）。"扩展……而不是完成。不是圆满结束而是开放。"（Forster 1927：169）福斯特认为，"这是小说家必须要遵循的原则"（Forster 1927：169）。他继续指出，"当一首交响曲演奏完毕时，我们觉得组成这首交响曲的那些音符和曲调都得到了解放，在整个交响曲的节奏里找到了各自的自由。难道小说就不能这样吗？"（Forster 1927：169）显然，上述问题的答案是肯定的，因为福斯特在诸如普鲁斯特的《追忆似水年华》和托尔斯泰的《战争与和平》中找到了音乐般的节奏和音乐般的效果。事实上，"福斯特总是认为自己是在把音乐的节奏运用到小说创作"（Raskin 1971：292）。尽管福斯特从未把自己的小说作为例证来说明自己的小说理论，"但实际上他的作品是远比他所引用的任何他人的作品更为重要的可见物"（Gransden 1962：116）。格兰斯登的这一观点在罗森鲍姆（S. P. Rosenbaum）那里得到了进一步的印证："研究福斯特的评论家已经表明，当把福氏的理论观点用来分析他的小说时，是多么的具有启示意义。"（转引自 Herz & Robert K. Martin 1982：77）

　　福斯特不主张采用从外部强加的图式去获得艺术美感，而是邀请小说家们采用来自内部的节奏去得到艺术美感。在《小说面面观》里，他提出了两种类型的节奏，第一种节奏是音乐节奏"diddidy dum"，"我们都能把它听出来，而且照着它打出节拍来"（Forster 1927：164）；第二种节奏就像交响乐中的"各乐章之间的关系——这种节奏有的人能够听得出来，但无人能够打出节拍"（Forster 1927：164）。福斯特把第一种节奏定义为"简单节奏"，第二种节奏定义为"复杂节奏"。福斯特声称，简单节奏"存在于某些小说之中，而且能够给小说增添美感"，但对于"复杂节奏——交响乐的整体节奏"，他"无法在小说中找到其对应物，尽管它可能存在"（Forster 1927：164）。当福斯特谈及复杂节奏时，他头脑里想得可能还是他自己的作品。福斯特还把小说的简单节奏界定为"可以发展"（Forster 1927：167）的"重复加变化"（Forster 1927：168），对此，他只是从普鲁斯特的《追忆似水年华》里选取范陀义（Vinteuil）乐曲的小乐段作为例子说明之。事实上，福斯特所谓的复杂节奏所对应的是小说的结构节奏和开放式结尾，对此《小说面面观》的这段话最能证明："小说里有没有可以和作为一个整体的《第五交响曲》的效果比拟的东西呢？当管弦乐队停止演奏以后，我们仍能听见实际上从未演奏过的某种东西。它的开篇乐章，行板，以及组成第三乐章的三重奏—谐谑曲—三重奏—终曲—三重奏—终曲一下子涌上我们的心头，并且相互延展渗透，成为一个共同的整体。这个共同的整体，这个崭新的东西，正是这首交响曲的整体，它主要是通过（不是全部通过）管弦乐队演奏的那三大乐章的声乐之间的关系完成的。"（Forster 1927：168）这种节奏能够帮助小说在结束时具有"一个更大的存在"（Forster 1927：169）。

福斯特不仅是著名的小说家，而且还是杰出的评论家，甚或是"印象主义评论家"（Trilling 1971：165）。福斯特的评论家地位是牢固的，但他的评论家地位主要取决于他对文学批评和小说艺术的伟大贡献，譬如，体现在《小说面面观》里。《小说面面观》在特里林看来，"充满了许多精彩的看法"（Trilling 1971：168）。尽管福斯特的《小说面面观》被广泛地称为"英美小说批评的基石"（Schwarz 1986：41），被看作对"所有研究福斯特小说的人具有启示作用的文献"（转引自 Prasad 1981：1），被确信为它能对"福斯特的小说和小说艺术具有同样的指导意义"，但它"也有自身的缺陷"（Colmer 1975：181），比如，他对节奏概念的解释不甚清晰，而且过于局限在音乐的范畴。福斯特是大家公认的令人困惑难懂的作家，正如 I. A. 理查兹（I. A. Richards）曾评价他是"当代英国文人中最让人费解的人"（转引自 Bradbury 1966：15）。事实上，作为小说家和评论家的福斯特总是有意无意地表现得让人捉摸不定，仿佛这就是他的天赋特性。约翰·塞尔·马丁（John Sayre Martin）的评价可以证明福斯特的这一特性："捉摸不定是他的风格特质……也是他的思维特质。"（Martin 1976：1—2）或许正是由于他的这种让人捉摸不定的特质，人们视"福斯特为一个晦涩难懂、含混不清的作家，他经常使得他的评论家们感到局促不安，觉得他的作品如此令人捉摸不定"（Bradbury 1970：231）。

福斯特正确地断言小说和音乐存在一定的类比性，声称"小说往往会在音乐里找到和它最接近的、与之相应的东西"（Forster 1927：168）。实际上，他这里指的是"简单节奏"和"复杂节奏"。针对音乐的"简单节奏"概念，或更确切地说，针对像贝多芬的那些交响乐的"简单节奏"概念，福斯特只是简单而含混地把它解释为"diddidy dum"，一种"我们都能把它听出来，而且照着它打出节拍来"的节奏（Forster 1927：164），紧接着，他把这种节奏进一步解释为"重复加变化"（Forster 1927：168）。或许，福斯特想要告诉我们的是，就像"那些由于'形成了自己生命的'重复性的音符组合"（Lavin 1995：8）一样，词语、短语、事件、人物、意象、象征（或者正如 E. K. 布朗在其著名的《小说中的节奏》里称之扩展性象征），甚至贯穿全篇小说中以变化的形式反复出现的主题思想等，在小说中也能起到音乐节奏的作用。对此观点，福斯特在《小说面面观》里以普鲁斯特的小说《追忆似水年华》为例做了更为清晰的说明：《追忆似水年华》里出现的范陀义乐曲中的一小段被不同的人物先后听到过，如史旺（Swann）和男主人公。在福斯特看来，这一小段乐曲，通过不断出现在小说里，"有着自己的生命"（Forster 1927：167）；而且正是这种创作手法的运用才使得这部小说得以从内部缝合起来，因而能够建构某种艺术美感，能够使读者记忆犹新。尽管小说《追忆似水年华》本身"写得杂乱无章，结构拙劣……然而它却能凝聚在一起，因为它在内部被缝合起来，因为它含有节奏"（Forster 1927：165）。

在诠释了"简单节奏"之后，福斯特接着讲解"复杂节奏"。这种节奏可能在某些小说中找到，但作者谦逊地说："我不能从小说里为你们举出一个可以与之相比拟的例子。"（Forster 1927：164）事实上，有些评论家认为，尽管福斯特在《小说面面观》里未曾提到自己的小说，但"似乎他自己的小说形成了他的理论，同时他的理论也解释了他的小说"（Prasad 1981：1）。

福斯特总是持有艺术"整体观，一种大于而且不同于各部分的总和的整体"（Stone 1966：7）。由于强调艺术作品的整体性效果，由于心里总是想着音乐艺术，特别是交响乐，难怪福斯特把"复杂节奏"与"（贝多芬的）整体《第五交响曲》的节奏相比拟"（Forster 1927：164）。这种节奏主要是由"乐章之间的关系——有些人能够听得出来但无人能够照着打出拍子来"（Forster 1927：164）。由于音乐的特性——"在最后表现出来的乐曲里面，确实有着小说可以用自己的方式来表现的某种美感"（Forster 1927：169）——与小说最为接近，那么"小说里有没有可以和作为一个整体的《第五交响曲》的效果比拟的东西呢？在管弦乐队停止演奏以后，我们仍能听见实际上从未演奏过的某种东西"（Forster 1927：169）。福斯特可能在这里想要传递给我们的信息就是，互相连接或和谐的内在秩序的观点。这种互相连接或和谐的内在秩序只能由音乐中的不同乐章以及小说中不同的章节之间的关系构建起来。这种概念可以用交响曲的结构来解释："它的开篇乐章，行板，以及组成第三乐章的三重奏—谐谑曲—三重奏—终曲—三重奏—终曲一下子涌上我们的心头，并且相互延展渗透，成为一个共同的整体。这个共同的整体，这个崭新的东西，正是这首交响曲的整体，它主要是通过（不是全部通过）管弦乐队演奏的那三大乐章的声乐之间的关系完成的。"（Forster 1927：168）就其本质而言，福斯特这里实则指的是小说的形式结构。当一部小说的建构具有节奏性，那么这种结构就"近似于一首交响曲的宏伟结构"（Advani 1984：140），同时这种结构可以帮助创建完整性、整体性和一个共同的整体———一个崭新的东西。

除此之外，与音乐的"复杂节奏"相关联的还有福斯特提出的"扩展开来"（Forster 1927：169）的概念。这个概念是指小说的开放式结尾。在福斯特看来，就像音乐一样，小说也需要扩展而不是圆满结束，正如他在《小说面面观》里所宣称的那样："那就是扩展。这就是小说家必须遵循的原则。小说不要完成。小说要发展而非圆满地结束。当一首交响曲演奏完毕时，我们觉得组成这首交响曲的那些音符和曲调都得到了解放，在整个交响曲的节奏里找到了各自的自由。"（Forster 1927：169）事实上，福斯特在托尔斯泰的《战争与和平》中找到了这种节奏；当我们读完这部小说时，它有"一种更大的存在"被呈现出来了。

第三节　对福斯特小说节奏学说的思考与补充

没有人可以否认，福斯特正确地意识到节奏在小说里的存在和小说节奏的艺术价值，以及他把"节奏"这一概念运用到小说批评领域，尽管他对节奏的阐释没有人们期望的那样清晰和精确。然而，当我们对节奏进行更加细致的探究之后就会发现，福斯特的节奏学说只是部分正确。我们之所以说他的节奏理论部分正确，是因为小说中的节奏事实上不仅仅局限于他所提出的两种类型的节奏，比如说，还存在语言层面的节奏，或叙述话语层面的叙述节奏，等等。当然，尽管语言节奏在小说中的确存在（可能不是所有的小说），但是它更多的是诗歌研究的一个方面而不是小说，因为在长篇小说里这种节奏并非属于显著的特征或特质，因此人们通常对小说的语言节奏不予以考虑和关注。

　　除了福斯特提出的"简单节奏"和"复杂节奏"，事实上，人们对音乐节奏还有一种理解或解释，那就是"音乐节奏是由乐音和休止组成的。这些乐音和休止组合在一起就形成了音调模式，并通过音调模式的重复就产生了节奏"①。这种对音乐节奏的定义恰好吻合杰拉德·热内特有关"描写停顿"（descriptive pause）和"省略"（ellipsis）以及"戏剧化场景"（dramatic scene）和"概括"（summary）的叙述理论（Genette 1980：86—112）。热内特是在分析普鲁斯特的著名小说《追忆似水年华》的叙述艺术时使用的上述术语概念。此处的"省略"主要是指"时间的省略"（Genette 1980：106），即叙述话语中对故事时间的省略。"描写停顿"，按照热内特的表述，不同于传统叙述描写，在这种描写中"没有任何事件发生"，因而"是行为的停顿"②。相反，热内特的"描写停顿"指的是"对沉思中的人物永久活动的分析和叙述"③。如此一来，"故事时间和叙述话语时间的对比就产生了省略，在这种情况下，故事中的一个事件就在叙述话语中被省略掉了。另外，它可能导致描写停顿，在这种情况下，故事时间就会在叙述话语中延伸或延长以便对某种事物进行描写"④。

　　热内特界定的"场景"和"概括"能够形成"详尽的场景和概

---

　　①　引自于 http：//www. sfskids. org/tmplates/musicLabF. asp？ pageid = 12/（accessed 22 Mar. ，2007）。

　　②　引 自 于　http：//www. faculty. english. ttu. edu/clarke/classes/5343/s07/Genette，% 20Duration. htm（accessed 3 Apr. ，2007）。

　　③　同上。

　　④　引 自 于 http：//courses. nus. edu. sg/COURSE/ELLIBST/NarrativeTheory/chapt5. htm （accessed 5 Apr. ，2007）。

括之间的速度对比，这种对比几乎总是反映了戏剧化和非戏剧化之间的内容上的对比……小说的真正节奏……因而是那些起着候车室或联络员作用的非戏剧化概括与在行为中扮演着决定性角色的戏剧化场景之间的交替（或切换）"（Genette 1980：109—110）。按照热内特对普鲁斯特的叙述话语分析，省略与描写停顿，场景与概括是四个叙述运动，它们之间的连续和交替关系"很像存在了长达两个世纪的奏鸣曲、交响曲或者协奏曲中那些关系"（Genette 1980：94）。由此，热内特的相关叙述话语理论可用于研究福斯特的小说节奏。当然，这绝不意味着热内特的相关叙述话语理论不适合于研究其他作家的小说节奏。

最后，无论是音乐节奏还是小说节奏，实质上它们都是由特定模式的重复而产生的。音乐中的模式重复是音调的重复，而小说中的模式重复则是叙述话语的重复。以此理解的话，小说节奏还可以用热内特在《叙述话语》一书中称之"频率"的概念来解释。热内特提出了四种叙述重复，它们分别是：叙述 N 次发生了 N 次的事件；叙述 N 次发生了一次的事件；叙述一次发生了一次的事件；叙述一次发生了 N 次的事件。很显然，前两种叙述重复适合于用来解释小说的叙述节奏——由叙述重复所产生的节奏，而后两种叙述重复不适合于用来解释小说节奏，因为它们无法形成叙述重复，无法起到建立"叙述与故事之间的频率关系"（Genette 1980：113）的作用。如果能把这些叙述重复（前两种）安排的相对均称，它们就能够"在故事的叙述事件和文本的叙述话语之间"（Genette 1980：114）构建起一个重复关系体系。正像热内特在分析《追忆似水年华》的叙述话语时所证明的那样，这种关系体系可以在小说里建立一种叙述的节奏性模式。如此说来，小说节奏远不止福斯特提出的那两种节奏。当然，我们没有理由因此而责备福斯特的偏颇，因为在福斯特那个年代，无论是叙述学还是认知科学都没有发展起来，由于受到很多因素的制约，当时人们的认知能力还很有限。而在当下，随着认知科学和叙述学的迅猛发展，我们可以从中获得很多有益的借鉴和启迪。通过借鉴热内特的相关叙述话语理论，尤其是热内特的相关叙述运动理论和叙述重复理论，我们可以把福斯特的二元节奏学说扩充为四元节奏学说，即福斯特本人提出的"简单节奏"和"复杂节奏"，热内特发展出来的叙述运动节奏与叙述重复节奏。当然，笔者绝不敢冒昧断言，小说节奏只有上述四种类型。其实，随着认知科学的不断向前发展，随着现代人的认知水平的不断提高，可能还会有更多新的发现，小说节奏理论也将会得到不断地丰富和发展。笔者对福斯特的小说节奏学说的补充仅仅是一孔之见，或许还存在许多其他类型的小说节奏尚未察觉。

第二章　福斯特小说的简单节奏

　　福斯特强烈抵触亨利·詹姆斯小说中那种典型的"刻板图式"（Forster 1927：163），因为他认为詹姆斯式的图式将会以"沉重的代价"（Forster 1927：162）牺牲生活。不同于詹姆斯，福斯特选择了站在赫伯特·乔治·威尔斯（H. G. Wells）一边，主张"作家应以表现生活为首要任务，而不该为了顾全图式的统一性去削减或扩展生活的内容"（Forster 1927：163）。在福斯特看来，节奏是唯一有效的手法能够帮助作品在不牺牲生活的前提下取得内在的秩序。或许，马尔科姆·布拉德伯里的一句话可以很好地概括福斯特的这一观点，他认为福斯特的"节奏思想……是一种创作技巧上的对过度注重形式安排的抵抗"（Bradbury 1970：22）。

　　福斯特把"简单节奏"解释为"重复加变化"（Forster 1927：168）。为了能够更清晰地表达他的观点，他采用普鲁斯特的小说《追忆逝水年华》中范陀义的一小段乐曲作为例子进行说明："这小段乐曲在小说里反复出现，但只是一个回声，一个记忆而已。我们喜欢读到它，但是它尚未具有起到凝聚作用的那种力量。"（Forster 1927：166）然而，许多页过后，当它再度出现时，"这小段乐曲在小说里有着它自己的生命，与其他听众的生命无关，正如它与它的创造者的生命无关一样……它的力量在于把普鲁斯特的这部小说从内部缝合在一起，在于使小说产生美感，并使读者陶醉在回想小说内容的记忆里"（Forster 1927：166）。像普鲁斯特一样（尽管福斯特并没有提及他自己），福斯特同样善于在自己的小说里运用所谓的"简单节奏"。迈克·爱德华兹（Mike Edwards）敏锐地指出，"主旨在小说里的运用是福斯特的小说艺术的显著特征之一"（Edwards 2002：11）。

福斯特小说的简单节奏可以被粗略地划分为三种类别，如主旨短语、重现的意象和扩展性象征。尽管我们可以这般划分，但它们经常被交织在一起，或是为了达到构成对比的目的，或是为了达到从内部把各个部分缝合起来的目的，从而获得某种整体效果。本章分别评析福斯特的五部主要小说，旨在探究每部小说的上述三种简单节奏。

第一节　《看得见风景的房间》的简单节奏

尽管这部小说出版于 1908 年，从出版时间的先后顺序来讲，它是福斯特的第三部小说，但它却是福斯特最早开始写作的小说。由于种种原因，福斯特在没有完成这部小说创作的情况下便开始了其他两部小说的写作（《天使不敢涉足的地方》《最漫长的旅程》），并先后于 1905 年和 1907 年出版。虽然如此，福斯特的小说创作历程还是应该以《看得见风景的房间》为源头，因此本书选择从这部小说作为研究起点是完全合乎情理的。

这部小说是福斯特著名的两部意大利小说之一（另一部是《天使不敢涉足的地方》），它是关于一位名叫露西·霍尼彻奇（Lucy Honeychurch）的英国少女的心灵发展和成长过程。露西在她的表姐巴特莱特小姐的陪护下前往意大利旅行。这次意大利之行成为一种催化剂，使得露西发生了巨大的转变：从一个爱说谎的人转变成一个诚实的人；从一个生活在虚幻世界的人转变成一个真实的人；从一个爱德华时代英国社会传统的受害者转变成一个被意大利文化唤醒并解放了的人。正如拉文指出，"在他的两部意大利小说里，有一条从旅行—变化—个人自由的简单发展直线……"（Lavin 1995：43）就像小说标题所暗示的那样，露西的变化体现在从"房间"到"风景"的转换上，换言之，体现在从拘束到自由、从虚幻到真实、从失去自我到重新找回真我的过程中。

"混沌"（muddle）一词是这部小说的主旨词之一。从头至尾，该主旨词及其变体在小说里共重复出现了 19 次。它的出现主要是与女主人公露西作为矫揉造作、头脑混乱、愚昧无知的受害者密切相关。她动身前往意大利旅行，以便寻找自己的身份，同时把自己从混沌中解救出来，但是她却时常被露西—乔治和露西—塞西尔之间的复杂关系产生的混沌所困扰。

小说开篇不久，老爱默生先生就注意到了混沌缠绕着露西，并向她提出告诫："你将有感到困惑的趋势……把你内心深处不明白的想法梳理出来，摊在阳光下弄清楚它们的意义。"（Forster 1977：26）露西与乔治·爱默生形成了鲜明的对照（乔治了解自己）。露西在那个意大利人被谋杀的现场被乔治搭救之后，她就决定"不再混沌地"活着（Forster 1977：43）。"混沌"一词在消失了大约 40 页之后再度出现，但这次是伊格先生因对露西说谎而制造了混沌。他宣称"老爱默生在上帝面前杀害了自己的妻子"（Forster 1977：54）。此时此刻，露西又一次陷入了混沌状态，她对巴特莱特小姐所讲的一句话最能反映她的混沌状态："我不知道自己想的是什么，也不知道自己要的是什么。"（Forster 1977：56）由于意识到了折磨自己的混沌状态并试图使自己摆脱困扰之痛，露西痛苦地高声喊道："我不想被混沌所困。"（Forster 1977：79）

"混沌"一词及其变体在小说里的重复出现不仅对人物的发展和主题的布局起到了重要作用，而且"对形成小说的样式"（Prasad 1981：81）也扮演了重要的角色。事实上，露西一直在跟混沌抗争。然而，事与愿违的是，她越是努力抗争混沌以便获得自由，她越是变得纠结不堪。当她在谋杀现场被乔治所救之后，"她的内心第一次开始对乔治产生好感"（Forster 1977：43）。然而，当乔治在佛罗伦萨山上亲吻她以示爱意时，露西非但不接受乔治的示爱，相反她却选择了逃离乔治，与巴特莱特小姐匆匆赶往罗马。尽管她被佛罗伦萨山美丽的紫罗兰景色所深深吸引，但是她的心灵却充斥着黑暗与阴郁。在小说的第十七章里，当乔治再次亲吻露西时，她感觉如此茫然和混乱，以至于她告诉巴特莱特小姐说，"我想我就要疯掉"（Forster 1977：163）。正是由于露西无法了解自己和无法摆脱内心深处的混沌感受，才使得她把所有的愤怒发泄到乔治身上："我甚至无法跟你说话。滚出我的家，只要我还住在这儿，就不要再来这里……"（Forster 1977：165）不过，当露西听了乔治对塞西尔的评价，当她知道了乔治对她自己的态度，她开始从混沌的缠绕中解脱出来。此时，她欣赏着开阔的风景，阳光开始照亮她的心扉。由于受到乔治的话语的激励和开阔的景色的启迪，露西正在经历着一个开始"迈出重要的步伐"（Forster 1977：165）的顿悟时刻——跟塞西尔解除婚约。

尽管露西与塞西尔解除了婚约，但这并不意味着她完全摆脱了混沌的困扰，因为她"既没有听从心灵的召唤，也没有用脑子指引行动"，而是一味地"屈从于那个唯一的重要敌人——来自心灵"，所以她"放弃尝试去了解自己的努力……"（Forster 1977：174）正是由于老爱默生先生通过永恒的爱的思想启蒙了露西的灵魂，她才真正得以解放。从此，露西不再"行进在黑暗的队伍中"（Forster 1977：180），而是接纳乔治以及他的爱。这表明，露西真正摆脱了混沌并能够领悟人生，正如乔治"把她抱到窗户旁边，以便让她也能看到所有的风景"（Forster 1977：207）。不难看出，福斯特通过反复使用主旨词"混沌"不仅巧妙地把女主人公露西内心的起伏跌宕给联结起来，使之心路历程的发展成为一个完整的过程，而且还在主题的布局方面扮演了重要角色。

另一个产生共鸣的主旨词是"吻"，因此整个故事可被看作"一部亲吻的激情戏"（Prasad 1981：82）。"吻"一词极其细微变体形式在小说中共出现了 23 次，它有着与《霍华德庄园》里的主旨词"干草"相似的节奏特性。主旨词"吻"在不同语境下的重现被赋予了不同意义。该小说是福斯特的唯——部多次提及亲吻的小说。小说里不断重复的亲吻可以划分为两大类：真实的吻和渴望的吻。真实的吻能够使人联合，正如乔治自然的吻使得他与露西越走越近，并最终成功牵手。真实的吻首次出现在佛罗伦萨山上，在那里处处是漫山遍野的美丽紫罗兰，随微风在欢快地摇曳着，俨然一幅近似威廉·华兹华斯在诗歌《我独自飘游像一朵云》里描绘的黄水仙花一般迷人的画面。露西被一位意大利的四轮马车车夫引领着前来与乔治相见。此时此刻，在如此美妙的景色感染之下，乔治"疾步走向前去吻了她（露西）"（Forster 1977：68）。然而不幸的是，恰在这时，巴特莱特小姐偶然出现在现场，构成了一种保护屏障，把乔治和露西硬生生地阻隔开来。"吻"这个主旨词在人物刻画方面起到了重要的作用。乔治真实的吻是对生活的浪漫和积极态度的体现；被吻的露西虽然也感到兴奋不已，但亲吻的行为却出乎意外地被巴特莱特小姐打断。露西接下来的沉默甚至是她潜意识当中的快乐感受的体现。

当故事情节继续向前发展时，我们遇见了塞西尔那种"渴望的吻"，它与先前乔治那种"真实的吻"形成了强烈对比。当他们的婚约在露西的家乡被宣布之后，塞西尔亲吻了她。"在他走近她时，他停了一会儿，希望他能退缩。当他亲吻她时，碰到了他的夹鼻眼镜，被挤扁了。"（Forster 1977：108）显而易见，塞西尔的亲吻是个失败的尝试。这个"渴望的吻"解释了他的自我意识障碍以及他冷漠的生活态度。在塞西尔的亲吻失败之后，不久乔治就再次成功地亲吻了露西，又一个"真实的吻"。从"真实的吻"和"渴望的吻"之间的差别我们不难看出，乔治那种"真实的吻"使他与露西得以牵手，而塞西尔那种"渴望的吻"让露西大失所望。"真实的吻"最终使得乔治与露西的心灵能够发展和成长，但是塞西尔和巴特莱特小姐的心灵却始终未能充分发育。乔治的"真实的吻"产生了扩展性效果：他在佛罗伦萨山第一次亲吻露西使她开始意识到了现实、真正的生活、爱情以及真实的自我，正如她所喃喃自语的那样，"我要成为真实，但要成为绝对的真实如此困难啊"（Forster 1977：72）。乔治在露西家乡对她的第二次亲吻使她更加成熟，因而也更加独立，这就导致了露西不久之后毅然决然地与自己根本不爱的塞西尔解除婚约，分道扬镳。

主旨词"吻"在小说临近尾声时再度出现。老爱默生先生对于此时绝望之中的露西来说就像是位圣人。为了能使自己摆脱谎言和混沌所造成的痛苦，露西请求老爱默生先生救救自己，说道："你吻吻我。你吻吻我。我会尝试（寻求真理）的。"（Forster 1977：204）老先生的吻魔法般地把露西从纠结和混沌中解脱了出来，"仿佛他使她一下子看到了一切"（Forster 1977：204）。在小说的最后章节里，主旨词"吻"最后一次出现。此时的乔治和露西已经喜结良缘，成为一对幸福甜蜜的新郎新娘。为了纪念他们在意大利的相识，他们特意来到意大利，并选择了先前所住的旅馆房间欢度蜜月。在旅馆房间里，身为快乐新郎的乔治此时让新娘露西给他两个吻，"吻我这里，还吻我这里"（Forster 1977：202）。至此，乔治先前给过露西两个"真实的吻"，现在新娘给了他两个甜蜜的吻以示回报。正像普拉萨德所观察到的那样，这个主旨词的重复所产生的节奏"就像《印度之行》中来呀，来呀（come，come）所产生的节奏"（Prasad 1981：84）。主旨词"吻"不仅仅起到把人凝聚在一起（乔治和露西）以及把人分开（露西和塞西尔）的作用，而且还在不同的背景下获得了不同的意义。简言之，主旨词"吻"的重复出现在整个甜蜜爱情的旋律过程中创建了一种升—降—升节奏，这种节奏类似于小说《战争与和平》和《印度之行》中的那种节奏模式。

福斯特同时还使用重现的意象作为简单节奏，以此方式把小说从内部缝合起来。"房间"和"风景"，连同它们的一些变体形式，是《看得见风景的房间》中重现频率最高的意象。"房间"一词共出现了 73 次，"风景"出现了 52 次。然而在大多数情况下，只有当它们同时出现或紧挨着出现的时候，它们才能更好地扮演简单节奏的角色，因而才对作者想要追求的音乐效果起到作用，并对人物的解放和情节的发展产生作用。在整部小说里，"房间"和"风景"，连同其变体形式，只同时出现或紧挨着出现了 6 次。很像小说《霍华德庄园》里的霍华德庄园，"房间"和"风景"能够被轻易地辨认和发现。"房间"暗示着狭隘和束缚，代表着虚幻的生活、思想的禁锢以及露西的英国家乡夏季街（Summer Street）。相反，"风景"象征着坦诚率直、自由豪放、现实世界、自然真实以及意大利的佛罗伦萨。

福斯特把一些小说人物要么与房间联系在一起，要么与风景联系在一起：露西喜欢看得见风景的房间；巴特莱特小姐只要看不见风景的房间；爱默生父子拥有风景，正如老爱默生先生告诉露西："我有风景,我有风景……他(儿子乔治)也有风景。"(Forster 1977:3)尽管从小说的开篇我们就知道,房间代表着不可取的东西,而风景是人们所渴望的东西,但"打开窗户向外眺望,看到风景"(Lavin 1995:21)总是大有益处的。在这部小说中,"风景"在不同的环境下具有不同的隐含意义。

露西在巴特莱特小姐的陪伴下前来意大利体验生活和找寻本我,但是她们来后,旅馆却没有像先前许诺的那样给她们保留能看得见风景的房间。然而,露西没有想到的是,爱默生父子主动提出要把他们能看得见风景的房间跟她们交换。对此,露西和巴特莱特小姐的反应迥异:露西有些犹豫,但巴特莱特小姐却强烈排斥。虽然如此,她们最终还是接受了他们的提议,搬进了能看得见风景的房间。意象"房间"和"风景"萦绕在小说的整个开篇。爱默生父子住在能看得见风景的房间,象征着率直和自由,他们或许想通过交换彼此的房间来解放这两位深受英国传统思想影响的女士。事实上,露西渴望看到风景,然而她的这种渴望现在依然被英国传统和有着强烈虚荣心的巴特莱特小姐压抑着。由于巴特莱特小姐从来不渴望风景,所以她只想要一个房间,难怪她象征着没有风景的房间。正如威尔弗雷德·斯通(Wilfred Stone)曾经指出的那样,"露西不得不在一个象征房间的女人巴特莱特小姐和一个象征风景的男人乔治·爱默生先生之间做出抉择"(Stone 1966:222)。福斯特在小说的第十五章告诉我们,"这是场古老的、古老的房间与风景之间的战斗"(Forster 1977:152)。这场战斗从未停止过。风景拥有超自然力。露西打开窗户眺望室外风景,但巴特莱特小姐却坚持抗拒解放和发展,因为她"拴紧百叶窗,紧锁房门"(Forster 1977:12—13)。

在整部小说里,福斯特把他笔下的人物呈现出要么具有"看到风景的愿望,要么没有看到风景的愿望"(Lavin 1995:21)的特征。当"风景"这一意象消失了一段时间之后,它再度出现在第五章中对佛罗伦萨山的描写里。此时,风景既代表着自然景色又象征着扩展。第六章呈现了一个高潮性的场景:乔治和露西,连同其他一些观光者,来到佛罗伦萨山欣赏美丽的自然风景。由于被眼前美妙的景色所陶醉，露西"对终于逃离了沉闷而暗自欣喜"（Lavin 1995：21）。然而，乔治的突然出现取代了自然景色。此时此刻，乔治"就变成了'风景'"（Prasad 1981：80），正是乔治的这道风景促使她"跌落到一小片空旷的台地……那里处处长满了紫罗兰"（Forster 1977：67）。在这关键时刻，无垠的紫罗兰的美丽景色和露西的出现强烈地驱使着乔治"疾步走向前吻了她"（Forster 1977：67）。此时，意象"风景"在发展和扩展，因为露西，由于现在直接接触着自然景色和感受着来自乔治的出乎意外的爱吻，正在开始走进生活，摆脱虚假和虚伪使自己变得真实起来。然而，巴特莱特小姐的突然出现就好像是一个房间挡住了风景。正当露西要睁开眼睛好好欣赏风景并展开双臂拥抱真实生活之时，她却被巴特莱特小姐无情地带回旅馆，把她关进看不见风景的房间。

　　尽管露西眼下还被压制着，但现在的她已不再是过去的她了。毕比先生已经注意到了："她已经找到了翅膀，而且想要展翅……霍妮彻奇小姐（露西）是风筝，巴特莱特小姐握着风筝线……线断了。"（Forster 1977：92）当露西要迈出重要步伐时，风筝线断了，因为"她已经意识到了什么是爱：我们的尘世生活给予的最伟大的经验"（Forster 1977：94）。尽管如此，房间与风景之间的战斗远没有结束，因此露西仍需继续抗争下去，甚至需要更加艰苦地搏斗下去。

　　塞西尔在露西家的出现是与房间联系在一起的。尽管露西从意大利返回英国的家乡象征着她再度被英国传统思想和文化所禁锢，但她"带着一双全新的眼光回来"，因为意大利已经赋予了她"最有价值的东西——她自己的灵魂"（Forster 1977：110）。露西回国后与塞西尔的订婚象征着她没有完全得到心灵上的解放，而且还没有做好准备去体验风景和面对真实的生活，尽管此时我们能偶尔感受到她的心扉开始向风景敞开。这一点在她和塞西尔关于房间与风景的交谈中得到体现："你感觉跟我在房间里更自在……但我总是把你与风景联系在一起——某种风景。你为何不把我跟房间联系起来？"露西笑着回答说，"你知道你是对的吗？我是这样做的……每当我想起你，总是像在房间里"（Forster 1977：106）。假如露西在意大利的旅馆里对看不见风景的房间不满是她的生活态度的体现，那么她对象征着房间的塞西尔的拒绝和对象征着风景的乔治的接纳则表明她的巨大转变：从禁锢到自由的转变，从压抑到独立的转变，从狭隘到率直的转变，从虚假到真实的转变，从虚幻到现实的转变，从谎言到真理的转变，以及从房间到风景的转变。

露西接受爱默生先生的能够看得见风景的房间这个事实本身就渗透着一种预言性。她不但接受了爱默生先生的房间，而且还接纳了他的观点："当爱降临时，那就是真实现实。"（Forster 1977：196）就像爱默生先生指出的那样，现实的情况是，"你爱乔治！"（Forster 1977：201）正是这些简练而诚挚的话语"像大海里的波涛撞击着露西的心灵"（Forster 1977：201），自那时起，"（她内心深处的）黑暗开始层层消退，让她能够看见自己灵魂的最深处"（Forster 1977：202）。不难看出，老爱默生先生关于爱与永恒的爱的观点在思想长期受到压制和禁锢的露西身上起到了如此深刻的作用，以至于她最终开始敞开自己的心灵去接纳乔治并成为他的新娘。她的这一重大转变可以使她全身心地享受生活，用超验的眼光度过人生，同时总能张开双臂去拥抱所有的美景，就像在小说的最终美满场景里乔治"把她抱到窗户前，这样她也能看见所有的风景"（Forster 1977：207）。至此，露西和乔治已经体验了并将继续体验老爱默生先生提出的风景观念——"只有一个完美的风景——我们头顶上方天空的景色，世上的所有其他风景仅仅是这一风景的拙劣复制品而已"（Forster 1977：207）。尚哈尼（Vasant A. Shahane）曾经指出，老爱默生的这一论断"富有形而上学的意义……同时表达了小说的道德世界里关于现实与非现实、真理与虚假的问题"（Shahane 1975：53）。

"水"是小说里最具扩展性的一个重现意象。麦康基认为，"水"的意象是该"小说中（唯一）的重现意象，它仿佛呈现出一个扩展性象征的某些特质"（McConkey 1957：99）。主旨词"水"，连同它的一些变体形式，如雨、河流或者阿尔诺河（the Arno）、溪流以及海洋等，共出现了约 90 次，其中"水"出现了 30 次，河流或阿尔诺河 30 次，雨 11 次，溪流 8 次，海洋 9 次。"水"这个意象不仅重现的频率最高，而且也是最具扩展性和连接性。尽管意象"水"在小说中重现的次数最多，但如果我们仔细研究就会发现，作为节奏，它更多地集中出现在三个重要场景，而且它的每一次出现都会带有某些变化。

意象"水"几乎都是被置于"不显眼的地方……当露西顽固地追寻着她那通向黑暗的独木桥时，［它起着］一种联结和创造力的暗示"（McConkey 1957：99）。在小说的开篇里，当露西刚刚抵达意大利后，她很想"看看阿尔诺河"（Forster 1977：2），但令人失望的是，旅馆老板只给她预留了一个看不到阿尔诺河的房间。由于"水"是一切生物生存的基本成分，因此人们经常把它视为生命的象征。露西想要看阿尔诺河本身可能意味着她渴望领悟人生。在圣十字教堂里，露西看见了三个天主教徒用圣水相互泼向对方的身上。此处的圣水预示着露西老家的圣水湖，并在一段时间后与圣水湖联系起来，使圣水湖里的水成为洗礼的象征。

当露西遇见了两个意大利男人在广场殴打时，"水"的意象再度出现。其中的一个意大利人被对方刺中，并从口中喷出"一股鲜血"（a stream of red），染红了露西刚买的几张图片。此情此景严重地惊吓了露西，以至于她昏厥了过去。所幸的是，恰好路过此地的乔治在她倒地之际抱住了她，并把那些染了血迹的图片扔进了河水里。此处，"水"具有丰富的启发意义：（1）乔治把那些图片扔进水或河里以便"它们可以得到洗刷和净化"（Prasad 1981：84）。同时"水"还可以被想象为生活的象征。作为生活的象征，"水"可以起到净化和精练那些被乔治扔进河里的图片所代表的艺术的功能。这似乎呼应着露西要与塞西尔分手时所说的话，"你把自己包裹在艺术、书籍和音乐之中，而且还试图把我也包裹进去"（Forster 1977：172）。因此在某种意义上，这个故事讲述的是露西为把自己从艺术中解脱出来所进行的努力斗争的过程，正如她接着说道的那样："我不要被窒息，不是被那最壮丽的音乐所窒息，因为人更加辉煌……"（Forster 1977：172）尽管露西已经经历了某些转变——她勇于直面人生的意志被激发出来，但是她依然面临着漫漫长路去寻到自己的本我以及领会到真实生活的所有风景，因此她还要克服许多困难和障碍才能赢得战斗的最后胜利。经过长时间的艰苦挣扎过程，通过摒弃艺术（以她与塞西尔分手为象征）去接纳和拥抱生活（以乔治为象征），露西最后成功地从世俗的羁绊和虚幻的世界中挣脱了出来。艾伦·王尔德（Alan Wilde）曾经说道，"乔治把沾满血迹的图片扔掉：艺术必须给真实生活让路，正如死亡的突然降临所揭示的那样"（Wilde 1964：49）。（2）"水"之意象还意味着：当露西的"内心第一次开始对乔治产生好感"时（Forster 1977：43），他们的生活和爱的激情被焕发出来。尚哈尼的论述恰到好处地说明了这一点："这个场景高度地寓意着露西和乔治从青春期进入青年期，从单纯到成熟的转变过程。绝望的情绪已消散，生的欲望已焕发。"（Shahane 1957：56—57）毋庸置疑的是，这个场景以及他们在这个场景里所经历的一切改变了他们，特别是乔治。尽管刺杀的行为也使他惊恐不安，但"乔治已经开始感受到爱"（Wilde 1964：49），这无疑"是世界为爱所创造的最绚丽的时刻之一"（Forster 1977：202）。相形之下，尽管露西也感受到内心深处的些许变化，但是她仍然处于被抑制和混沌的状态之中，无法听从心灵的呼唤。因此，露西还是选择了拒绝乔治想与其保持关系的愿望，并且"试图佯装什么大事也未曾发生过"（Wilde 1964：49—50）。

圣十字教堂里的圣水与阿尔诺河的河水起到了联结主题的作用。意象"水"在露西老家的圣水湖场景里再度出现。乔治、弗雷迪（露西的弟弟）和毕比先生在圣水湖里洗澡；这个圣水湖的水更多的是洗礼的象征。这个场景很容易让我们联想起福斯特的小说杰作《印度之行》，在这部小说里阿齐兹、菲尔丁、拉尔夫和斯黛拉在马乌水池（Mau Tank）里得到洗礼。同理，乔治在"水清纯的足以映照天空"（Forster 1977：129）的圣水湖里得到了洗礼。富有象征意义的是，这个洗礼可以成为乔治最终赢得露西芳心的关键一步，因为伊格先生早先曾声称：乔治出生时没有接受洗礼，此事让露西对乔治颇感失望。

"水"作为一个扩展性意象在小说中起到了一个联结曲调的作用。在这个洗浴场景，不同的人物对圣水湖的水反应各不相同，类似于小说《霍华德庄园》里不同的人物对贝多芬的《第五交响曲》的反应各不相同。弗雷迪邀请了两位先生到圣水湖里游泳，他认为这"湖水很美妙"。毕比先生起初对此不以为然，但很快就被两位年轻小伙子感化了，也下水游了起来。下水之后，毕比先生也情不自禁地声称湖水奇妙。就乔治而言，他起初只是觉得"水就是水"（Forster 1977：129）。当他下水洗澡之前，他首先把头发弄湿，"这无疑是一种冷漠的表示"，看起来"冷漠的就像是一尊塑像"（Forster 1977：129）。下水之后，切身感受到了湖水的奇妙，乔治情不自禁地重复着弗雷迪说过的话"湖水很美妙"（Forster 1977：129）。湖水对这三个男人的影响表现为："出于某种原因，某种变化在他们身上显现出来……"（Forster 1977：130）这种情形有些类似于《天使不敢涉足的地方》里歌剧对演唱者和观众所产生的音乐效果：演唱者和观众沉浸在音乐的喜悦中仿佛都融为一体，难怪菲利普和阿伯特小姐甚至都忘记了他们到意大利来做什么。圣水湖的水对三位游泳者产生了奇妙的作用，使得他们都感受到了某种变化，并因而使他们发生转变。

圣水湖的水被赋予魔力和神秘力量，对乔治产生了奇妙的影响。唐·奥斯丁（Don Austin）正确地观察到，"圣水湖，以其神秘的改造力量……成为洗礼仪式，凭此乔治被霍妮彻奇家庭所接纳"（Austin 1961：224）。意象"水"的不断重复出现，连同它的变体形式，不仅帮助小说建立了内部秩序，而且还"创建了小说的结构性节奏"（Prasad 1981：86）。

《看得见风景的房间》含有一些扩展性象征，用来作为一种创建节奏的手法去形成某种作者想得到的内部秩序与和谐。相互关联的象征的重复出现不仅提供了"完全类似于用重复性乐句的简单方式所产生的内部节奏的和谐"（Lavin 1995：22），而且还能加强小说意义的复杂化和积聚化。

扩展性象征"光明"，连同它的变体形式，诸如"阳光"，在小说里共出现了 52 次，而它的对立面"黑暗"，连同其变体形式如"黑暗的""阴暗""昏暗的"，共出现了 55 次。从这两个象征重现的频率程度我们可以看出，它们与意象"房间"和"风景"同等重要，被用于一种音乐性手法，对构建小说的主题模式以及强化小说的意义起到了促进作用。

虽然在小说的开始露西为没能得到一个看得见风景的房间而感到闷闷不乐，但她从爱默生父子那里交换来一个可以眺望风景的房间，因此她从房间里看到了"光亮在阿尔诺河河面上跳跃"（Forster 1977：12）。尽管如此，她还是对自己的本我感到纠结和混沌，为此她来到了意大利，对自己根本不懂或只有一知半解的真实生活感到困惑不堪。她外出买了一些图片，"作为对文化而不是生活的追寻"（McConkey 1957：100），但是在返回的路上她却在市政广场邂逅了一个意大利男人被突然杀害的恐怖事件。正是在这里"黑暗"首次出现，而且让乔治和露西受到了巨大的惊吓。事实上，他们并非仅仅是被那种粗野的暴力行为所惊吓，而更多的是被奄奄一息的死者口中喷出的"一股鲜血"所吓坏。正像麦康基所解释的那样，"正是那股鲜血——从那奄奄一息的死者口中喷出并染红了那些图片——使乔治和露西如此震惊，以至于他们开始领会到现实的存在。鲜血使他们意识到，在现实面前一切人工的东西都将显得苍白无力……"（McConkey 1957：100）虽然生活的黑暗面使他们有些沮丧和恐惧，但是他们，尤其是露西，并没有因此走向光明，因为这种对现实的认识成为一种记忆或回忆一直萦绕在她的脑海里。正如故事情节显示的那样，露西花费了漫长而痛苦的时间才真正地领略了生活和现实。当然，她在意大利的经历的确对促使她打开心扉和获得自我解放起到了很多作用，就像莱昂内尔·史蒂文森（Lionel Stevenson）所认为的那样："对意大利的追忆可以起到一个心灵之窗的作用，把她引入更广阔的现实世界。"（Stevenson 1967：94）不幸的是，露西在英国的家里大部分时间都无法看到更广阔的现实世界，因为她的家象征着拉着窗帘的客厅，正像福斯特在小说的第七章里坦率地告诉我们的那样："真正的威胁属于客厅。"（Forster 1977：70）

露西在佛罗伦萨山上被乔治亲吻，这意味着乔治想给她点燃些许爱的火花，但几乎与此同时，这爱的火花被巴特莱特小姐无情地熄灭了。经历了亲吻之后，露西非但没有看到任何光明，反而在她的内心深处，黑暗取代了光明。在她和巴特莱特小姐走在返回旅馆的途中，"大雨和黑暗骤然降临"（Forster 1977：70），这象征着露西眼下所处的混沌状态。由于她长期受到僵化的英国传统的禁锢，所以她再度紧闭心扉把生活和爱情都拒之门外，正像福斯特在小说中评价的那样："她心里非常明白，但是她不再希望使自己变得真实。"（Forster 1977：74）从那时起，她的朦胧感越发变得强烈起来。她住在塞西尔位于伦敦的家里期间，似乎整座房子都笼罩在一片阴暗之中。露西从意大利返回英国老家之后，由于受到对意大利的回忆的激发，她能断断续续地看见些许光明，但是黑暗却从未真正地消散过；当塞西尔高声朗读拉韦什小姐（Miss Lavish）的小说中关于乔治和露西在佛罗伦萨山的接吻情景，特别是当乔治第二次亲吻了她时，露西的忧郁感和混沌感甚至达到了顶点。此时的露西感到如此混沌，以至于她再一次"放弃尝试着去了解自己，因此她加入了庞大的愚昧人群行列，既不听从心灵的召唤也不遵从思想的引导，而只是一味地喊着口号一步步走向他们的命运"（Forster 1977：174）。

后来乌云开始渐渐散去，尽管阴影还时常围绕在露西的身边。虽然如此，之后的主调却是光明和阳光，乔治对露西所说的话就是很好的标志："即使是在我把你抱在怀里的时候，我也想要你有自己的独立思想……从知性上来讲，要紧的是爱情和青春。"（Forster 1977：167）正是乔治的这番话把露西从黑暗的阴影中拉了出来，而且立刻促使她做出与"不敢让一个女人自己拿主意"（Forster 1977：166）的塞西尔解除婚约的行为。事实上，乔治的那番话恰好奏响了露西的心弦——"我要更多的独立性"（Forster 1977：193）。由于被乔治的话语唤醒，由于被老爱默生先生关于永恒的爱的思想所解放，"黑暗开始层层消退，让她能够看见自己灵魂的最深处"（Forster 1977：202）。因此，露西开始领悟生活和现实，仿佛老爱默生先生"使她一下子看到了一切"（Forster 1977：204）。她幸福地嫁给了乔治。为了欢度蜜月，他们返回意大利旧地重游；此时，被欢快的空气和阳光簇拥着的露西沉醉在美好的生活和醉人的风景之中：

青春环抱着他们；费顿①的歌曲宣告了激情得到了回报，爱情最终得以实现。然而，他们感觉到了一种更为神秘的爱情。歌声渐渐消失：他们听到了河水的潺潺流淌声，把冬天的冰雪带进了地中海。（Forster 1977：209）

正如所预示的那样，乔治和露西现已成熟起来，已经真正走进了生活，已经打开了他们的心灵之窗去领略风景。在意大利的旅馆房间里，乔治"把她抱到窗户旁边，以便让她也能看到所有的风景"（Forster 1977：207）。至此，我们看到露西欣喜自己终于实现了找回本我的梦想，终于使自己变得绝对真实，并且看到了一个更加光明的未来在向他们招手。此情此景完全不同于菲兹杰拉（F. Scott Fitzgerald）德在《了不起的盖茨比》的结尾处通过尼克·卡拉威的视角对杰伊·盖茨比梦想的幻灭所做出的评价："我们不停地奋力向前划，小船逆流而上，不断地倒退到过去。"（Fitzgerald 1998：176）相反，露西和乔治圆满地达成了他们的梦想，原本握在别人手里的风筝线现已被割断。他们正展翅高飞去拥抱美好的未来，就像阿诺尔河的河水带走了寒冬的冰雪去迎接阳光灿烂的春天的到来！

第二节 《天使不敢涉足的地方》的简单节奏

在这部小说的第一章里，主旨词"豌豆"（peas）重复出现了 7 次。赫利顿夫人（Mrs. Herriton）与她的老闺女——作者"以她的面目塑造的"（Lago 1995：28）哈里特小姐，正在她们的菜园里播种豌豆。然而，"就像《最漫长的旅程》里的费琳太太一样，她们对土地一窍不通"（Prasad 1981：70）。这母女俩"虽说没有多少共同之处，

---

① 费顿（Phaethon）是小说里的一个意大利四轮马车车夫的名字。在希腊神话中太阳神赫利俄斯（Helios）的儿子也叫费顿。据传，一次费顿请求他父亲让他驾驶太阳战车一天，但对强劲的马匹失去了控制，以至于它们把战车和费顿都拖到了天际，导致了大地被大火燃烧。当宙斯看到此景时，他径直向费顿扔下了雷电，造成费顿当场死亡。费顿一名意指"光亮"。

但却总是相处默契"（Forster 2002a：11）。她们非常典型地代表着英国索斯顿（Sawston）的庸俗传统习俗。播种豌豆这件事情是她们功利主义的缩影并得以充分解释出来，因为她们总是从实用的角度来评价美：她们选择种植豌豆和蔬菜代替花卉。具有讽刺意味的是，种植豌豆使她们有一种做了一件正当工作的惬意感。

主旨词"豌豆"，或者她们种植豌豆的行为，预示着她们的性格，甚至对她们的未来角色有着预言性。正当她们忙于播种豌豆种子，赫利顿夫人突然命令她女儿到附近的邮局去看看有没有莉莉娅（Lilia）的来信。哈里特起初不愿意去，因为她想先把豆子种完再去。很显然，哈里特拒绝去查看信件的背后一定有原因。这或许是她对人际关系冷漠或不感兴趣的表现。从她们播种豌豆的行为本身我们就不难发现，她们是典型的索斯顿人，总是严格遵从索斯顿的陈腐习俗："赫利顿太太非常小心翼翼地让豌豆种子从她手里均匀地流出来，但是到了一行末端时她意识到自己这次种的最理想。"（Forster 2002a：12）这种对均匀和体面所持的谨小慎微态度、思想意识以及过度强调正是典型的索斯顿式的生活方式。赫利顿夫人在整部小说里似乎总是索斯顿式的道德规范的化身，而豌豆暗示着索斯顿式的道德规范在与自由奔放和自然的意大利生活的冲突中将要落败。

恰如赫利顿夫人所料，的确有一封莉莉娅从意大利寄来的信件，信中说她已经与一个名叫基诺（Gino）的意大利年轻男子订了婚约。当哈里特匆忙赶往邮局去取莉莉娅的来信时，她由于一时疏忽忘记了覆盖沟槽里已经播下的豌豆种子，结果返回时已被麻雀吃掉了。尽管赫利顿夫人事先已经提醒她别让鸟类看到种子，但是"麻雀还是全把它们吃光了"（Forster 2002a：16）。她们播种豆子的行为象征着讲究谨小慎微和均衡的索斯顿习俗，而麻雀和莉莉娅的信件却象征着意大利式的自由和无拘无束。正如所预言的那样，索斯顿式的道德规范被自由和意大利式的情感生活所击败，分别体现在麻雀的行为和莉莉娅的信件上。赫利顿夫人的话，"我们将挽救豌豆种子直至最后一粒"（Forster 2002a：11），显然使我们联想到她要试图"拯救"莉莉娅，以免她成为寡妇之后再嫁给金克罗夫特（Kingcroft）。她自认为，如果把莉莉娅派到意大利去散散心，她嫁给金克罗夫特的可能性就可以排除掉，可是她现如今却与一个地位低微的意大利男人订婚。由于对莉莉娅的订婚感到震惊，甚至感觉受到侮辱，她随即派遣儿子菲利普前往意大利"拯救"莉莉娅。当然，菲利普是失败而归。事实上，赫利顿夫人挽救被麻雀吃掉的豌豆种子的失败已经成为"拯救"莉莉娅的先兆。对此，马夏尔·罗斯（Martial Rose）做出了恰当的观察："第一章的结论概括了这种由于压抑导致的失败，因而通过使用豌豆和麻雀的字眼来引入该小说的中心主题。"（Rose 1970：48）

福斯特把主旨词"豌豆"用作节奏，因为它具有预言性，而且通过从小说内部把全书缝合起来的方式，它有助于形成小说的结构。菲利普被派往意大利去阻止莉莉娅与基诺订婚，但他以失败告终，因为莉莉娅已经与基诺成婚。后来当莉莉娅死于分娩的消息传来时，菲利普和哈里特又被派往意大利，而这次的使命是把莉莉娅的孩子从基诺手中"拯救"出来。虽然这次有阿伯特小姐（Miss Abbott）相助，但他们还是失败而归，因为孩子在被带回英国的途中死于车祸。这部小说的结构是由英国索斯顿人试图"拯救"莉莉娅和她的孩子以及索斯顿人的失败而形成的。被福斯特用作一个连接性节奏的主旨词"豌豆"不仅象征着赫利顿一家的失败，而且还在故事的发展过程中承载着一种扩展小说意义的预言性。此外，主旨词"豌豆"或播种豌豆的场景蕴含着一种讽刺意味，能使这个象征的主题和神韵变得更加微妙。尚哈尼对此进行了深入的观察：

> 播种豌豆和丢失豌豆的场景对赫利顿夫人的意图及其家人的失败具有象征意义。豌豆已经预示着她们的失败，而正是（莉莉娅的）来信启动了导致挫败的力量。这个具有象征性的场景背后隐含的讽刺对这个象征的主题与神韵变得微妙起到强化作用。（Shahane 1975：45）

福斯特用作简单节奏的另外一个主旨词是"新生活"（new life），它在小说里能够强化追寻自由和爱情生活的主题。它总共重现了4

次，但在不同的背景下它的含义也随之出现变化。"新生活"第一次出现在小说的开始，此时赫利顿一家人出现在查令十字车站（Charing Cross）为莉莉娅前往意大利旅行送行。正是在这种情形下，我们听见菲利普对他母亲说道："新生活开始了。"（Forster 2002a：6）菲利普的这句话可能表达了双重意思：一方面，他可能是想说莉莉娅即将在意大利过一种新的生活，只是因为他本人认为"意大利真正能让那些游览者变得纯洁和高尚"（Forster 2002a：6—7）；另一方面，菲利普或许期望莉莉娅的意大利之行能使她摆脱索斯顿习俗的束缚。赫利顿夫人只理解了这句话的字面意义，因为她很可能忘记了莉莉娅一直想嫁给她的求婚者，金克罗夫特先生。当我们继续往下读，我们甚至都忘记了这个主旨词的第一次出现，然而一段时间后，它的再度出现却勾起了我们对它先前出现的记忆。它第二次出现在小说的第五章，几乎是以第一次出现的形式重复出现："那么，新生活开始了。你还记得吗，妈妈？那就是我们为莉莉娅送行时所说的话。"（Forster 2002a：57）此时，对这个主旨词的重复"不仅加深了赫利顿夫人（对它）的记忆，而且也加深了读者（对它）的印象"（Prasad 1981：72）。过了四个章节之后，这个词语的陡然出现令读者惊讶，同时也激起了他们的记忆，把它与第一章中的第一次出现联系起来。现在，莉莉娅不仅已经嫁给了意大利的基诺，而且还死于分娩。这个词语的重复蕴藏着某种暗流或者联系：所期待的"新生活"如今已变成了"无生活"（莉莉娅的死亡以及赫利顿一家失去对她的拥有）。然而，赫利顿夫人没能看出这个词语所蕴含的联系，因此她只是简单地回答："是的，亲爱的；不过现在我们的确开始一种新的生活，因为我们现在都团结一致。"（Forster 2002a：57）具有讽刺意味的是，莉莉娅的离去对赫利顿夫人仿佛是一件愉快的事情，因为没有了她能使得他们团结一致，因此这对他们的家庭是一种新的生活。

主旨词"新生活"的变体形式"真实生活"重现了3次。它出现在意大利，当时菲利普和阿伯特小姐在谈论莉莉娅的新生活和她的死亡。阿伯特把新生活视为她父亲"所说的'真实生活'"（Forster 2002a：62）。莉莉娅在意大利的新生活或真实生活主要归因于阿伯特小姐的鼓动。然而，菲利普对"真实生活"一词有不同的理解，他认为真实生活完全是个人的事情：

> 但是你的真实生活是你自己的事情，没有任何东西可以影响它。世界上没有任何力量可以妨碍你对平庸的批判与鄙视——没有任何东西能够阻止你隐退到荣耀与美丽——隐退到那些造就真实生活的思想和信念——那个真实的你。（Forster 2002a：62）

细心的读者不难发现，"真实生活"是主旨词"新生活"的变体形式，继续扮演着像音乐中一个小曲调所扮演的角色。赫利顿一家试图阻止厄玛（Irma）——莉莉娅在英国与已故丈夫所生的女儿——获悉她母亲与她的意大利丈夫生了一个儿子的消息。当赫利顿家人收到基诺的来信后，哈里特粗心地把信件留在了桌子上。这使我们想起了豌豆种子之所以被麻雀吃掉了，也是由于哈里特的粗心大意所致。没想到的是，厄玛碰巧读到了这封信。从意大利寄来的第二封信打败了赫利顿一家。莉莉娅在意大利的新生活真相现在已被知晓，那么由主旨词"新生活"及其变体形式所构建的简单节奏自然也就完成了它的使命。这一点在故事叙述者的话语里得到了回应："由他们（赫利顿一家人）启动的'新生活'持续了七个月之久。然后，一个小小的事件——一个令人烦恼的小事件——使它走向终结。"（Forster 2002a：62）

在小说《天使不敢涉足的地方》里，意象"镶嵌的盒子"在五个不同的情境里共出现了7次，而每次出现的间隔大致是均匀的。尽管其间隔的规律性不是那么严格，但是在很大程度上它大约是间隔50页出现一次。在这些间隔当中，"镶嵌的盒子"完全从读者的脑海里消失，可从未从哈里特的心里消失过。通过规则性重复的方式，"读者获得了节奏性的满足，同时也对哈里特的性格有了深刻认识"（Lavin 1995：48）。这个意象首次出现在赫利顿一家人在查令十字车站为莉莉娅去意大利送行的场景，我们听见哈里特冲着莉莉娅喊道："手帕和衣领在我的镶嵌盒子里！我只是把我的镶嵌盒子借给你用。"

（Forster 2002a：4）"镶嵌盒子"的重复出现暗示着这个关闭的镶嵌盒子等同于哈里特以及流行于 19 世纪和 20 世纪交替时期英国中上阶层的传统习俗。同时，我们还从中得知，哈里特对这个盒子非常看重，因为她只是借给莉莉娅（她嫂子）而不是给她。当这个盒子第二次出现时，它拥有双重意义：当赫利顿一家得知莉莉娅和基诺已经结婚了的消息时，哈里特心里所想的可以在她给莉莉娅的回信中找到答案："保证（1）未来所有的通信联系要直接写给律师；（2）莉莉娅要归还哈里特借的而不是给的镶嵌盒子……"（Forster 2002a：34）以此方式，作者突出强调了哈里特的心胸狭窄和恪守陈规。

意象"镶嵌的盒子"第三次出现在基诺的家里。哈里特和菲利普前来与基诺谈判，要求把莉莉娅的儿子带回英国抚养。当菲利普在与基诺交谈时，哈里特让他把盒子取回来，说道："那里有一个我借给她的镶嵌盒子——借，不是给——存放她的手帕。尽管它并没有什么实际价值，但这是我们唯一的机会。"（Forster 2002a：91）当故事继续向前发展时，读者可能不再记得那个镶嵌盒子，但我们在基诺家里的一张桌子上看到了它，"被用作莉莉娅的纪念龛"（Lavin 1995：48）。

意象"镶嵌的盒子"最后出现在小说的第九章，此时哈里特刚绑架了莉莉娅和基诺的婴儿，并且他死于车祸不久。由于孩子在可怕的事故中意外死亡，哈里特因惊吓而生病。但即使"在她生病期间，她更多的是提及她借给莉莉娅的镶嵌盒子——借，不是给——而不是刚刚发生的灾难"（Forster 2002a：131）。哈里特的所作所为可以被看作下意识的自我保护行为，她或许认为这样做就能够掩盖她绑架小孩的罪恶行径。与此同时，她之所以生着病还提及她的镶嵌盒子，某种意义上，是因为她要表明：她依然理智和清醒，她还能记得那个镶嵌盒子，她还知道给与借的区别。福斯特运用微小细节的精湛技艺如此令人赞叹，因为它的巧妙运用不仅丰富了小说的意义，而且也对小说的节奏流动起到了明显作用。

另一个在小说里反复出现的重要意象是蒙特里亚诺塔。在麦康基看来，它是"产生重要影响的"意象（McConkey 1957：101）。作为一个重要的意象，蒙特里亚诺塔在故事情节的整个发展过程中总共出现了 18 次。像是一个连接性的节奏，蒙特里亚诺塔就如同一个演员一样在书中反复出现；而且与《印度之行》里的马拉巴山洞的回声相似，它是一个产生扩展性效果的意象。

意象"蒙特里亚诺塔"与欧洲历史上的黑暗时期相关联，暗示着中古时期的艺术与文化。所有了解福斯特的生活经历和兴趣的人都知道，他一直对古典艺术怀有深深的挚爱，特别是古希腊和意大利艺术。对他而言，古代建筑远远要比现代建筑更具生命力和活力。福斯特在小说中公开表达他对失去很多古老的塔深表遗憾之意，正如叙述者哀叹道："当年在鼎盛时期矗立在这个城市的 52 座塔"现如今只剩下"17 座"（Forster 2002a：22）。当菲利普和阿伯特小姐看见圣女迪奥达塔大教堂的塔群时，他们看到这些塔群正开始"在斜阳的余晖中闪耀"（Forster 2002a：23）。大教堂的塔群深深吸引着菲利普和阿伯特小姐，他们倚靠在旅馆房间的窗户旁眺望教堂，宛如《看得见风景的房间》中露西和乔治透过窗户眺望阿尔诺河。然而，哈里特对大教堂却毫无兴趣。大教堂的塔群被赋予双重视觉，而且"象征着人类在两个方面的潜能"：一个是它们可能"象征着令人赞叹的基本情感的质朴"，而另一个是它们可能"也象征着黑暗与混乱的狂热……一种堕落和虚假"（McConkey 1957：102），因为"教堂的底部笼罩在阴影之中，并且被贴满了各式各样的商业广告"（Forster 2002a：89）。光芒四射的塔尖"直冲云霄"，暗示着阿伯特小姐的崇高和神圣，而它的底部"贴满了各式各样的商业广告"，向下"俯对另一个地方（大地）"，暗示着体现在我们生活中商业方面的残酷现实，同时也间接映射出哈里特内心的阴暗和困惑。我们不难看出，反复出现的、具有扩展性的蒙特里亚诺塔不仅深化了小说的主题，而且还帮助勾勒出小说的结构。

在《天使不敢涉足的地方》里，蒙特里亚诺城郊的小丛林是一个重要而且复杂的扩展性象征。它只在小说的意大利部分出现了 8 次，而它的变体形式"紫罗兰"和"橄榄树"分别在小说里出现了 3 次和 14 次。小丛林的意义并非静态，而是随着环境的变化而变化着。作为一个象征的小丛林不仅能呈现美，使人产生改变，而且还能制造毁灭。通过让小丛林总是出现在意大利，福斯特可能想要表达他对意大利自然美景的向往以及对英国的批评，因为英国的工业化正使得她的丛林生存受到严重威胁。这部小说里的小丛林在诸多方面很像《看得见风景的房间》里的佛罗伦萨山以及《印度之行》里的马拉巴山洞，因为它们都是决定性行动所发生的地方。

小丛林出现在小说的第二章，当时菲利普来到意大利蒙特里亚诺火车站，并搭乘一辆意大利四轮车穿过这片丛林。自从这片丛林第一次出现，它就成为"一个复杂的象征，在小说文本发展过程中它逐渐增加意义"（Messenger 1991：47）。长满了紫罗兰的小丛林既暗示着意大利的美丽，同时也暗示着意大利像是"某种黑暗的丛林"（Messenger 1991：47）。这片丛林仿佛能对菲利普产生魔力。阿伯特小姐在车站迎接他，而且他们对基诺的谈论被这片丛林所见证。当他们在交谈时，他们乘坐的四轮车穿过这片小丛林，"它横穿一座开垦过的小山丘，昏沉阴暗。丛林里的树木不仅矮小而且光秃秃的，这一点变得明显——它们的茎杆矗立在紫罗兰花丛之中宛如岩石直立在夏日的海洋中"（Forster 2002a：20）。紫罗兰或紫罗兰之美抚慰着并鼓舞着菲利普继续前往意大利去完成阻止莉莉娅嫁给基诺的使命，就像佛罗伦萨山上的紫罗兰曾经在《看得见风景的房间》里鼓舞了乔治前去亲吻露西一般。我们都知道，在菲利普的印象中，意大利是一个美丽的国度，然而他昔日对意大利的良好印象现却被莉莉娅与基诺订婚的烦人消息所损毁。这个令人恼火的事情让菲利普感到心烦意乱，然而丛林里美丽可爱的紫罗兰却对他产生了慰藉作用："他正在思考接下来他说什么。但是当他看到眼前的（紫罗兰）美景时，来年三月他不会忘记通向蒙特里亚诺的路必须横穿这数不清的花朵。"（Forster 2002a：20）

像紫罗兰一样，橄榄树也对菲利普产生了安抚作用。橄榄树带来的美感，诸如"数不清的一排排橄榄树，排列均匀且充满神秘色彩"（Forster 2002a：18），"开阔的斜坡上满是橄榄树和葡萄园，周边是白垩般的农田，在远处的斜坡上有着更多的橄榄树和农田"（Forster

2002a：45），使得菲利普流连忘返，以至于他差点忘记了前来意大利的"神圣"使命。这些橄榄树就像一种向导把菲利普引领到一个地方，在那里一个人在等候他，就像是露西在《看得见风景的房间》里被一个意大利车夫领到一个地方，在那里乔治在等候她。

除了象征着美丽与平和之外，丛林还是黑暗的象征。当正在与菲利普共进午餐的基诺试图向对方显摆他的学问时，他背诵但丁《神曲》的开篇诗句。基诺背诵但丁的《神曲》之行为有意无意地引发了但丁与菲利普的经历之间的类比，犹如故事的叙述者说道，这些开篇诗句的引述"远比他（基诺）料想的更恰当"（Forster 2002a：26）。对此罗伯特·马丁（Robert K. Martin）曾做以下解释：

> 如果说蒙特里亚诺是炼狱，那个有座城镇的山丘脚下的小丛林让我们回想起但丁的黑暗森林，在那里诗人在《神曲》的开始部分迷失了道路。当菲利普在前去阻止莉莉娅的婚姻的途中路经这片丛林的时候，他就像诗人在朝觐的初期因错而迷路。他陷入了道德的混沌之中，误解了意大利的性质以及将他引领至此的环境。（Martin 1976：22）

当菲利普在春天前往意大利路过这片丛林的时候，那里长满了茂密的紫罗兰和橄榄树。由于莉莉娅与基诺的订婚使他深感不安，特别是当得知基诺是一个意大利牙医的儿子更让他愤怒，因此他无心关注那些可爱的花朵，"它们象征性地预示着他的重生"（Martin 1976：22）。然而，当菲利普与哈里特在来年的秋季来意大利"拯救"莉莉娅的小孩时，丛林消失了。当他们抵达蒙特里亚诺车站时，呈现在他们眼前的是："枯萎的树木变成了木材，并且向他们显露出他们的目的地。"（Forster 2002a：77）"枯萎的树木"昭示着菲利普前来"拯救"婴儿的使命将失败，而且还预示着这片丛林将成为"菲利普犯下的错误达到致命的顶峰的场景，也就是在这里马车倾翻，同时婴儿死亡"（Forster 2002a：77）。至此，这片丛林作为一个复杂的象征代表着毁灭的力量。但是，丛林不仅仅象征着毁灭与死亡，同时还象征着新生，因为"新生源自于死亡"（McConkey 1957：105）。正是从婴儿的死亡当中菲利普获得了精神上的新生：他与阿伯特小姐建立的最终关系，他做出的离开索斯顿以及家庭的决定等，都表明他正开始能够对真实生活做出反应，因而迎来了他最终的新生或者拯救。

丛林及其反复出现的变体形式创建了一个节奏，"它对小说的意义做出解释"（Prasad 1981：74）。它复杂的、具有象征意义的变体形式不仅丰富了小说的意义，而且还帮助形成了小说的布局。此外，奈杰尔·梅辛杰（Nigel Messenger）曾评论道：这片小丛林的"反复出现不仅使小说的叙述清晰，而且还使其增添了意义"（Messenger 1991：47）。

第三节 《最漫长的旅程》的简单节奏

在这部小说里，主旨词"真实的"（real），连同它的变体形式"真实性或现实"（reality），总共出现了 39 次。该小说的一个突出主题之一是男主人公里奇（Rickie）对真实以及"真实的存在"（Forster 2002b：3）的艰难追寻。这部小说，无论如何，可以被看作福斯特的两部意大利小说的主题变奏曲。在《看得见风景的房间》和《天使不敢涉足的地方》两部意大利小说里，露西和菲利普都是在苦苦找寻着"真实的生活——真实的你"（Forster 2002a：62），正像菲利普对阿伯特小姐所说的那样。在小说《最漫长的旅程》的开篇场景中，当里奇在凝视着安塞尔（Ansell）描画着布满圆圈和方形的图表时，他问道："它们是真实的吗？"（Forster 2002b：18）里奇的这简单一问就给整部小说定下了基调。然而，我们发现里奇似乎总是凭借想象或幻想来审视事物，并把大量精力投入真实事物的表象中去。在安塞尔看来，真实对里奇而言仅仅是"一个病态的想象力的主观产物"（Forster 2002b：18）。因此，阿格尼丝（Agnes）在安塞尔的眼中是不真实的，因为他发现了"她的表象与真实之间存在的间隙"（Prasad 1981：86）；但是对里奇来说，"她比世界上任何女人都更真实"（Forster 2002b：47）。作为一个简单节奏，主旨词"真实的"或

"真实性"很像《追忆似水年华》里范陀义乐曲中的小乐段，所不同的只是前者反复出现的频率更高而已，因此它作为一种黏合力，更加频繁地出现并把小说从内部缝合起来。

像福斯特两部意大利小说中的露西与菲利普一样，并预期着《印度之行》里想要"看看真实的印度"（Forster 1992：24）的阿黛拉·奎斯特德（Adela Quested），里奇渴望"看到真实的人，真实的兄弟，真实的朋友"（Forster 2002b：25）。尽管他被要成为一个真实的人或要过"一种真实的生活"的欲望所驱使（Forster 2002b：3），但他却被病态的想象力所蒙蔽，而且正是这种病态的想象力诱使他对爱情、对生活产生了虚假的视觉，甚至导致他做出错误的抉择。当他看见阿格尼丝和杰拉尔德（Gerald）在一起亲吻时，里奇觉得他们被美化为爱情的完美偶像。杰拉尔德猝死之后，里奇疯狂地爱上了阿格尼丝。自那以后，阿格尼丝就被里奇虚假地看作他母亲的化身。当他与阿格尼丝第一次在幽谷里拥抱时，他错误地认为他们在通往天国的路上。显然，福斯特在这里隐含了一个公然的讥讽：里奇对阿格尼丝的爱并不能把他引向天国，而是带向死亡。

当里奇最终发现斯蒂芬（Stephen）是他母亲所生，他突然意识到他的生活原来是建立在一个错误的幻觉基础上，而且最后导致他娶阿格尼丝为妻的象征性时刻竟然是一个虚假的象征。眼下，他明白了他娶阿格尼丝是个错误，而且他拒绝承认斯蒂芬是自己的弟弟也是个错误，但是他没有完全意识到他母亲意味着什么——确认大地、肥沃和生长——正如她跟罗伯特（Robert）交往过程中的所作所为。然而，在他与阿格尼丝的交往当中，里奇事实上却反其道而行之：他度过了最漫长的旅程去确认死亡。最显而易见的事实是，他的女儿在出生后不久就夭折，而且生来就有着与里奇从他可憎的父亲那里遗传下来的身体残疾：她们都是瘸腿。里奇的身体缺陷对应了他情感上的缺陷。尽管我们可以说，里奇为救斯蒂芬而死是他的生命在斯蒂芬身上的一种延续，但是他的整个生活是由一系列的虚假幻觉和错误决定所构成的——离弃剑桥大学以及放弃他母亲的真正化身（斯蒂芬）；选择阿格尼丝作为他母亲的代理人以及到索斯顿公学任教；持续尝试从死者（他已故母亲）那里寻求理想；把他的同母异父弟弟斯蒂芬——"真实的试金石"（Bradbury 1966：60）——拒之门外，等等。换言之，里奇在试图寻找生活中真实的东西的过程中一直被虚假的幻觉所误导。主旨词"真实的"，作为该小说的一个简单节奏，不仅为小说定下了基调，通过它的反复出现把小说从内部缝合起来，而且还与"虚假的"以及"幻觉"形成了强烈对比，让里奇追寻"真实"的漫长旅程显现出讥讽的含义。

"铁道交叉路口"（level-crossing）是另外一个重复出现的主旨词。连同其变体形式"罗马交叉路口"（Roman crossing），它在小说里总共出现了8次。尽管它的重现频率低于主旨词"真实的"，但这并不意味着它不重要。实际上，它的重复出现不仅有效地起到了一个简单节奏把小说从内部缝合起来的作用，而且还丰富了小说的含义。"铁道交叉路口"作为一种破坏力，表明现代技术不仅毁坏人类生活，而且还损害人际关系。

在小说的第十章，里奇和阿格尼丝前往凯多佛探访他的姑妈费琳太太（Mrs. Failing）。当火车即将驶到铁道交叉路口时，里奇突然产生了一股强烈的欲望要拥抱阿格尼丝。正当他拥抱她之际，一个小孩在交叉路口被火车碾压致死。一方面，这个孩子的死亡揭示了现代文明对人类生活所产生的破坏性后果；另一方面，孩子的死亡也预示着里奇的悲剧注定要发生。斯蒂芬对孩子的死亡感到非常震惊，随即他建议在交叉路口建一座桥梁。斯蒂芬的这一愿望显然具有预言性：正是在这个交叉路口列车碾过里奇的双膝——在抢救斯蒂芬时里奇献出了自己的生命。桥梁在这里使我们联想到斯蒂芬与里奇曾在一座桥梁处往水里投放"火焰纸球"。当时"火焰纸球对里奇来说熄灭了"，但对斯蒂芬来说"却一直在水里漂流，向远处通过桥的拱道，始终延烧着，好像它将永远烧下去"（Forster 2002b：259）。这里再度预示着，里奇将离去而斯蒂芬将存活下来，尽管前者将在死后部分地通过后者而活着。

从环形高地返回凯多佛时，里奇在靠近铁道交叉路口处停了下来，想了想刚刚死去的不知名的孩子："铁道线突然拐弯：当然，那是很危险的。"（Forster 2002b：123）事实证明，这对里奇同样是危险的。主旨词"铁道交叉路口"在第十四章的开始部分再次出现，此时里奇和阿格尼丝正从凯多佛镇返回索斯顿。我们在最末章节里又看到了这个主旨词的最后一次出现，然而这个铁路交叉口现已架上了桥梁。斯蒂芬的愿望最终得以实现，而且他的血脉通过自己的女儿在延续着。更为重要的是，斯蒂芬象征着英国文化的未来，因此他将继承英国。

在《最漫长的旅程》里，意象"土地"（earth）共出现了52次。作为一个不断重复出现的意象，它既是独立存在的又是与溪流（stream）密切联系的。它就像是一个实实在在的人物，并且连同空气、火和水一起，具有一种联结的力量，"努力达到互相启发和协调"（Messenger 1991：105）。同时它还与希腊神话中的得墨忒耳（Demeter）女神①——大地母亲——相联系。《最漫长的旅程》是一部凭借"神话来取得主题连贯性以及修饰性"的小说（Crews 1960：97）。得墨忒耳被用于达到承载一种特殊主题力量的目的，因为"她象征着与大地之间的和谐"（Crews 1960：107）。这正是里奇一直孜孜不倦在寻求的东西，然而却被他的同母异父兄弟斯蒂芬拥有。得墨忒耳是大地的象征，而斯蒂芬则是溪流的象征。既然大地与溪流互为融合，因此我们可以得出这样的结论："得墨忒耳是斯蒂芬的一部分"，并且"得墨忒耳通过斯蒂芬而复活"（Prasad 1981：154）。由于斯蒂芬与大地如此融洽，因此他与大自然融为一体，宛如《天使不敢涉足的地方》里的基诺一样。王尔德曾对斯蒂芬与得墨忒耳的紧密关系做出如下概括：

> 在他的房间（斯蒂芬的房间）挂着一幅画，尼多斯的得墨忒耳，大地母亲，她在看护着他……他与得墨忒耳，或者说，与她所象征的东西的联系是天生的：对他而言，就像对他的双亲一样，大地像是一个生物体；像他父亲那样，他享有与大地的亲密

---

① 得墨忒耳是希腊神话中掌管农业、婚姻和丰饶的女神。

接触。斯蒂芬属于乡村。（Wilde 1964：41）

　　追求乡村生活是小说《最漫长的旅程》和《霍华德庄园》的重要主题之一。通过对斯蒂芬的塑造，福斯特让英国乡村生活的未来通过斯蒂芬对大地的智慧而得以延续。然而，就像福斯特本人一样，因"迁离了鲁克斯内丝特（Rooksnest）而被切断了与大地的和谐共生以及被切断了与英国生活的永恒与绵延的归属感"（Colmer 1975：4），里奇全身心地追寻真实，但他却拒绝接受斯蒂芬。他不顾同学们的强烈反对，一意孤行地选择了充斥着非真实的索斯顿以及阿格尼丝。在哈罗德·布卢姆（Harold Bloom）看来，阿格尼丝是"一个平庸无趣且不真实的女人……她在社会上关注面子远胜于关注真实性和心灵的拯救"（Bloom 1987：49）。里奇对斯蒂芬的拒绝接受意味着拒绝接受大地，由此使他错失了自我救赎的关键时刻。

　　一旦犯下这个错误，里奇不再有机会纠正错误。尽管在他内心深处对大地和延续生命的渴望犹存，尽管在接近小说的结尾处他通过与同母异父兄弟斯蒂芬待在一起的方式即将回到大地的怀抱，但是他却在铁道交叉路口为了救弟弟的性命而献出了自己的生命。很显然，里奇对关键时刻的重要性的意识姗姗来迟。然而，他的死亡可能使自己的生命在斯蒂芬身上得以延续，因此他的梦想最终至少部分地得以实现。

　　福斯特特别强调人与大地之间和谐的重要性，并通过对里奇和斯蒂芬两兄弟的塑造充分地表达出来。他的这一理想与英国浪漫主义诗人威廉·布莱克（William Blake）、塞缪尔·泰勒·柯勒律治（Samuel Taylor Coleridge）以及珀西·雪莱（Percy Bysshe Shelley）有异曲同工之妙。约翰·科尔默（John Colmer）曾对福斯特与上述几位浪漫主义诗人共有的理想做出这样的评论：

　　　　像主要的浪漫主义诗人一样，福斯特寻求人与大地之间的和谐，然而他却生活在后爱德华时代。在这个时期，当人们不再能够找到与上帝融合所带来的精神喜悦，也无法在自然界找到神灵的目的之感受，许多作家便利用永恒时刻以及从人与大地的关系中所发现的喜悦作为体验，仅此即可赋予生活以意义。（Colmer 1975：12）

反复重现的"大地"意象的意义在小说情节的发展过程中不断扩展开来。作为一个具有连接性力量的意象，"大地"不仅对小说的生命延续主题提供了一致性，而且也有助于揭示主要人物的不同特质，如斯蒂芬、里奇和安塞尔。正是"大地"，甚或与"大地"之间的和谐，表明他们每个人的特征。里奇进行了最漫长的旅程以便寻找"大地"，但它"却变成了（他的）最终永久的死亡之所"，不过他"通过斯蒂芬得以复活，就像［《印度之行》中］穆尔夫人通过她的孩子拉尔夫和斯黛拉以及奎斯特德小姐的记忆和戈德博尔教授的幻觉而得以复活一样"（Prasad 1981：47）。斯蒂芬能与大地和谐相处，所以他是自然之子，期待着属于未来的英国乡村生活，并通过其女儿使其延续下去。尽管安塞尔是里奇和斯蒂芬之间的联结桥梁，但他"需要斯蒂芬身上的某些土性和激情"（Martin 1976：41）。像一个频繁出现的小音乐曲调强调乐曲的主旨一样，意象"大地"，作为一个活生生的人物和简单节奏，在作品中反复出现，对强化小说的生活连续性主题确实起到了有效的作用。

《最漫长的旅程》中另一个反复出现的重要意象是"尼多斯的得墨忒耳"（Demeter of Cnidus），它在小说里先后出现了 7 次。如前所述，意象"得墨忒耳"与意象"大地"密切关联，然而福斯特把它创设为一个独立的、具有连接功能的意象，以便帮助揭示小说中乡村生活的和谐与连续性主题。同时，意象"得墨忒耳"也与斯蒂芬和里奇相关联。悬挂在斯蒂芬房间里双膝毁坏的得墨忒耳画像，让我们联想起里奇的跛足，而且还暗示着里奇的双膝最终被列车所毁坏。得墨忒耳女神——大地母亲以及丰饶的象征——"不仅是田园欢乐的化身，也是苦难与希望的化身，失望与拯救的化身"（Miracky 2003：33）。里奇深爱他的母亲，她的灵魂"在小说里徘徊并体现在得墨忒耳的破烂画像里"（Miracky 2003：33）。从某种意义上讲，里奇和斯蒂芬都是他们的母亲得墨忒耳失去的孩子，她不但理解他们，而且使他们握手言和。

"得墨忒耳体现着特别的主题力量——她象征着里奇所寻求的，但斯蒂芬最终拥有的与大地之间的和谐。"（Crews 1960：107）既然里奇的人生目标是追求真实与现实，但是当真实降临时，他却拒绝它。因此，他注定要中途死亡，而只有通过斯蒂芬这个"真实的试金石"来延续他母亲的血脉（Bradbury 1966：60）。得墨忒耳"象征着大自然对生活与成长的关切"（Martin 1976：40），好像已经在斯蒂芬身上赋予了一些特质，诸如能与大自然和大地亲密无间的特质。他与大地之间的亲密联系，或更确切地说，他与得墨忒耳所象征的事物之间的密切联系，事实证明是与生俱来的。对他而言，大地就像是一个活生生的人，宛如《霍华德庄园》中的霍华德庄园对于露丝·威尔科克斯一般。像他的父亲罗伯特一样，斯蒂芬成为大自然和大地的一部分，因而也是得墨忒耳的一部分。很自然的是，"福斯特通过斯蒂芬对大地的智慧预见英国乡土生活的未来"（Prasad 1981：154）。

意象"得墨忒耳"在里奇突然死亡之后最后一次出现。当彭布罗克先生在跟斯蒂芬商谈如何分配里奇出版的短篇小说《潘派普》（Pan Pipe）的版税时，他想要占有悬挂在斯蒂芬卧室里双膝被毁的得墨忒耳画像。得墨忒耳在这里的出现不仅提醒读者里奇的悲惨死亡，而且还暗示我们：女神得墨忒耳通过斯蒂芬得以复活。斯蒂芬"引领我们这个种族的未来，一个世纪接着一个世纪，他的思想以及他的激情将在英国取得胜利"（Forster 2002a：274）。

小说《最漫长的旅程》的开篇就呈现几个剑桥大学生关于"奶牛是否在那里"的讨论（Forster 2002b：3），紧接着作者就将笔端转向对"不断扩展开来的一圈圈同心圆的意义"的呈现（Batchelor 1982：64）。扩展性象征"圆"及其变体形式总共在小说里反复出现了 17 次。作为一个连接性的节奏，"圆"与小说意义的阐释与发展密切相关。在小说的开篇章节里，我们看到安塞尔在画着"一个示意图——方形里面套一个圆，圆里再套一个方形"（Forster 2002b：

17）。这个示意图意味着他对真实的追求。在他看来，阿格尼丝不是真实的，因此她"并不在那里"。这就能很好地解释了为什么当阿格尼丝第一次出现在里奇的宿舍里时，安塞尔不跟她打招呼的原因。相反，里奇把阿格尼丝视为真实的，因为就像安塞尔所解释的那样，真实对里奇而言只是"一个病态的想象力的主观产物而已"（Forster 2002b：18）。难怪在里奇的眼里，阿格尼丝"比世界上任何其他女性都更加真实"（Forster 2002b：47）。

"圆"这个象征的重复出现强化了安塞尔找寻形而上学层面上真实的热情与决心。在接近第一章节末尾处，里奇观看着安塞尔再次描画"方形里面套一个圆，圆内套一个方形，方形里面又套一个圆，圆内又套一个方形"（Forster 2002b：18）。由于被安塞尔画的东西所困惑，里奇情不自禁问道："它们是真的吗？"针对里奇的问题安塞尔回答道："最里面的那个是真的——在一切事物的中心的那个，一直到不再有任何空间去画的时候。"（Forster 2002b：18）安塞尔的哲理性解释超出了里奇的理解范围，然而安塞尔仍然坚持找到最中心的那个圆所代表的真实现实。艾伦·王尔德已经注意到了这一点并指出："尽管如此，这个隐喻在小说的进程中时常重现，而且给小说增添了一种神秘感。"（Wilde 1964：32）

扩展性象征"圆"有着另一个层面上的扩展意义：它永远没有终结点。想成为真实的里奇却在他那"病态的想象"里筹划着他与阿格尼丝的婚姻。然而，"婚姻并非生活的句号"（Prasad 1981：87），因为婚姻通常孕育出孩子，而孩子将通过他们的后代而延续下去。里奇非常渴望成为父亲，因此对他来说，婚姻仅仅是"诞生的诗史"的序曲而已（Forster 2002b：177）。之后，"圆"以其变体形式"渴望"（yearning）出现。结婚后，里奇似乎开始有一种模糊的看法，即"那个渴望的背后还有一个渴望，在解开的面纱背后还有一个他解不开的面纱"（Forster 2002b：161）。正是这个模糊的看法使他开始意识到，这个圆"是宇宙的一个新的象征，方形里面一个崭新的圆。那个方形里面将是一个圆，而那个圆内将是另一个方形，循环往复，一直到眼睛看不到为止"（Forster 2002b：177）。正当他试图从生活的连续性角度弄明白圆与方形的意义时，他心里突然清晰起来："他母亲已经将自己融入他的血液里，因此他将把自己融入在自己儿子的血液里。"（Forster 2002b：177）可是，当他被告知阿格尼丝生了个女儿时，他的困惑接踵而至（他原本想象着生一个儿子）。更加不幸的是，或更加令他困惑的是，他那刚出生的女儿跟自己一样也是个跛脚，而且没过多久就夭折了。"圆"这个象征，对安塞尔来说，是绝对真实的化身，而对里奇而言，它仅仅是一个有关连续性隐喻而已。当他正步入正轨去寻找真实时，他却为了救自己的同母异父兄弟斯蒂芬而丢掉了性命，然而他深爱的母亲通过斯蒂芬延续了她的血脉；斯蒂芬继而通过他的女儿把里奇以及他们母亲的血脉传承下去。由此不难发现，象征"圆"的反复重现对小说主题（找寻真实的最漫长旅程）、情节以及人物塑造的发展起到了重大作用。与此同时，"圆"与"方形"的密切关系给小说的形而上学含义增添了更为深刻的意义。简言之，它就像是一个有生命的人物，通过其不断地出现，它不仅有助于小说主题的发展，而且还有助于该小说能够从内部缝合起来，就像范陀义的乐曲把普鲁斯特的著名小说《追忆似水年华》从内部缝合起来一样。

"环形高地"和"幽谷"也可以看成"圆"的变体形式，它们对节奏的发展起到了很大作用。在小说的第二章，我们第一次遇见幽谷，"一个隔绝的幽谷"（Forster 2002b：18）。当里奇的"生活……开始发展时"（Forster 2002b：19），他发现了这个幽谷，在那里他感觉很安全，正如叙述者告诉我们：

> 于是幽谷对他来说就变成了一座教堂——一座在那里你的确可以做任何你喜欢的事情的教堂，但是在那里你所做的事情都将变得神圣化。（Forster 2002b：19）

显而易见，"一个隔绝的幽谷"的背景很重要，因为它极具象征性。这个幽谷可以被看作"自我防护和自信心的象征"（Stone 1966：195）。同时，它也是"里奇逃避生活的不确定性的隐居所，一个可以部分补偿他失去母亲的天然子宫"（Martin 1976：34）。这个幽谷有些时候可以起到一个仿佛能从他早逝的母亲那里找到的象征性保护作用；然而，里奇要看到真实，要成为真实。因此在幽谷里，里奇头枕着阿格尼丝的大腿，像是一个婴儿需要从母亲那里得到保护来抵御外界。也正是在这个关键时刻，阿格尼丝成为里奇母亲的替身，对此下面这段描述具有启发意义：

> 幽谷之中既不是七月时节亦非一月时分。白垩围墙把季节变化阻挡在外，而且冷杉树好像并没有感受到季节的变换。只是时不时的从上方的丛林那里悄悄地飘来一股股夏季的味道，仿佛是在评述月亮满年。她［阿格尼丝］弯下身来亲吻了他［里奇］。（Forster 2002b：73）

这深情的吻是里奇在这象征性时刻无法承受的，所以他规劝阿格尼丝重温她与杰拉尔德相拥相吻那个象征性时刻的记忆。虽然里奇已经拥有阿格尼丝作为他母亲的替身，但是他还是如此恐惧外面的世界，以至于他总是有意无意地把自己躲藏在他母亲的子宫里以寻求庇护，正如斯通所说，里奇"隐藏在幽谷里的欲望正是他想隐藏在母亲体内的欲望"（Stone 1966：197）。

"环形高地"具有神秘性，它与《印度之行》中的山洞相似。作者在小说中是这样描写"卡德伯里环形高地"的：

> 那里有着充满魔力的双环。一排青草围着一圈芜青，里边又是一排青草，再往里又是一圈芜青，最后在这个图案的中心长着一棵小树。（Forster 2002b：96）

环形高地的图形作为"圆"与"方形"的变体形式在这里重复出现。它的重现不仅使我们想起了安塞尔画的示意图，进而使我们进一步思索安塞尔给我们留下的悬而未决的有关"真实"的形而上学问题，而且通过重现的方式，它们相互交织在一起形成了小说的结构。

　　环形高地使我们联想到《印度之行》里的山洞，仿佛它们是一个硬币的正反面。高地与山洞都具有神秘色彩，令人困惑。环形高地"比法德战争更加古老"（Forster 2002b：96）；而山洞则比上帝创造天地更为久远。环形高地的外围之地"到处是黄金和死去的士兵骸骨。那些士兵曾与卡斯尔高地的士兵们战斗过并被打败"（Forster 2002b：96）；而山洞则像是既往历史的记录。斯通认为高地与山洞有着密切关系，并指出："像《印度之行》的马拉巴山洞一样，它们都与历史无关；它们的用途鲜为人知。它们似乎是早在有时空之前的某个存在体的无声证词。"（Stone 1966：206）当里奇来到这片环形高地时，他异常兴奋，甚至朗读着雪莱的诗篇《心之灵》（*Epipsychidion*），而这部小说的标题正是选自该诗。然而，过了一阵子之后，当费琳太太向里奇吐露了斯蒂芬是他的异父同母兄弟这个秘密时，里奇顿时灰心丧气，大有被欺骗和禁锢之感。环形高地本是一个神圣之地，但现在里奇却好像在这儿被退回到遥远的过去，紧接着又被扔回到现在，使他在现实与幻觉之间再次迷失了自己：

　　　　他正在凝视着过去，他最近还赞美过的过去，它张着大大的口，就像是污渎的坟墓。他在应该转身的地方转过身来，但高地却包围着他。此时此刻，这个高地似乎变成隐形：这正是这个高地的双重魔力。他嘴里冰凉，他知道自己将要在死者的尸骨堆里晕倒过去。他开始奔跑，但错过了出口，被里面一个障碍物绊了一跤，倒在了一片漆黑之中……（Forster 2002b：128）

　　由于环形高地已经使里奇受困，他拒绝跟斯蒂芬一起前往那里，因为他想要忘掉它。斯蒂芬再度食言而喝醉了酒，里奇看见他躺在铁路线上，此时他快速冲了过去挽救了斯蒂芬，而自己却被飞驰而过的列车碾碎了双膝，悲壮地死去了。接近小说结尾处，似乎变得更为成熟的斯蒂芬凝视着"环形高地的轮廓"（Forster 2002b：275）。环形高地作为"圆"的变体形式不仅对小说叙述产生节奏性运动起到了帮助作用，同时也对小说的相关人物"形成经历"（Prasad 1981：89）起到了帮助作用。环形高地给里奇指明了寻找真理的旅程。他从剑桥大学那里开始了他的探寻之旅，途经幽谷和索斯顿公学，最终结束于环形高地（Prasad 1981：89）。

　　"溪流"（stream）是小说《最漫长的旅程》里另一个重要的扩展性象征。伴随着该象征在小说叙述过程中的不断重复出现，它的意义逐渐扩展开来，这不仅强化了小说的主题，而且还对小说主题的重要性增色不少。象征"溪流"用来代表流动或连续性，就像普拉凯什宣称的那样："福斯特对象征'河流'和'溪流'的频繁使用象征着生活的绵延不断。"（Prakash 1987：130）作为一个生活的流动或生活的连续性的象征，连同它的几个变体形式，如"水""海洋""雨"和"河流"，福斯特使其在全书中反复出现的频率最高。"溪流"总共出现了 23 次，"水"41 次，"海洋"22 次，"雨"14 次，"河流"9 次。如此一来，福斯特成功地使小说的主题之一——连续性——反复回响在小说里，同时也反复萦绕在读者的脑海里。"溪流"这个象征最为频繁地出现在小说的第三部分，即"威尔特郡"的部分，在那里大地就像是一个活生生的人物。正如罗森鲍姆解释道，威尔特郡"代表着大地的特性"（转引自 Das & John Beer 1979：50），进而代表着"联结的力量……扩展开来以包含超越他的（福斯特）早期作品中所呈现的意义"（McConkey 1957：52）。云彩与大地通过溪流而延续着，大地和溪流融为一体，这一点我们可以从福斯特对雨的描写中略见一斑：

　　　　雨水由西南方向稍微倾斜而下。绝大部分的雨水静静地从一片乌云落下，但有时雨水倾斜的程度增加。当雨点击打在墙壁、树木、放牧人以及其他静止的物体的斜面上时，一种叹息声划破田野。有时云彩会向下飘移，明显地是要拥抱大地，只是向它送来信息；此时大地本身将产生云朵——一种更加洁白的云朵——它在幽暗的山谷形成，沿着溪流而动。它仿佛就是生活的开端。（Forster 2002b：83—4）

福斯特的诗人特性在以上引用的段落中展现得淋漓尽致，它很像是一首富有强烈节奏的优美诗歌。福斯特精妙地呈现了一幅云彩与大地互相融合形成了溪流的画面，这恰好吻合斯蒂芬和他的双亲。里奇的母亲（艾略特夫人）曾在凯多佛的一幢房子里遇见了一位名叫罗伯特的年轻农夫，他清楚地"知道大地何时生病了"（Forster 2002b：220）。艾略特夫人象征着大地，而罗伯特则代表着云彩，因为他干起活来像云彩一样。他们坠入爱河并生下了斯蒂芬，他就是溪流的象征。就像大地和云彩的融合使得它们在溪流当中得以延续一样，艾略特太太和罗伯特先生的血脉通过斯蒂芬得以传承，并通过斯蒂芬的女儿继续延续下去。

"溪流"不仅是连续性的隐喻，而且也是统一性的隐喻。尽管里奇已被告知斯蒂芬是他的兄弟，但他起初拒不接受，只因他相信斯蒂芬是他可恨的父亲的私生子。然而，当他得知斯蒂芬是他母亲的儿子后，两兄弟才得以相认，因为他们有着同一个母亲。里奇在溪水里感到兴奋快乐，就像他在剑桥大学附近的幽谷里感到自由安全一样。具有象征意义的是，当他身处溪水和幽谷里时，他都幻想着被带回到他母亲的子宫里保护自己。

"溪流"这个象征最后重现在小说的接近尾声处。里奇无法得以延续的事实再次被重复，正如"溪水分开而流"（Forster 2002b：257）。"溪流"不断地与"大地""方形"和"圆"相互关联和互相交织。在故事的发展过程中，通过它们的相互关联和交织重现的方式，它们构建了一种更为美妙和复杂的节奏，由此给小说的结构增添了更多的艺术美感。

第四节　《霍华德庄园》的简单节奏

在小说《霍华德庄园》的所有主旨词当中，"只有联结"（Only connect）毫无疑问是最为重要的主旨词。"只有联结"，连同它的变体形式如"connecting""connected""connection"等，总共出现了

27 次。"只有联结……"是福斯特的著名铭文，它预示了这将是小说的中心主题。"只有联结"不仅是小说《霍华德庄园》的首要主题，而且也是"贯穿《印度之行》的主题"（Bradbury 1970：14）。"只有联结"不仅仅像一个小小的乐句那样不断穿行于小说之中成为一个从内部把小说缝合起来的节奏，而且它"还有着哲理意义而非社会意义"（Yarrow 2002：5）。尽管评论家们对该小说的中心主题有着不同的阐释与解读，但科尔默的观点似乎更合理，因而更易被接受："《霍华德庄园》的母题是和谐。"（Colmer 1975：92）约翰·科尔默的这一断言或许说出了福斯特写作这部小说的用意，正如他把关键词"只有联结"放在小说的扉页上。为了能够实现和谐的主题，唯一的方法就是让小说中的人和事物能够互相联结起来。这不仅是福斯特的个人哲学，同时也正是福斯特想要从该书中得到的东西。当我们记住了这一点后，我们就会发现莱斯利·怀特（Leslie White）的观点——"福斯特（在《霍华德庄园》里）根本就不想要联结"（White 2005：43）——显而易见远非正确。相反，节奏的运用"对一部能够增强和谐视觉并给人提供个人和社会分裂评论的小说具有特殊的价值"（Colmer 1975：105）。因此，那些不断重复的意象和词语，比如"霍华德庄园""干草""干榆树""只有联结""金钱"等，有机地从小说内部成长出来，同时它们的意义在读者的记忆里不停地扩展开来，"构建起一种特别的整体……一种特别的共鸣"（Colmer 1975：105）。

《霍华德庄园》中"只有联结"的主题牵涉到人类生活和社会的诸多方面，尤其是爱德华时代的英国社会。科尔默曾经指出：

> 不断重复的主旨词"只有联结"把和谐的理想运用到生活的三个领域：用于个人内在的平淡与激情之间的关系；用于男人和女人之间外在的性关系；以及用于英国社会中的阶级划分与隔阂。（转引自 Gowda 1969：15）

事实上，科尔默忘记了提及另一个生活领域：人与自然之间的关系。尽管如此，他正确地指出，"'内部缝合'，一个词语及其变体的重复，能够产生把生活的'整体'思想融合进艺术设计的整体感觉"（转引自 Gowda 1969：15）。

福斯特最为在意的是人际关系和私人生活，正如他曾公开宣称"我是一个职业作家，我的书籍强调人际关系和私人生活的重要性，因为我相信它们"（Forster 1951：64）。在福斯特的所有小说当中，《霍华德庄园》最为关注人际关系以及"私人生活与社会生活的关系"（Gowda 1964：12）。施莱格尔姐妹，尤其是玛格丽特·施莱格尔，做出了巨大努力去建造"一座能够联结我们内在的平淡与激情的彩虹桥"（Forster 1985a：146）。人们把这一点视为这部小说的本质，而且是福斯特创作这部小说的终极目的。同时，这也很恰当地呼应了亚历克斯·兹沃德林（Alex Zwerdling）对该小说的分析："'只有联结平淡与激情'是《霍华德庄园》的基调，是人类的终极希望。"（Zwerdling 1957：177）核心人物玛格丽特是福斯特在该小说里的代理人，正如福斯特的著名传记作家 P. N. 弗班克（P. N. Furbank）写道："在很多重要方面，玛格丽特就是福斯特本人，因此她的观点当然就是他的。"（Furbank 1979：173）像福斯特一样，玛格丽特已经意识到了现代生活的非完整性，正如福斯特所指出的那样："英国人是不完整的人。"（Forster 1996：10）小说中威尔科克斯一家人（露丝·威尔科克斯太太除外）都是务实的实干家，只关注外在的价值，因而是物质享乐主义者。他们做一切事情几乎都是听从大脑的反应而非心灵的召唤。"他们不特别在乎文化，他们头脑迟钝"（Zwerdling 1957：178），因为他们是福斯特所认为的典型的"有着非常发达的身体，比较发达的头脑，发育不全的心灵"的英国人（Forster 1996：5）。尽管如此，他们是生活的坚固基础。如果没有他们的劳动，像施莱格尔姐妹这样的人将无以为生。与之相反的是，施莱格尔姐妹是思想家，她们更关注情感、艺术和文化，因而是唯心主义者。她们与威尔科克斯一家人生活在不同的世界里。意识到"身体的需求和灵魂的需求没有达成和谐的生活事实上根本不是生活，就像一个任其不和谐的人，就定义而言，根本不是人一样"（Hoy 1960：

134）。玛格丽特有意识地努力去把社会生活和私人生活，内在世界
与外在世界联结起来，以便使它们成为一个和谐的整体：

> 只有联结！那是她的说教的全部。只有联结平淡与激情，由
> 此两者均得到提升，人类的爱也将处于高点。不要再生活在分裂
> 之中。只有联结，野兽与僧侣，一旦拿走属于他们生活的隔离，
> 将会死去。（Forster 1985a：147）

福斯特，作为人文主义者，清楚地表达了他的信念——"我相
信人际关系"（Forster 1951：76）。像他一样，玛格丽特也对此深度
关注。或许，这就是为何兹沃德林指出"《霍华德庄园》的主题是对
人际关系的觉醒"（Zwerdling 1957：179）。已经意识到人际关系对于
获得人类生活的秩序与和谐的重要性，玛格丽特采取一切手段努力使
所有对立的力量达成和解。凯瑟琳·霍华德（Catherine E. Howard）
对此所做出的评论是更好的说明："施莱格尔姐妹，尤其是玛格丽
特，认识到了对立力量的和解：施莱格尔家庭与威尔科克斯家庭的和
解，富人与穷人的和解，男性与女性的和解。"（Howard 1992：55）
用海哈伊（Masako Hirai）的话说，玛格丽特"变成了其他人的使者
与媒介"（Hirai 1998：119）。在她那"几乎像女神一般"魔力的作
用下（Hirai 1998：119），小说中几乎所有的人物最终都得到了和解，
尽管巴斯特（Leonard Bast）只是在死亡中获得和解。玛格丽特——
露丝·威尔科克斯的真正精神继承人——"从未忘记任何她曾关注
过的人；尽管让人们互相联结需要付出艰辛的努力，但是她依然坚持
联结，而且她希望有一天亨利·威尔科克斯也能做同样的事情"
（Forster 1985a：164）。故事的结束场景似乎表明：玛格丽特（或福
斯特）的理想目标最终得以实现了，因为我们看到亨利、玛格丽特、
海伦以及她与巴斯特的儿子都安逸和谐地生活在霍华德庄园，而且他
们怀揣着美好的愿望去迎接一个繁荣兴旺的未来。

不难发现，"只有联结"这一主旨词的反复出现不仅成功地把小
说从内部缝合起来，让这部没有清晰划分结构的长篇小说得以串联起

来，成为一个有机整体，而且还对强化和深化小说的首要主题起到了非常突出的作用。

"金钱"是另一个重要的主旨词，它在小说中总共出现了 80 次之多。有些评论家已经把金钱视为该小说的首要主题，比如安妮·赖特（Anne Wright）曾指出："该小说把金钱用作一个重复性的主旨和情节的促进因素……金钱是这部小说的核心。"（Wright 1984：47）甚至福斯特本人在接受斯通的采访时都直接承认了这一点：

> 斯通：金钱作为一个主题显然在《霍华德庄园》里很重要。
> 福斯特：《霍华德庄园》是试图征服金钱的尝试（Stone 1997：71）。

在我们的现代生活中，金钱对每个人来说当然是很重要的东西。不仅福斯特意识到了这一点，而且玛格丽特也意识到了。她与她姑妈芒特太太（Mrs. Munt）之间的对话就很好地表达了她对金钱的重要性的意识：

> 你和我以及威尔科克斯一家都踩在金钱上，就像站在坚固的岛屿上。金钱在我们脚下如此牢固，以至于我们都忘记了它的存在。只有当我们看到身边的某个人步履蹒跚地走着的时候，我们才意识到有一份独立的收入意味着什么。昨晚我们围着炉火聊天的时候，我想到世界的灵魂是经济构成的，所以最深的深渊并非爱情的缺乏，而是金钱的缺乏。（Forster 1985a：47）

尽管玛格丽特是露丝·威尔科克斯的精神继承人，尽管她是位更为关注艺术和文化的知识女性，但是她不仅意识到了金钱对于社会生活的重要性，而且还意识到了金钱对于文化生活的重要性。阿利斯泰尔·达克沃思（Alistair Duckworth）曾经指出，"玛格丽特一再地意识到文化依赖金钱这个事实"（Duckworth 1992：50）。有关金钱的思想是左右小说主题方面的焦点，同时它也一直是玛格丽特的思想。萨维奇（D. S. Savage）曾对此表达过自己的观点："焦点是金钱……的确，在整部小说中金钱是伴随玛格丽特的主旨思想。"（Savage 1966：64）

威尔科克斯一家人，其中亨利·威尔科克斯是最佳代表人物，属于典型的那些"踩在金钱上，就像站在坚固的岛屿上"的人（Forster 1985a：47），他们最关注的事情无非金钱和财产。尽管他们"能够解决问题，因为他们从容地、一点一点地看待生活"（Zwerdling 1957：178），但是他们却缺少对内心思想和内在生活的关注，就像玛格丽特指责亨利·威尔科克斯的那样："他惧怕情感。他太过于在意成功，而太不在乎过去。他的同情心缺少诗意，因而也就不能称之为同情心。"（Forster 1985a：137）尽管威尔科克斯一家人（露丝·威尔科克斯夫人除外）对人类生活的精神方面几乎不感兴趣，对人际关系几乎不给予任何关注，但是他们的价值却绝不应该遭到全盘否定。尽管他们的生活焦点主要落在对物质财富和财产的拥有上，因为这显然是"他们心理堡垒的核心材料"（Lago 1995：43），然而他们却成功地使人类生活和文化得以存活和繁荣成为可能。显然，一味地谴责只关心金钱和物质财富而"从不关注事物"（Forster 1985a：147）的威尔科克斯一家人并非好主意。相反，在福斯特以及玛格丽特看来，解决这一问题的最佳方法就是通过联结内在生活与外在生活的方式拯救他们，从而使他们成为完整健全的人。

金钱也与小说里的巴斯特夫妇密切相关。吉尔伯特（S. M. Gilbert）曾经指出，"金钱在我们的社会里常常是达成个人满足的关键。爱情、关系、精神追求……之所以远离伦纳德·巴斯特，是因为他没有钱"（Gilbert 1965：24）。无产者巴斯特处于阶级冲突的中心。他预先注定要失败，因为他经济上贫穷。由此说来，无论他如何努力去使自己靠近施莱格尔姐妹，他都不会有所改进。大卫·梅达利（David Medalie）对巴斯特做出的评价很有说服力："伦纳德·巴斯特无法取得发展——在社会地位上，在经济状况上或者在文化追求上——究其原因，他是退化的体现，即使在他挣扎着向前迈进的时候，也总是不知不觉地向后倒行。"（Medalie 2002：20）

要解释清楚巴斯特的悲剧绝非易事，但有一件事是确凿无疑的，即他是现代文明的受害者。他被剥夺了我们这个世界上最为重要的东西之一——金钱。正是由于缺少金钱才使得他被推入痛苦的深渊，才使得他成为一个无缘幸福、健康、力量和美丽的人。对此，格兰斯登（K. W. Gransden）曾做过入木三分的论述：

> 人们对金钱的普遍关注是我们人类文明的一个令人鼓舞的事实，是我们的社会良知的一个严重污点。金钱是世上最重要的东西。它代表着健康、力量、荣誉、慷慨以及美丽，而没有金钱却代表着疾病、虚弱、耻辱、卑贱和丑陋。它的另一个重要的美德是它理所当然地毁灭卑微的人，而使高贵的人强大和显得有威严。（Gransden 1962：64）

虽然极度贫困毁了巴斯特，但是死后他的个人心愿在其与海伦所生的孩子身上达成了，正如亚瑟·马特兰（Arthur Martland）所宣称的那样："然而，正是伦纳德·巴斯特与海伦·施莱格尔之间的联结导致了英国真正的继承人的诞生。"（Martland 1999：122）巴斯特的孩子不仅生于已故的巴斯特而成为英国真正的继承者，而且他还象征性地被赋予了"最具联结性人物"的力量（Wilde 1964：121）。主旨词"金钱"，就像是一个小曲调，在小说里频繁地出现，它不仅成为"联结的主题"（Wilde 1964：104），同时还起到了把不同类型的人物凝聚起来的重要作用。通过对这个主旨词的巧妙运用，该主旨词与《追忆似水年华》里的范陀义乐段一样，的确产生了把主题连贯性从内部缝合起来的效果。

《霍华德庄园》里的另外两个主旨词"恐慌与空虚"和"小妖精"成为相互交织的重现意象。这两个主旨词是海伦·施莱格尔在聆听贝多芬的《第五交响曲》时发明的。意象"恐慌与空虚"在小说里共出现了6次，其中2次是以重叠的形式出现，预期着主旨词"来呀，来呀"（come, come）在《印度之行》里的运用。意象"小妖精"在小说里共出现了10次。正如韦瑟赫德指出，这部小说的结构"构建在海伦发明的主旨词'恐慌与空虚'的基础上"（Weather-head 1985：251），它"象征着小说的主要主题之一，内在生活与外在生活的冲突，在这个冲突中施莱格尔姐妹与威尔科克斯一家产生碰撞，这个主题与海伦错综复杂的性关系密切关联"（Weatherhead 1985：253）。由于贝多芬的《第五交响曲》"向海伦概括了她的生涯中已经发生或可能发生的事情"（Forster 1985a：26），我们尽可探究主旨词"恐慌与空虚"的节奏性出现，以便追溯海伦的情感经历。

在一次前去探访霍华德庄园期间，海伦与保罗·威尔科克斯产生了短暂的恋情，正是这段恋情导致了威尔科克斯一家陷入了痛苦的混沌之中。这次探访以窘迫和恐惧而告终，而且对海伦产生了持久的影响。她描写了自己被保罗亲吻的情形：

> 当我看到所有其他人都如此平静温和，而保罗却极度恐惧生怕我说错了话的时候，我顿时感觉到威尔科克斯全家人都是骗子，仅仅是一堵墙似的报纸、汽车和高尔夫球棒；如果它坍塌了，我从它后面只能看到恐慌与空虚。（Forster 1985a：19）

随着主旨词"恐慌与空虚"的出现，我们看到了施莱格尔姐妹与威尔科克斯一家的冲突爆发。小说的前十二章建立了主题内容并形成了小说结构。正是在这个部分海伦与保罗产生摩擦和冲突。她与保罗的相识以及突如其来的碰撞引发了"小说人物关系上的一系列变化——玛格丽特与威尔科克斯太太结交朋友，海伦结识伦纳德，威尔科克斯太太病故，把霍华德庄园隐秘的遗赠给她（玛格丽特）"（Weatherhead 1985：253）。由于海伦的情感经历是故事发展的基础，因而由主旨词"恐慌与空虚"的不断重现所产生的节奏"与交响曲的节奏相当"（Weatherhead 1985：253）。

意象"恐慌与空虚"的首次出现揭示了海伦在探访霍华德庄园时对保罗表现出的强烈性欲和焦虑反应；它的第二次出现表达了她对贝多芬《第五交响曲》中令人不安的幽灵"小妖精"的反应。"正是这一意识使得她有别于他人，而且把她对交响曲的反应变为一次震动的精神经历。"（Aronson 1980：78）海伦起初全身心地崇拜内在生活，看重人际关系。然而，自从她与保罗以及威尔科克斯一家的关系破裂之后，她开始选择远离爱情并同时转向巴斯特先生，把他变成性欲的替代目标。随着她的性格发展演变，她"变得越来越专心于'自我'并转而对自己进行压抑，而且像威尔科克斯先生一样对他人冷漠麻木"（Weatherhead 1985：256—257）。跟亨利·威尔科克斯完全相反的是，海伦更像是一个社会改良者，试图重塑巴斯特先生让他适应社会。随着故事的向前发展，海伦与亨利沿着相反的方向彼此渐行渐远，因此两人的关系变得不可调和。正是玛格丽特在海伦与亨利的冲突中扮演了"调和代表"（Weatherhead 1985：257）的角色。她决定以宽容之心和爱心接受海伦和亨利的长处。

　　然而，当海伦听说玛格丽特已经接受了亨利的求爱时，她再次大声呼喊着"恐慌与空虚"，这不禁勾起了我们对它首次出现的回忆。海伦对威尔科克斯一家的厌恶感和恐惧感如此强烈，以至于她不顾自己已有身孕还是决定独自离开英国。此时，读者"在主旨词'恐慌与空虚'里再次体验了海伦的恐惧"（Weatherhead 1985：259）。尽管海伦依然无法接受亨利作为自己未来的姐夫，但是她最终还是同意了他们的婚姻。她意识到了自己迷恋巴斯特先生的背后原因是由于她的不成熟性经历所致，就像她告诉玛格丽特的那样："因为我是一个老姑娘……我自己都想象不出来为什么我要这样。"（Forster 1985a：151）她与巴斯特先生的一夜情就是她采用的恰当方式试图表明她成为一个老姑娘的恐惧感得到了消除，但是她并未意识到自己的冲动性侵扰毁掉了巴斯特夫妇的生活，而且差点毁掉了她姐姐的婚事。由此说来，"她逃离国内就是逃避责任的表现"（Weatherhead 1985：260）。

　　故事接近尾声时，施莱格尔姐妹好不容易战胜了威尔科克斯一家。此时，亨利隐居在霍华德庄园，海伦最终与他和解了，海伦的孩子继承了霍华德庄园，玛格丽特与她已经拯救过来的丈夫以及她一直深爱着的妹妹快乐和谐地生活在霍华德庄园。"然而，为了完成这种'联结'，福斯特不得不干掉伦纳德·巴斯特，差点毁了亨利，使海伦有了私生子，以及使查理坐监服刑。"（Weatherhead 1985：262）在小说的结尾处，尽管故事看似圆满收场，但是它依然提醒我们海伦先前从贝多芬的《第五交响曲》里所产生的幻想：

> 小妖精们确实在那儿。它们可能回来——它们真的回来了，仿佛生活的光彩会蒸发掉变成水汽和泡沫。在其消亡的构成中人们听到那个可怕的、不祥的尘埃，即一个小妖精，它带着更多的恶意悄悄地从宇宙的一端走到另一端。恐慌与空虚！恐慌与空虚！（Forster 1985a：25）

通过警告我们小妖精可能会回到贝多芬的交响曲，福斯特之所以避免创造一个完美的和谐结局，或许能够从以下两个事实中得出解释：一方面，"恐慌与空虚"沉重地打击了海伦，使她认为这是"威胁我们所有人的灾难"（Hoy 1960：127）；另一方面，福斯特清楚地意识到"这是一个在许多方面都处于分裂的世界，如整体与部分之间，永恒与不停的变化之间，无限和'恐慌与空虚'之间"（Bradbury 2005：113）。

意象"恐慌与空虚"的反复出现以及它与"小妖精"的互相交织构建了一种类似于交响曲般的 diddidy dum 强烈节奏。由于在小说里不断地回旋和回响，"恐慌与空虚"和"小妖精"这两个意象的相互交织出现不仅在背后不停地萦绕着，进而对小说的主题内容以及结构起到了很大作用，而且它们的重现"在整个的节奏体系里呈现出一个更大的意义"（Weatherhead 1985：254）。

由于《霍华德庄园》体现出作者对节奏的更为娴熟的运用，威尔弗雷德·斯通声称这是"福斯特对节奏技巧进行的第一个重要实验"（Stone 1966：267）。尽管人们已经一致认为这部小说的节奏要比福斯特早期小说里的节奏错综复杂些，但是评论家们却对这部小说里的节奏类型存在较大分歧。以阿尼亚·高达（H. H. Anniah Gowda）为代表的有些评论家认为，在《霍华德庄园》里存在二种简单节奏：以"一束干草"为最佳代表的不断出现的主题；不断出现的对立面，如文艺与新闻；不断出现的词语（Gowda 1969：17）。然而，以普拉萨德为代表的评论家只是把这部小说里的简单节奏分成两类：有关植物类的节奏，如"干草""青草""花""榆树"等，以及有关现代文明方面的节奏，如"汽车"和"行李"等（Prasad 1981：93）。乍一看来，上述两派评论家似乎都有道理，但细究起来，他们的观点又都不完全正确，因为他们都忽略了另一类有关"地方"或"场所"的重要节奏，如"霍华德庄园"。霍华德庄园不仅仅是威尔科克斯夫人从家族继承下来的一个乡下别墅名称（小说标题就取自于此），而且还是"全书的中心，现代英国社会的象征，同时也是这个世纪不可避免的命运的缩影"（Hou Weirui & Li Weiping 2005：495），甚至是"英国的象征"以及"传统的象征"（Martland 1999：119），对此威尔科克斯夫人无疑是其"精神的继承者"（Hirai 1998：94）。作为"最后一部英国状况小说"（Forster 1985a：viii），《霍华德庄园》的核心主题是"和谐"（Colmer 1975：92），"人际关系的魔力"（Zwerdling 1957：179），以及"对英国传统、历史和神话的找寻——对乡土生活的找寻"（Prasad 1981：52）。因此，《霍华德庄园》显然是一部可以被看作关于"前往霍华德庄园的旅行"小说（Milligan 1987：91）。作为一个扩展性象征以及一个强大的黏合力量，主旨词"霍华德庄园"在小说里共出现多达 98 次。与此同时，它被用来与"伦敦"形成对照（伦敦在书中共出现了 75 次），"旨在象征爱德华时代英国社会的持续性与变化之间的冲突"（Bloom 1987：47）。

"霍华德庄园"这个象征在小说中具有如此的作用，以至于它被用作小说里的"一个核心人物"（Beauman 1994：38）。福斯特对房屋、树木以及乡村价值观念的重要性的强调源于他一生对这些东西的深刻感情。弗班克在其著名的《爱·摩·福斯特传》（第二卷）里是这样记载的："福斯特自从孩提时期起就强烈地喜爱树木"（Furbank 1979：199），而尼古拉·博曼（Nicola Beauman）在他的福斯特传记里指出："将对福斯特产生最伟大意义的（意象）是房屋的意象。"（Beauman 1994：6）如此这般，我们就不难解释为什么福斯特把一个名为霍华德庄园的乡下别墅呈现为如此重要的象征，同时我们也不难看出他把这部小说冠名为这个房屋的名称的背后原因了。几乎所有的小说人物都由于他们对霍华德庄园的态度或吸引程度而被区别开来，分类和重新分类。威尔科克斯夫人，像《印度之行》里的穆尔夫人是位救赎性人物一样，是威尔科克斯家庭所有成员中唯一一个不仅是这所房产的拥有者，而且还是福斯特极力尝试挽回并保持下来的乡村价值观的精神继承者。她不仅把霍华德庄园视为家，一个住人的地方，而且还把它看作传统的一部分。然而，其他家庭成员却只把它当成可以买卖的一件物质财产而已。因此，如果我们说威尔科克斯夫人属于霍华德庄园以及它所代表的一切——文化传统及其连续性，那么其他威尔科克斯家庭成员则更多的是属于伦敦及其所代表的一切——物质主义和变化，因为他们只关注商业、汽车和金钱。施莱格尔姐妹，特别是玛格丽特，也对霍华德庄园很感兴趣。威尔科克斯夫人去世时将其遗赠给了玛格丽特，因为她生前在玛格丽特身上看到了她可以成为这幢房子的"精神继承者"（Forster 1985a：77）。

玛格丽特，在她与亨利·威尔科克斯结婚后，变成了第二任威尔科克斯夫人，在她身上第一任威尔科克斯夫人想保持以及把乡村价值观传承下来的愿望现在得以实现。尽管去世的较早，第一任威尔科克斯夫人似乎依然活着，因为她的精神影响力从未消失。对此詹姆斯·米哈奇（James J. Miracky）曾经这样评论过：

> 这部小说的牵魂圣灵体现在露丝·威尔科克斯夫人身上，她是霍华德庄园的女业主和精神所在，具有得墨忒耳女神的功能，宛如《印度之行》里的穆尔夫人，能理解所有人并化解所有冲突。（Miracky 2003：51）

作为霍华德庄园的精神继承者，玛格丽特在很大程度上恢复了已故的威尔科克斯夫人的角色。她仿佛还从逝者那里继承了超凡的力量化解所有的冲突，并把物质享乐主义者和理想主义者联结在一起，共同生活在霍华德庄园。她将把这种力量传承给海伦与巴斯特的儿子——霍华德庄园年轻的和新的精神继承者，这意味着他将继承英国的未来。

这部小说的故事开始并结束于霍华德庄园，"它的确是这部书的一个人物，它本身即是一个守护者，通过它的拥有者露丝·威尔科克斯，之后通过它的管家艾弗里小姐"（Prakash 1987：161），同时也通过玛格丽特·施莱格尔，第二任威尔科克斯夫人。它起到了"价值观的试金石"作用（Prakash 1987：161）。通过把小说冠以《霍华德庄园》，"福斯特展现了他赋予那座乡村房屋的象征的重要意义——自然的根基、稳固、美丽以及昔日英国的资源"（Karl & Marvin Magalaner 1981：115—116）。虽然人们对这个象征可能会有多种不同的解读，但是它所承载的具有内部缝合作用的节奏在小说故事的发展过程中，尤其是在它与喧闹、变化无常的伦敦生活形成鲜明的经常性对比的情形下清晰可辨并得到确认。作为小说里一个主要的象征，霍华德庄园不仅"给全书提供了一个脊柱"，而且也给小说"提供了一个至关重要的内容和形式上的秩序"（Karl & Marvin Magalaner 1981：26）。简而言之，我们可以引用尼古拉斯·珀波尔科（Nicholas Poburko）的一句话进行简要概括："以更为丰富和囊括一切的现实意义为名义，《霍华德庄园》是扩展音乐和语言的类比的一个尝试。"（Poburko 2001：32）这部小说的成功之处部分地基于这样一个事实，即"小说家（福斯特）创造了一个与这座房屋完全和谐融洽的'存在'"，并把它作为一个扩展性象征（Prakash 1987：163）。

"干草"（hay）是小说中另一个强有力的扩张性象征，它的作用与《追忆似水年华》里的范陀义那小段乐曲极其相似。对此，E. K. 布朗曾经指出："普鲁斯特凭借范陀义那复杂可怕的乐曲，而福斯特则依靠干草。"（Brown 1950：46）布朗继续说道，尽管干草并非小说里唯一重要的象征，"但它却是运用的最精巧的象征"（Brown 1950：47）。主旨词"干草"共出现了 18 次，它的变体形式"青草"出现了 14 次，"花"21 次，"树木"49 次。整部小说从头至尾都能时常地出现它们的身影。约翰斯顿（J. K. Johnstone）把"干草"这个扩展性象征视为"福斯特所使用的最为精美和复杂的节奏之一"（Johnstone 1963：224）。"干草"及其变体形式的不断重复呈现表明了福斯特对于大地的态度，因为大地是干草及其同类的源泉。"福斯特，通过把果蔬界和大地纳入人性艺术，表明他不懈的努力避免使自然风景变成机场和工业厂房。"（Prasad 1981：94）关于这一点，约翰·克罗·兰塞姆（John Growe Ransom）的评论事实上证明极具洞察力：

> 福斯特期望他的社会根植于土壤的意义之中，因此他笔下人物的最佳时刻不是他们卷入社会关系的漩涡之中，而是置身于自然风景之中。（Ransom 1973：409）

通过把他的社会根植于自然风景并与果蔬界保持亲密关系，福斯特只是想构建一座桥梁把当下与过去联结起来，如此一来，悠久的传统方可得以保存下来。

"干草"作为一个节奏在《霍华德庄园》里就像《第五交响曲》的一个小曲调。正如小说里的不同人物对音乐有着不同的反应，他们对干草的反应也各不相同。E. K. 布朗曾声称，"对干草的反应……是一个人物的价值观的标志"（Brown 1950：51）。露丝·威尔科克斯酷爱甚或崇拜干草，正如海伦在书信里告诉玛格丽特的那样："拖着，拖着，她拖着长裙走在湿漉漉的青草上，回来时她手里拿着一把干草……她不停地闻着它……后来，她又一次出现了，拖着，拖着，一边欣赏着鲜花，一边依然在闻着干草。"（Forster 1985a：2）海伦喜爱干草，就像她喜爱音乐一样。小说的结束语能够最好地说明这一点："草地已收割了！"海伦兴奋地喊道——"这一大片草地！我们已经看到了全部，那将是从未有过的干草大丰收！"（Forster 1985a：271）玛格丽特，作为已故的威尔科克斯夫人挑选的霍华德庄园的精神继承者，对干草也情有独钟。我们看到她"玩弄着青草，让它们像沙子一样从手指间流出"（Forster 1985a：195），并"把手指插到草里面去"（Forster 1985a：264）。然而相反的是，威尔科克斯一家的其他成员以及蒂比（玛格丽特与海伦的弟弟）患有"枯草热病（hay fever）"。正是在这些人物对干草的反应变化中节奏才形成的。

像《印度之行》里的回声一样，干草扮演着一个人物的角色，走进读者的记忆里并引发人们的诸多联想。

干草首次出现在第一章节海伦写给玛格丽特的信件里，而它最后一次出现是在小说的结尾处，当时海伦和她的婴儿在草地里。在故事的整个进程中，干草的存在形式有两种：活的干草和死的干草。露丝·威尔科克斯"作为花和干草的化身有着隐喻性的含义，把她和生与死以及季节的变换联系起来"（Macdonogh 1984：40）。同时，干草也与死亡相联系（Wilde 1964：116），甚至它就是"死亡"（Mc-Conkey 1957：129）。汤姆森（George H. Thomson）的一段话恰好能说明这一点：

> 露丝·威尔科克斯知道青草与花朵由于死亡之镰刀的切割而死亡。她对活的植物的挚爱通过花园意象呈现出来；而她对死的植物的挚爱通过干草意象呈现出来。（Thomson 1961b：231）

自从干草第一次出现，它就开始显现出它的作用。从小说的开端到结束，干草就一直起着阐明和强化主题的作用。当露丝凝视着藤蔓和鲜花的时候，她"有时看上去显得疲惫"（Forster 1985a：2）。她的丈夫与孩子对物质生活和财产的关心多于对这些藤蔓和鲜花的关心，这让她很难过，因为在她的眼里这些植物代表着"乡村的英国，有着季节性的节奏和丰富美感的、具有吸引力的自然界，以及传统与昔日的珍贵感觉"（Page 1987：81）。她似乎对现代文明、对不同形式的活干草产生的威胁拥有一种超验的洞察力。她以深爱干草为特性；我们看到了她与干草成为统一体。从祖上继承了霍华德庄园、保护性的榆树和农场，露丝似乎了解它们的力量。她闻干草的行为本身就是她与干草亲密无间的迹象。她热爱干草，就像《最漫长的旅程》里的罗伯特·沃汉姆（Robert Wonham，斯蒂芬的生父）热爱大地一样。她熟知干草的程度，几乎就像沃汉姆知道大地何时饥渴一样。由于已与干草融为一体，威尔科克斯夫人"就是一小捆干草，一朵花"（Forster 1985a：57）。或许，这就是为什么霍华德·道蒂把露丝·威尔科克斯看作"大地母亲"的原因所在（转引自 Gardner 1973：364）。

作为一种具有联结性的力量，干草"拥有某种塑造性影响力"（Prasad 1981：95）。如果我们仔细阅读这部小说，我们就会发现：干草似乎总是陡然出现或在关键时刻出现。当海伦与保罗的短暂恋情处于破裂之际，干草突然出现。当露丝·威尔科克斯前往威克姆寓所（Wickham Place）去修复与施莱格尔姐妹的关系时，干草再度突然出现。福斯特这样描写露丝：她"根本不了解人间世故，只知道她花园里的花卉，或者她草地里的牧草"（Forster 1985a：70）。的确，她对干草比对人更为熟悉。她出现时像一枝花，而消失时却像一缕干草。她去世了，"现在躺在大地之下"（Forster 1985a：70）。

露丝死后很长时间内干草没有出现。亨利·威尔科克斯和他的孩子们违背逝者的遗愿把霍华德庄园赠给玛格丽特，但是亨利却想娶她。在玛格丽特的一再坚持下，亨利好不容易同意带着她前去探访霍华德庄园。此时，干草又一次突然出现了。当玛格丽特从车里下来时，她触碰到了干草，这几乎改变了她："她被土壤的肥沃所震撼；她很少来过有着如此美丽花卉的花园，甚至她悠闲时从门廊采摘的杂草也翠绿翠绿的。"（Forster 1985a：157）对玛格丽特而言，干草是有生命的。如果对露丝来说，干草既是一缕干草又是一枝花，那么对玛格丽特来说，世上只有活的干草："房后的花园里处处是盛开着鲜花的樱桃树和李子树。"（Forster 1985a：158）她与干草的亲密接触使她变成了露丝·威尔科克斯，以至于艾弗里小姐（威尔科克斯家多年的管家）把她当作已故的女主人。她被艾弗里小姐幻想成露丝·威尔科克斯，还因为她"有着死者的走路姿态"，而且站在那里"手握一把杂草"（Forster 1985a：159）。干草仿佛对玛格丽特产生了某种神奇的力量，使她能够把与自己迥异的亨利联合起来。之后，干草再次从小说的叙述中隐退。

干草起着补偿性力量的作用。每当人际关系面临威胁的时候，它总会出现。当新婚宴尔的亨利和玛格丽特由于前者与巴斯特的妻子昔日的性绯闻被曝光而产生严重冲突时，恼怒的玛格丽特前去霍华德庄园料理她的家具。此时，正是干草似乎起到了抚慰她的愤怒的作用。作为一个音乐曲调，干草担当着联结完全不同的人和补救严重分裂的人际关系的角色。干草不仅激励着玛格丽特提升自己，以便"从容地、一点一点地看待生活"（Forster 1985a：212），同时还鼓舞着她与亨利幸福和谐地生活在一起。她最终与亨利达成和解，这意味着她的激情与他的平淡得以联结。当海伦怀着身孕从德国回来，却被亨利拒绝在霍华德庄园借宿一夜时，玛格丽特对亨利大动肝火。她决定跟海伦一起前往慕尼黑，所以她把钥匙扔给亨利（钥匙在这里代表着权力），然而它们却"落在了充满阳光的草地斜坡上"（Forster 1985a：264）。

不同于露丝·威尔科克斯和施莱格尔姐妹，威尔科克斯家的其他成员以及蒂比患有枯草热病。由于无法达成与干草和解的愿景，他们"只好与大地及其情感无缘"（Forster 1985a：169）。约翰·比尔（John Beer）曾准确地指出了这一点：

> 威尔科克斯先生及其孩子们，另一方面，对干草过敏，所以只好把他们自己关闭起来远离干草。他们的过敏症反映出他们的心理局限性。枯草热病，事实上，好像对应着（福斯特）早期小说里的"暴躁易怒"——玛格丽特的弟弟蒂比患有此病，当他到牛津大学读书时，他减少了一些先前的易怒性。（Beer 1968：105）

艾弗里小姐多年熟知威尔科克斯一家人，她告诉我们："威尔科克斯家没有一个人能够容忍六月的草地"（Forster 1985a：216），然而玛格丽特似乎扮演着一个催化剂的角色，成功地改变了亨利。当他回到霍华德庄园显得疲惫不堪时，玛格丽特让他"坐在草地上"（Forster 1985a：264），此时他被干草包围着，却没有出现枯草热病，最终使得他达成了与施莱格尔姐妹的和解。

干草也极大地影响了海伦。在小说的开篇章节里，她非常高兴地描述着干草以及露丝手握着干草。她幸福地沉浸在《第五交响曲》

给她带来的愉悦之中。然而，当她逐渐远离干草和音乐之后，她变成了另外一个完全不同的人，甚或变成了一个古怪的人。当她被准许在霍华德庄园度过一夜时，她再次表现得激动和兴奋不已。干草不仅接纳了她，而且还赋予了她某种欣喜和希望之感："她走过阳光灿烂的花园，采摘着深红色和白色的眼状花纹水仙花。除此之外，她无事可做。"（Forster 1985a：261）在巴斯特临近死亡以及突然死亡之后，干草甚至与他也有关联。尽管他被现代社会所摒弃，但他却被干草所接纳，正如他死在霍华德庄园并"躺在了花园之中"（Forster 1985a：260）。他的双手交叉放在胸前，里面"握着满满的花朵"（Forster 1985a：261）。

干草，作为一个强有力的象征，在小说里反复出现。普拉萨德所做出的恰当评论可被用来总结干草作为一个简单节奏在小说里的功能：

> 干草主导着小说的开端。它不经意地出现在小说的中间部分。它像教堂的钟一样嘭、梆地回响着。可是，它的再现再次主导着小说的结尾。它的重复创建了旋律并强化了意义。（Prasad 1981：97）

榆树，虽说是"干草"的一个变体形式，也可看成是一个如此重要的扩展性象征，因此我们有必要专门对其进行一番探讨。作为一个赎回式象征，榆树在小说里共出现了16次，而且它的重现构成了一个粗略的富有节奏性的显现——大多情况下，每次出现的间隔空间为20—30个页码。福斯特在《巴黎评论》中公开表示，榆树"具有象征意义；它是房子（霍华德庄园）的守护神"（Forster 2004：7）。像范陀义的小乐段一样，它在书中的反复出现产生了扩展性效果。在小说的第一章节，它首次出现在海伦写给玛格丽特的书信里。它是"一棵很大的榆树……微微朝向房子倾斜，矗立在花园和牧场的交界处……我已经非常喜爱那棵树"（Forster 1985a：1）。海伦不仅喜爱这棵树，而且"正当她期盼爱情的时候"（Forster 1985a：18），威尔科克斯·保罗在那棵树下面亲吻了她。这棵树再次出现之时，正是玛格丽特前往霍华德庄园去会见露丝·威尔科克斯；对于后者来说，"这是赫特福德郡最好的榆树"（Forster 1985a：55）。也正是在这里，露丝告诉玛格丽特有关这棵树的药用价值和赎回能量：

在离地面大约四英尺的树干里被塞进了猪的牙齿。这是农村居民在很久以前把它们塞进去的，他们相信如果咀嚼一块该树的树皮，它可以治愈牙痛。这些猪的牙齿几乎已经长到树干里面去了，但是已经没有人来看这棵树了。（Forster 1985a：55）

很显然，露丝的这一番话带有某种对不信任这棵树的魔力的威尔科克斯其他家庭成员潜在的批评或抱怨。

这棵树对玛格丽特的深刻影响，只有当她与亨利结了婚并回到霍华德庄园后才显现出来。这棵树与这座房子之间的关系是一种性别的关系，因为它"超越了任何性别的比喻"（Forster 1985a：162）。然而，性别关系无法确保能成为一种真实的关系，就像婚姻无法保证能成功地联结男方与女方一样。不过，这棵树与这座房子和谐地联结在一起，以至于它们相互保护对方。玛格丽特做出这样的推断："它们传递出来的信息并非永恒，而是墓地这边的希望。"（Forster 1985a：162）当"她站在房子里凝视着那棵树"的时候，玛格丽特接收到了信息，并得到了与亨利之间"更为真实的关系"（Forster 1985a：162）。海伦也深受这棵榆树的影响：她曾在这棵树下被保罗亲吻过，而且后来她看到了"前方的小小幸福"（Forster 1985a：238）。在这座房子里和榆树下，海伦感觉到幸福和安全。她讲述她的过往经历，就像里奇·艾略特在剑桥大学的幽谷给他的朋友讲述自己的过去一样。海伦现在意识到了自己所犯下的错误，"把脸庞靠在树上"（Forster 1985a：247）。结果，树干里的猪牙治愈了海伦的孤独与痛苦。与此同时，这棵树还帮助施莱格尔姐妹建立了真正的姐妹感情。在很大程度上，这棵榆树起到了给那些受其影响的人提供了拯救作用。汤姆森指出了该树的救治和精神价值：

　　榆树，包含了一切有意义的人类生活，象征着死亡思想和爱
情力量中固有的个体（片刻的安宁）和整体（同志关系）的拯
救。（Thomson 1961：241）

　　榆树，作为一个保护和拯救的象征，出现在小说的最末章节。作
为露丝·威尔科克斯的真正精神继承者，玛格丽特正在思考如何从西
边吹来的大风中拯救这棵树，因为"从西边吹来的大风可能把树刮
倒，进而毁灭一切，因此在刮着西风时，她无法读书以及与人交谈"
（Forster 1985a：265）。

第五节　《印度之行》的简单节奏

　　小说《印度之行》里第一个值得探讨的主旨词应当是"不同寻
常"（extraordinary），因为它第一次出现在小说的第一个句子里。尽
管如此，很少有评论家或学者对此给予足够的关注。主旨词"不同
寻常"在小说里总共出现了 12 次。像是一首乐曲里的一个关键曲
调，形容词"不同寻常"，连同第一句话里的其他词汇，从小说的一
开始就给全书建立了情景和定下了基调。弗兰克·克莫德（Frank
Kermode）曾正确地指出："词语'不同寻常'的使用一直与第一句
话有关联。"（Kermode 1966：92）如此理解的话，"不同寻常"的核
心正在开始形成。事实上，正如福斯特在小说的第一句话里所暗示的
那样，它应当属于山洞。

　　像福斯特在《小说面面观》里阐释普鲁斯特运用范陀义的乐段
一样，主旨词"不同寻常"的首次出现并未引起读者的注意，而第
一章的最后一句话里的词语"不同寻常的山洞"也没能吸引读者的
目光。然而，当它一次次地出现和再现，其意义和含义突然展现在读
者的脑海里，尤其是当读者读到以下有关马拉巴山洞（Marabar Ca-
ves）的描写片段的时候：

山洞虽然平平常常无诱人之处，但却享有盛名。它的名声不是靠了人类言语的流传，而好像是靠了周围的平原和飞过的鸟儿的喊声，它们喊着山洞的"奇特"。这"奇特"已牢牢地钉在空中，也深深铭记在人们的心里。（福斯特 2003：137）

无论是谁读到这个片段都会深思，在记忆里回想此前这个主旨词"不同寻常"的重复出现。正如约翰·比尔所言，一个像"不同寻常"这样的词语"能起到这样的作用很显然将要受到人们的关注"（Beer 1985：118）。

主旨词"不同寻常"被用来向读者传达什么意义呢？在克莫德看来，小说人物和叙述者"说'不同寻常'，但小说家的意思却是'特别的寻常'（extra-ordinary）"（Kermode 1966：92）；但在比尔看来，福斯特要传达的意思既不是一般词义下的"不同寻常"，更不是"特别的平凡"（extra ordinary），更不是"特别的"和"平凡的"（Beer 1985：118）。比尔之所以没有给我们一个确切的答案，说明福斯特用这个词的可能意图，这本身就可以解释这样一种看法，即福斯特是"当代英国文人中最为令人困惑不解的人"（转引自 Prakash 1987：5）。当然，在福斯特所有的小说当中，《印度之行》毫无疑问是最令人费解、晦涩难懂的作品。虽然如此，福斯特一定知道他写了什么以及他要写些什么。非常可能的是，福斯特在小说里用这个主旨词既表达"不同寻常"又表达"特别的平凡"两重意思。在自然层面，马拉巴山洞，甚或整个印度，可以说是不同寻常。也正是这些山洞的不同寻常才把英国游客吸引至此，但是除了戈德博尔（Godbole）教授，没人能解释清楚到底这些山洞是什么地方不同寻常。

当被阿齐兹医生邀请的两位英国女士来到马拉巴山洞时，她们要么被彻底吓坏了，要么绝望，甚或歇斯底里。总之，她们都在那里有了一次不同寻常的经历。她们在那里所看到的、所感受到的最终都变得非同一般：可怕的回声、不死的蠕虫、由无数幼蛇组成的蛇，等等。这种"不同寻常"使得穆尔夫人"对一切都失去了兴趣，甚至连阿齐兹她也感到淡漠了"（福斯特 2003：166）。更为糟糕的是，这些山洞的"不同寻常"使奎斯特德小姐变得歇斯底里，结果导致了她产生了一种被阿齐兹医生性骚扰的荒谬幻觉。主旨词"不同寻常"的反复出现起到了一个重要的作用，帮助预示了这些山洞的险恶特性，同时使得读者想象这些山洞里可能出现的各种邪恶。海因茨乔基姆·穆伦布洛克（Heinz-Joachim Müllenbrock）对此做出了很好的解释：

> 词语"不同寻常"……通过其重复进行强调，并通过后来的重复也传达了这些山洞的险恶特性，有助于使这些山洞在读者的想象里占据一个特别的位置。因此，读者将把本章节里回想起来的对邪恶的朦胧预感与马拉巴山洞预兆性的出现联系在一起。（Müllenbrock 1998：318）

任何细心的读者都不会忽略这样一个事实，即《印度之行》无论如何是一部"真实相对于不同寻常"的小说（Daniel 1991：15）。小说的开篇章节就是突出了这种对立，而且小说的矛盾冲突就产生于此。随着故事情节的发展，这种矛盾越发激烈起来，并当奎斯特德小姐在马拉巴山洞里体验了不同寻常的经历时达到了高潮。

除了马拉巴山洞在一切可能的意义上"不同寻常"之外，昌德拉普尔城以及整个印度都可称得上"不同寻常"。在昌德拉普尔城，在印度的英国人居住在一个花园之城，而居住于肮脏之地的当地印度人"走在街上则好像泥土在移动"（福斯特 2003：3）。甚至印度的恒河，所谓的圣水河，在此处也"不是圣地"（福斯特 2003：3），因为在这段恒河水里混杂着美丽与丑陋、善良与邪恶、尸体与鳄鱼。然而，印度的动物却是"不同寻常的"，因为它们就像穆尔夫人房间里的小黄蜂一样不能分辨室内室外。对那些在印度的英国人来说，印度的一切，甚至包括印度人，都是可怕的一团糟。

在形而上学层面上，主旨词"不同寻常"可能意味着"特别的平凡"。尽管小说给我们讲述了一个关于马拉巴山洞的奇妙故事，更确切地说，一个关于穆尔夫人和奎斯特德小姐在山洞里的不同寻常经历的故事，但是其潜在主题是关于生活的混沌和宇宙的神秘。虽然故事的场景设在印度不同寻常的山洞里，或者东方神秘的印度，但是通过对一些细节和事件的呈现，福斯特想要探索与揭示的是形而上学层面的东西及其普遍意义。从传统上来讲，西方人有着他们自己的逻辑思维和推理方式，即某种二元思维，比如善与恶、美与丑，等等。然而，在现实当中情况并非如此，正如福斯特通过戈德博尔教授之口告诉我们：

> 善与恶很不相同，正如它们的名称所示。然而……它们又都是我主的不同方面。它在一个当中存在，却在另一个里面消失，所以它们的区别是巨大的……可是不存在包含存在，消失并非不存在……（Forster 1992：178）

从哲学意义上讲，这些话语仅仅强调了现实与宇宙的核心问题：事物并不是非恶即善，而是善恶并存，兼而有之。因此，"当出现邪恶时，它表现了宇宙的全部。相类似的是，当善发生时……一切即是所有，而无即是有"（Forster 1992：178）。尽管福斯特给我们讲述了一个关于马拉巴山洞的故事，宇宙和印度的象征或缩影以及人或现实或宇宙的特性在这里与在任何其他地方别无两样。

福斯特属于那种作家，他"总是追求那些不可企及、不可言传以及……'不同寻常'的事物"（Shaheen 2004：95），譬如，去尝试揭示印度的山洞所体现出来的宇宙的特性，去揭开人类生活之混沌的面纱，甚至在小说创作领域尝试去开发音乐化的途径，等等。沙欣（Mohammad Shaheen）再一次正确地察觉到："在通篇小说里，不同寻常的事物得以戏剧化呈现以便表示某种'喧哗与骚动'的混沌而非秩序与形式，那就是混沌。"（Shaheen 2004：76）然而，从创作技巧层面来讲，由主旨词"不同寻常"的使用和重复所产生的节奏有利于增添小说"的结构连贯性"（Rosecarance，1982：186）和主题连贯性。

主旨词"你是个东方人"，连同它的变体形式"我知道她是个东方人"，在小说里共出现了 3 次，其作用类似于普鲁斯特《追忆逝水年华》中范陀义的音乐小段。在小说的三个部分中——"清真寺""山洞"和"神殿"——这个主旨词或者它的变体形式在每个部分只出现一次。然而，它的重现，通过使读者想起穆尔夫人的东方特质以及通过强化东西方的不同视角之间存在的巨大鸿沟等方式，有效地把小说从内部联结起来。

当阿齐兹医生在清真寺偶遇穆尔夫人时，这个主旨词首次出现。穆尔夫人不同于生活和工作在印度的其他英国人，她"同情他们（当地印度人）"（Forster 1992：23）。当阿齐兹惊喜地发现穆尔夫人的东方特质时，他冲她说道："那么你是个东方人。"（Forster 1992：23）此时此刻，这个主旨词或许不会在读者的记忆里留下任何印记，然而它却暗示了穆尔夫人对其他人物以及对将要呈现的主题——东西方的联结——即将产生的影响。随着故事的不断向前发展，穆尔夫人的东方特质，通过她对房间里衣物挂钩上的小黄蜂的态度，得到进一步展现出来。穆尔夫人表明了她的意向：要与印度人以及整个印度建立个人关系。

在小说的第二部分，当穆尔夫人和奎斯特德小姐应阿齐兹医生的邀请来到马拉巴山洞游览时，来自山洞那可怕的回声使穆尔夫人产生了精神迷茫。她在山洞里的经历可以被看作一次宗教经历。鲁本·布劳尔（Reuben Brower）曾经指出，这次经历使得"她对宗教了解的一切变得毫无意义"（转引自 Bradbury 1970：123）。尽管对邪恶以及"不死的蠕虫本身"（Forster，1992：208）的领悟使得穆尔夫人迷惑甚或绝望，但是她的视野得以更加开阔，能够拥抱一切，超越世俗的界限成为人们为之欢呼的"埃思米斯—埃思莫尔"（Esmiss Esmoor）——"一个印度教女神"（Forster，1992：225）。

虽然她死于返回英国的途中，但是她的精神影响力依然可以强烈地感受到：她帮助奎斯特德小姐摆脱了一直萦绕在她脑海里的虚假幻觉；她通过奎斯特德小姐当庭宣布阿齐兹医生无罪而挽救了他。作为一个救赎性的人物，穆尔夫人如此强大，以至于她已经升华到印度教女神的高度。心里无限怀念她的阿齐兹医生最终对她进行确认，宣称

"我知道她是个东方人"（Forster，1992：254）。

在小说的第三部分也是最后一部分，穆尔夫人的另外两个孩子——拉尔夫和斯黛拉随同菲尔丁来到印度。当阿齐兹医生遇见拉尔夫时，他脱口而出："你是个东方人。"（Forster，1992：311）对这个主旨词的精确重复甚至都让阿齐兹医生自己感到无比震惊，因为这使他想起了那是他在清真寺里对穆尔夫人说过的一模一样的话。这个主旨词的重复具有重要的意义，一方面它增加了小说结构的连贯性，另一方面它暗指穆尔夫人在拉尔夫身上复活了，或用普拉萨德的话说，"拉尔夫和斯黛拉是作为他们母亲的视角的延伸来到印度的"（Prasad 1981：57）。相应来说，穆尔夫人在拉尔夫身上的复活也暗示着她像印度教的克利须那神（Krishna）① 一样能融合一切，进而成为神。这个主旨词的重复扩展了作为这个混乱不堪的宇宙里和谐与秩序化身的穆尔夫人的意象，因此直接或间接的，这个小小的主旨词及其重复强化了东西方联结的主题。

主旨词"来呀，来呀"（come，come）在小说里共出现了 5 次，它的变体有时以四重组合或六重组合的形式出现。它很像一个小乐段对小说的结构形成起到了一定作用，而它的变体产生了节奏。

作为一个简单节奏，它首先出现在小说的第一部分戈德博尔教授的歌曲里。尽管他努力向穆尔夫人和奎斯特德小姐解释歌词的含义，但是她们仍然听不懂他到底唱的什么：

> 这是一首宗教歌曲。我把自己当成是一个送牛奶的人。我对希里·克利须那神说，"来呀！只向我走来。"克利须那神拒绝过来。我变得恭敬起来，说："不要只向我走来。把自己变成一百个克利须那，让一个走向我一百个伙伴中的每一个，但只一个。啊，宇宙之主，请来到我身边吧。"他依然拒绝过来…我对他说，来呀，来呀，来呀，来呀，来呀，来呀。他没有过来。

---

① 在印度教和印度神话里克利须那神是毗瑟挈神（Vishna）的第八个转世化身。同时，克利须那神也是印度教中最受崇敬的神之一。

（Forster 1992：80）

戈德博尔教授的性格以主旨词"来呀，来呀"为特征。他远离回声"boum"或"Ou-boum"或"bou-oum"（用人类的发音可以发出的声响）。主旨词"来呀，来呀"抵消了来自山洞的可怕回声。在小说的第一部分，戈德博尔教授向神灵呼唤"来呀，来呀"纯属个人行为，但在小说的最后部分，他的召唤却变成了全体行为：他不是为自己的缘故而是为所有人向神灵召唤。作为一个极其虔诚的印度教信仰者，他非常清楚我们只有通过行动、知识和爱或奉献才能接近神。他拥抱巴克提玛格（Bhakti Marg）[①]，阿齐兹信奉行动，而穆尔夫人却在知识的帮助下达到了空的境界，因此在她看来，"一切皆存在，但一切皆无意义"（Forster 1992：80）。然而，戈德博尔教授寻找神的方式是通过爱与奉献。

在小说的第一部分，神拒绝走向戈德博尔教授，因为他的召唤是个人行为；在小说的最后部分，神终于向他走来，因为此时他的召唤扩展为全体性的。像《霍华德庄园》里反复回荡的主旨词"恐慌与空虚"和"干草"一样（其中第一个使人际关系破裂，而第二个有着联结作用），《印度之行》里的山洞回声破坏了奎斯特德小姐与阿齐兹医生之间、菲尔丁与其他在印英国人之间、菲尔丁与阿齐兹之间（由于阿齐兹误认为菲尔丁要娶奎斯特德小姐）以及印度人与英国人之间的关系，而主旨词"来呀，来呀"则把人与人以及人与神之间联结起来。神拒绝响应戈德博尔教授的个人召唤本身并非对神的否定，而只有当戈德博尔教授超越了自我的局限时，神才肯向他走来。梅森（W. H. Mason）对主旨词"来呀，来呀"的意义做了进一步阐释：

> "忘了过来"这句话并不意味着绝对地拒绝过来，因此它与

---

① 依照印度教教义，Bhakti Marg乃指忠诚之路，换言之，是通过爱与忠诚的方式找寻神的路径。

克利须那神庆祝活动中欢庆神的降临的神秘性相关联。当然，戈德博尔的歌曲标志着小说中的一个重要时刻，那时我们看到了什么是福斯特的"双重视角"——他试图赋予故事超越平凡经历的精神世界的一些暗示。（Mason 1965：54）

主旨词"来呀，来呀"逐渐从人扩展到树木，甚至整个印度。当罗尼与奎斯特德小姐乘车返回他们居住的平房时，甘加瓦蒂（Gangavati）路边的树木呼唤着"来呀，来呀"（Forster 1992：87）。在阿齐兹医生、奎斯特德小姐以及穆尔夫人乘火车前往马拉巴山洞的途中，他们仿佛意识到整个印度在呼唤着"来呀，来呀"，只为拯救全人类：

> 印度了解自身的麻烦。她最为了解全世界的麻烦。她通过她数以百计的嘴和荒谬、令人敬畏的物体呼唤着"来呀"。（Forster 1992：136）

整个印度通过数以百计的嘴发出的呼唤，暗示着神在我们的宇宙中的缺失。汤姆森的阐释足以证明这一点："回荡在整个印度的呼唤声'来呀'意味着神在自然界的缺失，宛如在戈德博尔教授的宗教歌曲中它意味着神在人类世界的缺失。"（Thomson 1961：53）然而，在戈德博尔教授的眼里，神拒绝降临于他绝不意味着神的缺失，因为他确信"缺失必然包含着存在，缺失并非意味着不存在，因此我们有权重复呼唤'来呀，来呀，来呀，来呀'"（Forster 1992：178）。如此理解的话，戈德博尔教授的宗教歌曲恰好揭示了"他对神无限的、毫无疑问的和不可言状的信仰"（Prasad 1981：110）以及对神的超凡拯救力量的信仰。

伴随着戈德博尔教授在小说第二部分的出现，主旨词"来呀，来呀"从整个印度数以百计的嘴中出现。该主旨词在第二部分（即"山洞"部分）起到了抗衡以蛇和蠕虫的形式出现的邪恶，它们在表面上看来仿佛主导着小说的整个中间部分，但是在自然界的最深处，

"善与恶相同"（Forster 1992：177），它们彼此无法完全分离开来：

> ……任何东西都不能孤立地运行。所有的东西都执行一个良好的任务，当一个完成了，当一个邪恶的任务完成了，所有的东西都完成了……当邪恶发生时，它表现了全宇宙。当善发生时，其结果也是相似的。（Forster 1992：177—178）

如果神在小说的第一部分拒绝降临，那么她在善恶并存的第二部分降临。尽管那两位英国女士为此感到困惑，但它确是宇宙的真实显现，所以"它们（善与恶）是上帝的不同方面"（Forster 1992：178）。

主旨词"来呀，来呀"再次出现在几乎成为以戈德博尔教授为主角的第三部分。"这是他的义务，也是他的愿望，把自己置于上帝的位置去爱她，去扮演上帝并对她说，'来呀，来呀，来呀，来呀。'"（Forster 1992：290—291）戈德博尔教授此时的呼唤使读者回想起了在小说的第一部分里一个送牛奶人所唱的歌曲里的主旨词"来呀，来呀"。那个时候，尽管戈德博尔教授引用了歌词，但是他并没有全身心融入进去。但此时此刻，他在庆祝克利须那神诞辰的狂喜时刻唱着"来呀，来呀"。歌声来自他真诚的、虔诚的崇拜和热爱上帝的心灵最深处。他的呼唤无限扩展开来，渗透在空气中，反射进所有那些全身心融入庆祝克利须那神诞辰的人们心中。戈德博尔教授的呼唤最终把所有人都联结在爱里："节日持续着，狂热且真诚，所有人彼此相爱，本能地避免一切可能引起不便或痛苦的事情。"（Forster 1992：304）

主旨词"来呀，来呀"最后一次出现在阿齐兹和菲尔丁的对话里。这不仅超出了菲尔丁的理解范围，甚至阿齐兹也无法理解它。由于感到很难理解或解释这个主旨词的含义，菲尔丁对阿齐兹说道："我从来搞不懂或不喜欢它们，除了戈德博尔偶尔说出只言片语。这个老伙计现在还说'来呀，来呀'吗?"对此阿齐兹只是简单地回答道："啊，大概吧。"（Forster 1992：319）

综观这部小说，我们就会注意到，主旨词"来呀，来呀"及其四重组合和六重组合的变体形式的不断重复对增加小说主题和形式的关联性起到了重要作用。同时，它也暗示出作者欲通过戈德博尔这一人物表达出对爱、和谐、秩序以及与上帝结合的真诚追寻。罗纳尔多·莫兰（Ronald Moran）曾对这个主旨词的关联性做出了富有见地的评论：

> 戈德博尔所言的含义使我们能够恰当地理解福斯特在《印度之行》里所做的事情，同时也能强调这部小说的节奏运动，一种文体考量和态度超出了福斯特的主要小说主题。（Moran 1968：4）

显然这是真实的，主旨词"来呀，来呀"的重复不仅与主题相关联，而且强化了对真理以及能够超越人的孤立自我的神灵结合的精神追求主题。此外，福斯特把这个主旨词与象征结合在一起使用，达成了他预期的对不同成分的整合。

简要概括来说，以上所探讨的主旨词都起到了独立性人物的作用，像各种不同的音乐曲调一般在小说里不断显现，把许多细节、事件和成分相互关联起来以及相互交织在一起，进而创建了一个错综复杂却有着统一性的节奏。所有这些主旨词都以其各自的方式对小说的主题增添了更多的关联性，同时也对小说结构的形成起到了强化作用。由于它们被有条理地编织在一起，它们对小说获得内在和谐和秩序起到了重要作用。

在《印度之行》里"黄蜂"是个重现的意象，它的每一次重现都使其意义得到进一步扩展。该意象，连同它的变体形式，在小说中总共出现了10次。它的第一次出现是在穆尔夫人房间里的挂衣钩上。穆尔夫人看着这只小黄蜂，称其为"可爱的小东西"（福斯特2003：34）。这般称谓表明她与它已经建立了一种良好的关系。虽然它与英国的黄蜂不同，但是它却来到英国人居住的房间，这是因为印度的动物缺乏识别感：

印度的动物似乎分辨不清室内室外有什么区别。蝙蝠、老鼠、鸟类、昆虫在室内筑巢像在外面一样迅速。对这些小动物来说，这房子好像都变成了这永恒丛林的一部分，它交替着出现房子，树木，房子，树木。（福斯特 2003：34）

当小黄蜂第一次出现时，穆尔夫人正与其他在印度的英国人在俱乐部里，这里不允许印度人进入。小黄蜂进了印度人不得进入的房间，因此小黄蜂的出现暗示着它正"被用来讥刺和谐可以通过排斥的方式达成以及对重要性的等级推论的观点"（Medalie 2002：131）。对此，梅达利接着指出：

甲虫的"节奏性"重现就其本身来说暗示着该小说无意赞成这里被讥讽的排除形式。黄蜂在它的第一次出现时就与黑背豺联系在一起——"它黏附在那儿，熟睡着，而黑背豺在旷野低沉地吠叫着它们的欲望并与鼓的打击声混杂在一起"——这里的继续关联性暗指拒绝分享索利先生所倡导的排除法，他接受黑背豺升入天国而拒绝黄蜂进入。（Medalie 2002：131）

尽管这里暗示着在印度的其他英国人可能把黄蜂视为"世上很难接受的事物的极端代表"（Medalie 2002：132），但是通过把黄蜂看作宇宙的共同成员，穆尔夫人似乎拥有某种超验的眼光。阿齐兹医生在清真寺里对她使用的词语"东方人"以及她对黄蜂的接纳都是她最终能够被提升为"印度教女神"的迹象（Forster 1992：225）。

黄蜂的出现及其两页之后的重复出现，也是意在把喜欢和愿意接纳黄蜂的穆尔夫人与拒绝接纳黄蜂的英国传教士进行对比。索利先生，英国传在印度的教士的典型代表，通过拒绝接纳黄蜂一事，暴露出他包容一切的统一感的明显局限性：

还有小黄蜂呢？谈到小黄蜂的时候，索利有些心神不安，于是他便想改变话题。还有柑橘、仙人掌、水晶和泥土呢？还有索利先生体内的细菌呢？……我们必须把某人从我们的聚会中驱赶出去，不然我们将一事无成。（福斯特 2003：38）

很显然，英国传教士对黄蜂的拒绝是不准印度人进入昌德拉普尔俱乐部的一种变体。

与此同时，对黄蜂所持的不同态度也暗示了基督教与印度教之间的对比。前者通过区别对待人与动物而具有排他性，但后者表现出广泛的包容性。印度教的伟大之处即在于"它的确接受一切事物，包括基督教神话在内……印度教毫无困难地接纳黄蜂"（Oliver 1960：74）。

意象"黄蜂"从小说叙述中消失，但 250 页之后它又突然出现在戈德博尔教授的想象里。"这次出现与印度教神秘主义的包容性相一致。"（Prasad 1981：112）作为小说里最具神秘色彩的印度人物和最为虔诚的印度教教徒，戈德博尔教授"想起以前在哪里看见过的黄蜂，或许在一块石头上。他同样喜欢黄蜂，他也推动它，他正在模仿上帝"（Forster 1992：286）。虽然戈德博尔不为在印度的英国人所理解，而且他是印度教教徒的最典型代表，但他具有包容一切的特质，在他对生活和宇宙的超验视角里既包括穆尔夫人也包括黄蜂。对此，约翰·狄克逊·亨特（John Dixon Hunt）的评论极具见地和说服力：

戈德博尔，他不排斥任何事物，很显然拥有一切；他甚或获得了接纳一切的完全视角。然而正如所暗示的那样，英国人的头脑却必须给事物分类，必须坚持对细节和形式有一个整齐的掌控，因而无法应对一个看似空的完整性。（Hunt 1966：500）

概括起来讲，黄蜂的运用与普鲁斯特在《追忆逝水年华》里运用范陀义的乐段属于类似的技巧。哈里·穆尔（Harry T. Moore）对《印度之行》里黄蜂的运用所做的评论极富洞察力："普鲁斯特的作品也肯定了福斯特对主旨词的运用……重现的黄蜂证明了这一技巧。"（转引自 Stade 1974：265）作为"一个矛盾的既善又恶的道德象征"（Shahane 1983：19），这是福斯特持有的形而上学思想：黄蜂像任何其他事物一样是某种事物的身份。尽管黄蜂本身微不足道，但是它的重现却暗示着远远超过它本身的意义，正如 E.K. 布朗曾指出：

> 黄蜂的重现指向物体的身份，为此塑造了一些类似的人物。他们当中的每一个人都被如此微不足道的小黄蜂所强烈吸引本身就暗示着他们不仅相像，而且是不可思议的相像。（Brown 1950：95—96）

由小黄蜂的重现所产生的节奏效果与山洞、回声、蛇和蠕虫所产生的节奏效果错综复杂地交织在一起。然而，小黄蜂作为一个意象扮演着一个独立人物的角色，它有自己的生命，不断出现在小说里，而在不同情境下它的意义都发生了不同的变化。E. K. 布朗对小黄蜂在小说里的功能做出了富有见地的评价，他指出："我们可以说黄蜂就像福斯特对范陀义的音乐所做的评价一样有着自己的生命，它在小说里几乎是一个演员，但又不完全是。"（Brown 1950：96）

"水"是福斯特在《印度之行》里创造的又一个重要意象。它是一个黏合性的意象，起到了"一个净化性的力量"（Prasad 1981：114）。"水"在该小说中多次重复出现，分别以水池、河流、海洋和雨的形式呈现出来。

它首次出现在清真寺的场景之中，在那里我们看到了"滋养"树木的"古老水池"（Forster 1992：8）。清真寺的院落里有一个沐浴水池，"里面的水清新、洁净，一直流动着"（福斯特 2003：15—16）。这个水池里的水是人们进入寺庙前用来清洗手脚的。它很像《看得见风景的房间》里使乔治得到洗礼的圣水湖里的水。沐浴水池在两页之后再度出现，此时阿齐兹医生突然看到正站在院落中间的穆尔夫人，他们之间"隔着沐浴水池"（Forster 1992：20）。由于穆尔夫人在进入清真寺之前已经脱掉了鞋——她遵循穆斯林的宗教礼仪，这意味着她已经用沐浴池的水清洗了她的手脚。由于她已被净化，所以她自然能够成为"Esmiss Esmoor，印度教女神"（Forster 1992：225）。

"水"还出现在印度的圣河（恒河）里。对英国人来讲，恒河看起来既神秘又令人困惑。穆尔夫人也不例外，她搞不明白为何恒河里既漂浮着尸体又生活着鳄鱼。她发出的惊叹"这河多么可怕啊！但又何等的奇妙！"（福斯特 2003：31）就是她对这条河的"超自然融合"（Prasad 1981：115）感到困惑的象征。作为一个净化和拯救的象征，恒河拥有超然性，因为它能够融合极其不同的事物：美与丑、善与恶、死尸与鳄鱼。埃德温·尼伦贝格（Edwin Nierenberg）认识到了恒河的这种特性，说道："恒河不仅成为印度的象征，而且也成为宇宙的象征：美丽与恐怖、善与恶、死亡和鳄鱼和辉煌的混合体。"（Nierenberg 1964：201）

在小说的第二部分，炽热的太阳统治着这片区域。水分已被蒸发，但是生命尚存。鱼类还在泥土里活着，等待雨季的到来。尽管水被临时蒸发，但却暗示着新生将在"寺庙"部分到来。正如福斯特叙述道，"鱼类更好地生存下来，当沟槽里的水干枯之后，它们钻进泥土等候雨季解救它们"（Forster 1992：211）。对于新生之主题的暗示随着海水的出现而得到强化。在马拉巴山洞里遭遇了可怕的经历之后，穆尔夫人决定乘船返回英国，不幸的是，她死于途中并葬于大海。"水是复活和新生的象征。"（Prasad 1981：115）穆尔夫人在奎斯特德小姐的心里和戈德博尔教授的想象里"复活"。河里的水流入大海，而大海的水又经过蒸发和降雨重新回归河流。同理，尽管克利须那神浸没在水里，但她每年都获得新生。

意象"水"在小说最后一部分的大雨中进一步得到扩展，当时人们正在欢庆马乌（Mau）宗教节日。所有沉浸在克利须那神的颂歌之中的人们都浑身被雨水淋湿了。"他们被浑身淋湿是一种洗礼……一种来自天国的赐福和保佑。"（Gilbert 1965：82）福斯特好像很钟爱使用意象"水"，在他的所有小说里都有出现，"有着多产和再生力量"（Rosecarance 1982：192）。

马乌宗教节的情景达到高潮时，正是冒着大雨的人们沉浸在净化内心的圣歌之中以及雨水使他们振奋的时候。此时此刻，"空气中弥漫着宗教和雨水"（Forster 1992：298）。当两只船发生碰撞时，船上的人都落入水中，阿齐兹医生、菲尔丁、拉尔夫和斯黛拉也都得到了洗礼。

《印度之行》里"水"的意象构建了一个美妙的节奏，它以不同形式的出现对人物以及情景产生了扩展性效果。它以水池里的水、河流、海洋和雨水等形式反复出现，而雨水又把水池注满，这暗示着自然界中生命轮回的完成。正如先前在小说的第一部分"清真寺"里所暗示的沐浴池里清新洁净的水一直流动着，水的运动——从水池到河流到海洋到雨水以及重回到水池——产生了完美的节奏效果。与水的内刃圆形节奏运动并行的是另一个从不完整至完整的圆形运动。"清真寺"部分的拱形天空暗示着一个不完整的圆，它同时也是"山洞"部分的"小蠕虫绕成螺旋状……但是它太小了无法绕成一个圆圈"（Forster 1992：147）的预备性映现。只是在第三部分，即"寺庙"的部分，生命的圆圈才得以真正的完成。

任何读过《印度之行》的人都一定对马拉巴山洞及其回声产生了深刻印象，甚或感到迷惑不解。尽管它们是独立的象征，但它们"像火焰与火以及水的波纹与水一样相互关联，密不可分"（Prasad 1981：101）。作为一个扩展性象征，"山洞"在小说里共出现了125次之多，而"回声"及其变体形式共出现了33次。"山洞"和"回声"这两个象征是漩涡的中心点，任何东西都被拉入这个点里来，而且我们又无法不返回到这个点。它们扮演着独立人物的角色，不断地穿行于小说之中。它们的反复重现的确产生了像音乐里的小曲调一样的效果，把混乱不堪的片断联结起来，进而强化小说主题，构建小说结构。尽管我们不应像鲁本·布劳尔在《光辉的田野：批评性阅读的一个实验》中那样把它们看作一个象征来处理，但我们也不应该像基思·霍林沃思（Keith HollingWorth）那样把它们完全作为两个象征来研究，因为在他看来，"有必要把山洞与回声分离开来"

（Hollingworth 1962：210）。相反，我们应当把它们看作两个象征，但作为一个集合体进行研究。

《霍华德庄园》中从贝多芬的《第五交响曲》里显现的妖精在《印度之行》里再度出现，但这次它们变形为回声、oum-boum、蛇以及不死的蠕虫。像《霍华德庄园》里的妖精"可能会回来……悄悄地从宇宙的一端走到另一端"（Forster 1985a：25），回声同样出没在小说《印度之行》里。山洞是该小说里最为令人困惑的奥秘，它掌控着小说的基调，正如希尔达·斯皮尔（Hilda D. Spear）恰如其分地说道：

> 这些山洞对小说的整个图式和意象都至关重要，圆圆的、空洞洞的；它们没有任何装饰，毫无美感可言，没有任何宗教意味。天空主导一切，但山洞为小说设定了基调。（Spear 1986：64）

山洞可被理解为一个代表着"我们出生于……并将回归于"（Stone 1966：307）子宫的象征。正是从山洞里发出的回声，像圆中圆一样回荡着。"它在这部小说里是一个巨大的回声室，一个巨大的圆形物，但这般构建它，福斯特……在重建一个印度宗教意识的世界。"（Stone 1966：307）另外，山洞还可被视为代表人类的无意识。如此理解的话，"走进山洞可象征着走进无意识"（Colmer 1975：122）。山洞与回声的反复出现并没有任何逻辑顺序或者有规律的方式，但是节奏的产生就是来自它们的出现和消失的不断交替。

"山洞"这一象征在小说里如此重要，以至于它出现在小说的开篇句子里，"除了马拉巴山洞……"（Forster 1992：7）。小说的开篇就预示着山洞在小说里的主导性。当阿齐兹友善地邀请英国客人（包括穆尔夫人、奎斯特德小姐和菲尔丁）前去游览马拉巴山洞时，这个象征再度出现，而且它在阿齐兹与他的英国朋友交谈中反复出现。事实上，作为一个主导性象征，山洞出现在小说的第二部分"山洞"的序言章节里。正是在这里，山洞被赋予了主导一切的核心主角作用。很多人发觉到福斯特对山洞的描写如此精彩有力，人们高度赞美他的叙述艺术和他的听觉想象力。为了探索和揭示山洞所代表的无意识，福斯特反复使用诸如"空"（nothing）和"黑暗"（dark）等词语，以便显示黑暗的内心生活和山洞的虚无。所有这类词语共同地帮助建立一种想象，即这些山洞绝对超出了人类语言所能描述的范围："它们比世上任何事物都更古老"（Forster 1992：123）；"山洞里面空空如也，它们在有瘟疫或财宝之前就被密封起来；如果人类好奇地对它们进行发掘，结果是善或恶的数量没有任何的增加。"（Forster 1992：125）从以上引用的描写片段中我们不难看出和想象出，这些山洞在很多方面是包罗万象的宇宙的代表性意象。它们远在人类历史开始之前就业已存在，而且也有着自己的历史。

从很大程度上来讲，对这部小说的恰当理解取决于对这些山洞的含义的恰当理解。然而，福斯特的研究者们迄今为止没有对此达成一致意见。莱昂内尔·特里林把它看作"子宫的象征"，其含义是"生活的希望"（Trilling 1971：157）；弗吉尼亚·伍尔夫把它解释为"印度的灵魂"（转引自 Gardner 1973：324）；威尔弗雷德·斯通把它视为大地的象征："大地，更伟大的母亲——山洞象征着她的子宫——是我们逃避和回归的某种东西，因为它既监禁我们也释放我们"（Stone，1966：309）；霍林沃思甚至把山洞看作像穆尔夫人和奎斯特德小姐一样某种贫瘠的东西："空洞的山洞，面对否定的老女人的贫瘠子宫和不大可能生儿育女的年轻老处女的贫瘠子宫。"（Hollingworth 1962：223）显而易见，霍林沃思的看法不能令人信服，因为这并不符合实情。正如我们都能从小说里得知，穆尔夫人生有三个子女，而且小说里并没有给我们任何暗示说，奎斯特德小姐不能生育孩子，尽管她至今未婚。相反，福斯特曾经富有见地地说道："马拉巴山洞象征着一个专注（concentration）的区域。一个空腔。"（转引自 Bradbury 1970：28）

福斯特所谓"专注"的真正意义，是指人们所说的把灵魂从躯体中释放出来进而获得最崇高的真理的手段。阎摩①在《奥义书》②中对他的弟子所说的话可以说明这一点：

> 圣人通过冥想自我的方式认识到古代，他很难被看见，他已经进入黑暗之中，他被隐藏在山洞里，他身居地狱，作为神，他的确把悲喜抛到脑后。（转引自 Prasad 1981：103）

因此，马拉巴山洞带有神话含义的色彩，这是现代人感到很难理解的。这恰好与 R. L. 克拉布（R. L. Clubb）的观点类似：这些山洞象征着"我们宇宙的奥秘，人类——因为我们都追求有限的东西，至少在物质世界是如此——永远不会理解它们"（转引自 Prasad 1981：103）。尽管人类或许是有限的，但正如 D. A. 特拉沃西（D. A. Traversi）所言，这些山洞意味着"狭小范围内的无限"（转引自 Stape 1998：88，Vol. II）。

尽管现代人很难理解这些山洞，但它们确实对作品人物产生了巨大影响：在他们中间引起分裂。对塔里克·拉赫曼（Tariq Rahman）而言，这些山洞"代表着分裂……是对生命冷漠的宇宙的有形象征"（转引自 Das & Christel R. Devadawson 2005：178）。正是由于这些山洞，甚或由于人们游览它们，才使得小说主要人物中间产生了严重的困扰。来自这些山洞的信息不仅使他们彼此分裂，而且还"把所有人类的努力变为一个毫无意义的回声"（Colmer 1975：157）。作为一个核心象征，无论是在小说的结构上还是在主题思想上，山洞都极具象征意义。像"交响曲里的主音，总是吸引着奇妙的旋律折返回来"（Bradbury 1966：27），因为山洞给我们提供了一种"情感背景……行动聚集于此"（Bradbury 1966：70）。游览马拉巴山洞是一个如此重要的事件，以至于所有的游览者都经历了彻底的改变，甚或毁灭：

---

① 阎摩（Yama）是印度教中的死亡之神和掌管地狱之主。

② 《奥义书》（Upanishad）是印度教古代吠陀教义的思辨作品，为后世各派印度哲学所依据。

正是阿齐兹、穆尔夫人和奎斯特德小姐游览山洞才促成了这部戏剧，在通篇小说里，山洞传出的回音"Boum-boum"对小说人物的心情和思想提供了一个不间断的暗流……山洞的回声不仅在故事中延长了自身的声响，并因此给故事提供了这样一个险恶的底色，而且还对穆尔夫人产生了作用，削弱或分解了她对生活的掌控，并最终毁灭了她。（Bradbury 1966：70）

自从游览了马拉巴山洞，或者更确切地说，自从在其中一个山洞里奎斯特德小姐遭遇了可怕的经历之后，事情开始向新的方向发展，所有涉及的人物与游览山洞之前都大不相同，特别是英国人。山洞似乎被赋予了某种力量，具有权威性法官的神秘力量，每个人通过它得到审判，每件事情得到估量。格兰斯登对此进行了深刻的评论：

……山洞里不管发生了什么善或恶的事情，对世上万物都发生了。它们既是经历的焦点也是对经验的评判。它们是那些所有进入山洞的人的感觉，下意识的恐惧和欲望；它们加速了使他们每个人成为他或她必须成为的那种人的过程；它们加速了奎斯特德小姐的独身进程，穆尔夫人的死亡，以及阿齐兹对英国人的批判。（Gransden 1962：93）

山洞不仅具有能把一切都吸入的向心力，而且还产生了像一个强大的人物不断重现在小说里的回声。假如这些山洞可以被看作小说的中心，那么整部小说就可以被当作"充满回声、声响上的系列中国匣、那个《最漫长的旅程》里象征着安塞尔对终极现实追求的圆圈里套着方块，再里面还有一个方块在听觉上对应的建筑物"（Gransden 1962：91）。从马拉巴山洞里产生的各种不同形式的回声，就其特性和含义而言，既是《霍华德庄园》里妖精的再现，又是"恐慌与空虚"的发展。在小说《霍华德庄园》里，"恐慌与空虚"（表明威尔科克斯一家人的内心贫瘠）从海伦最初讨厌威尔科克斯一家人开始就经常缠绕着她，直到她最终回归到霍华德庄园。同样的，妖精——海伦从贝多芬的《第五交响曲》里幻想出来的非真实的乐音——是威尔科克斯一家人内在空虚的外化表现。与之类似的是，在《印度之行》里，缠绕着奎斯特德小姐的山洞回声显露出英国殖民者的恐慌与空虚，穆尔夫人信奉的基督教的局限性，以及奎斯特德小姐对待爱情和人际关系的态度。事实上，福斯特运用回声并使其重现的意图可能是"弱化现代感受力和暗示生活的混乱"（Prasad 1981：103）。因此，尽管回声本身并无消极可言，但是它却显露出对生活的否定或怀疑。格特鲁德·怀特（Gertrude White）把回声等同于"险恶和否定之声"（White 1953：647），并明确指出：

> ……回声（对穆尔夫人）说的是一个所有区别都荡然无存的宇宙，一种空的无限性。善与恶相同……回声（对奎斯特德小姐）说的是没有爱，只是由力量和恐惧结合在一起的最终惊恐。（White 1953：647—648）

很显然，怀特想要表达的意思是，回声的确是对生活的混乱和否定的揭示，尤其是暴露了那些在印度的英国官员的恐慌与空虚。这一点可以在福斯特通过穆尔夫人之口所说的一句话里找到回声："一切皆存在，但一切皆无意义。"（Forster 1992：149）无论"生活是个神秘的事"还是个混沌，正如怀特解释说，"对于这个难解之谜的答案都是空"（转引自 Bradbury 1970：140）。

回声在不同的语境下表达出不同的意义，因而它的重现丰富了小说的意义。它第一次出现在小说第一部分的搭桥会，"一个联结东西方的聚会"（Forster 1992：28）。由于受邀的印度人都被"隔离开来"，所以穆尔夫人和奎斯特德小姐尝试着与他们进行私下接触。然而，她们未能获得成功，因为那些英国官员的夫人们极力阻止她们。正是此时此刻，主旨词"回声"或它的变体形式出现了："她（奎斯特德小姐）徒劳地与她们（英国官员的夫人们）无礼的回音壁抗争着。"（Forster 1992：43）这起到了一个暗示作用，暗示他们将游览马拉巴山洞，那里有"光滑的洞穴壁"。在印度的英国人的"回音壁"显露了他们内心的"光滑墙壁",很像"除了自己的声音外听不到任何其他声响"(Forster 1992:154)的马拉巴山洞。

回声在游览马拉巴山洞期间重现得更加频繁。在前往马拉巴山洞的途中出现了某些回声的变体形式。在远处,小路边上的洞穴或土丘被看成坟墓或帕瓦蒂(Parvati,一个印度女神)的乳房。紧接着就出现了一条蛇的幻觉。阿齐兹把它视为一条黑色的眼镜蛇,而奎斯特德小姐通过罗尼的双筒望远镜发现,它仅仅是"棕榈树枯萎扭曲的树桩"(Forster 1992:140—141)。在这里,一种对现实和幻觉的困惑感通过对隐喻和蛇的呈现模模糊糊地出现在人们心头,而且这还预示着将要遭遇洞穴里那些具有主导性的回声的出现。进入洞穴之后,那些回声和蛇就开始联系在一起,正如作者告诉我们:"回声衍生回声,这个洞穴塞满了一条由许多小蛇组成的蛇,它们各自扭动着身体。"(Forster 1992:147—148)

像福斯特在小说里对天穹和回声所描述的那样——"在天穹之外似乎总还有着另一个天穹,在最遥远的回声之外是一片寂静"(Forster 1992:52);当一条蛇的老皮蜕掉之后,它就变成了一条新蛇。"拱形的天空"意味着一个不完整的圆圈。要么那条小蠕虫"小的无法完成一个圆圈"(Forster 1992:147),要么那条蛇形成的圆圈只是一个虚假圆圈的面纱。即使蛇是邪恶的象征,但它却在蜕掉老皮、繁殖小蛇使之灵魂进入一个新的躯体的过程中获得了永恒。

福斯特通过有目的性地运用蛇、天穹、圆圈、洞穴回声的重复成功地获得了节奏性的效果。它们的重复"创造了一种新的、客观的过程和结构感觉,在这个过程和结构中(这些意象或象征)随着它们的每一次出现超越了所处的语境,获得了一种更为宽泛的联想和象征性的共鸣"(Rosecarance 1982:233)。所有这一切都是具有扩展性效果的意象或象征,它们错综复杂地交织在一起。这些互相呼应的意象或象征被巧妙地编织到小说的结构之中,它们不仅积聚了许多参照作用于小说的意义,而且还强化了小说的结构使之获得完整性。斯皮尔曾经表达过相似的看法:

每一个象征游弋在小说里时都可以找到它的踪迹，聚集参照和构建大量的情景意义。作为精妙处理的主旨，它们从未只是静止的象征，而是对有洞悉能力的读者来说起到了充实小说结构的作用，随着小说的向前发展，帮助人们回想起来。（Spear 1986：65）

同样明显的是，圆形图式在《印度之行》里占据着很重要的位置。圆形的概念很好地体现在马拉巴山洞、将尾巴含在嘴里的蛇、圆圈之中的圆圈、穆尔夫人在其子女拉尔夫和斯黛拉身上的精神重生，等等。词语"圆圈""天穹""球体"（globe）加强了自然界和生活中环状概念的意义。"基于圆形意象和洞穴之上的是回声——不仅是听觉上的而且是视觉上的和概念化的。"（Spear 1986：65）"回声"和"洞穴"这两个象征被创造得如此精美，以至于它们对构建小说的节奏图式起到了核心作用。斯坦利·拉基瓦（Stanley F. Rajiva）对此也持有相似的观点："这部小说不仅有图式，而且还有以声音、响声、音乐、回声和无声为形式出现的节奏。"（转引自 Gowda 1969：65）"回声"和"洞穴"这两个扩展性象征，在它们频繁重现的作用下，对小说的主题和结构如此重要，以至于它们深刻地暗示着宇宙形状的存在，同时它们也对建立小说的回声格局起到了重要作用。对此，梅达利下面的话语是很好的证明：

……《印度之行》里每一个"回声"不仅吸引人们关注它所传递的信息本身，而且还关注小说里整体的回声原理。所有的回声也都向前和向后指向与之不可分离的山洞。因此，山洞不能被删除或者忽略：甚至当山洞的直接影响看起来已经减弱，嵌入小说的回声格局暗示着，像《霍华德庄园》里海伦的妖精那样，它们可能会回来。（Medalie 2002：125）

像《霍华德庄园》里海伦幻觉中的妖精那样可能回来，《印度之行》里的回声经常出现并缠扰小说中的人物，尤其是穆尔夫人以及奎斯特德小姐。回声对穆尔夫人产生的影响是如此的巨大，以至于她对一切都失去了兴趣。自从听到了洞穴里的可怕回声之后，她内心深处发生了极大的变化：她似乎能够看穿生活，正如她意识到"一切皆存在，但一切皆无意义"（Forster 1992：149）；她"不想跟任何人交流，甚至不想跟上帝交流"（Forster 1992：150）；"她对一切都失去了兴趣，甚至对阿齐兹她也感到淡漠了，过去她对他说的那些感情真挚而热情的话，似乎再也不属于她，而是属于天空了"（福斯特2003：166）。布劳尔对于回声对穆尔夫人的影响做出这样的评价：

> 我们回忆到，回声在穆尔夫人内心产生了一种精神上的困惑。她所熟悉的宗教变得毫无意义，然而她的这个经历却有些宗教特性，一种对邪恶、对"不死的蠕虫本身"的察觉。看起来山洞似乎代表着一种宗教经历，而这种经历只是某种特别类型的具有东方智慧的人才能够获得。（转引自 Bradbury 1970：123）

回声对奎斯特德小姐所产生的影响则更为可怕，因而作者把它呈现为整部小说恐慌不安的中心。奎斯特德小姐很想看看真实的印度。然而，当她被带到马拉巴山洞游览时，"灾难"却降临了。马拉巴山洞外面有菲尔丁从俱乐部阳台上看到的"拳头和手指"（Forster 1992：250），呼应了奎斯特德小姐的手指划在漆黑洞穴里的光滑墙壁上，它产生的回声在她心里不停地回荡着。她后来追忆道：

> 我走进了这个可恨的洞穴……我记得用我的手指甲划着墙壁，先是产生了一种通常的回声，之后当我在说那里有阴影，或某种阴影，我走到入口通道，回声把我给抑制住了。（Forster 1992：193）

奎斯特德小姐"进入洞穴时处于一种人格分裂状态"（Prasad 1981：105）。走进山洞之前，她在潜意识里被"英俊的小个子东方人（阿齐兹）所吸引"（Forster 1992：152），因此她无法克制自己，以至于向阿齐兹提出了这个愚蠢的问题："你是有一个妻子还是不止一个妻子？"（Forster 1992：153）然而，在她清醒的时候，她并不喜欢他，因为她认为"他可能只对他的同族和同等级的女人有吸引力"（Forster 1992：153）。尽管如此，她不知不觉地意识到她与罗尼之间缺少爱，而且意识到"……无论她还是罗尼都长得不迷人"（Forster 1992：153）。既然已经意识到罗尼缺乏爱，而且他们之间在性方面结合的失败，此时她确定"他们彼此根本不相爱"（Forster 1992：152）。在此情形下，她把回声看作某种邪恶之物，并因此控告阿齐兹对她实施了非礼。事实证明，这仅仅是她的幻觉导致她产生虚假的幻想。弗雷德里克·克鲁斯（Frederick C. Crews）恰当地评论道："在奎斯特德小姐的幻觉里（如果那是个幻觉）发出的关于性侵扰的比喻性回声实际上是她对性爱的无声欲望。"（Crews 1962：159）

回声令奎斯特德小姐如此不安并且如此缠扰她，宛如亡父的鬼魂折磨哈姆雷特一般。回声在她的脑海里不停地翻滚折腾，慢慢地它扩展开来，并且把她完全包裹起来：

> ……因此回声活跃起来，像一根神经在她的听觉器官里上蹿下跳，迅速蔓延。洞穴里的噪音，从知性上来讲，是如此的微不足道，却在她的生活层面上被延长了。（Forster 1992：194）

奎斯特德小姐无法摆脱幻觉的缠扰，除非她能见到穆尔夫人（此时穆尔夫人已经离开印度回国，并死在了回国的途中）。事实上，使奎斯特德小姐越发痛苦和忧伤的，是那些不能意识到回声的神秘性的英国官员们往她心上扎"仙人掌刺"（Forster 1992：194）。只有当穆尔夫人能够在她心里重现，只有当"仙人掌刺都被取出"（Forster 1992：194），她的"疾病"才可以得到治愈。

当奎斯特德小姐在幻觉中看到了穆尔夫人的时候，回声又一次出现了。此时，穆尔夫人确认阿齐兹是无辜的，之后回声就在奎斯特德小姐的心里消失了："我的回声走了——我把耳朵里的嗡嗡声叫做回声。"（Forster 1992：239）缠扰奎斯特德小姐的回声的呈现是如此的

精彩，以至于它使整部小说光彩夺目，而不同形式的回声的重复出现
不仅对小说人物（尤其是穆尔夫人和奎斯特德小姐），而且对读者都
产生了令人恐惧的作用。更为重要的是，回声在小说里的作用与音乐
作品里的乐音很相似。普拉萨德的评论可以最好地概括回声产生的作
用和节奏功能：

> 对与阿黛拉（奎斯特德小姐）相关的回声的描述是小说中
> 描写艺术的最精彩部分之一。福斯特通过回声的重现创造了显著
> 的效果。该部分描写也是福斯特的意识流艺术的一个范例。回声
> 很像乐音，把我们引向真实的中心。（Prasad 1981：106）

"Boum"、"ou-boum" 或 "bou-oum" 是洞穴回声的变体形式。
作为回声的"重复加变化"，这些声响在小说里共出现了 8 次。我们
之所以将其单独对待，是因为它们自身也产生节奏，烘托了主题，而
且给小说的形式增添了艺术致密性。约翰斯顿对这些变异形式做出了
最佳的解释：

> 这是福斯特创建的最好节奏，而且它完完全全是有机体；其
> 中没有任何计划的迹象。在洞穴里发出 "bou-oum" "ou-boum"
> 声响的回声回荡在小说的第二部分。第二部分"山洞"就像一
> 辆公共汽车清晰地阐明了交响乐的主题，宛如对 "diddidy-dum"
> 这个词语的有益描述——它回荡在贝多芬《第五交响曲》的第
> 一个乐章里。（Johnstone 1963：260）

"Boum"作为山洞回声的声响有着一种能够吞没其他任何声响的
震撼性力量。小说的叙述者对读者讲述了它的震撼性力量：

> 无论说了些什么，回应的是相同单调的噪声，而且它在山洞
> 里墙壁上下震动直到它被山顶所吸收。"Boum"是人类语言所能
> 表达的声响，"bou-oum"，或 "ou-boum"——非常乏味。希望、

礼貌、打喷嚏、高统鞋发出的吱吱声都制造出"boum"声响。（Forster 1992：147）

来自山洞回声的变异形式"Boum"或"bou-oum"抑或"ou-boum"之间完全没有任何区别，并且显露了只能把这些声响看作回声的奎斯特德小姐的内心痛苦和失落感。格伦·艾伦（Glen O. Allen）把印度教《奥义书》中的"Om"和"oum，boum"进行了恰当的对比，这给予小说主题一个全新的启示。当进行对比分析时，艾伦解释道：

> 尽管福斯特把这个回声描写为"Boum"或"ou-boum"，但事实上它们与那个神秘音节"Om"①之间不存在语音上的差异。这个音节的发音以及默想是那些探寻真理的婆罗门训戒的极为重要的部分。（Allen 1955：942）

从艾伦在《论爱·摩·福斯特的〈印度之行〉的结构、象征和主题》一文中所表达的观点看，有一点是确凿无疑的，即印度教的《奥义书》（*Prasna-Upanishad*）②对福斯特描写山洞、回声、蛇以及"boum"或"ou-boum"产生了直接的影响。福斯特对蛇蜕皮和获得新生的描写正是《奥义书》的呼应。据《奥义书》记载，圣人告诉他的信徒们，如果一个人专注于 AUM，他将会迎来光明。福斯特在《印度之行》里把马拉巴山洞呈现为一个能够实现专注的地方。奎斯

---

① 词语"Om"出现于马克思·缪勒（Max Muller）翻译的《东方圣书》中。虽然该词语被拼写成"Om"，但是它却代表 A、U、M 三个字母，分别表示造物主梵天（Brahma）、守护神 Vishna 以及破坏之神 Siva 的三重表现形式。请参见 Glen O. Allen，"Structure, Symbol，and Theme in E. M. Forster's *A Passage to India*"．*PMLA*. Vol. 70，No. 5（Dec.，1955）．注释第 18 条。

② 《奥义书》（*Prasna-Upanishad*）属于印度古代 10 大主要哲学典籍之一。它包含六个部分，分别关于六个信徒向圣人提出的六个问题。这六个信徒想知道终极原因的本质，造物主、守护神和破坏之神的力量，以及神主与世间万物之间的关系。人们之所以称其为《奥义书》，正是因为它专门解答问题。

特德小姐之所以未能理解回声的神秘，仅仅是因为她未能专注于"Boum"或"ou-boum"这个声响。声响"Boum"或"ou-boum"赋予穆尔夫人一个积极乐观的人生视角，这在她看来似乎是虚假的。像蛇蜕掉旧皮一样，她摆脱了所有邪恶获得了新生，并意识到：

> "哀婉、虔诚、勇气——它们存在，但同样地，污秽亦是如此。一切皆存在，但一切都无意义。"如果一个人在那个地方（马拉巴山洞）说脏话或者援引崇高的诗文，所得到的评价将是相同的——"ou-boum"。如果一个人用天使的语言说话并为世上的不幸和误解辩护，过去的、现在的和未来的，而且为人们必将经受的苦难辩护，无论他们的观点和地位如何，无论他们如何躲闪或欺骗——其结果都是一样的……（Forster 1992：149—150）

特别值得注意的是，穆尔夫人之所以被回声吓坏，是因为她并没有做好准备去接受回声；而奎斯特德小姐之所以被回声吓坏，是因为她未能专注于回声。穆尔夫人清晰地意识到生活的性质：生活中的一切都将还原为单调的声响"boum"或"ou-boum"；然而，饱受这个声响折磨的奎斯特德小姐只是把它当成是她耳朵里的嗡嗡声，把它称之回声。

这个主旨词"boum"或"ou-boum"最后一次出现时，正值穆尔夫人意识到其实在山洞里根本没有发生任何邪恶的事情。"这个不可言状的尝试对她显示出的是爱：在山洞里，在教堂里——Boum，实际上都是一样的。"（Forster 1992：208）"Boum"或"ou-boum"声响启发了穆尔夫人，伴随着看到和记忆着那条由小蛇组成的蛇独自扭动着身体，她意识到生命的永恒。那个不死的"蠕虫"意象始终萦绕在她的脑海里，而且那个"由小蛇组成的不朽的蛇"正是看不见的声响"Boum"或"ou-boum"的看得见的形式。

小说《印度之行》，正如人们所声称的那样，是一部有着精美形式的伟大杰作。在很大程度上，这种形式的获得归功于像山洞、回声

或以"Boum"或"ou-boum"为回声的变体形式的扩展性象征以及
不死的蠕虫的不断重现。它们的重现对获得小说艺术的致密性起到了
很大的作用。罗纳德·莫兰曾深刻地指出回声及其变体对小说的形式
所做出的贡献：

> 福斯特向种族记忆概念讲述了回声"Boum"，然而他从未允
> 许"Boum"成为象征。更确切地说，它成为一个手法给小说提
> 供一种形式感，并非从外部强加进来，相反是衍生自于回声在小
> 说人物心里产生的联系。(Moran 1968：6)

莫兰是正确的，这部小说的形式感在回声的发展过程当中不断得
到积累，其间它的渐渐向外扩展起到了把小说形式从内部缝合起来的
作用。作为一个音乐曲调，来回穿梭于山洞和不死的蠕虫之间的回声
构建了一个精美而复杂的节奏性旋律，从小说的开始到结尾既回荡在
小说人物的心里，也回荡在读者的心里。

第三章　福斯特小说的复杂节奏

　　根据福斯特在《小说面面观》对节奏理论的界定，小说节奏存在两种类型：一种是以"重复加变化"出现的"简单节奏"，此种类型在上一章节已经探讨过；另一种是"复杂节奏"。当福斯特在《小说面面观》对"复杂节奏"的概念进行解释时，他是这样陈述的：

　　　　小说里有没有可以与《第五交响曲》的整体效果类似的效果，当交响乐队停止演奏时，我们听到了其实从未演奏过的某种东西？……当交响乐结束时，我们感觉到那些构成乐曲的音符和曲调都被解放出来了，它们在整个节奏当中找到了它们各自的自由。难道小说不可以那样吗？（Forster 1927：169）

　　显而易见，福斯特想着力告诉我们的是，像一部乐曲作品甚或一部交响乐曲一样，小说也可以拥有整体的结构节奏。换言之，"复杂节奏"主要是与小说里不同运动之间的关系相关。

　　当解释"复杂节奏"的概念时，福斯特还指出，我们想从小说里得到的是"扩展。这是小说家必须坚持的想法，而不是完成"（Forster 1927：169）。这两个词语——"扩展"和"不是完成"——在很大程度上是指小说从头至尾的整个发展。"'扩展'涉及情节发展的音乐性过程，而'不是完成'这个词语指的是情节结束的方式。"（Prasad 1981：124）如果理解正确的话，"复杂节奏"是在结构上与小说的发展方式相联系的。福斯特把小说与音乐看成姊妹艺术。在一定意义上，二者在许多方面都彼此很接近，比如它们都是时间艺术，同时又是超越时间的艺术。同理，一部小说也可以含有不同的人物、事件和主题，它们联合起来共同创造出不同的运动，就像音乐里的不同乐章一样可以是彼此和谐也可以是彼此分裂。小说里的这些不同运动正如音乐里的不同乐章一样，它们可以通过发展构建出某种错综复杂的结构。在乐曲里，某些曲调可以在恰当的地方退出而加入某些新的曲调。类似的是，在小说里有些人物可能退出舞台，而某些新的人物则被引入舞台。扩展可以指小说里的不同运动所取得的效果。由于这些运动不断扩展开来，因此可以建立某些运动模式。比如，E. K. 布朗把《印度之行》的节奏性结构运动模式确定为"升—降—升"（Brown 1950：113）。

　　福斯特的"复杂节奏"说，在某种程度上，还与情节结束的概念有关。《小说面面观》里的这句话"不要圆满结束而要扩展开来"（Forster 1927：169），暗示着小说的结尾应该是开放式的。"以婚姻或死亡结束故事情节的传统方式取消了让小说里的核心问题得以进一步扩展开来的可能性。"（Prasad 1981：125）在福斯特看来，呈现和创造人物与事件不仅是为它们本身的缘故，同时也要服务于情节的结局："起初是为自身缘故出现的事件和人物，现在要贡献于小说的结局。"（Forster 1927：95）由于"在音乐里小说可能找到它最接近的相似之处"（Forster 1927：168），福斯特确信小说应该能与音乐一样结尾。当然，福斯特关于开放式结尾的学说是对小说艺术的巨大贡献。

　　文学读者，特别是英国文学读者都知道，20 世纪前的英国小说家大都以不同的方式建构他们的小说情节。18 世纪的英国小说家构筑他们的小说情节，使其按照自然的时间序列去开始、发展和结束。他们把亚里士多德的悲剧学说（即一部悲剧要有开头、中间和结尾）作为构建小说情节的基础，比如，亨利·菲尔丁（Henry Fielding）就是这样的一位典型小说家。19 世纪的英国小说家并没有在小说情节的构建方面取得明显的突破，而通常采用逻辑顺序组织情节，强调事件的因果关系的重要性，因此该时期的小说大多是以封闭式结尾。

然而，20世纪的英国小说家使小说情节构建方式发生了根本性变化。他们不再热衷于按照逻辑顺序构建情节。其结果是，他们的小说情节取代了拥有明确的开端或结局，而多是强调主题结构、象征模式和节奏。亚瑟·霍尼韦尔（Honeywell J. Arthur）在《论现代小说的情节》一文中做出的评论事实证明极富见地：

> 20世纪小说情节的形成是围绕着一个由结构模式的出现所构成的从现象到真实的趋向，而且这些结构模式给早先被视为无关的和前后不一的事实提供了连贯性和可理解性。这些情节开启了视角的反转和评价的反转。（转引自 Kumar and Keith McKean 1965：51）

福斯特极其反对传统的情节构建方式，诸如有很少扩展空间的19世纪小说。正如福斯特在《小说面面观》里告诉我们的，一个传统小说家"只能使事情圆满结束，而且通常情况下，当他还在创作的过程中，人物就变得没有活力，因此我们对人物的最终印象就是通过死气沉沉的状态获得的"（Forster 1927：95）。在福斯特看来，奥利弗·高德史密斯（Oliver Goldsmith）就是这样的小说家，他的小说《威克菲尔德牧师传》正是"以这种方式创作出来的典型小说"（Forster 1927：95）通常情况下，这样的小说都有事先计划好的和设计好的结局。凯瑟琳·利弗（Katherine Lever）也反对这种小说结尾，她指出："一个真实的结局必须是先前行为的自然结果，必须包含人物的未来，必须强化小说的核心目的。"（Lever 1961：83）

福斯特对小说的结局进行预先规划所持的反对态度在他的《小说面面观》里可以找到很好的说明：

> 究竟为何一部小说非要进行规划呢？难道它就不能成长？为什么它需要一部戏剧那样结束呢？难道它不能开放式结尾吗？如果不是凌驾于他的作品之上去操控它，难道小说家就不能将自己投身其中并随之到达一个无法预见的目标？情节是令人激动的，

也可以是美妙的，然而难道它是一个要从戏剧中，从舞台的种种空间限制当中借用的神物吗？小说难道不能设计出一个没有严密逻辑性但却适合它的天赋的结构吗？（Forster 1927：96—97）

福斯特的这段话足以表达他的信念，即小说可以采用非传统的方式对情节进行组织，不需遵循逻辑顺序，也不需事先进行设计。同时，福斯特对开放式结尾的偏爱也在字里行间可见端倪。此外，福斯特关于情节的结局所持的观点"呼应了他的节奏理论"（Prasad 1981：126）。"复杂节奏"不太易懂，它实际上涉及不同乐章之间的关系，或者小说不同部分之间的关系，同时也涉及小说结尾的扩展性。"简单节奏"与音乐中重现的主旨词密切相关。同理，福斯特在解释"复杂节奏"时也参照了音乐，特别是交响乐。乔纳·拉斯金（Jonah Raskin）曾经指出：福斯特"想要小说拥有节奏，它必须渴望达到音乐的要件"（Raskin 1971：8）。下面我们就逐一探讨福斯特五部主要小说的"复杂节奏"。

第一节　《看得见风景的房间》的复杂节奏

小说《看得见风景的房间》分两个部分，第一部分的场景设在意大利，而第二部分的场景设在英国。由于这两部分象征着两种对生活和生活方式的迥异态度，所以它们相互对立。尽管福斯特的两部意大利小说（《看得见风景的房间》和《天使不敢涉足的地方》）在场景设置方面很相似，但是小说《天使不敢涉足的地方》的故事场景始于英国而结束于意大利，而《看得见风景的房间》的起止场景都在意大利的佛罗伦萨。在这两部分里面，不同的场景转换着，人物走进走出，由此它们就像是交响乐的两个乐章。这相互关联的两部分以及形成鲜明对照的两个地方是以倒叙的方式呈现出来的，回顾小说人物从一个地方移动到另一个地方。这两个地方（意大利的佛罗伦萨和英国的索斯顿）的呈现与不同组合的人物融合在一起。小说的第一部分开始于意大利佛罗伦萨的贝托里尼旅馆，在那里露西通过交换房间结识了爱默生父子。在意大利风景和文化的影响之下，在乔治的爱情激发之下，露西几乎处于找到自我的边缘。因此，在第一部分里音乐和紫罗兰很是盛行。小说的第二部分主要由陈规陋习和生活的表象所主导，尽管露西最终挣脱了索斯顿的束缚和狭隘，并敢于接受乔治的爱情和自由，但是它们依然逼迫她回到了从前的状况。因此，在第二部分里占主导地位的是中世纪的雕像、虚伪和谎言。显而易见，这部小说里的场景转换是从意大利到英国再折回到意大利——一种针对小说女主人公露西的觉醒、挣扎和解放的叙述运动。

这部小说的第一章节，与《天使不敢涉足的地方》的第一章节一样，很像杰弗里·乔叟（Geoffrey Chaucer，1342—1400）的《坎特伯雷故事集》的前记，在那里所有人物都纷纷登台亮相。人物的组合或分组，特别是在两位英国女士与爱默生父子之间所进行的房间互换，揭示了小说的主题。随着故事情节的进一步发展，小说主题不断交织起来，"就像音乐中迥异的调音同时响起一样"（Prasad 1981：129）。这部小说的开篇很富于戏剧性："旅馆老板娘没有理由这样做"，巴特莱特小姐说道，"根本没有理由"（Forster 1977：2）。随后我们得知，露西和巴特莱特没有得到先前许诺的能看得见风景的房间。看到她们为房间的事情如此不安，此时爱默生父子主动提出可以把他们自己能看得见风景的房间换给她们。正是通过他们之间互换房间一事才引入小说的主题。同时还是通过交换房间一事才使得露西和乔治建立起一种友好的关系，而且这种关系在故事的发展过程中不断地稳步扩展开来。

在小说的第一部分，尤其是当露西刚刚来到意大利之时，她只是一个来自英国的心胸狭窄的少女。然而，通过住在一个能看得见风景的房间里，她的视野第一次变得鲜亮、开阔起来；当她在佛罗伦萨山上被乔治亲吻过后，她的视野更加开阔。这个过程正是露西开始看到光明的过程——她被唤醒，尽管她还没有完全被唤醒。从某种意义上讲，她内心深处正经历着某种根本的变化：她正从刚来意大利时的"一件艺术品"转变为一个血肉丰满的女性。相形之下，尽管巴特莱特小姐也住在一个能看得见风景的房间里，但是她总是紧闭窗户遮挡住外面的风景。因此说来，她抵触扩展。与此同时，两位牧师伊格先生和毕比先生对小说主题的扩展也起到了促进作用。除了塞西尔一家人、露西的母亲和弟弟之外，几乎所有的人物都在贝托里尼旅馆里出现过。正是这些人物之间的对比和反差才使得错综复杂的节奏得以发展起来。露西处于"一种精神饥饿状况当中"（Forster 1977：5），因此她迫切需要得到一个能看得见风景的房间。相反，"心胸狭窄和多疑"（Forster 1977：8）的巴特莱特小姐拒绝接受老爱默生的提议。乔治·艾默生的出现既让"毕比先生高兴，也让露西暗暗窃喜"（Forster 1977：11）。这些人物的组合与重新组合，事实上，是一个排除和纳入的过程，这不禁使我们联想起《印度之行》里英国人和印度人对印度小黄蜂的排除与纳入。在整部小说中共有四个重要的人物组合：一个是在贝托里尼旅馆，一个是在佛罗伦萨山，一个是在露西的英国住处，一个是在英国索斯顿的圣水湖。这些人物的组合与重新组合对具有节奏性的扩展和收缩主题产生了作用。

在小说的第一部分，露西的发展过程是不稳定的。她在意大利的经历提升了她的道德感以及唤醒了她的情感，但是她后来又再度回到原来的封闭状态。这些运动或转换使得小说的结构节奏变得更加复杂和精美。普拉萨德对此所做的评价很能说明这一点：

> 莱维史小姐把露西领到圣克罗切教堂，这是一个迈向道德扩展的运动；伊格先生把她引到佛罗伦萨山，这是一个走向情感扩展的运动（尽管伊格先生想要露西与乔治分开），而巴特莱特小姐把露西带到罗马去会见塞西尔·维斯，这是一个移向封闭的运动。（Prasad 1981：130）

普拉萨德的评述是正确的，但是并非完全正确，因为露西的内心运动远不止上述引文中所列举的那些。事实上，露西与那两个搏斗的意大利人的意外相遇是一个通向感知丑陋而真实的现实的运动。

在小说的第二部分，尽管故事的场景已从意大利转换到了英国，但几乎所有在贝托里尼旅馆出现过的人物也都在这里出现，而且又有一些新面孔加入他们的组合当中。再一次，人物的组合创造了错综复杂的节奏。

如果说露西在小说的第一部分正处于走向觉醒和解放的过程，然而返回英国之后，她被拖入索斯顿的陈规陋习之中。第二部分当中的章节标题本身就能很好地说明这点："中古时期"，"作为一件艺术品的露西"，"内心的灾难"，"对乔治撒谎"，"对塞西尔撒谎"，"对毕比先生、霍尼彻奇太太、弗雷迪以及佣人撒谎"，"对爱默生撒谎"，等等。如果小说的第一部分（在意大利），在一般意义上，对露西来说是一个走向精神解放和扩展的运动，那么小说的第二部分（在英国）对她而言则更像是重新陷入封闭的反向运动。在贝托里尼旅馆里与爱默生先生交换房间，使得她看到了风景，进而拓展了她对生活和现实的视野；然而，当她回到英国后，她根本无法再看到风景，因为家里客厅那厚重、紧闭的窗帘阻挡了光线。伴随着她的视野暗淡下来，伴随着她对自己的身份感到混沌迷茫，伴随着她内心情感的被压抑，而且伴随着她自由意志的被束缚，露西投入塞西尔的怀抱，因而使自己成为塞西尔一直以来所希望的"一件艺术品"。她对身边的所有人撒谎，甚至自欺欺人。所幸的是，乔治对她炽烈的爱以及老爱默生先生对她的启发最终让她又看到了光明和风景——她解除了与塞西尔的订婚而接受了乔治的爱。自此以后，露西正朝着进一步扩展的方向迈进。

小说中的整个故事围绕着露西与乔治之间跌宕起伏的关系演变过程展开的。从整体而言，他们的关系发展是处于一个渐渐前行和扩展的过程。如果说乔治在贝托里尼旅馆的出现成为他们建立关系的前奏的话，那么他与露西在两个意大利人互相搏斗现场的邂逅则成为他们进一步扩展关系的过渡性机缘。他们之间关系的扩展首次发生在满山遍野的佛罗伦萨山上，在那里乔治突兀地但热烈地亲吻了露西。在小说的第二部分，他们之间的关系变得曲折起伏，但是通过阿尔诺河水流淌的优美旋律、佛罗伦萨山上的迷人紫罗兰、露西在家里弹奏鼓舞人心的音乐以及乔治给予的两次热吻等神奇力量，他们最终幸福牵手。

　　尽管从该小说的结构划分角度来看——它只有两个明晰的部分（我们可以视其为一个由两个乐章组成的交响曲），但是小说的结尾章节（更像是一个简短而欢快的终曲）可以被看作第三乐章，指向实现无限扩展和精神超越的可能性。就地理上而言，这种从意大利到英国再到意大利的移动此时得以完成。当然，我们很容易注意到，这部小说的结尾明显偏离了福斯特本人在《小说面面观》里提出的相关概念。他显然反对那些小说家采用爱情、婚姻以及死亡作为小说的结尾。具有讽刺意味的是，《看得见风景的房间》这部小说却是以美满婚姻的方式作为结尾。这是福斯特的唯一一部采用传统方式作为结尾的小说，同时也是他的唯一一部"两性之间圆满结局"的小说（Gransden 1962：32）。因此说来，这部小说的结尾并非向外扩展，而是情节在故事结尾时完成。马夏尔·罗斯曾经指出："这部小说以仪式的完成结尾：爱情、婚姻以及返回佛罗伦萨。"（Rose 1970：67—68）小说结尾时，露西与乔治之间婚姻结合的完成使得小说未能获得"一个更大的存在"（Forster 1927：169）。就此而言，这部小说逊色于福斯特的其他小说，因为在他的其他小说里福斯特践行了自己的理论："扩展。这是小说家必须坚持的观点。不要完成。不要圆满完成而要向外扩展。"（Forster 1927：169）

第二节　《天使不敢涉足的地方》的复杂节奏

　　这部小说与《看得见风景的房间》通常被称之福斯特的"意大利小说"，因为这两部小说都是关于相同或相似的英国对比意大利的主题，但是《看得见风景的房间》开始于意大利佛罗伦萨的一个旅馆里，而《天使不敢涉足的地方》的开篇戏剧化场景则在英国：

　　　　他们都在查令十字路火车站给莉莉娅送行——菲利普、哈里特、厄玛以及赫利顿太太自己。甚至西奥博尔德太太，在金克罗夫特先生的陪同下，也从约克郡远道而来向她的独生女告别。阿伯特小姐同样也有许多亲戚前来送行。这个有着如此多的人同时

在交谈而且都各讲各话的情景使得莉莉娅一下子控制不住大笑了起来。（Forster 2002a：3）

在这个开篇场景里，几乎所有英国的人物都突然悉数登场。除了莉莉娅和阿伯特小姐要前往意大利之外，所有其他人物"就像乐曲中许多乐句的突然调音一般出现"（Prasad 1981：126）。人物间的复杂关系、意大利和英国两个主题的融合以及事件的内在联系产生了复杂节奏，而这种复杂节奏构建了一种扩展—收缩—再扩展的运动模式。在通篇小说里，有关意大利和英国的两个主题交织在一起，而且这两个国度的人物也组合在一起。

有关英国的陈规陋习、行为规范以及矫揉造作主题与意大利的自由、自然以及真实的主题形成强烈对比。英国的索斯顿（莉莉娅的家乡）是一个"囚禁"人的地方，而意大利却是一个"解放"人的地方。由于莉莉娅在意大利深深被所看到的和经历到的事情所吸引，她疯狂地爱上了一个意大利小伙子基诺，甚至冒着被英国的亲属们严厉责备的风险嫁给了他。不幸的是，她最终在意大利分娩时死去。

当得知莉莉娅嫁给了一个意大利人，心胸狭窄的赫利顿太太把儿子菲利普派往意大利前去"挽救"她。虽然菲利普没能阻止莉莉娅的婚姻，但是他却在无意识之下与意大利人为伍。不过回到英国后，他立刻再次站在了家人的一边。当得知莉莉娅已经死亡并留下了刚出生的婴儿让基诺照看，赫利顿太太又把菲利普和女儿哈里特一起派到意大利去"拯救"孩子。由于阿伯特小姐为当时没能成功劝阻莉莉娅嫁给基诺而感到内疚，所以她认为自己有责任前往意大利把莉莉娅的孩子带回英国抚养。出乎意料的是，当他们到了意大利之后，除了哈里特之外，他们都被意大利生活和文化的魅力和活力所征服。由于在意大利歌剧院被美妙的音乐以及演唱者与听众融为一体的自然和谐气氛所感染，他们的视野得到了很大的开阔。阿伯特小姐和菲利普经历了根本性的变化，从原本的思想狭隘转变为心胸开阔，也就是说，他们从英国到意大利的历程象征着从狭隘到扩展的转化运动。

源自于事件和人物之间富有节奏性关系的复杂节奏体现在小说的

结构之中，它与广场（Piazza）的形状很是吻合：这个广场有"三大亮点——市政厅（the Palazzo Pubblico①），牧师会主持的教堂（the Collegiate Church）和加里波第咖啡店：知性、灵魂、肉体……"（Forster 2002a：115）赫利顿一家人（莉莉娅除外）和阿伯特小姐都是知性的化身；莉莉娅扮演着灵魂的角色，她冲破了知性的枷锁（赫利顿一家人）投入象征着肉体的基诺的怀抱。莉莉娅嫁给了基诺并感到幸福和安全（福斯特倡导灵魂与肉体的结合），因此小说突出强调灵魂与肉体。莉莉娅死后，灵魂体现在成为独立人物的音乐之中。就像我们在歌剧院里所看到的那样，作为灵魂的强有力展现，音乐对知性和肉体产生了神奇的作用。由于受到音乐力量的深刻感染，菲利普和阿伯特小姐甚至忘记了他们在意大利的使命。体现在人物关系当中的知性、肉体和灵魂的融合，就像一首交响曲或奏鸣曲里的三个乐章。

知性的作用表现在赫利顿家人的道德伦理观上。他们所代表的传统道德观主导着英国的索斯顿。作为象征灵魂的莉莉娅被基诺的躯体所深深吸引，以至于她无法控制自己投入他的怀抱。在寄给赫利顿家人的一封信中她写道："在这样的一个地方，一个人真真切切地感觉到身处事物的中心，偏离常规。"（Forster 2002a：9）尽管阿伯特小姐在大多时候是被知性掌控的，特别是当她在英国索斯顿的时候，但是她却在著名的给婴儿洗澡的场景被基诺的躯体所强烈吸引。在她的眼里，基诺是"崇高的……大自然的一部分"（Forster 2002a：110）。基诺的身体如此吸引她，以至于她都爱上了他。前来意大利"拯救"莉莉娅的菲利普也对基诺的躯体美产生了深刻印象。在他看来，"那就是所有出生在这片土地上的人理应享有的遗产"（Forster 2002a：25）。尽管如此，菲利普依然更多的是受控于知性，所以他与基诺拼命搏斗试图解救出莉莉娅，然而他未能使灵魂（莉莉娅）离开躯体（基诺）。为了阻止莉莉娅嫁给基诺，在与基诺的象征性搏斗中，基诺（躯体）击败了菲利普（知性）。为了从基诺身边带走孩子，在与

---

① The Palazzo Pubblico 位于意大利中部城市锡耶纳（Siena），是一座宫殿。

基诺的搏斗中，菲利普和哈里特小姐（知性）似乎战胜了基诺（躯体），但这仅仅是通过玩弄肮脏的伎俩达成的（哈里特小姐偷走了孩子）。由于受到意大利文化的影响，除了哈里特小姐之外，所有来自英国的人物都因此获得了激励而成长，甚至他们的关系也趋于扩展开来。这一点更好地体现在菲利普和阿伯特小姐返回英国时，他们的视角得到了拓展，他们的心灵获得了开阔。

　　这部小说没有像《看得见风景的房间》《最漫长的旅程》和《印度之行》那样被划分成明晰的两部分或三部分，然而读者可以轻易地发现该小说的三个"乐章"，每一个"乐章"扩展到另一个"乐章"。小说的第一部分主要围绕莉莉娅从英国索斯顿前往意大利的旅行，而且她从意大利生活和文化中得到解放。她的成长或扩展导致了她嫁给基诺。因此，该部分可以被看作莉莉娅通向精神扩展的"乐章"。小说的第二部分主要聚焦菲利普前往意大利（这是英国索斯顿人进行的第二次意大利之行）尝试阻止莉莉娅的婚姻，以便"挽救"她的命运。虽然菲利普曾提议莉莉娅来到意大利，并建议她"要爱与理解意大利人，因为那儿的人们比那片土地更美好"（Forster 2002a：3），但是他现在却鄙视甚至厌烦基诺，一个意大利牙医的儿子。菲利普非但没有像莉莉娅那样成长或扩展，相反他却进一步从真实生活退缩到英国索斯顿传统和思想狭隘中去。因而，这部分就像是指向收缩或狭窄的"乐章"。小说的第三部分也是英国人前往意大利的第三次旅程，但这一次是菲利普、哈里特小姐和阿伯特小姐为了拯救莉莉娅和基诺的孩子而来的。在意大利逗留期间，菲利普和阿伯特小姐，正如我们在歌剧院里所看到的情形一样，被意大利的自由和清爽自然的气息所启发，甚至他们开始被意大利人所吸引，他们对基诺的态度转变即是证明。更加引人注目的是菲利普心灵的显著扩展——他返回英国，把自己从被动的生活旁观者转变成一个积极的参与者，获得了对爱情和生活的激情，而且萌生了一种离开索斯顿前去伦敦工作和生活的想法。在这部分里，菲利普和阿伯特小姐心灵的提升可被视为通往心灵和视角的再次扩展的"乐章"。

　　这部小说的结尾，不同于《看得见风景的房间》，不是完成，而是一个崭新的向外扩展。福斯特没有沿用传统的结尾方式，即让故事结束于小孩的突然死亡以及菲利普、阿伯特小姐和哈里特小姐返回索斯顿，相反作者让他们乘坐的四轮马车返回意大利去告知基诺有关孩子的噩耗。"喝牛奶的片断给小说的结尾增添了某种音乐性扩展"（Prasad 1981：127），因为菲利普和基诺把阿伯特小姐尊崇为母亲和女神。紧接着，他们的关系进一步得到扩展：阿伯特小姐爱上了基诺，而同时菲利普却爱上了阿伯特小姐。尽管著名评论家莱昂内尔·特里林认为这部小说的结尾有些欠缺，但是他并不否认它那富有生气的效果，正如他曾指出："这部小说的结尾几乎是有意的软弱，让其在充满忧愁的对话当中渐渐减弱。然而，它的效果却是充满活力的。"（Trilling 1971：75）正是从菲利普和基诺之间的两种价值观的冲突中显现出小说结尾充满生气的效果。关于一部小说的结尾，埃德温·缪尔（Edwin Muir）与福斯特的观点相左。缪尔极力推崇小说应有一个情节安排得很好的结尾，而且这个结尾应是小说中提出的核心问题的解决方案。对此，他曾经指出：

> 任何一部戏剧化小说的结尾都应该是驱动事件发展的问题的解答；这个特定的行为将得以完成，产生一种平衡，导致某种别处无法寻求的灾难。平衡或死亡，这些是戏剧化小说朝着这个方向发展的两种结局。由于种种原因，第一种结局通常以一个适合的婚姻的形式出现。（Muir 1979：58）

与缪尔有关戏剧化小说结尾的理论大相径庭的是，《天使不敢涉足的地方》作为一部戏剧化小说并不是以完成作为结局，而是呈现开放式结尾，因此它没有以完成结束，而是以扩展完结。

细心的读者可以注意到，这部小说的结尾，在某些方面，看起来和《印度之行》的结尾有些相像。在《天使不敢涉足的地方》里，故事的结局落在菲利普和阿伯特小姐的分离时刻上，因为前者爱上了后者，而后者又爱上了基诺。像《印度之行》结尾处的阿齐兹和菲尔丁，他们还不是真正的朋友，而且要成为朋友还有漫长的路要走，菲利普和阿伯特小姐要实现最终牵手还有很长的路要走。针对这部小说的结尾，艾伦·弗里德曼（Alan Friedman）曾经做过精辟的评价："……那种未完成感，分离感，以及一种未来的生活通过扩展了的意识变得更为难以理解；所有这一切都使我们觉得（《天使不敢涉足的地方》）比《看得见风景的房间》更接近《印度之行》的形式。"（转引自 Prasad 1981：128）

　　这部小说与贝多芬的《第五交响曲》一样有一个无止境的结局。即使那部交响曲结束了，但妖精们依然可能回来。同理，这部小说的结局并没有指明核心问题的解决方案，事实上，那个问题仍然悬而未决。虽然菲利普的心灵得到提升，阿伯特小姐被尊崇为女神，但是他们仍然不能超越陈腐的风俗传统和世俗的现实。约翰·科尔默对这部小说的结尾曾做过富有见地的评价："最终，在菲利普对卡洛琳（阿伯特小姐）作为女神的崇高地位的沉思过后，《天使不敢涉足的地方》的最后一句话是多么坚定地把我们拉回到世俗的现实中来。"（Colmer 1975：64）几乎就在同时，他们又回到了世俗现实当中来，这一点可以在小说的结束语里找到佐证："他们急匆匆地回到车上把窗户关闭，惟恐烟尘进入哈里特的眼睛里。"（Forster 2002a：145）

第三节　《最漫长的旅程》的复杂节奏

　　有些评论家认为《最漫长的旅程》是福斯特所有小说中写得最差的一部，比如约翰·巴彻勒（John Batchelor）声称它是"福斯特的爱德华时代小说中最差的小说"（Batchelor 1982：221）；爱德华·尚克斯（Edward Shanks）认为"《最漫长的旅程》或许是他的（福斯特的）小说中最不理想的一部小说"（转引自 J. H. Stape 1998：15，vol. Ⅱ）。然而，福斯特把这部小说视为自己最中意的作品，正如他所承认的那样："我最为喜爱的作品是《最漫长的旅程》。"（转引自 Mary Lago 1985：143）作为一个作家和评论家，福斯特一定有他自己的理由这样认为和相信。至少有一件事是确凿无疑的，即在这部小说里他出色构建的复杂节奏堪与一部交响曲或奏鸣曲的形式相吻合。彼得·巴拉曾敏锐地评价道："爱·摩·福斯特的《最漫长的旅程》和《印度之行》被认为设计的'像交响曲'。"（转引自 Aronson 1980：65）

　　像《印度之行》一样，这部小说也有三分结构，很像是交响曲或奏鸣曲的三大乐章。这三个部分被安排为"剑桥"（Cambridge）、索斯顿（Sawston）以及威尔特郡（Wiltshire）。这部小说的标题"表明小说的中心问题"（Kaplan 1987：197）。故事的主人公里奇·艾略特进行了一次从剑桥至索斯顿再到威尔特郡的最沉闷和最漫长的旅程，这"在某种程度上预期着一次哲学上的或形而上学层面的探求"（Page 1987：97）。里奇的精神探索或者小说的主题与小说的三个部分紧密地交织在一起，而且每一个部分都清晰地表达出小说的节奏性结构。亚穆纳·普拉萨德对该小说主题与三个组成部分之间的关系的评价很有启示作用：

　　　　这部小说的主题是从一个部分到另一个部分发展起来的。每一个部分都有其独立的人物，但在每一个部分中其他两个部分也都通过它们的再现而被联系起来。在每一个部分里都有几分其他部分的情形出现。（Prasad 1981：131）

　　虽然每一部分都是独立的并与其他部分有内在关联性，但是每一部分不仅仅只是在其他部分里有所体现，而是有着更多的东西——某种成分的扩展性。有着如此复杂、连贯的结构，这部小说含有一种复杂的节奏，它主要体现在人物和思想的差异，不同主题的相互交织，以及不同行为的相互作用和影响。在《印度之行》里有一个以洞穴为中心点的圆形运动，无休止地重复着和向外扩展着。与《印度之行》相像的是，《最漫长的旅程》也有着一个圆形结构，对小说意义的扩展起着非常重要的作用。卡罗拉·卡普兰（Carola M. Kaplan）对这一点的解释很具有说服力：

　　　　这部小说的圆形结构和象征手法是……最为恰如其分的。圆圈既意味着内聚又意味着外延。在一定程度上，这部小说具有内爆特性。小说的主人公……做着圆形运动，他重复着自己的历史直至死亡……这部小说……在同心意义上不断扩大的圆圈中向外不停延展开来。（转引自 Trambling 1995：64）

这种在不断扩大的圆圈中向外不停延展的结构很像乔治·梅瑞迪斯（George Meredith）的扩展性结构，对此福斯特在刊载于《巴黎评论》的"小说艺术"一文中表达过他的溢美之词。当被问及梅瑞迪斯的创作技巧对他的影响时，福斯特回答道：

我仰慕他……他做出了我不能做到的事情。我所仰慕的是一件事情通向另一件事情的感觉。你跟他进入一个房间，然后它通向另一个房间，紧接着又通向另外一个房间。（Forster 2004：15）

福斯特对梅瑞迪斯那种扩展性结构的解释毫无疑问也完全适用于他自己的小说，特别是《最漫长的旅程》和《印度之行》，因为在这两部小说中我们与福斯特一起走进一个房间，它又把我们引向另一个房间，紧接着又把我们引入另外一个房间。

《最漫长的旅程》恰好是一部有着三重结构的小说，这种三重结构与福斯特在《小说面面观》里所谈到的"难题、危机和解决的三重过程"相一致（Forster 1927：85）。这种过程在音乐作品中普遍存在。在题为"剑桥"的第一部分里，该部分是"真理和生活"的体现（Macaulay 1938：61），里奇和安塞尔在他们对现实的看法和对阿格尼丝的态度上存在巨大差异，也正是从这些差异中衍生出构成鲜明对照的小说主题。由此，在这一部分里这些体现在人物和主题方面的差异导致了难题的确立。阿格尼丝小姐在里奇的剑桥大学宿舍里的突然出现为把里奇引入歧途播下了种子——将跟随她在索斯顿工作和生活。在题为"索斯顿"的第二部分里，这部分代表着"谎言与黑暗"（Macaulay 1938：61），里奇经历了一种强烈的危机感——他被失败的爱情、破裂的关系以及一种活在虚幻世界的朦胧感所折磨。安塞尔和里奇的同母异父弟弟史蒂芬在索斯顿的意外出现使里奇更加醒悟，暗示着他将离开索斯顿前往作为"重获真理和生活"象征的威尔特郡（Macaulay 1938：61）。因此，题为"威尔特郡"的第三部分在整个情节的发展过程当中充当一个解决方案。在这个最后的部分里，里奇虽然后来为救他弟弟牺牲了自己的性命，但他却成功地进行了"从爱德华时代到现代主义充满踌躇的旅行"（May 1996：252），而且他从充满谎言和黑暗的世界到充满真理和生活的世界的旅程可以被看作一个去"拥抱土著大不列颠人的化身史蒂芬……作为这片土地的一个自然之子，作为剑桥大学的希腊精神、穆尔式辩论以及主观现实的哲学问题的精神化身"（Cucullu 1998：35）。此外，里奇前往威尔特郡的旅程是回来与他母亲团聚的象征性最漫长的旅程。

不仅仅这部小说的三个部分很像是奏鸣曲或交响曲里的三个乐章，在不断行进的乐声中富有节奏性地从一个乐章移向另一个乐章，而且这部小说的每个部分中的章节数量随着递减，宛如一个倒置的金字塔。小说的第一部分共有 15 个章节覆盖 153 个页码[①]，第二部分有 13 个章节覆盖 109 个页码，而第三部分只有 7 个章节覆盖 31 个页码。这样的一个具有节奏性的内在结构表达了"这部小说的一种特别设计"（Prasad 1981：132）。这种内在节奏和外在节奏相互交织构建了这部小说复杂的节奏性或音乐性的结构。这恰好呼应了傅修海的硕士学位论文题目所要表达的意思："结构即节奏。"（傅修海，2005）

这部小说的第一部分是由安塞尔的主张开启的非常戏剧化的开端："奶牛在那里。"（Forster 2002a：3）在开始的场景里，几个剑桥大学的学生，其中包括安塞尔、里奇和蒂亚尔等，正在讨论物体的存在问题，但是他们针对主观现实的哲学问题所进行的穆尔式辩论是在轻松愉快的气氛中展开的。他们对于那片田野里的奶牛存在问题持有两种截然相反的态度。安塞尔认为它就在那里，而其他同学认为除非

---

① 页码的统计是基于 2002 年宾夕法尼亚州立大学发行的电子版经典系列作品（A Penn State Electronic Classics Series Publication）。

他们看见了奶牛，否则就拒不承认它的存在。里奇被有关奶牛的哲学问题搞得云里雾里，深感费解。这部分的主导性主题是真理和生活，但由于阿格尼丝和她哥哥赫伯特·彭布罗克的突然出现使得这一主题陡然与小说的第二部分的谎言与黑暗主题混合在一起。正如普拉萨德曾经敏锐地评论道的："随着阿格尼丝和赫伯特·彭布罗克的到来，剑桥大学的轻松愉快一下子就和严肃性混合起来。"（Prasad 1981：132）因而，节奏既产生于人物对奶牛和阿格尼丝的对立态度，也产生于小说第一部分和第二部分的对比性主题。另外，里奇在离开剑桥之前还探访过索斯顿和凯多佛。不仅阿格尼丝和赫伯特·彭布罗克（第二部分的主导人物），而且费琳太太和史蒂芬（第三部分的主要人物）都在第一部分出现过。随着主题的交织，人物间的相互作用以及第一部分与其他两个部分之间的地点变换，交响曲式的效果也因此达成了。

里奇生活在幻觉当中，认为阿格尼丝是他已故母亲的化身，因此，他毅然选择了离开剑桥跟随阿格尼丝来到索斯顿。事实上，索斯顿是一个与剑桥完全不同的世界。在剑桥，人们沐浴在真善美的光明之下；而在以公学闻名的索斯顿，人们都生活在追求物质成功的庸俗法则的支配之下。与彭布罗克兄妹一起生活和工作在索斯顿公学里，里奇渐渐地发现：自己犯下了一个可怕的错误——去爱一个自私世俗的女人，错误地相信索斯顿是个"了不起的世界"（Forster 2002a：61），一个比剑桥有着更多真实性的世界，正如他错误地把阿格尼丝看作"世界上最真实的女人"（Forster 2002a：47）。由于里奇在阿格尼丝身上以及在索斯顿这个世界里所发现的虚假现实使他备受折磨和失望，所以他前往威尔特郡，在那里无论是生存的氛围还是生活本身都与索斯顿形成鲜明的对比。在威尔特郡，里奇可以接近大自然和大地。他最终接受史蒂芬为同母异父兄弟本身就是他实现寻找亲爱的母亲的标志。尽管他在平交路口为救史蒂芬而丧命，但是他通过史蒂芬依然活着，因为史蒂芬将继承英国，尔后他的女儿将继承英国。至此，由难题、危机和解决方案所构成的交响曲式节奏得以形成，并使小说获得了一个全新的独立存在体。

　　然而，除了小说结构层面的节奏性运动之外，小说章节层面的节奏建构也不可忽视。如前所言，第二部分和第三部分的主导人物都在第一部分里出现过，而且他们在第一部分的出现把三个部分的主题混合在一起。具有对比性的人物，通过在不同的部分所进行的组合和重新组合，也形成了增加整个小说交响曲式节奏的复杂性和扩展性节奏。

　　尽管小说的第一部分被命名为"剑桥"，但是彭布罗克兄妹在剑桥的出现，以及里奇对索斯顿和凯多佛的访问使得小说三个部分的主题都交织在第一部分。特别值得一提的是，第一部分的最末六个章节实际上是关于威尔特郡部分的主题，这有助于使交织着的主题以及人物间的关系在小说的其他部分进行扩展、收缩、进一步扩展。有鉴于此，所有这一切就像是在"剑桥"部分里"各式各样的曲调在音乐里同时演奏一般"（Prasad 1981：132）。

　　小说第一部分的开始场景是几个剑桥大学的学生正在对田地里的奶牛存在问题进行哲学辩论。阿格尼丝和赫伯特·彭布罗克的突然造访把一些索斯顿的要素带进了剑桥的安宁气氛。里奇的双眼被自己的虚幻感所蒙蔽，所以他很高兴看到他们，尤其是阿格尼丝。在他的眼里，阿格尼丝是"世界上最真实的女人"（Forster 2002a：47）。这种幻觉不知不觉地占据着他的内心，这预示着他将离开剑桥前往索斯顿。小说的第一部分是以一个杂志编辑对里奇的劝告而结束，他奉劝里奇去"观察生活"，几乎与此同时，"他的命运就变得与彭布罗克先生的命运紧紧地连在了一起"（Forster 2002a：141）。"剑桥"部分的这最后一句话很自然地、合乎逻辑地把第一部分引向第二部分"索斯顿"，进而把第一部分的主题扩展到第二部分。

　　在小说的第二部分，里奇变得越来越扭曲，以至于他偏离追寻真实之路越来越远。他在剑桥形成的理想和想象力，此时此刻被索斯顿那种呆板生活的巨大机器以及他自身对真实的虚假视角击得粉碎。"索斯顿"部分充满了已埋藏在"剑桥"部分的种种危机。里奇所经历的主要危机包括：虽然他从父亲那里遗传了跛脚基因，但是他急切地想要孩子来传承他心爱母亲的血脉。不幸的是，他的新生女儿也是跛脚，而且出生不久便夭折。费琳太太向阿格尼丝吐露了关于史蒂芬是里奇的同母异父兄弟的秘密，但阿格尼丝隐瞒了真相。更为糟糕的是，阿格尼丝私下与费琳太太合谋把史蒂芬赶出了威尔特郡。与此同时，安塞尔出于拯救里奇的目的来到索斯顿告诉他事实的真相，但却遭到了里奇的忽视。史蒂芬来到索斯顿接受里奇为同母异父兄弟，但是他却被拒之门外。由于受到这些危机的折磨以及受到他自己的虚假视角的阻碍，"跟剑桥断绝联系的里奇就像是在天空中断了线的风筝"（Forster 2002a：141）。这使我们不禁想起《看得见风景的房间》里的露西，她被比作天空中的一只风筝，但风筝线握在巴特莱特小姐手里。可是，里奇的风筝线被折断了，面临着迷失自己的巨大危险。在这一部分，包括在其他两个部分里，为了取得叙述前后移动的节奏效果，福斯特成功地运用了倒叙手法。在剑桥大学附近的幽谷里，里奇把我们带到了过去，让我们了解他的双亲。当里奇与阿格尼丝在索斯顿期间，他回顾了自己在剑桥的快乐时光；在威尔特郡的时候，我们又了解了史蒂芬的父母以及费琳先生的一些情况。

小说的第二部分"索斯顿"以里奇顽固地要跟随阿格尼丝来到索斯顿工作和生活为开端，却结束于他坚定地要离开阿格尼丝和索斯顿去跟他弟弟在一起。因此，这一部分自然地期待着第三部分。在那里，里奇重新得到了他在索斯顿所失去的东西：宁静与欢乐精神。然而，第三部分的叙述运动节奏明显要比前两个部分的快。尽管在这一部分里奇死去了，但是史蒂芬还继续活着，他们家族的血脉通过史蒂芬和他的女儿得以永久地传承下去。

里奇在索斯顿失去了他在剑桥所度过的快乐时光，但是通过他与大地的亲密接触，它又在威尔特郡回到了他的身边。这种黑格尔式的命题、对立和综合辩证结构在通篇小说里对构建节奏起到重要作用。也就是说，小说的结构节奏体现在这样的一个黑格尔式辩证结构的运动与小说的每个部分里人物和事件的错综复杂的相互作用之中，使得这种节奏更像是福斯特所推崇的那种节奏：小说有着类似的奏鸣曲或交响曲式节奏。

这部小说的结尾在一些评论家们当中产生了歧义。有人持肯定态度，认为这部小说的结尾是扩展而非完成，恰好是福斯特认为一部优秀小说应该有的那种结尾，同时也是完全符合福斯特的"复杂节奏"理论的那种结尾。例如，普拉萨德曾透彻地评论道：

> 这部小说的结尾又一次并非完成而是扩展（《天使不敢涉足的地方》的结尾是第一次）。它很像《霍华德庄园》的结尾。史蒂芬的女儿以他母亲的名字命名。甚至里奇的短篇小说以"潘神的笛子"为题出版发行。小说结束了，但是潘神继续吹着笛子。音乐回荡着。里奇的想象力通过他的短篇小说继续扩展着。（Prasad 1981：134）

与普拉萨德持有相似的观点，约翰斯顿也认为这部小说的结尾有着无限的扩展性：

> ……这部小说渐渐收尾，最后的数页充满了远远超过它们本身的事件。它们伴随着无限性。（Johnstone 1963：181—182）

另外一些评论家对这部小说的结尾持批判态度，甚至福斯特本人在写给乔纳森·思朋斯（Jonathan Spence）的信件里也坦承："关于《最漫长的旅程》和《霍华德庄园》的结尾，它们当然不够令人满意，然而，或许在当时看来还算不错。"（转引自 Beer 1962：177）与《霍华德庄园》的结尾相似的是，海伦和她的小孩在大地的温暖怀抱里平静而和睦地生活着，而史蒂芬与他的幼女快乐地生活在大自然的怀抱里。每一部小说的结尾都像是通向一个崭新的未来，将通过孩子的意象继续扩展着。因此，扩展的过程并没有随着小说的结尾而结束，这也很好地呼应了福斯特所提出的在小说结束后获得的"一个更大的存在"。大卫·道林（David Dowling）认为，福斯特的小说结尾方式是把空间感和时间感融为一体。他对此评论道：

> "向外扩展"、"解放"、"更大的存在"，所有这一切都是指

不断扩展的空间感……然而，它同时还是小说完成后所发生的某些东西——一种离开留在"后面"的这件艺术作品的位移。它作为读者的精神历程的部分在他心灵深处发生。这就是为什么福斯特对小说的结尾如此强调的缘故……（Dowling 1985：41）

第四节　《霍华德庄园》的复杂节奏

作为"福斯特的第一部完完全全的成人读物"（Macaulay 1938：100），《霍华德庄园》是一部确立了福斯特作为 20 世纪英国著名小说家地位的小说。另外，这也是"福斯特运用'节奏'技巧进行创作的第一个主要试验"（Stone 1966：267）。事实上，福斯特作为一个小说家最杰出的成就主要体现在他的最后两部非凡小说：《霍华德庄园》和《印度之行》。马尔科姆·布拉德伯里（Malcolm Bradbury）在 1966 年出版的《福斯特：评论文集》的"序言"里表达了相同或相似的观点，他说道："整体而言，针对福斯特的伟大之处的争论变得越来越集中在他的最后两部小说，《霍华德庄园》和《印度之行》。这两部小说的目标和视界都明显比他的前三部小说和短篇小说要大些和开阔些。"（Bradbury 1966：5—6）尽管布拉德伯里的论断无疑是真实正确的，但似乎并不够完全。这两部小说之所以更加杰出，或许还因为福斯特在这两部小说里对节奏的运用更加复杂和巧妙。当谈及《霍华德庄园》里的节奏时，威尔弗雷德·斯通说道，这部小说里的节奏运用更加成熟，它"把我们带到无限"，而且"在那里一首通用的乐曲在回响"（Stone 1966：274）；当斯通评价《印度之行》的节奏时，他这样说道："在小说中节奏从来没有（比在这部小说里）……被给予更大的机会或者取得过更大的成功。"（Stone 1966：341）

《霍华德庄园》既不像在它之前问世的《看得见风景的房间》和《最漫长的旅程》，也不像在它之后发表的《印度之行》，因为它并没有清晰地被划分为两个或三个部分。然而，它的结构性乐章可以在我们阅读的过程中间清楚地感受到，就像是一首交响曲一样。如果我们仔细阅读这部小说，就会发现有一首交响曲的三个乐章作为小说的架构。《霍华德庄园》与伍尔夫·弗吉尼亚的《到灯塔去》很相似，这两部小说都有三个乐章，或者说都有奏鸣曲形式的三个乐章，包含一个"'融合'、'瓦解'和'重新融合'"的节奏模式（Brown 1950：65），尽管《霍华德庄园》并没有外在的结构划分。甚或我们可以把《到灯塔去》的三个篇章——窗户、时间流逝和灯塔——看作有形的标签，而《霍华德庄园》里的标签是被隐藏的。

《霍华德庄园》，正如小说标题所示，主要是关于威尔科克斯夫人从家族继承下来的一幢乡下房屋，更确切地说，是一个关于人们对这幢房屋的不同反应或态度的故事。由于"《霍华德庄园》的主要人物是一幢房屋"（Edwards 2002：68），所以整个故事必须直接或间接地把这幢房屋设为轴心。霍华德庄园是"英国的象征"（Martland 1999：119），或者更确切地说，是田园生活的英国象征。或许，这就是为什么普拉萨德断言道："正是对乡村生活的追求才是《最漫长的旅程》和《霍华德庄园》的主题。"（Prasad 1981：41）

小说由海伦·施莱格尔从霍华德庄园给她的姐姐玛格丽特·施莱格尔写的一封信开始的，在这封信里海伦描述了她所看到的霍华德庄园的情形。实际上，第一章节是由海伦在霍华德庄园写的两封信组成的。这两封写给玛格丽特的信讲述了霍华德庄园的情形以及海伦在那里的一些感受：这幢房子"总而言之很讨人喜欢"（Forster 1985a：1）；那里的空气很"怡人"（Forster 1985a：2）；天气"极好"，"景色妙哉"（Forster 1985a：3）；她在那里与威尔科克斯一家人度过了"一段愉快的时光"（Forster 1985a：2），而且几乎喜欢那里的一切。这个戏剧化的开篇章节不仅充分展示了霍华德庄园里里外外的画面，而且也介绍了威尔科克斯一家人。此外，我们还知道海伦喜欢那里的一切，并且爱上了威尔科克斯家的小儿子保罗。尽管海伦在霍华德庄园逗留的时间极其有限，尽管她与保罗的恋情只是昙花一现，但是这形成了第一次，也是简短的一次通向霍华德庄园的运动，在那里海伦与威尔科克斯家人相处得很愉快、很和睦。这个阶段的故事发展是以融合为标志。

可是，正如中国的一句谚语所讲的那样，好景不长。海伦很快与保罗分手，而且开始急剧转向强烈抵触威尔科克斯家人，这也就开启了故事发展的第二阶段：瓦解或分裂。在这个漫长而痛苦的阶段，海伦不断地远离威尔科克斯家人和霍华德庄园，尤其是当伦纳德·巴斯特因听从威尔科克斯先生的不当建议而调换了工作的时候，情形变得更加糟糕。从那以后，海伦对威尔科克斯家人更是厌恶，甚或怀有深仇大恨。或者源自她对巴斯特所处困境的同情，或者出于对威尔科克斯家人报复的冲动，海伦变得越发极端——她投入了巴斯特的怀抱，并为其生下了一个私生子。然而在此期间，玛格丽特对威尔科克斯家人的态度也经历了一些变化。起初，她对他们持有一些偏见；但是威尔科克斯夫人真诚地邀请她前往霍华德庄园，这让她的态度发生了转变。当威尔科克斯夫人突然去世之后，玛格丽特与亨利·威尔科克斯逐渐成为恋人。可是，他们后来的关系变得越来越紧张起来，这是因为亨利拒绝了海伦想要与玛格丽特在霍华德庄园留宿一夜的请求。之后，玛格丽特差点与亨利分手，因为后者无法宽恕海伦与巴斯特的越轨行为，但对自己与巴斯特现在的妻子之间的风流韵事却丝毫没有羞愧之意。此时，施莱格尔一家与威尔科克斯一家之间的危机或冲突达到了高潮，其核心原因依然根植于对霍华德庄园的诉求上。然而，瓦解或分裂的进一步升级自然扩展到下一个阶段，即重新融合。由于玛格丽特真诚地要与亨利联结，同时也由于查尔斯·威尔科克斯因在霍华德庄园杀死了巴斯特被判入狱而使亨利受到了沉重打击，亨利现在与施莱格尔姐妹和解，准许身怀六甲的海伦跟他们一起住在霍华德庄园。虽然巴斯特已经死去，但是他与海伦所生的孩子被指认是霍华德庄园的继承人。共同安静地、和睦地和快乐地生活在霍华德庄园，他们沉浸在"充满感染力的喜悦呼喊声中"以及"从未有过的干草"大丰收的欣喜之中（Forster 1985a：271）。至此，施莱格尔和威尔科克斯两个家庭都实现了他们对乡下生活的追寻，同时他们联结"平淡与激情"（Forster 1985a：147）的尝试也得以实现。融合、瓦解和重新融合的节奏性模式使小说更具交响曲式的形式，而且这种节奏在相互交织的主旨词、重现意象或象征的作用下变得更加错综复杂，它们就像在贝多芬的《第五交响曲》里那样交织着、扩展着。

　　福斯特不仅对音乐有着浓厚的兴趣，而且喜欢在他的小说里运用音乐或歌曲：在《看得见风景的房间》里，露西在意大利和英国都通过弹奏钢琴来表达自己的内心情感；在《天使不敢涉足的地方》里，菲利普和阿伯特小姐都在意大利的歌剧院经历了顿悟的时刻；在《最漫长的旅程》里，音乐弥漫着整部小说，而且"像一条河流一样从他（里奇）身上穿流而过"（Forster 2002b：40），同时史蒂芬"从八点到十一点"（Forster 1985a：102）一直唱着歌曲；在《印度之行》里，戈德博尔教授那首邀请上帝降临的宗教歌曲在小说里到处回荡着，就像是一段小曲调扩展到印度教庆典上的歌舞之中；在《霍华德庄园》里，福斯特甚至直接呈现贝多芬的《第五交响曲》。海伦对它的不同反应"构成了这部小说的节奏性扩展的过程"（Prasad 1981：135），清晰地表达了小说的音乐性结构。这部小说使我们联想起了福斯特在《小说面面观》里提出的一个问题："小说里有没有可以和作为一个整体的《第五交响曲》的效果比拟的东西呢？当管弦乐队停止演奏以后，我们仍能听见实际上从未演奏过的某种东西。"（Forster 1927：168）

　　海伦对贝多芬《第五交响曲》的反应标志着小说发展的过程。或者更确切地说，构成《第五交响曲》的乐章恰好与小说的结构运动平行。当《第五交响曲》在第五章开始演奏时，它"始于一个妖精悄悄地从宇宙走过，从一端走到另一端"（Forster 1985a：25）。当其他妖精随着出现时，海伦感觉到"世上根本没有所谓的辉煌或英雄行为"（Forster 1985a：25），这恰好与福斯特的世界观相吻合。随后，海伦又有了一种可怕的感受："恐慌与空虚！恐慌与空虚！"（Forster 1985a：25）紧接着，贝多芬让妖精们分散开来，让它们在大调中走去，同时这些妖精们被"辉煌的狂风、英雄行为、青春、生与死的壮丽"所替代（Forster 1985a：25）。随着妖精们两度散去，交响曲也在"非凡的欢乐声中"戛然而止，"但是那些妖精们依然在那儿。它们可能还会回来"（Forster 1985a：25）。

　　小说《霍华德庄园》在结构运动上与《第五交响曲》似乎是相

近的对应物。海伦首先是与威尔科克斯家人在霍华德庄园，在那里她与保罗有过一段转瞬即逝的浪漫恋情。她对保罗的爱本身就是"英雄行为"的一种表现，但是它很快就被"恐慌与空虚"所替代。保罗与他的兄长查尔斯和父亲亨利无别，做起事情来就像个妖精。普拉萨德的评价是正确的："保罗像妖精一样并非真实，他威胁着人际关系和爱情，就像妖精威胁着辉煌或青春。"（Prasad 1981：135—136）海伦从她与保罗那短暂但悲伤的恋爱经历中发现："威尔科克斯全家人都是骗子，仅仅是一堵墙似的报纸、汽车和高尔夫球棒；如果它坍塌了，我从它后面只能看到恐慌与空虚。"（Forster 1985a：19）这个主旨词"恐慌与空虚"，在海伦聆听《第五交响曲》的过程中，一直萦绕在她的脑海里，而《第五交响曲》却似乎"已经总结了她生涯中业已发生过的事情以及将要发生的事情"（Forster 1985a：26）。这句话预告了在下面的故事当中海伦将要发生什么。

当音乐结束时，海伦错误地把巴斯特的雨伞从音乐厅顺手带走。之后，巴斯特来到施莱格尔家取回自己的雨伞。他的出现在海伦的脑子里与"妖精的脚步"相联系，此时此刻他就像是个妖精取代保罗的位置。正是由于海伦的无心疏忽导致了巴斯特能够有机会跟施莱格尔姐妹接触。巴斯特和他的妻子（她后来被曝光是亨利数年前的情妇）"像是妖精来揭露亨利·威尔科克斯的道德空虚"（Prasad 1981：136）。作为一个妖精，巴斯特是这部小说的交响乐式结构不可分割的部分，这一点恰好得到了 J. K. 约翰斯顿的证明，他指出"伦纳德·巴斯特与交响曲里的妖精相联系"（Johnstone 1963：227）。同时，约翰斯顿还指出，海伦与"伦纳德的性爱关系成为她的生活所沿着走下去的节奏的不可或缺部分"（Johnstone 1963：226）。与约翰斯顿持有相似的观点，克鲁斯观察到巴斯特与情节的有机体的密切关系：

> 伦纳德与施莱格尔一家和威尔科克斯一家的生活都有着密切关系，他的象征性角色是从其他阶层的代表者对他的对待方式中发展起来的。（Crews 1962：118）

《第五交响曲》里的妖精很自然地使海伦联想到现实中的恐慌与空虚，而巴斯特的出现使海伦想到威尔科克斯一家人隐藏在"一堵墙似的报纸、汽车和高尔夫球棒"（Forster 1985a：19）背后的恐慌与空虚。巴斯特的每一次出现都像是"妖精的脚步"的出现。他那悲凉的境况、他的不幸，甚至他的死亡都是"威尔科克斯一家的行为后果"（Prasad 1981：136）。威尔科克斯一家的恐慌与空虚再度由于他们违背露丝·威尔科克斯把霍华德庄园赠予玛格丽特的遗愿一事而得以暴露出来。此外，亨利为巴斯特提供一个工作岗位的承诺未能兑现，这也"在海伦心里加剧了这个词语（恐慌与空虚）的强度"（Prasad 1981：136）。要么被亨利所造成的伤害所刺激，要么是对巴斯特的悲惨境况感到同情，海伦通过献身于巴斯特再度表现出自己的英雄行为。主旨词"恐慌与空虚"成为让福斯特所努力联结起来的人际关系破碎的象征：海伦与玛格丽特决裂，并远离巴斯特；由于亨利拒绝让海伦在霍华德庄园住一夜，玛格丽特与她丈夫的关系也变得紧张起来；由于亨利提供了虚假的信息，巴斯特失去了工作；而且"亨利的堡垒坍塌了"（Forster 1985a：264），只因查尔斯被判三年监禁给他沉重的打击。

随着《第五交响曲》的向前行进，里面的妖精一点一点开始转向辉煌和英雄精神。这一点可以在小说里找到它的对应体现：几乎所有的主要人物都开始表现出英雄行为。他们齐聚霍华德庄园的行为本身就是一个扩展性象征，而且这个象征即使是在小说结束之后继续萦绕在读者的脑海里。威尔弗雷德·斯通对此所做的评论非常精准：

> 他们最终来到霍华德庄园，是从这个世俗世界进入到精神的绝对性世界的旅程，是进入到管弦乐队停止演奏后所听到的音乐之中，是进入到"实际上从未演奏过的"未来尽善尽美（要么全部要么全无）之中。（Stone 1966：274）

甚至小说的结尾也与《第五交响曲》的结尾很相似。在《第五交响曲》中，贝多芬"在非凡的欢乐声中"（Forster 1985a：25）落下了帷幕；而在《霍华德庄园》里，福斯特是在"充满感染力的喜悦呼喊声中"（Forster 1985a：271）和面对有望获得干草大丰收的前景中收尾。

尽管小说的结尾场景从表面上看呈现的是亨利、玛格丽特和海伦之间的和解，而且他们之间的和睦关系显露出扩展的可能性，尽管小说的结尾彰显了美好未来的一幅大好前景，但是正像贝多芬在《第五交响曲》里指出的那样，妖精可能还会回来。威尔科克斯·查尔斯刑满释放后，或者保罗从海外归来，他们都有可能把霍华德庄园拆掉建成公寓。因此，海伦的孩子将来可能面临巨大的挑战如何联结过去和现在，就像唐·奥斯汀所暗示的那样："这个孩子，代表着新的一代注定要成为霍华德庄园的继承者，将要面对联结过去和现在的责任。"（Austin 1961：228）

从这部小说的开始到结尾的结构节奏来看，《霍华德庄园》就是一支语言交响曲，或与《第五交响曲》极为相似的小说，特别是它给读者产生了一种"可以和作为一个整体的《第五交响曲》相比拟的效果：当管弦乐队停止演奏以后，我们仍能听见实际上从未演奏过的某种东西"（Forster 1927：168）。威尔弗雷德·斯通曾敏锐地指出，"这种感觉，如果可以获得的话，只能是读者通过从头至尾以及超出文本之外密切注意这部小说的节奏才能获得"（Stone 1966：274）。J. K. 约翰斯顿对此持有相似的看法，他同时还发现了这部小说和交响曲之间存在的近似效果：

> 《霍华德庄园》的结构节奏所产生的效果难以描述，事实上它的确可以跟一个伟大的交响曲相比拟。这部小说的节奏之所以如此出色，是因为它外化了福斯特最深刻的内心情感，他对生活的直观感受以及他的哲学思想。（Johnstone 1963：228）

第五节 《印度之行》的复杂节奏

尽管福斯特把他的第二部小说《最漫长的旅程》视为最爱，尽管莱昂内尔·特里林宣称"《霍华德庄园》无疑是福斯特的杰作"（Trilling 1971：114），但福斯特的《印度之行》在绝大多数的人看来是他的最佳小说，因而它是人们关注的中心也就成为必然。毋庸置疑，迄今为止《印度之行》是福斯特创作的所有小说中得到最多称赞和最高评价的唯一小说。克里茨托夫·弗东斯基正确地指出："福斯特在文学史上所占的地位主要是基于他的代表作《印度之行》。"（Fordonski 2005：18）这部小说"标志着福斯特的最高文学成就"（Das，G. K. & John Beer，1979：5）。《印度之行》是一部伟大的经典小说，它比福斯特创作的任何其他小说更加杰出，或许这是因为"它是一部涉及跨文化题材的小说，给我们呈现了一个广阔的画面"（Das，G. K. & Christel R. Devadawson 2005：99），而且它是"20 世纪里能以统一视角覆盖衰落中的东西方文明的唯一伟大小说"（Colmer 1975：152）；按照怀特所宣称的那样，还或许是因为福斯特在这部小说里对人类"发育不良的心"遭遇宇宙之奥秘的深入探索，"要比他之前的任何小说都更加充分和更加令人满意地传达出当自由—资产阶级—不可知论者的思想直面宇宙中心的终极奥秘时所显现出来的缺陷和失败"（转引自 Bradbury 1970：150）；甚或是因为这部小说是一部融合了现代混沌与现代艺术秩序于一体的宏伟杰作。正如马尔科姆·布拉德伯里敏锐地指出，"《印度之行》是他最富有抱负的作品，毫无疑问，它是现代英国经典小说之一，是一部融现代混沌与现代艺术秩序为一体的作品"（Bradbury 2005：169）；或许还因为这部小说同时又是"福斯特对政治的充分表达"（Shaheen 2004：8），等等。

虽然福斯特在小说中对相互交织的主题所进行的精美处理本身有助于使这部小说成为一部伟大的作品，然而这部小说具有的艺术美感、神韵和呈现出来的美妙节奏是使其成为精美艺术品更为重要的原因。借用彼得·巴拉的话说，福斯特的小说，特别是他的《印度之行》，"是杰出的艺术作品，这主要归因于他非常注重他所描述的那些作品特质，诸如图式和节奏"（转引自 Bradbury 1966：25）。巴拉的评价很有启发意义，它不仅让福斯特为之欣喜，而且还有助于促使人们对福斯特小说的节奏加以关注和研究。在福斯特所创作的 5 部小说当中（不包括他去世之后出版的同性恋小说《莫里斯》），只有《印度之行》有着最为错综复杂的节奏结构，与一首交响曲或奏鸣曲极为形似。或许，这就是为什么迈克·爱德华兹把这部小说看作"一首有着三个乐章的文学交响曲"（Edwards 2002：172），再或者，这也解释了为什么伊夫林·弗雷德里克·查尔斯·卢多维克(E. F. C. Ludowyk）把这部小说比作是"一位音乐家的作品，他之所以选择小说的形式，是因为他的小说比音乐更能清晰地把思想表达出来"（转引自 Gowda 1969：43）。这就是最为理想的小说类型，是"福斯特一直寻找的那种最伟大的小说，如《战争与和平》"（Brown 1950：113）。

《印度之行》与《最漫长的旅程》和弗吉尼亚·伍尔夫的《到灯塔去》相似。它们的相似之处主要在于，这三部小说都有着三分结构，很像是奏鸣曲的三大乐章。这种三分结构正是"小说文本的交响曲式的和谐统一"（Das, G. K. & Christel R. Devadawson 2005：10）。这种设计为交响曲般三个乐章的精美结构——"清真寺""洞穴"和"寺庙"——既各自独立存在，同时彼此又有着内在联系。亚穆纳·普拉萨德的评论既有洞察力又有启发意义："既作为独立乐章又彼此相互关联的清真寺、洞穴和寺庙所组成的结构是如此的错综复杂，以至于人们无法对作为一个整体的这部小说的复杂音乐成分简单地进行解释。"（Prasad 1981：138）《印度之行》的三个部分，或曰三个交响曲式的乐章，是在呈示部、展开部和再现部的发展过程中展现出来的。当大卫·梅达利在对比研究《印度之行》与《到灯塔去》这两部小说的结构运动的相似性时，他这样评论道：

> 这两部小说的结构类似于一首奏鸣曲的三乐章结构，包含一个呈示部、一个展开部以及一个再现部：在呈示部部分，有关主

旨的素材被呈示出来；在展开部部分，主旨素材的处理采取了新颖和未知的方式；在再现部部分，人们又原汁原味地听了一遍。（Medalie 2002：140）

《印度之行》的节奏复杂性还体现在小说的每一部分都与其他两个部分密切关联。从另一个角度讲，"每一个乐章都给读者提供了足够的暗示去准备迎接下一个乐章"（Prasad 1981：138）。正是以这种方式，小说的主题在文本中不断扩展，进而把小说的三个部分联结成一个有机整体。作为交响曲式的三个乐章，该小说的三个部分与主题以及不同地点联系得如此紧密，以至于使该小说成为一首复杂的交响曲。对此，彼得·巴拉的评论便是一个很好的例证：

> 《最漫长的旅程》和《印度之行》，连同它们的三分结构——"剑桥""索斯顿""威尔特郡"；"清真寺""洞穴""寺庙"——被设计成有着三个乐章的交响曲，并且通过相关对比性的地点使它们具有特性和内在联系。（转引自 Bradbury 1966：27）

正如特里林所说，在《印度之行》里，"的确是摩尔夫人构成了整个故事"（Trilling 1971：153）。以此方式，摩尔夫人的出现（在第一部分和第二部分的亲身出现以及在第三部分通过在她的儿女拉尔夫和斯黛拉身上重生的方式再现）在主题层面和结构层面把小说的三个部分融合成为一个有机整体。

在小说的每一个部分，摩尔夫人和阿齐兹医生之间都有一次相遇，这有助于整合小说的主题和结构。在小说的第一部分"清真寺"，阿齐兹医生在一个清真寺里意外遇见了摩尔夫人。由于摩尔夫人尊重伊斯兰教，他们很快成为好朋友，而且阿齐兹把她称为"东方人"（Forster 1992：23）。在第二部分"洞穴"，阿齐兹医生与摩尔夫人以及奎斯特德小姐在马拉巴洞穴有一次可怕的经历。在那里，摩尔夫人由于被洞穴里的回声吓得陷入绝望而失去了"她对生活的掌控"（Forster 1992：149），而奎斯特德小姐产生了幻觉，认为遭到了阿齐兹的性侵害。正是这一事件把阿齐兹和奎斯特德小姐的关系推向了一个高潮性的危机，更为重要的是，把殖民者与被殖民者的紧张关系推向了一个高潮。在第三部分"寺庙"，阿齐兹医生偶遇摩尔夫人的小儿子拉尔夫，并称其为"东方人"（Forster 1992：311）。这三次相遇构成了小说中和谐、分裂与和解这种节奏结构的核心框架。这种发展模式构建了 E. K. 布朗所称的"节奏性的升—降—升"结构（Brown 1950：113）。这三次相遇本身既各自独立又相互关联，每一次相遇都扩展到另外一次相遇之中。

由于每一次相遇都扩展进入小说的文本，小说的主题也因此从小说的一个部分扩展到另一个部分之中。小说的第一部分"清真寺"的中心主题是关于人际关系，主要是阿齐兹医生、摩尔夫人、奎斯特德小姐、西里尔·菲尔丁以及戈德博尔教授之间的人际关系。然而，阿齐兹与摩尔夫人之间的关系主导着其他人物之间的关系，并渗透到其他人物关系当中。与此同时，其他两个部分的主题也与第一部分"清真寺"的主题相关联。从大体上看，尽管人物间的关系是融洽的，但是依然潜藏着分裂或冲突，这无疑与人际关系的主题形成了反差。特顿先生举办的搭桥会和菲尔丁先生的茶会仅仅是联结印度人与在印度的英国人的尝试；然而，在搭桥会上应邀出席的当地印度人与英国人分离开来；在菲尔丁的茶会上，某种冲突或摩擦因罗尼·西斯洛普而发生，因为奎斯特德小姐"被独自留在室内跟两个印度人一起吸烟"（Forster 1992：78）。另外，穆斯林教徒与印度教教徒联手对抗英国殖民统治者。尽管这两派教徒之间也有不和之处，如阿齐兹作为一个穆斯林教徒的代表人物把印度教教徒称之"懒鬼"（Forster 1992：69），而且哈奇先生声称"一切疾病都来自印度教教徒"（Forster 1992：105）。甚至在旅居印度的英国人之间，也存在不和谐的声音，如摩尔夫人强烈反对她儿子西斯洛普对待印度人的态度；卡伦德太太"不赞同英国传教士"（Forster 1992：27）；甚至奎斯特德小姐与西斯洛普的爱情都是停留在表面上的东西，因为他们在轿车里只是由于急刹车才使得他们的手互相碰到了一起。小说的第一部分作为一个整体掺杂了团结与分裂、融合与摩擦、和谐与分歧、一致与对抗。第一部分的融合与摩擦主题扩展到第二部分的瓦解与分裂主题以及第三部分的和解主题。

第一部分的第一章节是以"除了马拉巴洞穴之外……"为开篇，以"这些拳头和手指正是马拉巴洞穴，里面包含着奇特的洞穴"而结束。这些词句暗示着第二部分"洞穴"的主题的置入。第一部分出现的"拱形天穹"（Forster 1992：8）成为第二部分的主宰。"第三部分'寺庙'的主题与第一部分中戈德博尔教授唱的歌曲'来呀，来呀'以及摩尔夫人的话语'上帝即是爱'交织在一起。"（Prasad 1981：140）

第二部分的中心主题是人际关系的瓦解和分裂。尽管第二部分中的马拉巴洞穴之旅可以看作第一部分中举办的搭桥会的变奏曲，目的是增强英、印两国人之间的友谊，特别是与摩尔夫人和奎斯特德小姐之间的友情，然而这次旅行失败了：阿齐兹遭到逮捕，因他被指控在一个洞穴里对奎斯特德小姐实施性侵扰。这一可怕的灾难成为引发分裂的导火索，使得相关人物分裂成三个基本派系：旅居印度的英国人形成一派，支持奎斯特德小姐；所有的穆斯林教徒和菲尔丁站在了阿齐兹的一方；摩尔夫人和戈德博尔教授选择了保持中立。第一部分当中潜藏着的摩擦或冲突现在却发展成分裂和瓦解，如此一来，"每个人际关系都蒙受损害"（Forster 1992：122）。菲尔丁在愤怒之下退出了俱乐部；摩尔夫人，由于对人际关系失去了兴趣，离开印度返回英国，却死于途中，葬身大海。因此，"一切皆存在，但一切皆无意义"（Forster 1992：149）的主题在第二部分得以凸显出来。

就整体而言，第一部分"清真寺"里发生的事件向前发展进入第二部分，而第二部分"洞穴"里发生的事件又继而向前发展进入第三部分"寺庙"。尽管沟通的失败和人际关系的瓦解成为小说的主导主题，但是为了获得和解也做出了一些努力来维持平衡。尽管摩尔夫人未能出庭为阿齐兹作证，但是她倾向于相信他是清白无辜的。菲尔丁选择了站在印度人的一边对抗他的同胞，主张阿齐兹是清白的。当阿齐兹被证明无罪之后，菲尔丁和奎斯特德小姐达成和解。即使是以往经常产生冲突的穆斯林教徒和印度教教徒，现在也团结在一起，正如作者所描述的那样："表示和睦的洪亮抗议声在卓越的印度人当中此起彼伏，伴随着他们的是真心的愿望去良好地理解彼此。"（Forster 1992：266）此外，印度人在法庭外面咏唱的"埃思米斯—埃思莫尔"（Esmiss Esmoor）可以看作第三部分"寺庙"中咏唱的"拉达克利须那，拉达克利须那"（Radhakrishna，Radhakrishna）的序曲，而且和谐主题在第三部分里继续向外扩展开来。

小说第二部分"洞穴"的第一章节以这样的描述开头："恒河……源自于毗瑟奴①（印度教主神之一，守护之神）脚下，流经湿婆的发丝"（Forster 1992：123），这预示着毗瑟奴在第三部分的重生。第二部分的最后一个章节末尾提及了"地中海的和谐"（Forster 1992：282），这又期待着摩尔夫人通过她的儿子拉尔夫和女儿斯黛拉在第三部分获得新生。具有象征意义的是，恒河与地中海把东西方连接起来。第二部分与第三部分很巧妙地相互点缀。第二部分是对人际关系分裂和人类信念崩溃的一种复杂揭示，同时也显露出转向主导第三部分的和解与和谐的趋势。

在小说的第三部分"寺庙"，阳光穿透云层照射下来，和解与和谐的力量压倒一切。随着雨季的到来，万物开始复苏或重生，与此同时，小说里的每个人物也都开始和解，凝聚起来，如阿齐兹和菲尔丁、阿齐兹和拉尔夫、奎斯特德小姐和阿齐兹。戈德博尔教授在幻想中看见了黄蜂，并通过黄蜂的出现他回想起了摩尔夫人。普拉萨德对此所做出的评论很有启发性：

> 在雨季、生活和友谊的氛围之下，克利须那神诞生了。大地得救了。傲慢与偏见消失了。整个第三部分是一首蕴含着诞生与重生、和谐与和解象征的美妙歌曲。（Prasad 1981：141）

---

① 毗瑟奴（Vishnu）被认为是印度教和印度神话中的一个主神。人们把他视为宇宙的保护者，而其他两位主神梵天（Brahma）和湿婆（Siva）分别被视为宇宙的创造者和破坏者。

由于和阿齐兹医生的出现相联系，小说的最后一部分"寺庙"与第一部分"清真寺"的主题交织在一起；由于和菲尔丁、拉尔夫以及斯黛拉的到来相关联，它又与第二部分"洞穴"的主题相交融。在克利须那神诞生庆典的狂欢气氛下，所有的人物无不愿意彼此和解与团结起来，因而他们之间的关系变得亲密和蔼。尽管小说的三个部分是由不同的曲调和节拍构成的，但是它们却呈现为一个完整体，很像是一首交响曲。理查·R. 维利（Richard R. Werry）明确地指出："像一首交响曲，这部小说的［三个］部分，虽然是由不同的曲调和节拍组成的，成功地在结尾处获得了联结小说章节的一种形态上的一致性。"（转引自 Wallace & Woodburn O. Ross 1958：236）

然而，有些评论家们对此有着不同的看法，他们不赞成福斯特所选择的结尾方式。比如，埃德温·缪尔于《印度之行》出版的当年（1924 年）就在《民族》杂志上刊发一篇评论这部小说的文章。在这片无标题的文章中，缪尔虽然把这部小说视为"一部卓越的小说"，但同时又指出，"让人感觉到，这部小说理应在此结束（庭审场景结束的地方）……这（小说的第三部分"寺庙"）是小说中最弱的部分……"（转引自 Gardner 1973：279—280）可是，福斯特却坚持认为这部小说不能缺少这个部分。他曾在发表于《巴黎评论》的一次访谈中对小说的第三部分的必要性做出这样的辩论：

采访者：《印度之行》中对印度教节日的长篇描述的确切作用是什么？
福斯特：它在体系结构上是必要的。我需要一个隆起物——或者一个印度教的寺庙，如果你喜欢这样叫它——一座山峰矗立在那里（Forster 2004：5）。

显然福斯特是对的，"寺庙"的部分是小说不可或缺的组成部分，它可以使小说在艺术审美方面更加精美，在主题方面得到更好的满足，正如普拉萨德所评论的那样："寺庙既是审美层面又是主题层面上的需要。"（Prasad 1981：142）假若小说正如缪尔所建议的那样结束于庭审场景，那么摩尔夫人的心路历程将会变得不完整，整个小说将会只包含消极的价值观。有鉴于此，为了能够使小说的审美与主题保持协调一致，第三部分"寺庙"被用作结束部分证明是非常必要的，正如 J. K. 约翰斯顿富有见地地评论的：它是"小说的必要组成部分和自然的结尾"（Johnstone 1963：254）。此外，威尔弗雷德・斯通也注意到，"正是印度教的生活观让主题和审美成为这本书的最终焦点"（Stone 1966：301）。渗透在第三部分"寺庙"当中的印度教生活观融合了视角和形态，并赋予这本书一种体系结构的设计，就像斯通评价的那样："《印度之行》的体系结构就是这个寺庙的体系结构。"（Stone 1966：302）

拥有"节奏性的升—降—升"，"复杂节奏"在《印度之行》的扩展方式与福斯特在马赛尔・普鲁斯特的《追忆逝水年华》里发现的音乐结构很相似。针对《追忆逝水年华》的音乐结构，福斯特一篇题为"我们的第二部最伟大的小说？"的文章中做过详细论述：

> ……作为一个艺术成就，它是优秀的；它充满了回声，精致的提示，明智的对比；这些都让读者欣喜。在结尾处，甚或不到结尾处，他意识到这些回声、对比就像发生在一个宏大的教堂内部；他还意识到这本书，仿佛像是我们读到的那样布局凌乱不堪，有着某种体系结构的一致性以及预先确定的形式。（Forster 1951：227）

福斯特对普鲁斯特的《追忆逝水年华》的评述似乎就是对他自己的《印度之行》的确切评述。以相类似的方式，《印度之行》也含有一种扩展性的音乐结构，环环相扣，声声环绕。威尔弗雷德・斯通的评论恰如其分地说明了这一点："这本书的基本结构包含有环环相扣的特点，从置于故事中心的洞穴向宇宙的最边缘处发出回声。尽管该书充满了多样性，但是统一性仍占主导地位。"（Stone 1966：299）

小说的三分结构——"清真寺"、"洞穴"和"寺庙"——不仅更好地服务于故事叙述和情节发展的目的，而且还充当了福斯特精巧创造出来的意象（丁建宁 2001：59）。与这种三分结构相平行的是印度三个季节的有节奏性的呈现——冷季、热季和雨季。福斯特在《印度之行》的爱弗里曼版本的序言里说道："这本书所划分的三个部分，清真寺、洞穴和寺庙，也象征着印度一年的三个季节：冷季、热季和雨季。"（Forster 1992：xxxi）与该小说的三分结构交织在一起，印度的三个季节"也有助于该小说结构的形成"（Prasad 1981：139）。在小说的第一部分"清真寺"，寒冷的气候暗示着在这样一个时间范围内人物是郁闷而理性的，其主要代表人物是阿齐兹医生和摩尔夫人。他们在短暂的偶遇之后就成为好朋友。小说的第二部分"洞穴"呈现的热季，暗示着诸多非理性成分的存在，如恼怒、梦呓以及幻觉（丁建宁 2001：59）。最终这些非理性成分导致了人际关系走向了分化和分裂。小说第三部分"寺庙"里的雨季，象征着生气与活力的回归，并赋予所有人和万物生气和希望。

事实上，在小说的每一部分都有一些暗示，提醒人们下一个季节的来临。在第二章里，阿齐兹正与他的印度朋友讨论是否有可能"跟英国人交上朋友"（Forster 1992：10）。讨论结束后，他在"凉爽的夜间空气中"（Forster 1992：15）独自来到一个清真寺，在那里他遇见了刚刚抵达印度的一位年迈英国老妇人。然而，在第八章的末尾，"热季正在来临"（Forster 1992：100）。在接近第十章的结尾处，"太阳带着它的威力但没有美丽，正在返回它的王国——那是它的阴险的特征"（Forster 1992：115），这无疑可以预见在小说的第二部分"洞穴"里将会出现人际关系的分裂。炎热的气候不仅仅控制着第二部分的马拉巴洞穴，而且当摩尔夫人和奎斯特德小姐在前往马拉巴洞穴的途中谈论着对炎热气候的信念时，它也统治着她们的头脑。在很大程度上，正是由于炎热的气候对她们的抑制而导致了她们违背了自己的意愿；而同时，正是洞穴里的回声驱使她们要么陷入绝望，要么产生幻觉，最终导致了东西方之间人际关系的一场灾难性后果。尽管在热季的印度处处覆盖着"干燥的泥土"（Forster 1992：228）和干涸的渠槽，但是雨季的迹象同时也会被读者看到，而且"六月盛开的金凤花和雏菊"出现在第二部分"洞穴"的结尾处。在小说的第三部分"寺庙",印度处处被"雨水浸透"(Forster 1992：285);印度人都沉浸在狂热的气氛中庆祝克利须那神的诞生。如果说第二部分"洞穴"的主题是人际关系的分裂和瓦解,那么第三部分"寺庙"的主题显然就是友谊和人际关系的融合或重新融合。此时此刻,不仅所有的印度人都在神圣的克利须那神的感召之下团结一心,而且印度人与英国人之间也出现了一定程度的和解:阿齐兹与奎斯特德小姐以及菲尔丁达成和解,并通过奎斯特德小姐和拉尔夫与摩尔夫人重新达成融合;戈德博尔教授通过看见黄蜂想起了摩尔夫人,并最终使他们的想象融为一体。然而,在东西方之间的融合与和解当中依然存在某些鸿沟需要时间去完全填平。或许,在印度人和英国人之间建立真诚的信任和友谊的时机尚不成熟,就像福斯特在小说的末尾所表达的那样:"不,不是此时……不,不在此处。"(Forster 1992：322)

虽然小说的最后部分"寺庙"的主基调是和谐,但是不和谐或分歧同样像一股令人不安的暗流一般在游荡着。正如普拉萨德所指出的那样,"一种有规律出现的不和谐也具有音乐性"(Prasad 1981：139)。此外,我们再度被提醒:妖精依然在那里,而且它们可能会再回来。针对这一点,小说最后的场景就是最好的例证:

　　"为什么我们现在不能成为朋友?"对方(菲尔丁)问道,亲切地拥抱着他(阿齐兹)。"这正是我需要的。这也正是你需要的。"

　　但是这不是马匹所需要的——它们分别转向走开;大地不需要它,为此把岩石摆在地上让骑马人只能单行走过;寺庙、渠槽、监狱、鸟儿、动物尸体、宾馆,当他们从缝隙里穿行出来并看到下面的茂城:它们不需要它,而且它们异口同声的说道,"不,不在此时,"接下来天空说道,"不,不在此处。"(Forster 1992：322)

最后的场景对于这部小说很像是一首奏鸣曲的终曲。在小说结尾场景中,尽管作者也使用了一些否定词语,但是小说的第一部分和第二部分所涉及的和谐和分裂主题在第三部分（即终曲部分）进行了重述。正像朱迪斯·谢勒·赫茨（Judith Scherer Herz）在评价福斯特小说的双重特性时所说的那样，"他的通常结构是环形的或球形的；其叙述运动是指向或偏离一个封闭的内在空间"（Herz 1985：92），《印度之行》从这方面来讲是具有环形结构的另一部小说。正像福斯特之前创作的小说《最漫长的旅程》，《印度之行》也是寻求完成一个环形的小说。如果小说的第一部分"清真寺"里出现的拱形天空是一个不完整的环形的象征，如果第二部分"洞穴"里的蛇蜷缩着身体把尾巴含在嘴里意味着一个虚假环形的完成，那么第三部分"寺庙"里通过数以百计的声音所产生的"不在此时，不在此处"的回荡声更适合被看作是一个环形的变体，在等待着完成。因此说来，甚或直到小说的结尾，"对一个完整环形的找寻依然在无休止地进行着，而小说的结尾本身就是一个包含性的扩展"（Prasad 1981：143）。

宛如贝多芬《第五交响曲》的终曲部分宣称妖精可能返回，《印度之行》的结尾部分暗示着第二部分里以洞穴回声为化身的邪恶有可能返回。弗吉尼亚·伍尔夫在《现代小说》一文中所表达的观点非常符合福斯特的《印度之行》：

> 正是这种感觉不需要任何答案，如果我们进行真诚的审查的话，就会发现，生活呈现出一连串的问题，而这些问题在故事结束后必须持续在无望的疑问中不停地发出声响。这种无望的疑问让我们充满了深深的绝望，最后或许是愤恨的绝望。（转引自Prasad 1981：143）

针对菲尔丁在小说末尾处提出的问题"为什么我们现在不能成为朋友？"是没有确切答案的。小说结尾的几个词语，如"不在此时……不在此处"，使福斯特获得了像他在《小说面面观》里所讲述的"扩展……而不是完成。不是圆满结束而是向外扩展"（Forster 1927：169）的效果。他在小说《印度之行》的创作中成功地坚持了这个原则："一个小说家必须坚持"的原则（Forster 1927：169）。

贯穿该小说的两个主导性主题，即人际关系的和谐与分裂，都至为重要，所以当故事结束之后，它们扩展成为"一个更大的存在"（Forster 1927：169）。约翰・斯蒂芬斯（John Stephens）主张，一部小说的结尾应该作为一个有机整体根植于小说的中心语境，因此"细心敏锐的小说读者需要很好地记忆先前发生的事情"（Stephens 1972：190）。斯蒂芬斯在他的评论著作《小说创作之七种方法》中也分析了《印度之行》的结尾，他说道：

> 在《印度之行》里，一个十足的普通事件，即两匹惶恐的马分道扬镳，被扩展为褐色人种与白色人种以及受压迫者与统治者之间不可调和的分歧的一个象征。（Stephens 1972：191）

以上引用的这段话显然是正确的，但只限于时间的意义层面。在小说的第二部分"洞穴"里，奎斯特德小姐反复对自己说："在空间上事物触碰，在时间上事物分离。"（Forster 1992：193）我们看见戈德博尔教授在他的想象中与黄蜂以及摩尔夫人融合，然而从他意识到这一点的瞬间开始，时间把他与他们分离开来。当阿齐兹和菲尔丁落入茂城池塘（Mau Tank）时，他们又重新聚合在一起。"时间在水中丢失了身份。"（Prasad 1981：144）然而，当菲尔丁问及阿齐兹"为什么我们现在不能成为朋友？"时（Forster 1992：322），"空间消失了，而时间回来了"（Prasad 1981：144）。为此，那两匹马分道扬镳，曾经的好朋友也只能彼此分开。在小说的第一部分"清真寺"里，故事的叙述者对此曾预言道："只凭对一个问题的问及就足以使得它消失或者使其并入其他的事情之中。"（Forster 1992：86）

在某种程度上，这种类型的"复杂节奏"部分地体现在对"其他的事情"或形式"之外的某个事情"的呈现上。大卫・梅达利对福斯特的这种"复杂节奏"进行过探究并指出："最高级，也是最复杂的'节奏'类型是一种形式上的手法，使自己转化为对处于形式之外的事物的一种召唤。"（Medalie 2002：128）

　　虽然作者使用否定词"不在此时……不在此处"作为小说的结尾本身依然包含着"一种希望，而不是否认"（Maclean 1953：33），但是邪恶还在那里，而且它们有可能还会回来。显而易见，这部小说的结尾，无论在空间上还是时间上，都获得了无尽的扩展。由于那个圆仍然处于未完成状态，所以对一个完整的圆的找寻不仅仅在空间上和时间上，而且在读者的脑海里依然无休止地进行着，即使是在故事结束之后。这不禁使我们想起了福斯特在《小说面面观》里对贝多芬的《第五交响曲》所做的评论："当这首交响曲结束时，我们感觉到组成这首曲子的音符和曲调已经被释放出来，而且它们发现自己在整个节奏当中获得了各自的自由。"（Forster 1927：169）因此，这首交响曲已经扩展成为一个普通的独立存在体。福斯特在《小说面面观》里指出，"这个普通的独立存在体，这个崭新的实体就是作为整体的交响曲，它主要是（尽管并非完全的）通过管弦乐队演奏的三个大乐章之间的关系而获得的"（Forster 1927：168）。福斯特在其主要小说里，特别是《印度之行》里，很好地实践了他自己的节奏理论——小说与音乐是最接近的姊妹艺术，因为它们都含有节奏。乔纳·拉斯金对福斯特以及他的小说作出了准确的评述："他想要小说具有节奏；它必须渴望上升到音乐的状况。"（Raskin 1971：8）通过创作《印度之行》，福斯特已经成功地实现了自己的崇高理想。

第四章　福斯特小说的叙述运动节奏

　　除了福斯特所提出的两种小说节奏之外，小说中应该还存在其他类型的节奏，它们也可能与音乐节奏相对应。当然，我们这样说并非意在否定福斯特作为一个小说评论家的敏锐性和卓越性。事实上，只有伴随着现代认知科学和叙述学的出现和飞速发展，人们才能够发现在小说中实际上还存在其他一些类型的节奏。本章将要探讨的"叙述运动节奏"以及在第五章中将要讨论的"叙述重复节奏"就是现代叙述学发展的新发现和新成就。在 20 世纪西方著名的叙述学家当中，最负盛名和影响力的当属热拉尔·热内特（Gérard Genette），他的叙述学理论被广大学者广泛地运用于叙述文本分析。本书同样运用热内特的相关叙述理论或概念作为考察福斯特小说的"叙述运动节奏"和"叙述重复节奏"的理论指导原则。

　　热内特本人，在《叙述话语》（*Narrative Discourse*）一书中，运用自己提出的相关叙述理论（参见该书 3—4 页），对法国著名小说家普鲁斯特的《追忆逝水年华》进行了详尽的分析和评述。通过分析，热内特指出普鲁斯特的小说《追忆似水年华》存在大量而精美的"叙述运动节奏"和"叙述重复节奏"。在一定程度上，这部小说之所以能成为如此超凡的传世经典精品，大概可以部分归功于这些节奏的巧妙运用。然而，"叙述运动节奏"并非只有普鲁斯特的小说才有，福斯特的小说或者其他一些作家的小说作品也可能拥有这一特点。时至今日，几乎没有人尝试从叙述学的视角对福斯特小说的这种节奏进行过探讨和研究。因此，我们很有必要对福斯特的小说节奏研究开辟新的视野。如此一来，我们可以借助热内特的相关叙述学理论对福斯特的小说节奏研究进行更加系统化的分析。

由于福斯特的小说含有少量的"描写停顿"而有着相对较多的"省略"，也就是说，福斯特小说的"叙述运动节奏"主要是由"概括和戏剧化场景"之间的反复交替而形成的。本章要探讨的内容是基于热内特有关"概括"和"戏剧化场景"的叙述概念（由于前文已做过解释，故不再赘述），对福斯特的五部主要小说的"叙述运动节奏"分别进行分析。

第一节 《看得见风景的房间》的叙述运动节奏

小说《看得见风景的房间》讲述的是关于一位英国姑娘露西·霍尼彻奇的心理成长故事。在福斯特创作的所有五部主要小说当中，只有《看得见风景的房间》是一部结构更为简单的小说。事实上，"《看得见风景的房间》是福斯特的唯一一部小说，其故事是根据时间顺序对事件的叙述，是一个突出方面"（Johnstone 1963：189）。

小说的第一章至第四章形成了一个叙述单元。故事发生在意大利佛罗伦萨的贝托里尼小旅馆里的一个戏剧化场景，在那里露西和巴特莱特小姐没有得到先前承诺的位于南面可以看见风景的房间。她们对此深感不满，不停地发牢骚。然而，她们有幸从爱默生父子那里得到了所需的能看得见风景的房间。乔治·爱默生是个"困惑和忧伤"的青年，而露西却感受到"某种非常不同的东西"（Forster 1977：4）。那种隐含在交换房间行为背后的"非常不同的东西"是露西当下无法搞明白的事情，然而它却成为推动故事向前发展的暗流；与此同时，也正是它使得露西陷入混沌，痛苦地挣扎着去接近它。由于生活在做作的英国传统习俗和口号的束缚之下，露西被真实现实的虚假幻觉搞得迷迷糊糊和头昏眼花。她和拉韦什小姐前往圣十字教堂，在那里她们遇见爱默生父子。乔治·爱默生邀请露西加入他们。经过一番接触之后，露西对这对父子有了更多的了解：从老爱默生那里，她知道乔治是个闷闷不乐的年轻人；从乔治那里，她得知老爱默生总是善待别人，"因为他爱他们"（Forster 1977：24）。老爱默生恳求露西通过尝试理解乔治的方式来帮助他振作起来，并敦促她行动起来拯救乔治，同时也是拯救她自己。"通过理解乔治，你可以学会理解自己。这对于你们两个人都有好处。"（Forster 1977：26）老爱默生的话让露西深受启发："所有生活或许都是一个结，一个乱团，永恒平滑表面上的一个伤疤。但是，它为何要使我们不快乐呢？让我们宁愿彼此相爱，工作并快乐着。"（Forster 1977：26—27）此时此刻，巴特莱特小姐突然出现在他们面前，并把露西从教堂带走。

有一天，在夜幕降临时分，露西独自外出，购买了几张著名的艺术照片。此时她意识到，原来这个世界上还存在一些美好的事物，然而她却从未有机会接触到它们。就在这时，一件意想不到的事情发生了——两个意大利男人在离她不远处为一笔债务争吵。其中一个男人被刺伤，鲜血从他的嘴里流出，他"弯着腰冲露西走来，带着一副饶有兴趣的神色，好像要给她送来重要的信息"（Forster 1977：41）。此时此刻，由于惊吓过度，露西晕了过去，然而当她再次睁开眼睛时，她却发现自己躺在碰巧路过的乔治的怀里。虽然露西有些羞涩和尴尬，但这是她第一次对乔治有了一种温暖的感觉。这次经历对他们都很重要：对露西而言，她开始看到真实的现实，而且看到了乔治的良善；对于乔治来说，这次经历使他欣赏生活，或许部分的原因是因为他与露西分享了某种奇妙的东西。也正是这次重要的经历在露西的心里埋下了将使她得到改变和解放的种子。

小说开篇的叙述单元有 42 页的篇幅，以 53 次由戏剧场景到概括的转换频率向前发展着。大体来说，整个叙述进行得流畅平稳。在第一章里，尽管露西不满于酒店安排的看不见风景的北向房间，但是她遇见了毕博牧师，因为他似乎帮助露西看到了自己的弱点；尽管露西时常处于迷惑的状态，但是爱默生父子主动提出与她们交换房间一事还是让她兴奋不已。在第二章里，露西和拉韦什小姐去游览圣十字教堂，事实证明，这对露西来说是一次有趣的冒险经历。尽管拉韦什小姐离开了她并带走了她的旅行指南，这使得露西曾一度很难过，但是她在教堂里更深入地了解了爱默生父子，而且还有幸欣赏了许多美妙的壁画。更为重要的是，老爱默生的哲学说教对她着实产生了一些影响——她开始改变先前对爱默生父子的印象。这个章节里快速的叙述运动恰好呼应着露西内心的轻松和愉悦。在第三章里，叙述运动节奏开始变得缓慢起来，这表明将会有不愉快，甚或灾难性的事件发生。虽然露西在本章的开始部分感到困顿，因为她"发现日常生活颇为混乱"（Forster 1977：29），但是她的坏心情很快就因弹钢琴而得到慰藉。正是音乐，尤其是贝多芬的乐曲，帮助她走进了"一个更加理智的世界"（Forster 1977：29）。为了能看见理智的世界，露西不顾众人的反对而坚持傍晚时分独自一人外出。在这种不安的期待中，读者被带进了下一个章节，以期看到（更确切地说，不希望看到）将会有什么事情降临到露西的头上。她碰上了一桩杀人血案，但幸运的是，她在昏厥倒地的关键时刻被乔治用双臂接住。尽管她被谋杀以及伤者嘴里流出的鲜血所惊吓，但是她第一次对乔治产生了温暖的感觉。第四章的叙述运动节奏流畅平缓，仿佛作者刻意调整曲调来预示露西将要获胜，正如她对贝多芬的奏鸣曲的态度所表明的那样——"她喜欢站在胜利的一边弹奏"（Forster 1977：29）。

　　小说的第五章至第七章构成了一个叙述单元。露西和一些游客外出观光，但是她被引到了前一天谋杀案的发生现场。拉韦什小姐占据着案发的确切地点，这可能激发了她要写一部小说。伊格牧师宣称老爱默生曾在上帝的面前杀害了自己的妻子，这对露西产生了深刻的影响。她决定前去罗马探访维斯一家人，但是她被邀请加入一组游客乘车前往某山丘游玩。在游玩期间，露西想找到伊格牧师，但是未能成功。一位意大利车夫把她领到了一个岬角的边缘，在这里她"跌倒在一小片空旷的台地，满地都覆盖着紫罗兰花"（Forster 1977：67）。然而，乔治正在那里，只见他突然向露西冲了过来，并亲吻了她。恰在这个关键时刻，巴特莱特小姐突如其来地出现在露西的面前。从这件事情之后，露西变得越来越孤独疏离。"她从不再没有经过适当的考虑和小心谨慎回绝的情况下袒露自己。这样的一个过失（被乔治亲吻）可能在她的心灵上产生灾难性的反应。"（Forster 1977：79）第二天早晨，她和巴特莱特小姐就离开了佛罗伦萨前往罗马。由于被那灾难性的亲吻所困顿以及被巴特莱特小姐所控制，露西的痛苦经历和心理发展是用缓慢的叙述运动节奏呈现出来的。

这个叙述单元的叙述运动明显要快于上一个单元，或许这是因为潜在的矛盾开始浮出水面，或者换句话说，露西处于严重的困顿之中。在 33 页的篇幅当中，叙述运动从概括到戏剧场景转换了多达 58 次，其节奏明显快于上一单元。这种更快节奏的叙述运动可用于表明露西正在内心经历着跌宕起伏，这主要归因于（1）拉韦什小姐重提那起谋杀案对她产生的后续影响；（2）伊格牧师宣称老爱默生在上帝的面前杀害了自己的妻子；（3）在山上游玩期间乔治给她的那个突如其来的吻；（4）她深深担心这件事情（与乔治接吻）将会走漏风声，等等。这些事情一件接一件的在她心里剧烈地翻滚着，以至于她的心一直在怦怦跳着，就好像在回应着快速前行的马车轮子。最快的叙述节奏出现在第六章的高潮部分，此时乔治突然而激烈地亲吻露西。概括与戏剧场景之间的频繁转换很好地匹配了主题对比，如意大利与英国之间，意大利的激情与英国的僵化之间，意大利一对年轻情侣与露西和乔治之间的对比。在第七章里，叙述节奏变得有些缓慢，表明露西在内心深处很不情愿离开佛罗伦萨前往罗马，只是因为她刚刚"有了一次感情冲动"（Forster 1977：76），然而她在巴特莱特小姐的控制之下不得不离开佛罗伦萨。至此，露西依然没有找到自己的身份，而且仍然处在巴特莱特小姐的强力控制之下。

小说的第八章至十二章是一个叙述单元。该部分把我们带回露西的英国家乡。塞西尔·维斯正在向露西进行第三次求婚。他宛若中世纪的人，像一座"哥特式雕像"（Forster 1977：86），但露西却同意嫁给他。虽然她钢琴弹得很好，可是她活得却很安静。毕博牧师已经预见到，她具有成为英勇之人的巨大潜能，正如他日记里画的美丽图画所显示的那样："霍尼彻奇小姐像一个风筝，巴特莱特小姐握着风筝线……而风筝线断裂了。"（Forster 1977：92）有一次，塞西尔和露西来到圣水湖时，他亲吻她，但是亲吻只是一个形式而已，因为他们的亲吻缺少激情。

塞西尔把爱默生父子当作新房客介绍到锡西别墅，仅仅是为了达到羞辱那个势利眼的哈里爵士的目的而已。为了避免见到爱默生父子而感觉尴尬，露西选择了前往维斯在伦敦的住处。尽管露西已付出一些努力试图让自己变成维斯一类人所喜欢的人，但是她内心深处的某些东西还是阻止了她前行的脚步，因为她只要一想到要嫁给塞西尔并生活在那样的世界里，她就感到害怕和恐惧。

乔治正与露西的弟弟弗雷迪和毕博牧师在圣水湖里游泳。亚历山德拉·皮特（Alexandra Peat）曾敏锐地指出，"圣水湖的场景为意大利和英国之间的主题延续提供了一个点"（Peat 2003：148）。毕博牧师成为连接乔治与霍尼彻奇一家以及连接意大利与英国的纽带。圣水湖，正如唐·奥斯汀宣称的那样，"由于它的神秘改造力量……充当了一个洗礼的仪式，在这里乔治被霍尼彻奇一家人所接纳"（Austin 1961：224）。此时此景，恰好与第六章里佛罗伦萨的紫罗兰场景遥相呼应。面对美妙的气候和迷人的景色，同时又被纯洁的圣水所洗礼，乔治正成为这个环境的一部分；在这种情形下，他的快乐和活力再度迸发出来。

这个叙述单元主要聚焦露西在她的英国家乡过的传统生活。回到英国之后，她再一次被虚假所蒙蔽。总体来说，该叙述单元的叙述运动节奏很快，在49页的篇幅里就出现了多达74次概括与戏剧场景之间的频繁转换。在第八章里，露西与塞西尔快快乐乐地订了婚，这无疑是件轻松愉快和令人欣喜的事情，至少在表面上是这样的。然而，我们知道露西与塞西尔的订婚促使她再度退缩到英国陈旧的传统习俗之中，同时也退缩进昔日的虚伪世界里。实际上，露西对自己的订婚究竟意味着什么根本不知晓，因此这种快速的叙述节奏具有讽刺意味地呈现了露西那种肤浅的欢乐。在第九章里，叙述节奏更加快速，这是因为露西与塞西尔订婚的消息已向外界公布，并得到了人们的不断祝贺声。所有人都沉浸在一片欢悦气氛之中，同时还因为塞西尔"成功地"把露西塑造成一个达芬奇绘画中的女性——美丽与神秘的化身，以及因为他已经实现了亲吻露西的梦想。圣水湖以及塞西尔在丛林中与露西的尴尬接吻与乔治在水塘里游泳以及他之后亲吻露西的场景并置，两者之间形成了鲜明的对比。本章末露西吐露爱默生的名字就是一种暗示，说明爱默生父子即将粉墨登场。第十章的叙述节奏明显开始放缓，这是因为塞西尔开了一个玩笑把爱默生父子引入露西的视野，这无疑使得露西深感尴尬和窘迫。该章充满了讽刺，因为塞西尔与露西的分裂以及露西与身边其他人的分离都进行了寓意性的呈现，但是最大的讽刺当数塞西尔引狼入室，把乔治又带入了露西的生活。尽管眼下露西仍然处于混沌状态之中，但是这种混沌在乔治强烈的爱的感染之下即将消失。事实上，如果露西想要学会活得精彩，乔治必须重新回到她的生活当中。在第十一章中，叙述节奏继续放缓。露西仍然待在塞西尔的伦敦住处。这种缓慢的叙述话语恰好与露西内心深处的危机感相匹配，因为此时的露西不仅在情感上与塞西尔产生了危机，而且在心理上面临着丧失个性的危机。这些危机意识使露西再度陷入严重的混沌之中，正如该章末的一句话所暗示的那样：她被笼罩在黑暗之中。然而，随着她从伦敦的归来以及爱默生父子的到来，叙述节奏开始变得快速起来。此时的叙述节奏与第六章相当。在这个叙述话语的第一部分，由于乔治依然保持着他那忧郁的心情，所以叙述节奏比较缓慢。然而，当圣水湖的场景出现时，尤其是当乔治意识到湖水的美妙时，叙述节奏开始明显快了起来，以便揭示出他的快乐和活力。此外，嵌入圣水湖场景的明快叙述节奏还可反映出或象征着乔治转变成一个更具活力的男人，他将会迎来一个更加光明的未来。

小说的第十三章至第十六章构成了一个叙述单元。在该部分里，露西身处进退维谷的境地，一切似乎变得杂乱无章：露西母亲的愤怒，塞西尔的恃才傲物，以及无论露西说什么"都出乱子"（Forster 1977：136）。她深深地感到忐忑不安，因为周日塞西尔、巴特莱特小姐和乔治都将汇聚她家。她将如何应对这种令人尴尬的场合？又会发生什么状况呢？她又将如何对抗内心的那些记忆和情感呢？所有这一切始终纠结着她，内心七上八下，理不清思绪。

可是，当露西和乔治再次相逢并攀谈起来时，他的声音对她产生了深刻的影响。虽然她希望能靠近他，但是她知道这些感觉都是由于自己神经紧张所产生的后果。在明媚的星期日，弗雷迪、乔治、米

妮·毕博（毕博牧师的侄女）和露西在打网球，而塞西尔在高声朗
读一本红皮书——拉韦什小姐写的一本劣质小说。小说的故事场景设
在意大利的佛罗伦萨，而且还有一个谋杀案的情景。他大声读着一个
事实上是关于乔治亲吻露西的段落。紧接着，露西在灌木林里再度被
乔治亲吻。此时此刻，露西强烈地感受到：爱是个实实在在的东西，
是世界的头号敌人。因此，她准备赶走乔治，维持她与塞西尔的订婚
关系。然而，情意绵绵的乔治和有独身倾向的塞西尔之间存在的巨大
反差使露西改变了想法，虽然她还是无法理解乔治及其观点："从知
性上来讲，爱与青春最为要紧。"（Forster 1977：167）那天晚上，露
西就果断地与塞西尔解除了婚约。

　　这个叙述单元充满了各式各样的紧张关系和矛盾，如露西与塞西
尔之间，露西与乔治之间，以及露西与巴特莱特小姐之间。这些矛盾
的存在和发生推动着故事情节以一种曲折的方式向前发展。与前一个
叙述单元的叙述节奏相比较，该单元的叙述节奏显得有些缓慢，在
35 页的篇幅里只有 49 次概括与戏剧场景之间的转换。第十三章主要
聚焦塞西尔与霍尼彻奇一家的摩擦，以及露西由于不知如何应对塞西
尔、乔治和巴特莱特小姐将在周日齐聚自己家里而产生的纠结和困
惑。该章节的节奏布局非常符合所涉及问题的沉重性，同时它也为接
下来的一个章节建立了一种模式。在第十四章里，露西一直坐立不
安，她害怕自己与乔治在佛罗伦萨亲吻一事被其他人知晓，尤其是塞
西尔，因为他实在希望露西是百分百的纯洁。此外，巴特莱特小姐也
让她深感不安。因此，这相对缓慢的叙述节奏很好地满足了呈现露西
为了消除那些令其纠结的困惑和情感所进行的痛苦挣扎的目的。在第
十五章里，叙述节奏明显加快。第十四章与该章形成了对分，即前一
章呈现露西的外在处境，该章展现她迷惑的内在情感。尽管露西极力
使自己对真理视而不见，但或许是由于巧合的缘故，或许是由于命运
的原因，她却一步一步地被吸引到乔治的身边。概括与戏剧场景之间
频繁的转换不仅可以很好地反映出露西再次见到乔治的那种隐秘的喜
悦，特别是看到一个变得充满活力和激情的乔治；同时，它也很好地
呼应了露西内心情感的那种跌宕起伏。第十六章的叙述节奏又慢了下

来，因为露西深深地陷入了混沌：她向乔治说谎，称自己不爱他。尽管她依然生活在陈腐的风俗传统的束缚之下，但是她在试图努力通过挣脱虚伪走入真实的方式"战胜自己"（Forster 1977：161）。事实上，乔治的激情、自然情感，以及他对女性的态度等影响了露西。有鉴于此，难怪她在当天晚上就跟塞西尔解除婚约。将塞西尔与乔治作为鲜明的对照，因而陈俗陋习与激情之间的对比形成的主题就变得具有意义。塞西尔和巴特莱特小姐是沉闷的习俗和被压抑情感的象征，而乔治则是活力和自然情感的化身。依然处于混沌之中的露西此时正徘徊在"虚伪与真实"（Forster 1977：161）的边界地带。

小说的第十七章至第二十章节形成了文本的最后一个叙述单元。露西公开宣布她解除婚约的决定，并严肃地告诉塞西尔：她不爱他。露西再一次陷入混沌状态之中，因为此时的她不得不继续圆她的谎话。她坚持要与艾伦丝小姐前往希腊旅行。然而，当她在毕博牧师的书房里遇见老爱默生先生时，她被老先生的真诚与率直深深打动。与此同时，她对自我和爱情的重要性的认知视角被打开。她确信自己与乔治彼此相爱。明白了这一点之后，露西开始看到了激情的美丽和直接欲望的神圣，"仿佛他（老爱默生先生）陡然之间使她看到了一切"（Forster 1977：204）。不久之后，她与乔治私奔到意大利并秘密成婚。在意大利，他们选择了曾经在那里旅行时所住过的酒店房间。这对新人全身心地沉浸在甜蜜的爱情之中，因为意大利勾起了他们一年前许多珍贵的回忆。此时，露西走进了一个崭新的人生世界，在那里她将与乔治一起拥抱美好的事物、真理和爱情。

小说的最末叙述单元似乎重新回到了开篇叙述单元的叙述节奏。尽管露西在这两个不同阶段的心境很不相同，但是这两个部分的叙述整体上都保持着顺畅而平稳的叙述节奏。这最后的叙述单元在 41 页的范围内含有 51 次戏剧场景与概括之间的交替转换。第十七章至第十九章主要呈现露西由于坚持对身边的人说谎而陷入混沌窘境之中。露西类似于巴特莱特小姐，并被视为后者潜在的未来翻版。露西经历着被扭曲之痛，因为她尽管开始对生活中的爱和真理的重要性有所意识，但是被压抑着的情感和循规蹈矩的世界依然使她处于混沌状态。

虽然露西已经摆脱了塞西尔的束缚，但是她仍然被不知名的种种困惑和顾虑所折磨着。一方面，每每想到她身边的人可能反对她解除婚约的选择，她就感到忐忑不安，因为这或许会让她在家乡的生活变得异常艰难和尴尬；另一方面，她又急于逃到希腊以躲避见到与她住得如此之近的乔治。虽然她曾佯装自己不爱任何男人，并决定要成为独身者，但是她演唱那首歌曲时流露出的语气表明：在她内心深处，她并非真正喜欢独居和禁欲主义生活，仅仅因为这远非适合她的天性。露西拒绝承认她爱乔治一事欺骗了所有人，特别是她自己。她与老爱默生在毕博牧师的书房里的对话成为小说的高潮，此刻小说的许多主题都镶嵌其中。经过漫长而艰难的挣扎，露西最终挣脱了黑暗、世俗、自欺欺人、流行语和行为规范的羁绊。正如毕博牧师先前把她预见为一只风筝一样，现在的露西既然已经割断了风筝线，她就能够独立地、自由地飞翔。

作为福斯特唯一有着圆满结局的小说，《看得见风景的房间》是一部典型的社会喜剧。在这部喜剧里，人们期待着女主人公露西能够无限完善自己，或超越英国的传统习俗以及她自身的局限性，进而达到神圣而永恒的境界。这一点在叙述节奏最快速的小说末尾章节里得到了充分的呈现。露西和乔治在意大利相见，并于一年后在意大利欢度新婚蜜月，福斯特的这种安排本身对露西的发展具有巨大的重要性。正像人们所正确认为的那样，"意大利对乔治·爱默生和露西仅仅起到了一个催化剂的作用……（然而）需要一个看得见风景的房间……把她从传统习俗、谨慎保守以及内在愚昧中觉醒过来"（Zwerdling 1957：174）。正是在意大利露西才真正发现了自己的情感和激情，也正是在意大利露西才意识到"情感和激情是人活着的本质"（Schwarz 1995：122）。由于露西已经变得忠实于自己和生活，她的"灵魂变成了一个看得见风景的房间，因为她发现了激情"（Schwarz 1995：125）。

第二节 《天使不敢涉足的地方》的叙述运动节奏

该小说是一部拯救小说，它与亨利·詹姆斯的小说《使者》（*The Ambassadors*，1903）有着相似的图式结构。尽管该小说并不像《看得见风景的房间》《最漫长的旅程》以及《印度之行》那样被分成几个部分，它却是由两个叙述结构组成的。小说的第一章至第四章构成了一个部分，主要涉及莉莉娅的意大利之旅、菲利普阻止莉莉娅嫁给意大利青年基诺的第一次尝试，以及莉莉娅的悲剧性死亡。第五章主要是关于英国索斯顿（Sawston），可被视为一个插入部分或插曲。第六章至第十章构成了第二个叙述循环，主要是"第一部分的重复加变化"（Messenger 1991：26）。

小说始于这样一个场景：赫利顿一家人、西奥博尔德太太以及其他一些朋友聚集在查令十字街车站为莉莉娅和阿伯特小姐送行，因为她们要前往意大利进行为期一年的旅行。菲利普认为，意大利之旅对莉莉娅来说是一个崭新的生活，因为"意大利能让所有游览过她的人变得纯洁和高贵"（Forster 2002a：7）。当赫利顿太太和女儿哈里特在播种豌豆的时候，她们获悉莉莉娅与一个在酒店遇见的意大利年轻人订了婚的消息。由于感觉到有些受到侮辱，赫利顿太太随即派遣儿子菲利普前往意大利去试图"拯救"莉莉娅。

来到意大利后，菲利普设法劝说莉莉娅改变主意，但结果却是徒劳。他又转而尝试收买基诺，可是太晚了，因为他们已经成婚。在基诺与菲利普的"谈判"过程中，基诺突然脾气大作，"随意推搡了一下菲利普，竟把他推倒在床上"（Forster 2002a：31）。从表面看来，莉莉娅的婚后生活貌似很幸福。然而，作为一个英国人，同时又远比基诺富有，她总认为自己比丈夫"要优越很多"（Forster 2002a：35）。莉莉娅来意大利的目的是寻求自由，可是她的婚后生活却让她没有多少自由可言。因此，她那单调乏味的婚后生活以及她与意大利文化之间的冲突预示着即将到来的悲剧。她为嫁给基诺感到深深懊悔，但是她没有其他选择。为了能把基诺改造成一个完全不同的人，也为了挽救他们的婚姻，莉莉娅决定为基诺生一个孩子，可不幸的是，她却死于分娩。

该叙述单元在50页内有68次戏剧场景与概括之间的转换交替，这说明其叙述节奏还是比较快速。在小说的开篇章节里，叙述节奏更加快速，这或许是为了达到建立一种讥讽语气的目的——讥讽索斯顿式的虚伪和循规蹈矩所导致的失败，而赫利顿家人是这种失败的最佳代表。此外，这种快速的叙述节奏同时也与意大利和索斯顿之间的鲜明对比形成了并置关系。在这场意大利式自由与索斯顿式压抑之间所进行的较量中，后者无疑是注定要失败的。在该章节里，赫利顿太太和哈里特小姐播种的豌豆被麻雀偷吃的场景预示着这种失败的兆头，正如普拉萨德所言："播种豌豆以及豌豆被麻雀偷吃的场景象征着赫利顿太太的设计和她们的失败。"（Prasad 1981：72）第二章节的叙述运动节奏与第一章节的基本相似。假如赫利顿家人的失败（更确切地说，索斯顿式的失败）是由豌豆的丢失而得到预示，那么菲利普在劝阻莉莉娅嫁给意大利人的失败却与基诺所代表的意大利式胜利形成了并置。在第二章节的叙述话语里，索斯顿式的虚伪与意大利式酷爱自由的热情之间的对比得到了充分的揭示。这种对比进一步证明了英国人与意大利人之间的差异，同时也更实质性地显示出赫利顿家人拯救莉莉娅的企图最终要失败。再者，快速的叙述节奏也同时表明，莉莉娅为了爱情而刚刚嫁给基诺之后的幸福状态。然而，第三章节的叙述节奏则开始变缓。这恰好映射出莉莉娅婚后生活的孤寂和乏味，这也暗示着她在意大利寻求自由和爱情的失败。她的庸俗，她对意大利人表现出的优越感以及英意文化的冲突是导致她的悲剧的更为重要的原因。然而，或许福斯特的真实目的是要揭示不同人类文化之间的交流主题，因而"莉莉娅与基诺·卡雷拉的联姻获得了交流主题的象征意义"（Karl & Magalaner 1981：104）。莉莉娅与基诺的联姻，更确切地说，莉莉娅的悲剧，仅仅是菲利普和阿伯特小姐来到意大利提升自己的催化剂。珍妮·德尔贝尔·加朗（Jeanne Delbaere-Garant）提出了相似的观点，认为"莉莉娅与基诺之间联姻的发生似乎只是为了把菲利普和阿伯特引到意大利的缘故"（Delbaere-Garant

1998：76）。第四章节的叙述话语实际上是第三章节的延续，一方面，依然聚焦莉莉娅婚后生活的失败和悲剧；另一方面，侧重对英国与意大利之间的文化冲突进行揭示。该章节的叙述节奏继续放缓，而这种缓慢的叙述节奏与莉莉娅痛苦的内心跳动节律和迈向最终悲剧的沉重步伐相协调。或换言之，它或许意味着该章节只是为莉莉娅的悲惨命运唱出了一首挽歌。

在作为插曲的第五章节里，赫利顿家人接到了关于莉莉娅死亡的噩耗，并决定对厄玛（莉莉娅在英国的女儿）隐瞒此事。至于莉莉娅与基诺生下的孩子，他与赫利顿一家没有任何关系。可是，厄玛却收到了来自远在意大利的同母异父弟弟寄来的明信片。这件事在赫利顿一家引起了一场不小的风波。更为糟糕的是，阿伯特小姐要前往意大利去救赎这个孩子。为了保存面子，赫利顿太太令菲利普和哈里特去意大利把孩子带回来。

相对而言，该章节是一个较长篇的叙述话语，在 19 个页码的篇幅里有 19 次概括与戏剧场景之间的转换。在第四章，概括部分的篇幅冗长，而戏剧场景简短；但第五章的情形恰好相反。通过这样的布局（在赫利顿家庭成员之间以及在菲利普和阿伯特小姐之间设置长篇的戏剧化场景），小说作者或许是为了达到揭示由赫利顿一家为最佳代表的英国索斯顿人的虚伪本性的目的。与此同时，索斯顿人的平庸、迟钝、居心叵测以及他们的社会与意大利的自发性、自然、激情和活力形成了鲜明的对照。作为小说的主人公，同时也是该章节的主要人物，菲利普被充分呈现为一个年轻人，"他的问题——像普鲁弗洛克①的问题一样——总是不能参与生活，不能给予情感上的付出"（Karl & Magalaner 1959：108）。如果尼古拉·博曼的观点——"这本书的目标是菲利普的完善"（Beauman 1994：163）——是正确的话，菲利普的机会就在眼前，因为他再次来到意大利，尽管这次的任务是从基诺那里"救赎"孩子。而且，这种相对缓慢的叙述节奏也

---

① 普鲁弗洛克是美国著名的诗人 T. S. 艾略特于 1911 年创作的著名诗歌《J. 阿尔弗雷德·普鲁弗洛克情歌》（*The Love Song of J. Alfred Prufrock*）中的男主人公。

暗示着赫利顿一家所面临的困难和困境：决定是否为莉莉娅的死进行哀悼？是否坚持不让厄玛知晓莉莉娅去世的事情？是否前往意大利向基诺索要孩子？

第六章至第十章构成了一个叙述单元。菲利普和哈里特已经来到了意大利，计划从基诺那里把孩子带回英国索斯顿。菲利普似乎并没把这个"使命"放在心上，而哈里特只是来监视他的。菲利普现在比以前更了解阿伯特小姐，而且开始被她深深吸引着。他邀请阿伯特小姐和哈里特在一家剧院观看一场歌剧，不料他们"在观看期间沉浸在一片万众欢腾的呼喊声中"（Forster 2002a：95）。菲利普更是如此，他深深地陶醉在欢乐之中，以至于他完全忘却了此行的使命。这个剧院和意大利的观众是"意大利生活方式的缩影——无拘无束、爱好玩乐、充满活力和绝对坦诚……舞台表演本身成为索斯顿之外的世界里存在的快乐和美好事物的象征"（Gowda 1969：62）。这个大众化生机勃勃的场景在意大利和英国之间形成了一个强烈的对比。在剧院里，菲利普偶然遇见了友善而热心的基诺。

阿伯特小姐第一个来到基诺的住处碰碰运气。当她看见婴儿躺在一小块脏兮兮的地毯上熟睡着，她感觉到内心开始对这个孩子有一丝变化，这无疑预示着她将要做什么。她建议把这个孩子带回英国，但被基诺断然拒绝了。他表现出的对孩子真挚的爱"仿佛粉碎了她的所有计划"（Forster 2002a：109）。基诺给孩子洗澡的行为更加深深地触动了阿伯特小姐，因而她本能地帮忙给孩子洗澡。恰在此时，菲利普走进了房间，看到了这动人的一幕。尽管他们都没能完成要回孩子的"使命"，但是菲利普因此却更加爱阿伯特小姐，甚或是崇拜她。菲利普已大有进步：他过去把生活看成一场表演，而现在对于他来说，生活"比任何以往都要更加美好和令人振奋"（Forster 2002a：120）。

正当他们要离开意大利前往车站之际，外面大雨倾盆，漆黑一片。大雨和黑暗预示着将有不祥之事发生。阿伯特小姐独自一人乘坐四轮马车前往车站。菲利普正努力寻找着哈里特，但她却在雨中等候着他。此时，大雨正是"悲痛的普遍体现，也是婴儿无声泪水的对应物"（Johnstone 1963：173）。哈里特绑架了孩子，此时她与菲利普带着孩子穿过一片丛林快速赶向车站，而这片丛林"在春季长满了紫罗兰"（Forster 2002a：128）。可是，这片在秋季既寒冷又潮湿的丛林现在"是菲利普的错误达到致命顶点的场所，在这里四轮马车翻了，并且孩子死了"（Martin 1976：22）。惨剧发生之后，菲利普认为自己有义务返回意大利把这个噩耗告诉基诺。当听到孩子死于意外翻车事故时，恼怒的基诺突然就与菲利普打了起来。在互相扭打的过程中，菲利普吃了很多苦头。正在此时，阿伯特小姐出现在他们面前，并有效地制止了他们的厮打。在阿伯特小姐的影响之下，这两个男人之间消除了怨恨和报复心理，很快停止了厮打。

阿伯特小姐成功地让基诺和菲利普达成了和解，而这种和解体现在让他们喝下了原本为基诺的孩子准备的牛奶这一形式上。这个场景不仅对于小说的设计很重要，而且对于小说主题思想的揭示也很重要：菲利普的完善。正如娜克希美·普拉凯什所指出的那样，"饮牛奶事件在表面看来仿佛滑稽好笑，但是它却具有很强的象征意义，并与小说的主体设计有关"（Prakash 1987：116）。当饮牛奶这一圣礼结束之后，和解与转变也就完成了。菲利普、阿伯特小姐以及哈里特坐在返回索斯顿的火车上，谈论着基诺，诉说着他们的未来规划。尽管菲利普对阿伯特小姐的爱恋没有得到回应，但是他却有了很大的提升，开始意识到生活的美好。虽然"所有美妙的事情业已发生"（Forster 2002a：145），但是正像菲利普在故事开始时告诉莉莉娅的那样，新的生活可能开始了。

这个叙述单元主要涉及从基诺手里"拯救"孩子的各种尝试。在大约72页的篇幅内共有109次概括与戏剧场景之间的转换。尽管该单元的叙述话语是第一单元的"重复加变化"，但是这里的叙述节奏要远比第一个单元的快，这或许是因为该部分的气氛更加紧张，也或许因为"拯救"孩子所产生的冲突变得更加充满了火药味。此外，歌剧院里的狂喜、菲利普与阿伯特小姐之间友情的快速升华、菲利普本人的进步或改变，以及导致婴儿死亡的致命撞车事故，这些都是重要的因素驱使着叙述节奏变得更加快速。

　　第六章的叙述依然保持着与前面相似的节奏，可是在该章节的整个叙述话语当中有两处长篇的概括，它们对节奏扩展以及小说的设计有着更大的贡献。其中一个长篇概括是关于圣诞教堂的嵌入故事，这是福斯特成功运用的一种框架叙述手法，激发人们在阅读过程中感受到叙述节奏延伸至由赫利顿太太、莉莉娅、阿伯特小姐和菲利普等人物衍生出来的陪衬情节所产生的重复性变化。尽管这种节奏在一定意义上可以像"复杂节奏"那样扩展开来，但是它实质上更多的是用于连接一系列本不相关的故事叙述手段。另一个长篇概括是关于观看歌剧的场景，按照奈杰尔·梅辛杰的观点，这"对《天使不敢涉足的地方》的设计至关重要……福斯特要在这里尝试捕捉到的东西，正是意大利生活和文化的较积极的一面"（Messenger 1991：48）。如果这部小说的目的是在意大利和英国之间形成批判性对照，那么这个歌剧场景毫无疑问就是能够彰显意大利的热情和自发性与英国索斯顿的虚假和老套之间的鲜明对比的最佳代表。难怪哈里特在观看歌剧时总是试图要设法平息观众的热情和激动。对她而言，看一场戏就跟在教堂参加宗教活动是一样的。可事实是，意大利和英国在文化方面大相径庭，就像菲利普对阿伯特小姐所说的那样，"这对英国是一码事，而对意大利是另一码事"（Forster 2002a：98）。此外，伴随着观众的兴奋情绪升温到歇斯底里的程度，整个剧院的场景把故事推向了高潮，其间"大家共同欢庆的精神"（Messenger 1991：48）以及意大利文化的积极面得到了充分的展现。与此同时，菲利普由于受到这种热烈气氛的深深感染而改变了立场：他抛弃身边的两位英国女伴而加入基诺与他的朋友中间极具象征意义。

　　第七章的叙述运动变得更加快速。阿伯特小姐独自去找基诺，尝试着完成救出孩子带回英国的使命。由于她单枪匹马前来拯救孩子，而且必须成功，她因此需要倍加小心谨慎。此外，她深知基诺是那种很难对付的人。她要从孩子父亲身边带走孩子的计划遭到严重的破坏，这意味着她将在赫利顿家人面前丢脸，特别是在菲利普面前丢脸，因为她刚刚开始对他怀有敬意。由于她小心应对基诺，由于她被基诺对孩子表现出来的挚爱所深深感动，由于菲利普的意外出现让她感到窘迫，在这种情形下，大部分时间里阿伯特小姐的心一直都快速跳动着。这使我们联想到，该章节的快速叙述节奏恰好对应了阿伯特小姐内心快速地跳动节奏。显而易见，她失败了，伤心地哭泣着离开了基诺的住处。此外，该章节的快速叙述节奏同时还与菲利普内心的巨大变化相匹配。当他突然瞥见自己已经开始喜欢的阿伯特小姐正把浑身浸着水的孩子抱在膝盖上时，在他眼里，她已被美化为圣母玛利亚。

第八章的叙述运动明显和缓了下来，尤其是在该章节的前半部分。为了显示菲利普和哈里特之间以及哈里特与阿伯特小姐之间的微妙冲突，作者运用了将近三分之二的空间缓慢地叙述他们各自对拯救孩子的不同见解。随着故事的不断推进，这种冲突变得越发激烈，与此同时，菲利普和阿伯特小姐之间也快速提升了相互理解和欣赏的程度。他们之间的冲突在该章节的后半部分叙述话语中达到了高潮，因为此间发生了致命的灾难：基诺的孩子被哈里特偷走了，并在之后发生在漆黑丛林里的撞车事件中遇难。在该章节篇幅较短的后半部分叙述中，为了呈现灾难的突兀降临以及揭示相关人物对于孩子之死所产生的强烈内心反应，叙述节奏明显加快。换言之，叙述运动节奏有效地起到了揭示小说主题张力的作用。

第九章是个简短的插曲，其叙述速度与第七章的叙述速度基本一致，达到了最快的叙述节奏。此时，快速的叙述运动附和了得知孩子死后菲利普、基诺和阿伯特小姐急促跳动的脉搏。这突如其来的可怕事故发生之后，菲利普急匆匆地折回到基诺家，把噩耗告诉他。基诺闻讯后，他立刻变得疯狂和歇斯底里起来，导致了他与菲利普之间爆发了一场激烈的肉搏战。基诺和菲利普之间建立的兄弟情谊瞬间演变成了刻骨仇恨和无情的报复。在肉搏战愈演愈烈的关键时刻，阿伯特小姐的出现使菲利普得以转变和挽救。通过共同喝下了原本为孩子准备的牛奶，基诺和菲利普达成了和解，重拾昔日的兄弟情谊。此时，阿伯特小姐的形象在基诺和菲利普心中变得像母亲一样伟大，像女神一般神圣。总而言之，该章节的急促叙述节奏不仅给小说增添了音乐性扩展，而且也对小说主题的呈现起到了帮助作用。

　　小说最末章节（第十章）的叙述节奏突然缓慢下来，恢复使用整篇小说叙述的平均节奏，旨在揭示阿伯特小姐、菲利普和哈里特的内心思绪，就像常速行驶的列车把他们带回索斯顿一样。此时，平缓的叙述节奏又折射出阿伯特小姐和菲利普的平稳情绪，因为拯救孩子之事以及所有扣人心弦的事情都已过去了。然而，重新提及那些事件，诸如莉莉娅爱上了基诺、在意大利歌剧院看戏、孩子的意外死亡、阳光下矗立的高塔、在圣十字教堂的情景以及他们与基诺相处的那段时光，实际上起到了把小说从内部缝合起来的作用。小说的最后章节把这些细节简约地重现出来，使之一幕幕在读者脑海里呈现出节奏性的扩展，并因此获得了这部小说的有机整体效果。所有这些交织在一起的主线在整篇小说里散发和扩展着，正如普拉萨德把它与恩底弥翁（Endymion）神话①联系起来——"这部小说的结尾正是恩底弥翁的开端"（Prasad 1981：127）。尽管菲利普已经决定要去伦敦生活和工作，但是这部小说的开放式结尾产生了一种可以让恩底弥翁神话得以延续的扩展感。

第三节　《最漫长的旅程》的叙述运动节奏

　　《最漫长的旅程》是福斯特最喜爱的作品，但很多人认为是他的败笔之作。福斯特曾经这样评价这部小说："《最漫长的旅程》是一本最合我心意的书……能写出这样一本书算是一种成就。"（转引自Lago 1985：141）他接着说道，"我最喜欢的一本书就是《最漫长的旅程》"（转引自 Lago 1985：143）。这部小说更加充分地阐述了相同的主题："真理和生活相对于谎言和精神死亡。"（Bentley 1948：

①　在希腊神话中，恩底弥翁是个俊美的年轻人，一生的大部分时间都用于睡觉。他的出生在不同的文献资料里有不同的说法，但是有些传说声称他原本是古希腊城邦伊利斯（Elis）的国王。另一个传说宣称，宙斯答应给他想要的一切，但他却只选择了可以让自己永远年轻的永恒睡眠。正如福斯特通过阿伯特小姐之口告诉我们的那样，菲利普只把生活看作一场精彩的表演，自己却从不涉足其中。菲利普的这种特性可以被看作恩底弥翁所选择的永久睡眠的一种形式而已。虽然菲利普最终产生了一些改变，但是在现实中并没有任何真凭实据足以证明他的变化。

165）福斯特的文风，如果在创作《看得见风景的房间》时只是一种"练习"，而在创作《天使不敢涉足的地方》时体现为敏捷和精练，那么在创作"《最漫长的旅程》时则变得更加严肃庄重"（Johnstone 1963：190）。无论如何，与福斯特的两部意大利小说相比较，《最漫长的旅程》包含更为复杂的节奏，包括叙述运动节奏。按朱迪斯·谢勒·赫茨的说法，"《最漫长的旅程》本身展现了双重故事主线，一个表层的同性恋传奇故事，正是从这个表层故事和抑制下的内在叙述之间的张力当中，小说和故事获得到许多能量和活力"（Herz 1988：52）。

这部小说的标题并非对婚姻的泛泛评论，而"只是对里奇婚姻的评论"（Johnstone 1963：176）。因此，这部小说只是围绕里奇·艾略特的挣扎故事展开的，讲述他慢慢发现已故母亲的过往；由于错误地把堕落的阿格尼丝幻想成他母亲的化身而娶其为妻，进而跌入精神痛苦的深渊；最终通过他的同母异父弟弟斯蒂芬·万汉姆"获得了间接的子孙"（Johnstone 1963：176）。

该小说的第一章和第二章组成了开篇的叙述单元。在这个场景里，几个剑桥大学的学生聚在里奇·艾略特的房间里正激烈讨论着一个哲学命题：奶牛是否在那里？此时，阿格尼丝小姐突然过来造访里奇。安塞尔，"该小说的道德心"（Cucullu 1998：38），坚持认为她不是真实的存在体。里奇拒绝接受安塞尔的观点，并决定要娶阿格尼丝为妻。里奇的这一行为正是他将走向道德堕落的标志，也是将他引向致命错误的福斯特式"象征性时刻"。正如瑞伊·H. 斯托尔（Rae H. Stoll）所观察到的那样，"阿格尼丝—里奇—安塞尔组成的故事情节与里奇、他母亲以及斯蒂芬相融合的故事情节相对立……"（转引自 Trambling 1995：34）

里奇一直深爱着母亲，而现在剑桥大学却取代了她在里奇心中的位置。安塞尔正在研究一个图表——"一个方形里面套着一个圆圈，圆圈里面又套着一个方形"（Forster 2002b：17）。依据 K. W. 格兰斯登的解释，这个图表"象征着安塞尔在《最漫长的旅程》中对终极现实的探索"（Gransden 1962：91）。作为"这部小说的预言家"

（Johnstone 1963：177），安塞尔预言阿格尼丝小姐根本不是真正的存在体，而只是将导致里奇最终毁灭的病态想象力的臆想物。

里奇与三个朋友一起走向一个小山谷，它是"自我防护和自信的象征"（Stone 1966：195）。因此，走进山谷可被视为一种要隐藏其中的欲望，甚或"隐藏在母亲体内的欲望"（Stone 1966：197）。他崇拜母亲，而憎恨父亲。由于在孤独中长大，"他期望看到真实的人——真实的兄弟、真实的朋友……"（Forster 2002b：25）他渴望有一个兄弟，但他永远不会有。

这个开篇叙述单元占据 22.5 页，含有 22 次戏剧场景与概括之间的转换。这种显然的缓慢叙述运动表明：某种悲惨或悲剧性的事情将降临到里奇身上。正如卡罗拉·M. 卡普兰指出的那样，第一章节"是以具有同轴心意义不断扩展的圆圈的方式展开的"（转引自 Trambling 1995：64）。这部小说一开始就开门见山，直奔主题。"在小说的第一行话语中点明的主题，作为一个哲学的抽象概念以及以一种生动的戏剧化方式，支配着整个小说，呈现出里奇·艾略特的生涯。"（Karl & Magalaner 1959：109）对于里奇而言，剑桥大学就是一个庇护所，可以让他躲避生活的诸多不确定性。由于剑桥大学"充满了朋友，因此她具有一种魔性。肉体与精神、理性与情感、工作与玩耍、建筑与风景、欢笑与严肃、生活与艺术——所有这些配对在任何其他地方都是对比物，而在这里却被融为一体"（Macaulay 1938：12）。然而，阿格尼丝的突然出现却打破了里奇平静的生活，而且他寻求真实的旅程开始被引入歧途。为了折射出里奇在见到阿格尼丝时的强烈兴奋感，从她进来那一刻直到她离开的时候，整个叙述运动明显加速，作者进行了大约 10 次从戏剧场景到概括的转换，也就是说，作者运用更加快速的叙述节奏去迎合里奇的内心激动感受。在第一章里，几乎所有的主要人物悉数登场亮相，并进行组合或重新组合，同时他们之间的内在冲突将在故事不断展开的过程中互相交织，相互缠绕。亚穆纳·普拉萨德对这一章节所做出的评论就是一个很好的说明："第一章节就像是一个序曲，在这里所有人物都悉数亮相，宛如乐曲中不同的曲调同时奏响一样。"（Prasad 1981：132）第二章节只

有 10 页的篇幅，同时也只有 10 次叙述方式的转换。该章节是一个被
嵌入行进中的叙述语篇的简短插曲，很像乐曲中设计出的一组曲调，
用来协助揭示出里奇更完整的形象，诸如他从少年时代起就有寻求
"真实的兄弟、真实的朋友"（Forster 2002b：25）的理想，一直幻想
着有朝一日能逃回到他母亲身体里继续得到她的爱护。然而，他必然
要在漫长的人生旅程中去碰碰运气，面对挑战。就像里奇的人生旅程
一样充满坎坷，这部小说的叙述运动也并非平稳顺畅，亦非一路直线
前行。

　　第三章至第五章节是一个叙述单元。圣诞节期间，里奇分别造访
了安塞尔家、他姑妈艾米莉、司尔特一家以及彭布罗克家。彭布罗克
一家住在邻近的一个称之"索斯顿"的郊区，"以其公立学校而著
称"（Forster 2002b：32）。在索斯顿期间，里奇惊奇地发现杰拉尔
德·道斯是阿格尼丝的恋人。他鄙视杰拉尔德，但同时比以往更羡慕
阿格尼丝。当他瞥见他们两个相拥在一起，"此情此景便深深印于他
的脑海"（Forster 2002b：39）。尽管安塞尔之前警告过他要提防病态
的想象力，"但里奇仍然坚持把阿格尼丝理想化"（转引自 Forster，
1984：xiii），由此，他对爱的渴望被激发出来。

　　索斯顿公学快速发展，其办学目标仅仅是培养出身上层阶级的男
孩子们的形态与"团队精神"（Forster 2002b：45）。这些来自上层阶
级的男孩子们在英国公学制度的熏陶之下成长为"身体相当健壮，
头脑相当发达，而心灵发育不全"（Forster 1996：5）的人。索斯顿
公学是里奇人生旅程第二阶段的标志，同时也是"一个现代充满谎
言的机构"（Martin 1976：36），其主要动机便是培养人的"自命不
凡和排斥性特质"（Lago 1995：37）。里奇未能意识到，"索斯顿公学
恰是剑桥大学的对立面。它推崇成功而非真理；它信奉'个人影响'
而非'人际关系'；它追求发展团队精神而非兄弟情谊；它宣称是
'浓缩的世界'，代表世界发声而非代表学校自身"（转引自 Bloom
1987：57）。正是他对阿格尼丝的迷恋导致了他在寻求真理的旅程上
陷入精神混沌和非真实的迷雾之中。

　　杰拉尔德在一场足球赛中猝死，这对阿格尼丝来说，"生活的意

义也随即消失"（Forster 2002b：52）。然而，杰拉尔德的突然离去却把阿格尼丝一步一步推向了里奇的身边。这个突发事件起到了一个催化剂的作用，把里奇和阿格尼丝拉到了一起，也正因为此，里奇在追寻真理的道路上又向歧途迈进了一步。

这个叙述单元在 25 页的篇幅里出现了 26 次戏剧场景和概括之间的转换。第三章和第四章节的叙述运动要比简短的第五章节进行的更加和缓。在第三章和第四章节里，里奇悠闲自在地打发他的圣诞假期。虽然他与安塞尔一家相处的时光似乎是愉快的，但是他对安塞尔父亲的了解使他内心痛苦，因为他自己的父亲却是如此的令人可怕。当他与彭布罗克一家在一起时，他希望阿格尼丝成为自己的恋人的美丽幻想破灭了。当他碰巧看见了阿格尼丝和杰拉尔德"紧紧地拥抱在一起"（Forster 2002b：39）时，他更加沮丧、郁闷。当阿格尼丝越来越吸引他的时候，他甚至开始喜欢上了作为象征着剑桥大学的对立面的索斯顿公学。这恰恰是一个暗示，指向里奇前来加入彭布罗克兄妹，以便实现理想的可能性。然而，横在里奇实现理想的道路上的最大障碍，就是即将成为阿格尼丝之丈夫的杰拉尔德的存在。所幸，在第五章节的开始，杰拉尔德就在足球比赛中意外死亡。这一突发事件迅速导致了一个现象的出现，即阿格尼丝的"最美好的事情结束了"（Forster 2002b：53），而里奇的"最美好的事情"却刚刚开始。为了能回应这种快速变化的情景，简短的第五章节的叙述节奏陡然加快——在 3.5 页的篇幅内出现了 7 次戏剧场景与概括之间的转换。这种快捷的叙述运动或许是为了快速把里奇和阿格尼丝聚在一起，让他们踏上婚姻的最漫长的旅程，恰如亚历克斯·兹沃德林所指出的那样，"小说标题中所指的旅程是婚姻的旅程"（Zwerdling 1957：173）。然而，里奇强烈期盼的婚姻不久就证明是一场无爱之婚姻，正如人们所说的那样，里奇"为了一场无爱的婚姻而放弃他的挚友安塞尔"（转引自 Childs 2002：6），甚或说，里奇为了"没有爱的空洞生活"而放弃挚友安塞尔（Zwerdling 1957：172）。

第六章至第八章节构成了一个叙述单元。里奇没有留下来参加杰拉尔德的葬礼，而是径直离开彭布罗克兄妹回到了剑桥大学。"死亡使杰拉尔德与阿格尼丝阴阳两隔，但同时却成为里奇和阿格尼丝走到一起的纽带。"（Prakash 1987：141）目睹了两次突然死亡，里奇的世界观可能发生了一些变化，使得他更倾向于相信："我们所有人只是极其汹涌的海面上的泡沫而已。"（Forster 2002b：56）他的脑海泛滥着可以通过欲望或通过想象获得爱情的思绪。总而言之，他将要订婚了。虽然他爱着阿格尼丝，但是杰拉尔德的名字却时常萦绕在他的脑际，因为他经常想象着看见了活着的阿格尼丝和已故的杰拉尔德双双得到净化和升华。

　　里奇对外宣布他要娶阿格尼丝为妻。安塞尔与提利德闻讯后非常震惊，认为他们的幸福甜蜜一定不是真实的，而是虚假的。安塞尔甚至预见到，"最为可怕的灾难"将要降临到里奇身上（Forster 2002b：79），因为阿格尼丝愿意嫁给他"一方面是取代两年前故去的另一个男人，另一方面是想通过他达到某些不可告人的目的"（Forster 2002b：79）。

　　该单元的叙述运动节奏较为缓慢，在 25 页的篇幅里只呈现出 24 次戏剧场景与概括之间的转换。尽管里奇回到剑桥大学很开心，但是他对严酷现实和可怕世事的幻想一直折磨着他：他开始改变自己的世界观。第六章节的缓慢叙述节奏可能暗示着里奇内心的某种根本变化——要么在索斯顿与彭布罗克兄妹相处的经历让他道德堕落，要么由于目睹了两个人的突然死亡而使他对人性陷入更深入的思考。就像一首乐曲中和缓的节奏往往是快速旋律到来的征兆，该章节的缓慢节奏期待着阿格尼丝和里奇之间爱的火焰将要燃尽。第七章节的叙述节奏明显加快，这反映出里奇惴惴不安的内心状态：他受到了对爱情"病态想象力"的更多困扰；他无法轻易从记忆中抹去杰拉尔德的形象；他正面临着两难的选择——象征着所谓小世界的剑桥大学和自己钟情的大千世界；他发现很难得到挚友安塞尔的支持。更为重要的是，他越来越被阿格尼丝所吸引，但同时又更加害怕接近她，这仅仅因为他内心深处觉得自己很丑陋、很平庸，根本配不上她。这也就是为什么他不愿意在一个本可以让他们觉得更亲密的地方共进午餐；而

且这也就是为什么他不想领阿格尼丝去看德律阿得斯树神（Dryad）①
消失的小山谷。尽管他深爱阿格尼丝，但是他却不敢拥抱她。然而，
他已经走向阿格尼丝，因为在被"病态想象力"征服了的小山谷里
她"把他搂在怀里"（Forster 2002b：73）。第八章节的叙述节奏与第
七章大致相同，所不同的是，第八章节的戏剧场景占据着叙述话语的
更大部分。每一个戏剧场景的展开都有助于显示安塞尔对里奇和阿格
尼丝婚姻的真实本质的惊讶和发现。发生在安塞尔房间里的最初两个
场景引起了安塞尔的内心困惑和惊讶，但是勒温太太、阿格尼丝和里
奇一同出现的第三个场景却给安塞尔带来的不仅是惊讶还有窘迫。真
正让安塞尔感到震惊的是，里奇出人意料地宣布他与阿格尼丝的订
婚。在里奇离开后的最终场景里，阿格尼丝显露出她是个说谎者，而
里奇是受害者。他们的婚姻，尤其对里奇而言，是个灾难。

　　作为一个插入的章节，第九章是由写于六月份的七封信组成的。
已经从剑桥大学毕业了的里奇此时正与彭布罗克兄妹一起在索斯顿工
作和生活。由于安塞尔担忧里奇的命运，他写信劝导里奇与阿格尼丝
解除婚约，只是因为里奇"根本就是不该结婚的人"（Forster 2002b：
79）。如果里奇试图做自己不适合的事情，最终他将会被毁掉。然
而，里奇却固执地坚持认为，他爱阿格尼丝，而且她也爱他。里奇与
阿格尼丝的订婚一事又引来了其他一些信件，其中一封来自里奇的姑
妈艾米莉·费琳太太。在信中费琳太太邀请里奇和阿格尼丝前来探
访。有关这次探访的情况将在下一个章节里讲述。

　　该章节里作者运用七封信件作为叙述模式的文体选择。作为一种
叙述形式，书信可被视为发生在两个人之间的一种交际手段，尽管它
有别于在特定地点和特定时间通常发生的戏剧化场景。有鉴于此，书
信的使用也起到了戏剧化场景的作用——主要人物借此方式表达了他
们的思想。在此情景下（使用书信的方式），安塞尔和里奇争论有关

---

　　①　德律阿德斯在古希腊神话中是树神或自然精灵，生活在树木里，呈年轻美女之形
态。德律阿德斯（Dryads）最初是橡树精灵，但此名后来被用来指所有的树神。人们相信
这些树神的寿命与其所栖身的树木寿命一样长（参见 http://www.britannica.com/EB-
checked/topic/172360/dryad, accessed 10 Apr., 2010）。

后者是否适合结婚以及后者与阿格尼丝的爱情本质等问题。阿格尼丝在写给勒温太太的书信里披露了里奇的另一信息：他正开始从事一个有前途的作家生涯。此信息无疑将成为彭布罗克先生与斯蒂芬后来因为争夺里奇的书稿版税而产生冲突的线索。彭布罗克先生写给司尔特先生的书信透露了索斯顿的物欲横流，以及里奇在阿格尼丝的征服之下即将出现的道德堕落。最后，艾米莉·费琳太太写给彭布罗克兄妹的信引发了即将发生的行动（造访凯多佛），这给斯蒂芬提供了一个登台亮相的机会，同时也使里奇有机会知晓斯蒂芬是他的同母异父兄弟。这个由书信构成的章节对向前推动情节的发展起到了重要作用，同时又在小说的结构层面和主题层面成功地把许多行为和事件糅杂在一起。

第十章至第十四章是一个叙述单元。阿格尼丝和里奇前往凯多佛拜访艾米莉·费琳太太。她们乘坐的火车在一个交叉路口处轧死了一个小孩。这个令人震惊的事故暗示了将要在相同地方出现里奇的悲惨死亡。斯蒂芬，被认为是"现实的试金石"（Bradbury 1966：60），建议在此建造一座桥梁。正是费琳太太的不负责任以及对斯蒂芬严肃警告的忽视，导致了里奇在故事接近尾声时被火车碾压死亡。

费琳太太是个愤世嫉俗和务实的女人，总是喜欢嘲弄和恶意捉弄别人。里奇不喜欢她，只是因为她总能让他想起自己的父亲。费琳太太让里奇和斯蒂芬骑马前往索尔兹伯里。福斯特对"里奇和斯蒂芬前往索尔兹伯里的描写把手足情谊的主题和英国延续的主题融合在一起"（Bloom 1987：55）。然而，由于里奇产生了"一种无限空间感"（Forster 2002b：108）的缘故，使得他根本没有抵达索尔兹伯里，因此他们的行程并不如意。

斯蒂芬与一个士兵嘲讽费琳太太。当来到凯多佛环形场地时，斯蒂芬想起了他的过往经历以及他房间里仅有的一幅画——尼多斯的得墨忒耳①女神像。这幅画像在主题方面与斯蒂芬紧密地联系在一起。

---

① 在古希腊神话中，大地母亲得墨忒耳是掌管谷物、土地丰饶、季节和收获的丰收女神。

克鲁斯曾经指出，"得墨忒耳画像具有一种特别的主题力量——她象征着里奇所追寻的，而实际上却被斯蒂芬拥有的与大地之间的和谐"（Crews 1960：107）。福斯特仿佛是在表明：斯蒂芬正是那个人，只有通过他与大地之间的亲密关系，英国乡土生活才能得以延长和延续下去。

事实上，费琳太太的用意是让这对艾略特兄弟互相仇视。她不公平地把里奇当作"无脊椎动物和墨守成规之人"（Forster 2002b：119），但是又妒忌他的幸福。事实上，这对新婚夫妇经常被呈现在里奇父母的阴影之下，或处于与他们并行的轨道之上。这无疑暗示着悲剧命运即将降临于里奇身上。

阿格尼丝带着里奇到堑壕那里散步，这使他想起了在交叉路口一个不知名的孩子被火车碾压死亡的情形。此时，里奇正阅读着英国浪漫主义诗人雪莱的《心之灵》（Epipsychidion）中有关"开始了最厌倦、最漫长的旅程"的片段（Forster 2002b：124）。雪莱的诗句一方面恰好反映了里奇此时的心境，而另一方面又暗示出他的悲惨未来。

里奇和他姑妈走向位于堑壕中心的那棵树，而此间他姑妈曾三次向他提及了他的弟弟。当他们抵达了堑壕中心时，里奇才确信斯蒂芬是他的同母异父兄弟。按照安塞尔的哲学逻辑，圆形的中心即是真实的现实；也就是说，里奇现在得到了真实的现实——斯蒂芬是他的弟弟。然而，当他面对现实时，他彻底变了。这是他实现追求"真"的梦想的一个转折点。可是，在这个时刻真正来临之时，他却将其拒之门外。有人认为，"拒绝'象征性的时刻'就是拒绝'生活'"（May 1996：243）。

尽管里奇做好了接受现实的准备，但是"在选择性欲还是选择真理的斗争中，性却占了上风"（Page 1987：64）。他们发誓永远不把此事告诉斯蒂芬。

这个叙述单元共有52页的篇幅，但却拥有71次戏剧场景和概括之间的转换。总的来讲，该叙述单元的叙述节奏比较快捷，但是它的快慢也是与故事情节的跌宕起伏相吻合的。第十章节的叙述节奏很快速以便折射出里奇的激动心情，因为他很自豪地带着阿格尼丝前来会见他的姑妈费琳太太。在他们到达时，斯蒂芬说道，他们来时乘坐的列车在一个平交路口轧死了一个孩子。这突如其来的事故极大地震撼了里奇。他心情的巨大变化与叙述运动节奏的变化相平行。第十一章节在叙述速度上突然缓慢下来，这也恰好与里奇的沮丧和忧郁心情相吻合。他讨厌他姑妈，一方面是因为见到她就使他不由自主地想起了他那可憎的父亲，另一方面是因为她是一个愤世嫉俗以及非常实际的老女人，总爱嘲弄别人。第十二章节的叙述节奏略有加快。尽管费琳太太让里奇和斯蒂芬骑马前往索尔兹伯里有着不良目的，但是这对里奇来说是个千载难逢的好机会，他可以跟斯蒂芬有亲密的接触。同时，在这次与斯蒂芬的远行当中，里奇第一次收获了一种"无限空间感"（Forster 2002b：108），而正是这种无限的空间感，从长远来说，使得里奇在索斯顿遭遇悲剧之后能够把他重新吸引回来。第十三章节的叙述节奏又有所加快。当里奇正在凝视着"带有同心圆"的堑壕时（Forster 2002b：128），他突然意识到自己正在进行着一次最令人厌倦的、最漫长的旅程。紧接着，当费琳太太三次提及斯蒂芬是他的同母异父兄弟时，他的内心突然（也是自然地）受到了极大的打击。里奇的巨大内心起伏反射在叙述节奏上。巨大的心理震撼引发了第十四章节的叙述节奏最为快速，同时该章节是这个插曲的主题性高潮。该章节主要是呈现阿格尼丝和费琳太太之间关于隐瞒斯蒂芬的真实身份的私密交谈，以及阿格尼丝和里奇之间关于是否接受斯蒂芬这个同母异父兄弟的激烈讨论。里奇被剥夺了自己做选择的权利和自主意志——接受"象征性时刻"，一旦错失，就永远不会再有。里奇的失败就注定在他对这个"象征性时刻"的拒绝上面。

第十五章节是连接第一部分和第二部分的过渡性插曲。被阿格尼丝征服了的里奇很高兴地看到，"他的弟弟未经验证就从自己身边走过，而且那个象征性时刻已被拒绝"（Forster 2002b：139）。回到索斯顿之后，里奇尝试着把自己的几篇短篇小说刊发出来，但却遭到编辑的拒绝。感到困惑和失望的里奇此时陷入困顿之中，想不出为什么自己已经看到了足够多的生活，"然而所有事情的核心却一直隐而不露"（Forster 2002b：141）。

　　该章节的叙述节奏平稳和缓，在 6 页的篇幅中只有 7 次戏剧场景与概括之间的转换。即使斯蒂芬的真实身份突然被曝光让里奇受到巨大的震撼，但是他依然装作什么事情都没有发生一样。此时的里奇满脑子装的都是成为一个作家的理想。从表面看来，他深陷困顿之中；但是他的灵魂并未真正受到触动，因为他轻易地放弃梦想而加入了彭布罗克兄妹的行列。与此同时，他正越来越近地走向道德堕落。

　　第十六章至第十九章节构成了一个叙述单元，也是小说第二部分的开启篇章。登伍德学校，"寄宿学校中规模最大和最赚钱的学校"（Forster 2002b：142），现在是由组织者彭布罗克先生和人文主义者杰克逊先生主管。里奇错误地认为，剑桥大学和索斯顿公学在以人为本方面是一样的，由此他的新生活始于索斯顿公学，"一个封闭的、自给自足的世界，在这里充斥着精神困顿和非真实"（Bloom，1987：57）。然而，里奇与彭布罗克先生之类的人都不一样，因为前者渴望追求真理和真实。尽管他已经加入了彭布罗克兄妹的行列当中，但是他的心灵里已经播下了与他们分道扬镳的种子。

　　"（对里奇而言）两个明显的影响分别是他母亲的意象和剑桥大学的意象。"（Hirai 1998：21）在里奇看来，阿格尼丝在某种程度上使他想起了他母亲。他经常想起自己的母亲，但是阿格尼丝讨厌去"认可那个逝者的不朽意象，这样会使得她自己的意象变得转瞬即逝"（Forster 2002b：162）。时常讨论学生瓦登的事情暗示着他的重要性：他即将直接以书信的形式在第二十二章里让斯蒂芬出现在人们的面前，这又反过来标志着斯蒂芬将前来与里奇认亲。

　　里奇对古典文学有着浓厚的兴趣，而且他和杰克逊先生对此话题也谈论了很多。由此，里奇和阿格尼丝之间再一次产生了冲突。深感困惑和困顿之余，里奇情不自禁地思念起了安塞尔，因为前者现在生活和工作在"非真实的乌云笼罩之下"（Forster 2002b：170）。显然，他的婚姻正经历着一段艰难时刻，这也是他即将到来的婚姻解体的前期铺垫，因为他现在有"一种感觉，即奶牛的确不在那里"（Forster 2002b：170）。

　　该部分的叙述话语展开得非常缓慢，在 29 页的篇幅里只出现了

25 次戏剧场景和概括之间的转换。这种缓慢的叙述节奏恰好对应了里奇自从访问了凯多佛以来内心所经历的一系列挫败感：他的书稿数次被出版商拒绝；彭布罗克兄妹强迫他放弃写作生涯而接受在索斯顿公学任教的工作；由于身陷一个充满虚假和非真实的世界，他在索斯顿所谓的新生活实际上是他追寻真理和真实的最令人厌倦、最漫长的旅程的开始；他意识到剑桥大学崇尚的人际关系信念和索斯顿公学推崇的个人影响力理念之间存在的巨大鸿沟；他对自己的婚姻并不满意；他时常经受阿格尼丝和杰拉尔德三年前紧紧相拥在一起的幻觉所带来的折磨；时常由于学生瓦登的痛苦，他联想到自己早年的痛苦而遭受折磨；时常因为他的母亲和他妻子存在的巨大反差而备受折磨；他与阿格尼丝的新婚蜜月以失败告终；由于他与杰克逊先生之间的交谈致使他与妻子之间的矛盾浮出水面；他邀请安塞尔前来相见，但后者却拒绝了他；他强烈地感受到"非真实的乌云……比以前更加浓密一些"（Forster 2002b：170）。尽管里奇现在悲惨地生活在精神危机和困顿之中，尽管他意识到"奶牛"的确不在那里，但是他还是错误地认为，最漫长的旅程已经走到了尽头。

第二十章至第二十五章节形成了一个叙述单元。安塞尔和威德灵顿正在英国博物馆的阅览室读书。安塞尔在画一个方形图，图中有个圆，而圆中又套着一个方形。通过这种方式，小说开篇时提出的主题再度被激活，并使之贯穿全书。威德灵顿建议安塞尔前去看望里奇并挽救他，因为他在索斯顿活得很痛苦。提利德带来了阿格尼丝将要分娩的消息。闻讯后，安塞尔很是失望，因为他清楚地知道自己已经无法拯救里奇了。

里奇现在已经发生了巨大的变化：他深深地懊悔自己所做出的错误选择，无论是根本不适合自己的工作还是"已经不再尊敬他，而他已不再爱"的女人（Forster 2002b：176）。更为重要的是，他妻子已经生下了一个跛脚的女孩，而且不久就夭折了。让他的悲痛有增无减的是，他的学生瓦登将永远离开索斯顿公学。在瓦登病重期间，他把收到的许多人的信件给里奇看。在所有那些信件中，里奇印象最深的是来自斯蒂芬的一封信。对斯蒂芬的再度提及，特别是读了斯蒂芬的信，达成了一些特定的目的：在全书中维持里奇—斯蒂芬之间的关系；暗示"斯蒂芬是真实的试金石"（Bradbury 1966：60）；强调"斯蒂芬是卓有成效的、再生的、活的化身"（Messenger 1991：96）。

里奇清楚，他与妻子之间的鸿沟已经变宽，而且他妻子并不真实。他得知阿格尼丝"曾私自去过凯多佛，并跟费琳太太有过书信来往"（Forster 2002b：182）。他确信，"她是在猎取遗产"（Forster 2002b：183）。虽然里奇再次被阿格尼丝征服，但是他无法不想斯蒂芬，是他"将生育孩子；他，而非里奇，将促成溪流的形成；通过一代一代的子孙，他可能会与未知的海洋相融合"（Forster 2002b：186）。

阿格尼丝突然前去会见费琳太太。她的突然离开让里奇感到迷茫。他曾经要求她说出与费琳太太都谈了些什么事情，但是她拒绝透露。阿格尼丝很清楚，他们的婚姻是个失败的结合。由于她的爱和激情早被杰拉尔德带走了，所以她现在已然成为一个精神空虚的女人。当里奇从司尔特太太的来信中得知费琳太太将要把斯蒂芬送到加拿大的信息后，他大为恼怒。

这个叙述单元主要聚焦里奇在索斯顿的堕落和毁灭。该单元的叙述话语覆盖了28页的篇幅，却出现了37次戏剧场景与概括之间的转换，不难看出，叙述节奏比较平稳。这种稳健的叙述节奏表明，尽管里奇隐约意识到他的爱情和婚姻出现了潜在的危机，但是他已经被索斯顿的习俗严重腐化，而且对真实的虚假幻觉把他搞得头晕目眩。虽然他的理想与阿格尼丝的庸俗之间的碰撞折磨着他，而且在他对人际关系的追求与彭布罗克兄妹对个人影响力的追逐之间产生的巨大鸿沟也折磨着他，但是他的灵魂并未受到任何触动。正因为这样，里奇总是屈从于索斯顿的法则以及他的性欲。该单元的叙述节奏只在两个章节里出现了加快的现象。在第二十一章节里，里奇既不满他的教师工作又对他所娶的女人感到失望。他妻子不再尊重他，而他也不像从前那样爱她。尽管他们还是新婚宴尔，但是新婚的那种兴奋感早就消失殆尽。现在，"聚集在里奇周围的"迷雾"仿佛开始消散"（Forster 2002b：178），为此他似乎察觉到了个人的爱情和婚姻的局限性。与此同时，安塞尔的方形与圆形图好像也唤醒了他。正如他母亲"活在她儿子心里"那样，里奇决定要让自己"活在他自己的儿子心里"（Forster 2002b：177）。里奇的不幸婚姻以及他女儿之死所造成的幻灭感，帮助他从"病态的想象力"和对现实世界的虚假幻觉中醒悟过来。从这个意义上讲，这个简短的章节有助于加快里奇走出非真实的世界而迈进现实世界的步伐。在第二十五章节里，有关斯蒂芬是否应该继承费琳太太的钱财的讨论，以及安塞尔要参加杰克逊先生宴请的晚餐起到了很重要的作用，使人们联想起斯蒂芬与安塞尔分别代表的东西："安塞尔，作为一个哲学家，通过他的头脑发现真实；而斯蒂芬则通过其身体凭直觉发现真实。"（Johnstone 1963：186）事实上，我们后来发现，正是通过他们二者的联合努力才使里奇获得了最终的救赎。对安塞尔和斯蒂芬的提及也是将他们一起引入舞台的前奏，这不仅使得他们成为好友，而且他们的出现还改变了里奇的命运。

第二十六章至第二十八章是一个叙述单元。安塞尔和斯蒂芬意外地在索斯顿公学相遇。安塞尔来此并非"为了探望里奇"（Forster 2002b：199），而斯蒂芬来此只是想告诉里奇他们是兄弟。虽然安塞尔和斯蒂芬发生了殴斗，但是他们很快就结成了好朋友。阿格尼丝接待了斯蒂芬，并且拿出一份假的法律文书让他签署。见此情景，斯蒂芬没有签字就气冲冲地扬长而去。安塞尔得知此事后，公开指责里奇，声称一定是他跟他姑妈讲了斯蒂芬的坏话，才使得他姑妈把斯蒂芬赶出了凯多佛。当里奇被告知斯蒂芬是他母亲所生时，他顿时昏厥过去，"被人们抬出了食堂"（Forster 2002b：218）。

该叙述单元有 20 页的篇幅，但出现了 32 次戏剧场景与概括之间的转换。很显然，这个单元的叙述节奏明显变得快速起来，特别是在第二十六章。这种快速的叙述节奏，一方面，标志着里奇—斯蒂芬以及里奇—安塞尔两组关系的张力更大；另一方面，又表明里奇—安塞尔亲密关系的迅速发展。这两组关系的平行发展不仅在代表想象方式的里奇和代表理解方式的安塞尔之间形成的强烈对比，而且还起到了暗示里奇堕落的作用，特别是当他压制了对斯蒂芬作为弟弟的自然情感。C. B. 考克斯（C. B. Cox）的评论可以很好地验证这一点："里奇的堕落源自于他对来自同母异父兄弟的自然情感的压制。只是当他遵从了自己内心的真实感觉的时候，他才逃离索斯顿。"（Cox 1963：84）里奇—安塞尔—斯蒂芬构成的三角关系至此得到了充分的显现，他们每个人代表着一种对待现实的不同方法。里奇是通过想象力感受现实；安塞尔是通过理智感悟现实；而斯蒂芬则是通过直觉或本能感知现实。这些便是"这本书的价值点"（转引自 Trambling 1995：55）。尽管里奇接近现实的方法并不可取，但是安塞尔或斯蒂芬（或者他们各自代表的价值）本身并非完整。约翰·赛尔·马丁（John Sayre Martin）对此持有相似的观点："斯蒂芬，由于他对自身、土地以及自身基本善良的简单接纳，需要文化与智慧。另外，安塞尔则需要斯蒂芬身上的某些率直自然和生活激情。"（Martin 1976：41）有鉴于此，当安塞尔和斯蒂芬联手时，他们最终可以战胜里奇，并把他从充满虚假和非真实的世界中拯救出来。在第二十七章的末尾，当安塞尔吐露了所有关于斯蒂芬的真实情况之后，里奇昏厥了过去，并被抬出了食堂。里奇的昏厥也可以被视为他"重获真理和生活"（Macaulay 1938：61）的征兆，而威尔特郡正是这种真理和生活的象征。第二十八章，小说第二部分"索斯顿"的最后一章，是一个简短的结局，甚或是一部乐章的终曲。虽然短小精悍，但是终曲却具有结构性的重要意义，因为它终结了上一个呈示部。

　　第二十九章至第三十二章是小说第三部分"威尔特郡"的开篇叙述单元。罗伯特，"一个受过一定教育并试图采用科学方法把威尔特郡老化的土壤弄好的年轻农民，来到了凯多佛办事，并爱上了艾略特夫人"（Forster 2002b.：219）。当艾略特夫人被丈夫彻底抛弃后，她与罗伯特走到了一起。他们私奔到了斯德哥尔摩，在这里"罗伯特溺水身亡"（Forster 2002b：227）。虽然他们结婚只有短短的 17 天，但是艾略特夫人日后却生下了一个私生子，他就是斯蒂芬。艾略特夫人故去之后，斯蒂芬一直由费琳先生抚养。当费琳先生去世后，斯蒂芬就被托付给费琳太太"照料"。他成长为一个坚强、自然纯朴的人。他对于自己的身世毫无兴趣，并在日后染上了酗酒和斗殴的不良习气。再后来，他被赶出了凯多佛。

斯蒂芬返回到里奇这里。尽管里奇的生活早已被"毒化"，但是现在却得到了"净化"。他知道自己所深爱的母亲"曾死而复生，并可能还会死而复生"（Forster 2002b：238）。里奇给他弟弟一个珍贵的礼物——他们母亲的一张老照片，但斯蒂芬却把它撕成碎片，因为在他看来，里奇只是关注这张照片而非他这个弟弟。事实证明，斯蒂芬是对的，因为里奇从未爱过他。

斯蒂芬询问谁是杰拉尔德，因为阿格尼丝看着他气喘吁吁地说出"杰拉尔德"的名字。对"杰拉尔德"这个名字的提及似乎唤醒了里奇，使得他最终做出了离开索斯顿以及他妻子的决定，与斯蒂芬一道回到了威尔特郡。当里奇离开登伍德学校后，阿格尼丝把怨恨撒在了斯蒂芬身上，因为"他唤起了她心中的秘密……他双肩的姿势……使她想起了杰拉尔德……她转身看着斯蒂芬就像在看着杰拉尔德，甚至有可怕的一刻，她渴望投到他的怀抱"（Forster 2002b：247）。她同时也把怨恨撒在安塞尔身上，因为"是他在斯蒂芬被逐出的日子里让她丈夫充满活力"（Forster 2002b：247）。

这个叙述单元在 29 页的篇幅里出现了 30 次戏剧场景和概括之间的转换。除了第三十章节外，整个叙述节奏平稳和缓。在第三十章里，作者采用了缓慢的叙述节奏呈现斯蒂芬的全景画面，因为他是"全书的价值中心"（Wilde 1964：34）和"卓有成效的、再生的、活的化身"（Messenger 1991：96）。第二十九章，小说第三部分"威尔特郡"的开篇章节，很像是一首奏鸣曲或交响曲的乐章序曲。作为序曲，它把聚光灯投射在罗伯特是怎样的人（斯蒂芬的父亲），投射在他与艾略特夫人相爱的过程，投射在斯蒂芬是怎样成为一个孤儿以及后来又怎么落入费琳太太的魔掌之中。此时，和缓的叙述节奏恰好满足了作者的目的：通过呈现艾略特夫人和罗伯特的情形来揭示斯蒂芬的身世背景。对罗伯特的描写很重要，其重要性在于他的美德，诸如他与土地的亲密感以及他的率直，传给了斯蒂芬。第三十一章节的叙述节奏最为明快，这也恰好与里奇的愉悦心情相匹配。斯蒂芬再度出现在里奇面前，这使他很高兴，因为他觉得斯蒂芬已经原谅了他。他已经了解了事情的真相，而且他也变得比以前更加坚强。他意识到在索斯顿的生活已被毒化，意识到他错误地把先前对阿格尼丝的依恋当作爱情，以及意识到自己一直是间接地审视生活。现在，里奇热切地并做好准备去接受那个象征性时刻，那就意味着"他已经接纳了生活"（Forster 2002b：243）。在安塞尔的帮助下，通过斯蒂芬努力把他从母亲的那张老照片中唤醒，里奇现在能够摆脱"那个已经失去的过往"（Forster 2002b：243）的幻想，而且摆脱了在索斯顿与阿格尼丝在一起的梦魇。他现在更加意识到，自己在阿格尼丝心目中所扮演的并非爱人或者丈夫的角色，而仅仅是死去的杰拉尔德的替代品。最终里奇选择了作为一个男人与斯蒂芬一起回到威尔特郡。里奇与彭布罗克兄妹的决裂以及冲破索斯顿风俗的举动意味着，他现在正踏上了从非真实前往现实的旅途，开始了他梦寐以求的看到真实以及成为真实的人生之旅。第三十二章节的叙述节奏明显要比前一章节和缓。该章节的叙述节奏很好地对应了阿格尼丝的内心悲伤（源自失去女儿和心爱之人杰拉尔德），同时也对应了她表现出的怨恨（针对里奇的离开、安塞尔帮助里奇变成了另外一个人以及斯蒂芬让她想起了杰拉尔德）。里奇的离开意味着索斯顿式的价值准则注定要失败，正如阿格尼丝，她试图猎取费琳太太的钱财，"或许已经失去了本该属于她的那部分钱财"（Forster 2002b：246）。

小说的最后三个章节（第33—35章）构成了一个叙述单元。在安塞尔和斯蒂芬的帮助下，在遭受了一系列痛苦经历之后，剑桥大学的精神现在又重新回到里奇身上。他要乘坐列车前往凯多佛，但却看见斯蒂芬从一个开着的窗户爬进车厢。他提醒过斯蒂芬，这样做可能会被列车轧死。尽管这个提醒在文中并不起眼，但是它却预示着在不久的将来将要发生的事情：斯蒂芬醉酒后躺在了列车轨道上，但是里奇救了他。里奇对斯蒂芬的了解越来越多，并且开始爱上了他。斯蒂芬想要向里奇展示他从费琳先生那里学来的叠纸船的窍门。斯蒂芬把纸船放在溪流中，"它被火柴点燃，而且变成了一团玫瑰般火焰"（Forster 2002b：259）。"玫瑰般火焰"的意象预期着《霍华德庄园》中的真情之桥以及《印度之行》里洞穴中虚幻的火焰。里奇那漂在溪流中的纸船消失了，然而斯蒂芬的纸船却依然漂在水中，燃烧着远远地漂过拱形桥，它仿佛永远不会熄灭。这暗示着里奇将要死去，而斯蒂芬将存活下来，通过他的女儿把他们母亲的血脉传承下去。

里奇和他姑妈谈论费琳先生及其《随笔集》。费琳太太敦促里奇回到阿格尼丝的身边，然而他不再信任他妻子，也不再爱她了。他来到了大桥和十字路口处，在那里他看到了那条罗马路。这使他想起了先前被过往的列车轧死的孩子，同时也暗示着灾难即将降临于他：里奇牺牲了自己的生命而挽救了斯蒂芬的性命。阿格尼丝安葬了他，一个一无是处的人。

凯多佛仍然是一个宁静而美丽的乡村地区。费琳太太早已去世，阿格尼丝已经变成了凯恩斯夫人，斯蒂芬也有了自己的女儿，这里的一切（除了在铁路上面架起了桥梁之外）还都保持着原貌。斯蒂芬和彭布罗克先生（现今已是一位牧师）正在交涉出版里奇的作品的有关事宜——《潘神的笛子故事集》。彭布罗克先生试图愚弄斯蒂芬让他接受平分版税的方法，但是他未能得逞。斯蒂芬带领着他年幼的女儿，教她学会在户外睡觉。这可能一方面暗示出，作为"一个具有颠覆性和自由思想的异教徒"（Hapgood & Paxton 2000：157）的斯蒂芬是"这片土地的自然之子"，因而是"远古盎格鲁—撒克逊人的化身"（Cucullu 1998：35；45），而另一方面也提示我们，斯蒂芬作为"福斯特笔下最成熟的潘神式人物"（Hapgood & Paxton 2000：148）体现着"福斯特的尚古主义价值观：直觉、率直、热爱生活以及根植于土地"（Das & Beer 1979：200）。他正在思考里奇留给他去完成的人生使命，但有一点他是肯定的，那就是他可以把他们母亲的血脉通过他的孩子延续下去。尽管这部小说已经来到了尾声，但是"田野里长满了富饶作物的美好乡村"的景象"在《霍华德庄园》里得到进一步扩展"（Prasad 1981：134）；而且延续的主题思想，或者说斯蒂芬与土地和乡村生活的关系所呈现出的英国传统的延续主题，甚至在这部小说结束后，继续向外扩展。

该叙述单元在27页的叙述篇幅里出现了33次戏剧场景与概括之间的转换。作为闭幕场景，它主要呈现里奇和斯蒂芬两兄弟回到宁静而美丽的凯多佛，在这里人与土地和大自然亲密无间，并且这里延续着和扩展着英国的未来。第三十三章快速的叙述节奏反映了两兄弟，既作为朋友又作为兄弟，一起回到威尔特郡的"快乐时刻"（Forster 2002b：253），而威尔特郡正是"万物之地，古时'真正'英国的所在"（Herz & Martin 1982：106）。里奇终于逃脱了索斯顿风俗的控制，并接受了成为真实自己的"象征性时刻"，仿佛获得了新生。里奇深感欣慰，自己已经跟斯蒂芬和好。正是斯蒂芬唤醒了他内心中爱一个人以及对人际关系的感觉，这种感觉之前在索斯顿期间却一直被他忽略和否定。虽然他已转变成一个找到了"真正事情"要做、其"健康状况转好……头脑健全……生活得到净化"（Forster 2002b：254）的人，然而他那"更加综合和充分的努力却以灾难收场"（Rosecrance 1982：52）。关于这一点在本章节的最后场景得到了暗示：折叠的像花儿式的纸船在溪水里"对里奇消失了"，但是对斯蒂芬"却依然漂在水中，燃烧着远远地漂过拱形桥，它仿佛永远不会熄灭"（Forster 2002b：259）。这一暗示，虽然很不起眼，却预示了里奇即将面临的死亡，"他因双膝最终被列车碾轧而死亡"（Crews 1960：108）。

第三十四章节的叙述节奏开始缓慢下来。里奇来到了威尔特郡——"象征着与土地为伴的生活"（Das & Beer 1979：50），意味着"土地变成了（他的）最后和永恒的家"（Prasad 1981：46）。尽管里奇对家的追求在威尔特郡得以实现，但是他也遭遇了一些困难——费琳太太抵制他的理想；斯蒂芬违背了戒酒的承诺。他曾一度感觉到什么都无所谓，一切皆空。然而，他觉得为斯蒂芬牺牲自己还是很值得的事情，因为斯蒂芬就是他自己的英雄和法律。虽然他已逝去，但是他可以在斯蒂芬身上再生，并帮助他们母亲的血脉可以延续下去。事实上，"什么也不是的里奇变成了至关重要的斯蒂芬"（Stone 1966：213）。

在作为终曲的第三十四章节里，一个优美的旋律在最后的几页篇幅里回荡，此时，所有的重要人物出现在凯多佛：彭布罗克先生与斯蒂芬交涉里奇书稿版税事宜；阿格尼丝以凯恩斯太太的身份间接

"显身"；已故里奇的灵魂以小说《潘神的笛子故事集》的形式出现；里奇和斯蒂芬的母亲体现在斯德哥尔摩的照片和得墨忒尔女神当中，以一种精神而显身；安塞尔在房屋内等候斯蒂芬。更为重要的是，斯蒂芬以及以他母亲的名字命名的女儿主宰着最末一章。斯蒂芬与土地的亲密关系以及他女儿夜宿室外的情景，一方面，有助于英国传统的延续之主题得以扩展；而另一方面，也暗示着成功地保持了里奇和斯蒂芬母亲的血脉，并通过斯蒂芬的孩子使之得以延续，因为她是"未来真正的英雄——一个由斯蒂芬的躯体、安塞尔的心智和里奇的心灵混合而成的综合体，或许是一个新的性别"（Stone 1966：214）。此外，该章节的平稳叙述节奏也达到了在小说结束之后继续扩展主题的目的。

第四节 《霍华德庄园》的叙述运动节奏

弗吉尼亚·伍尔夫在 1924 年发表的随笔作品《班尼特先生和布朗夫人》中指出，"在 1910 年或前后，人类的特性发生了改变"（转引自 Hoffman & Murphy 1996：26）。她接着说道，"所有的人际关系都出现了变化——主仆关系、夫妻关系以及父母与子女之间的关系。当人际关系改变的时候，宗教、行为、政治和文学也同时有了变化"（转引自 Hoffman & Murphy 1996：27）。的确如此，恰好于 1910 年问世的福斯特的第四部小说就出现某种变化。1910 年标志着英国历史上爱德华时代（Edwardian Era）的结束。这个时代被贴上了"无信心期望"（Colmer 1975：210）的时代标签，为此，塞缪尔·海因斯（Samuel Hynes）在《霍华德庄园》的矮脚鸡经典版本序言里宣称："1910 年的英国是一个危机四伏的国家——富裕且强大（大英帝国再也不会如此广阔无垠），但是处于分裂、充满不确定性以及面临威胁的状态之中。"（Forster 1985a：viii）生活在这样一个时期，特别是"对于自由主义而言面临严峻考验和危机"（Medalie 2002：4）的时期，福斯特非常关注人际关系中的这种变化——分裂，正如艾伦·王尔德所观察到的那样，"一种对分裂的反讽性直觉笼罩着福斯特的几乎所有小说"（Wilde 1985：72）。除了人际关系之外，或者说，人际关系的联结之外，福斯特还特别关注外在生活和内在思想、私人生活和社会生活、精神与肉体以及人与自然等之间的和谐。从很多方面来讲，《霍华德庄园》标志着福斯特创作生涯的一个巨大变化，正如佛班克所说的那样，"《霍华德庄园》标志着他的生涯的转折点，正如是他的人生的转折点一样"（Furbank 1979：190）。

《霍华德庄园》，某种意义上，就像《印度之行》一样，是部"巨著"（Duckworth 1992：15），因为小说作者开始采用一种更为全面的视角去审视民族和国际问题。"《霍华德庄园》不再关注他的前期小说里涉及的问题（个人拯救），而是关注《印度之行》里所涉及的问题。"（Zwerdling 1957：179）不同于福斯特的前期作品，《霍华德庄园》是一部关于英国状况的小说，聚焦谁将继承霍华德庄园的问题，而"霍华德庄园本身被呈现为英国的象征"（Martland 1999：119）。福斯特平生第一次触及英国社会中穷人群体的命运，"像其他创作英国状况小说的小说家一样，福斯特对生活在冷漠的、商业化的社会中穷人的命运非常关注"（转引自 Forster 1985a：viii）。与福斯特的早期小说相比，《霍华德庄园》无疑是一部更为成熟的作品。

小说的第一章至第四章节构成了一个有机的叙述单元。故事起止于霍华德庄园，"它的确是书中的一个人物……代表着价值的试金石"（Prakash 1987：161）。海伦在霍华德庄园的经历被证明是悲剧性的。她戏剧性地从强烈喜欢威尔科克斯一家以及霍华德庄园转变为无可调和地憎恨他们。由此不难看出，从一开始，分裂的味道就成为主导氛围。为了构建一个"杂乱无章的印象"（Edwards 2002：19），福斯特有意用一种混乱的方式呈现海伦与威尔科克斯家人在霍华德庄园的经历以及她与玛格丽特之间的信函。当然，"混乱的印象"仅仅是用来创建"后来发展的基础"（Edwards 2002：20）。在小说的头几个章节里，一些意象纷纷出现，诸如霍华德庄园、干草、榆树、汽车等，这无疑将对主题的发展以及小说的音乐节奏起到更大的作用。因此，"霍华德庄园的开篇唤起了人们对叙述过程和叙述本身产生了同样的兴趣"（Edwards 2002：23—24）。

　　玛格丽特和朱莉姨妈都对海伦与保罗的风流韵事感到不安。朱莉姨妈前去霍华德庄园欲要保护海伦，但是当她到达时，这段浪漫史早已结束。威尔科克斯夫人，从她第一次出现时，就显得与她的其他家人很不相同。这也为之后的情节发展定下了调子：她将做出让家人和施莱格尔姐妹错愕的事情。

　　当海伦回到家里与玛格丽特团聚时，她描述了自己与保罗之间发生的所有事情。"事实是她已经坠入爱河，但爱的不是某一个人而是那个家庭。"（Forster 1985a：17）自从她与保罗的风流韵事结束之后，她对威尔科克斯一家就产生了强烈的厌恶感，以至于他们"似乎把触角伸到所有的地方"（Forster 1985a：20）。

　　施莱格尔姐妹主张，"社会生活应该反映人内心生活中所有好的东西"（Forster 1985a：21）。海伦"很易于引诱别人，但在引诱他们的同时，她自己反而被引诱"（Forster 1985a：23）。正是她的这种意向或倾向成为推动故事向前发展的动力。

　　这个叙述单元有22.5页的篇幅，但只有20个戏剧场景和概括之间的转换。一方面，这种和缓的叙述运动有助于"确立将要调和的争执"[①]；另一方面，缓慢的叙述运动还有助于暗示人们，这两个家庭间的纷争将会很难得到化解。福斯特在小说开篇的章节里所做的事情"是为后期的探索构建冲突"（Edwards 2002：22）。伴随着和缓的叙述运动，各种各样的差别逐渐展现出来，如施莱格尔姐妹是理想主义者，而威尔科克斯一家人（威尔科克斯夫人除外）是实用主义者；玛格丽特更理性，因为她能够接受"偶尔的失败作为游戏的一部分"（Forster 1985a：23），而海伦做事则更冲动更任性。这些被嵌入叙述过程中的线索将对小说情节和主题的发展发挥重要作用。

　　第五章至第七章节形成了一个叙述单元。施莱格尔两姐妹参加了一场贝多芬《第五交响曲》音乐会。音乐会期间，玛格丽特跟伦纳德·巴斯特攀谈起来，而海伦却想象着自己看见"一个妖精悄悄地

---

　　① 引自网址：http://www.gradesaver.com/howards-end/study-guide/section1/（accessed. 12 Nov., 2009）。

在宇宙上从一端走到另一端",并突然有了一种"恐慌与空虚"的感觉(Forster 1985a:25)。由于被音乐深深感染以及被自己的想象所打击,海伦忽然间离开了音乐厅,匆忙之中她拿走了巴斯特的雨伞。

虽然巴斯特的经济状况远在施莱格尔姐妹之下,但是他"认为他可以通过让自己变得文雅有教养而保持他在社会上的体面"①。他试图"通过接近文学与艺术的方式"(Forster 1985a:41)来达到提升自己的目的,而雨伞事件恰好给他提供了一个机会,使他能够接近仰慕已久的施莱格尔姐妹。威尔科克斯一家搬进了施莱格尔姐妹家对面的一套公寓里。为了避免遇见他们,海伦打算前去德国待上一阵子,并发誓将永远不会再度爱上威尔科克斯家的任何人。

在这个叙述单元里,通过对女王大厅里举行的音乐会进行描写,一个由巴斯特所代表的新阶层出现在小说里。通过介绍巴斯特及其妻子杰琪,特别是雨伞事件,作者给我们提供了一些线索,暗示着巴斯特夫妇将与施莱格尔两姐妹有着微妙而错综复杂的关系。同时,威尔科克斯家出乎意料地搬进施莱格尔两姐妹家对面的公寓里,一方面,使得两姐妹(尤其是海伦)陷入尴尬境地;另一方面,又仿佛说明这两个家庭注定在未来将会发生千丝万缕的联系。此外,还有线索表明:贫穷潦倒的巴斯特,由于他固执地要提升自己的知识水平,必定要与施莱格尔姐妹发生关联,而两姐妹与威尔科克斯一家不可避免的互动交往又必然会以某种方式使巴斯特与威尔科克斯家扯上关系。

与此同时,玛格丽特为人处世比较理性,而海伦每当出现感情波动时就会冲动行事。两姐妹性格中的潜在差异也预示着她们在后来的故事发展过程中会产生冲突。所有这一切潜在的冲突将继续展现在我们面前,但有一点是肯定的,即福斯特将锁定追寻联结。

该叙述单元只有 20 页的叙述篇幅,却出现了 33 次戏剧场景与概括之间的转换,见证了较为快速的叙述运动。这种快速的叙述节奏表明,故事真正开始了,其中两个家庭间的各种矛盾、两姐妹之间的各

---

① 引自网址:http://www.gradesaver.com/howards-end/study-guide/section1/ (accessed. 12 Nov., 2009)。

种暗流以及巴斯特家与威尔科克斯家之间的各种摩擦即将显现。与此同时，贝多芬《第五交响曲》的演奏是一种重要的催化剂，加速了叙述运动以及故事发展的进程。J. K. 约翰斯通曾经评论道，"演奏，甚或海伦对交响曲的阐释，是这部小说的关键所在"（Johnstone 1963：204）。这主要是因为，一方面，"《第五交响曲》的最后两个乐章几乎精准地描述了海伦的生活变迁"，而另一方面，"这首交响曲开始快速地扩展到小说人物的生活之中……"（Johnstone 1963：205—206）雨伞事件引发了人物之间微妙而复杂的关系，同时也促成了海伦生活的变化。尽管"《霍华德庄园》的核心主题是和谐"（Colmer 1975：92），但是在和谐到来之前出现了很多内在的和外在的不和谐或冲突，也正是这些冲突必定促进了叙述运动能够快节奏地向前展开。

第八章至第十一章节构成了一个叙述单元。玛格丽特与威尔科克斯夫人之间的友谊得到了快速发展，这对小说的联结主题起到了非常重要的作用。威尔科克斯夫人出生在霍华德庄园，因而她深深地扎根于这片土地，并与这个地方的来历息息相关。她向玛格丽特讲述了树干嵌有猪牙的榆树故事以及霍华德庄园的由来，这不禁激发了玛格丽特的兴趣。自从第一次的面对面接触之后，她们便开始彼此尊重。但遗憾的是，她们始终未能一起前往霍华德庄园，因为威尔科克斯夫人突然病故。在她临终之前，她把霍华德庄园遗赠给了玛格丽特。可是，威尔科克斯家人决定对她的遗愿不予理睬，因为她"背叛了全家人"（Forster 1985a：78）。

该叙述单元主要聚焦玛格丽特和威尔科克斯夫人之间的友谊发展。经过几次接触之后，尽管她们的理想不同，但是她们彼此之间产生了真正的兴趣。这两位女人之间建立的友谊让玛格丽特了解到，生活中不单单只有文学和艺术。当威尔科克斯夫人的家人发现了她把霍华德庄园遗赠给玛格丽特的临终便条时，他们极度恼怒。

在这个叙述单元里，玛格丽特和威尔科克斯夫人是舞台上的主角，在她们之间，我们几乎感觉不到存在任何矛盾和冲突。她们的友谊发展得非常顺畅，但却导致了争议性的遗赠出现。其实，此时的玛格丽特和威尔科克斯夫人依然无法真正了解对方。有鉴于此，叙述运动节奏缓慢而平稳，在30页的篇幅内只有25次戏剧场景和概括之间的转换。这种缓慢而平稳的节奏产生了主导局势的和谐与联结效果。与此同时，缓慢的叙述节奏也解释了威尔科克斯夫人的突然死亡给家人带来的悲伤和痛苦。然而，她的临终遗愿却引发了施莱格尔与威尔科克斯两家人之间的矛盾冲突进一步升级。

第十二章至第十五章节组成了一个叙述单元。虽然威尔科克斯夫人已经去世，但是她却永远活在玛格丽特的心里，因为正是威尔科克斯夫人让她学会了对待生活的乐观态度。在威尔科克斯夫人去世之后，玛格丽特继续保持与威尔科克斯家的来往，因为他意识到了接纳不同类型的人的重要性，正如我们"需要各式各样的人才能构成一个世界"（Forster 1985a：81）。

海伦从德国归来，三个兄弟姐妹得以再度团聚。可是，此时的海伦有了巨大变化——已经变得若无其事。施莱格尔家的租约即将到期，为此玛格丽特不得不四处奔波寻找新的住处。巴斯特的妻子杰琪来施莱格尔家找过她的丈夫。然而，杰琪的出现"毒化了"海伦的思想，似乎她（杰琪）"来自地狱，像一种令人昏厥的气味，一个妖精的脚步，讲述着一种爱情和仇恨都已经腐烂的生活"（Forster 1985a：90）。巴斯特先生再次来到施莱格尔姐妹家，讲述自己行走一个通宵就为了看到黎明曙光的情景。海伦对他的冒险精神更感兴趣，而且他的第二次出现使得施莱格尔姐妹时常想起他。她们对威尔科克斯先生谈起巴斯特先生，而威尔科克斯先生建议他辞去所在的公司职位，原因是该公司行将破产。

该叙述单元着重呈现玛格丽特在威尔科克斯夫人的影响下发生的巨大变化以及她与威尔科克斯先生的持续交往。自从巴斯特第二次出现在施莱格尔姐妹家，他就像威尔科克斯夫人一样，经常浮现在这两姐妹的脑海里。随着玛格丽特对威尔科克斯一家（特别是威尔科克斯先生）态度的变化，小说的联结主题进一步扩展开来。威尔科克斯一家和施莱格尔一家是两个敌对势力的代表，可现在他们开始彼此互相吸引着，尽管当下还处于朦胧状态。其实，这还只是一种暗示性的趋向，因为他们之间尚存障碍，且不说误会甚或猜疑。无论如何，此时的基调是不同的人物共同努力达成和解与联结的氛围，例如玛格丽特接受威尔科克斯家赠予的小礼物，玛格丽特对威尔科克斯一家所持的赞许态度（把他们视为值得尊敬的人），施莱格尔姐妹更为关心巴斯特的进步，等等。总而言之，一切似乎都在顺利地向着好的方面发展。叙述节奏变得更加缓慢，在 28 页的叙述篇幅内只有 19 次戏剧场景与概括之间的转换。然而，光滑的表面并非意味着永久的平静和安宁，因为这或许只是某种缓冲，就像我们经常在音乐作品中所听到的那样，缓冲是为了准备迎接一场风暴的到来。

第十六章至第十九章节构成了一个叙述单元。巴斯特先生在施莱格尔姐妹家饮茶，希望能与姐妹俩进行一场生动的、有关文学方面的交流，但是姐妹俩却谈起了他的工作情况。当威尔科克斯先生和他的女儿埃维领着两条狗来访时，巴斯特先生变得更加不愉快。由于怀疑施莱格尔姐妹的用意不纯，他愤然离去。见此情景，海伦公开声称她讨厌威尔科克斯先生，而喜欢巴斯特先生。她对这两位男人所持的态度暗示着将在故事中可能出现的冲突。

施莱格尔一家人和弗里达一家人相聚在朱莉姨妈家。玛格丽特前往伦敦查看威尔科克斯先生欲要出租的房子。两人见面时，威尔科克斯先生向玛格丽特求婚。得知此事后，海伦坚决反对玛格丽特嫁给他。然而，玛格丽特本人"已经喜欢他有将近三年之久了"（Forster 1985a：136）。

这个叙述单元在 30 页的篇幅里出现了 37 次戏剧场景与概括之间的转换。很显然，该单元的叙述节奏明显要比上一单元的节奏要快。巴斯特先生与施莱格尔姐妹的第二次见面并没有让他们之间的关系变得更为亲密，相反，却由于威尔科克斯先生的出现让他们彼此疏远。尽管如此，巴斯特先生追求知性生活的精神吸引着海伦。施莱格尔姐妹间的冲突，巴斯特先生与姐妹俩的矛盾，以及威尔科克斯先生与海伦之间的紧张关系，为玛格丽特和威尔科克斯先生在之后的章节里变得更加亲密做了铺垫，同时也为海伦和巴斯特先生在不久的未来发生亲密关系铺平了道路。玛格丽特与威尔科克斯先生两度共进午餐一事就是联结的迹象，而且这种迹象在第十九章里有了进一步的发展：他向她求婚。虽然求婚之事遭到了海伦的强烈反对，但是玛格丽特却非常乐意接受威尔科克斯先生的求婚。玛格丽特心中的喜悦之情导致了姐妹间的冲突升级：一个几乎全盘否定威尔科克斯一家人，而另一个则认可他们身上的优点。所有这一切都促使叙述运动节奏加快，仿佛一场真正的风暴已经来临。与上一个单元相比，这个单元的叙述运动更富有节奏性，或者换言之，上一个单元弥漫着一种宁静感，而这个单元却充斥着一种强烈的骚乱感。

第二十章至第二十四章是一个叙述单元。两姐妹之间的紧张关系似乎已经得到平息，但是玛格丽特心中的爱情之火依然在燃烧。威尔科克斯先生来到斯沃尼奇给她订婚戒指。当他在房门口离开之际，他出人意料地"用真挚的爱"（Forster 1985a：144）亲吻了她。此情此景，让她想起了海伦与保罗的热吻。

玛格丽特坚信，她能够帮助威尔科克斯先生"构筑起联结我们内心平淡与激情的彩虹之桥"（Forster 1985a：146）。然而，施莱格尔姐妹间的冲突再起，只因巴斯特先生在威尔科克斯先生所推荐的公司里得到的薪资要比以前少得多。为此，海伦对威尔科克斯先生的不负责任行为异常愤怒，可是玛格丽特还是选择跟他保持恋人关系。

玛格丽特呆在霍华德庄园。艾弗里小姐，这座房子的管家，把她误认为是已故的威尔科克斯夫人。当玛格丽特和威尔科克斯先生在察看榆树上的猪牙时，她意识到了这座房子和这棵树的超越力，仿佛她已经触碰到威尔科克斯夫人的心灵。

这个叙述单元以非常平和与轻松的方式讲述了一系列事件。除了因为巴斯特先生更换了一个更糟的工作一事引起了短暂的忧虑之外，其他几乎所有事情都进展得顺利、愉快。虽然施莱格尔姐妹选择了不同的生活，但是他们承诺要一直彼此相亲相爱；虽然玛格丽特和威尔科克斯家人相处得很好，但是查理却始终怀疑她选择与他父亲订婚是想要得到霍华德庄园的另一图谋；玛格丽特待在霍华德庄园的经历、她被看成是已故威尔科克斯夫人以及看见榆树上的猪牙等经历，使她产生了一种特别的感觉：她不仅从这座房子和这棵榆树身上看到了英国精神，而且也感受到了已故威尔科克斯夫人的心灵，这无疑帮助她做好了准备去成为已故威尔科克斯夫人所期望的霍华德庄园的精神继承人。更为重要的是，这个叙述单元是在玛格丽特达成两个家庭彼此联结以及人与自然之间的联结方面向前迈出的另一步。为了呈现这样的一个愉悦场景，小说作者采用了相当温和的语气，保持了与上一个章节相似的叙述节奏，在20页的叙述篇幅里运用了25次戏剧场景与概括之间的转换。以此方式，作者或许是想表明，正是爱才使得人际关系变得闪烁着光芒；同时，也正是玛格丽特的妥协使得联结成功地实现，虽然这只是暂时的。

第二十五章至第二十六章构成了一个叙述单元。玛格丽特与其他一些宾客一起从伦敦出发前去参加埃维的婚礼。在埃维的新婚宴会期间，玛格丽特到外面散步时遇见了查理。他认为"她爱上了他，而且这是要来引诱他"（Forster 1985a：170）。埃维的新婚典礼组织得很成功，但仿佛缺少爱情和感情。婚宴结束之后，有三个人正在赶往这里：一个是海伦，另外两个是巴斯特夫妇。事实上，海伦领着巴斯特夫妇前来向威尔科克斯先生讨要工作。玛格丽特对于海伦的这个鲁莽行为很是生气。

杰琪独自一人在享用婚宴的剩饭，不久她就在花园里喝醉了。她招呼威尔科克斯先生"亨利"，仿佛他们很是亲密。她原来是威尔科克斯先生十年前在塞浦路斯时的情人。此间，海伦和巴斯特先生正在一个宾馆房间里进行着亲密的交谈。他们讨论金钱和死亡的哲学问题。玛格丽特努力尝试着找到解决巴斯特先生工作问题的方法，以及在她发现了威尔科克斯先生的曾经越轨行为后如何处理他们之间关系的方法。她深信，"某一天她会用自己的爱帮助他成为一个更好的人"（Forster 1985a：192）。虽然玛格丽特和威尔科克斯先生恢复了和谐的关系，但是两姐妹之间的距离却拉大了。

这个叙述单元在33页的篇幅里出现了39次戏剧场景与概括之间的转换，整体上叙述节奏相当平稳，然而在事件的进展上也出现了跌宕起伏：埃维的幸福和兴奋，海伦与巴斯特夫妇的突然闯入，威尔科克斯先生越轨行为的曝光，等等。与此同时，两姐妹间以及玛格丽特和威尔科克斯先生之间也存在冲突。为了反映他们之间出现的危机，作者在 3 页的篇幅里使用了 7 次戏剧场景与概括之间的转换。尽管如此，总的来看，整个叙述单元的叙述运动还是相当顺畅和平稳的，其主导氛围是埃维成功的新婚典礼以及玛格丽愉快地期待着与威尔科克斯先生的幸福结合。当然，我们不应忽略一点：巴斯特夫妇的问题引发的危机尚未解决，或许这将导致某些不可预测的后果。

第三十章至第三十五章形成了一个叙述单元。海伦前来看望弟弟蒂比，并告诉他几件事情：她要出国一段时间；委托蒂比照看她的个人物品；杰琪是威尔科克斯先生十年前的情人；海伦委托蒂比帮她汇给巴斯特夫妇五千英镑。

由于施莱格尔一家还没有找到新的住处，所以他们决定临时把家具存放在霍华德庄园。此间，玛格丽特和威尔科克斯先生悄悄地办理了结婚手续。海伦已经在国外有八个月之久，且没有留下任何的居住地址，这件事情常让玛格丽特忧心忡忡。祸不单行，另外一件麻烦事发生了：艾弗里小姐擅自打开了施莱格尔家临时存放在霍华德庄园里的家具包装箱。

得知此事后，玛格丽特匆匆来到霍华德庄园，惊奇地发现所有东西都被打开了，但是她却很喜欢这些东西被打开的方式。这第二次造访霍华德庄园对玛格丽特产生了一些影响，因为她现在产生了一种强烈的感受："在这些英国的农庄上，可以连续地和完整地看见生活，可以一眼就把瞬间及其永恒的青春汇聚一起。联结——毫无怨恨地联结直至所有人都成为兄弟。"（Forster 1985a：212）

朱莉姨妈病得很重，而且可能将要故去。海伦从国外回来后拒绝与兄弟姐妹相见，但是她想去霍华德庄园取几本书。由于怀疑海伦的头脑可能出现了问题，玛格丽特和威尔科克斯先生试图在霍华德庄园拦住她。然而，玛格丽特却惊讶地发现，海伦怀有身孕。

这个叙述单元呈现了一系列危机，诸如海伦突然前往德国；施莱格尔家的家具在霍华德庄园被意外打开；朱莉姨妈突然病重；海伦回国后拒绝与兄弟姐妹见面，等等。随着这些冲突一个接一个地出现，该叙述单元的叙述节奏变得相当快捷，在 27 页的篇幅里出现了 46 次戏剧场景与概括之间的转换，最为快速的节奏特别出现在第三十章、第三十四章和第三十五章节里。在第三十章里，由于玛格丽特针对巴斯特先生失业之事选择站在威尔科克斯先生的一边，海伦对她非常失望；同时，由于威尔科克斯先生毫无责任感地毁灭了巴斯特夫人的生活，海伦对他非常愤怒。正是由于这些原因，海伦匆忙地去了国外。她内心的不安和匆忙的行为都折射在此时的叙述运动节奏之中。在第三十四章，叙述节奏甚至更快，它反映了玛格丽特对朱莉姨妈的突然生病和海伦的精神状况的担忧。第三十五章的叙述节奏达到了最快的速度，在此期间，威尔科克斯先生和玛格丽特设下圈套让海伦前去霍华德庄园取书。由于海伦被认为精神失常，威尔科克斯先生与请来的医生试图在霍华德庄园拦住她。然而，玛格丽特绝不允许任何人碰海伦，因为她依然把自己看作海伦的保护者，这对她来说是远比做威尔科克斯先生的夫人更为重要的职责。因此，这个章节更像是一场玛格丽特为保护海伦和威尔科克斯先生为"救治"海伦所进行的殊死搏斗。

第三十六章至第四十章构成了一个叙述单元。玛格丽特和海伦待在霍华德庄园的屋内，而威尔科克斯先生候在屋外。他试图闯进室内接近海伦，但是玛格丽特拒绝他这样做。海伦很快就要返回德国，因为她知道她怀上了私生子一事在英国是无法被人们接受的。姐妹俩看到那些被打开的家具，勾起了她们对童年以及青年时代的许多美好回忆。海伦请求玛格丽特在她返回德国慕尼黑之前能够陪她在霍华德庄园睡一宿。

海伦的这一要求遭到了威尔科克斯先生的拒绝，因为他担心海伦会自此不肯离开霍华德庄园。查理从蒂比那里获知，可能是巴斯特先生使海伦怀孕的。查理是典型的外向性格，此时他勃然大怒，认为施莱格尔一家人令人可耻。

海伦邀请玛格丽特和她一起前去德国，此时玛格丽特想到了榆树树干里的猪牙以及已故的威尔科克斯太太，仿佛觉得活着的施莱格尔一家人和威尔科克斯一家人仅仅是露丝·威尔科克斯灵魂的组成部分——"你和我还有亨利仅仅是那个女人心灵的碎片。她知晓一切。

她就是那座房子以及靠在那座房子上面的那棵树。"（Forster 1985a：248）

这个章节的叙述节奏相当快捷，在20页的篇幅里出现了50次戏剧场景和概括之间的转换。这种快速的叙述节奏很好地反映了自从海伦从德国回到伦敦之后在相关人物之间引发的剧烈冲突和紧张气氛。尽管海伦已经回来了三天，但是她却拒绝与兄弟姐妹取得联系。正是因为她的这一反常举动，使得威尔科克斯先生认为她精神异常，进而制定了一个阴谋试图让她在霍华德庄园落入圈套。玛格丽特却本能地想要保护她免受任何伤害。海伦的未婚怀孕一事加剧了姐妹间以及施莱格尔与威尔科克斯两家之间的紧张冲突，特别是当海伦要与玛格丽特在霍华德庄园里过一夜的要求被无情拒绝时，已有的紧张关系进一步升级。对此，玛格丽特感到实在无法容忍，以至于她把心中的怒火强烈地爆发出来，甚至准备要与海伦一起出国。此刻，玛格丽特与威尔科克斯先生之间的危机达到了顶点。然而，玛格丽特最终得以平静地跟海伦在霍华德庄园里过了一夜，尽管她们还是很难进行心灵上的沟通。

第四十一章至第四十四章构成了小说的最后叙述单元。自从巴斯特先生先前与海伦进行了亲密接触之后，他在经济上和情感上就开始备受煎熬。他加入了失业者的大军，靠家人的施舍度日，"沦落为一个职业乞丐"（Forster 1985a：251）。与此同时，他也被一种强烈的懊悔感和罪恶感所折磨，因为他相信是自己毁了海伦。他跟踪玛格丽特来到了霍华德庄园（目的是找到海伦并向她道歉），而查理却用属于施莱格尔家的剑的平锉面击打了巴斯特。他倒在了地板上，并具有讽刺性地被埋在了书籍之下，这暗示着他对文化和才智的终生追求。实际上，巴斯特死于心脏病发作。

巴斯特死后，法庭对此案进行了审讯，判处查理三年监禁。面对这样的结果，亨利·威尔科克斯先生几乎精神崩溃，而玛格丽特也因此改变了主意，选择留在霍华德庄园照顾海伦和精神崩溃了的丈夫。一年后，海伦生下一个男孩。原本矛盾重重的威尔科克斯一家和施莱格尔姐妹现在学会了和睦相处。从此，玛格丽特、亨利·威尔科克斯先生以及海伦幸福、平静地共同生活在霍华德庄园。亨利把霍华德庄园留给了玛格丽特，而玛格丽特又将它传给了她侄子，即海伦之子。伴随着已故威尔科克斯夫人的灵魂始终徘徊在霍华德庄园，伴随着施莱格尔姐妹的精神生活与威尔科克斯一家人的物质生活完全融和，玛格丽特、亨利·威尔科克斯先生以及海伦实现了融洽的联结，而且将要继承英国的海伦之子将在这片美丽迷人的乡村土地上成长。他们的未来以及英国的未来将会一片光明，正如海伦在小说结尾时兴奋地高声喊叫的那样："这是从未有过的干草丰收景象！"（Forster 1985a：271）

这个最后的叙述单元很像是交响乐中的终曲。所有的冲突都发展到了一个高潮，并经历一个快速的转折使之获得化解。作为一个单元，该部分的叙述依然保持着快速的叙述节奏，在21页的篇幅里出现了44次戏剧场景和概括之间的转换。然而，第四十一章有着缓慢的叙述节奏，这种叙述节奏的采用主要是迎合呈现巴斯特先生成为一个职业乞丐的悲惨生活境况，同时也是为了配合他对于毁灭海伦（他心目中的一件艺术品）所产生的懊悔和罪恶感。在该章节中，针对"命运已注定是悲剧性的"（Christie 2005：24）巴斯特先生的悲惨境况的冗长概括片段，或许是要达到唤起人们对其产生怜悯和同情的目的，并且同时也表明不同阶层之间急需进行相互联结。正是巴斯特先生对海伦持有的这种罪恶感把他引向霍华德庄园，其结果是他死于乡村而非伦敦的贫民窟。对他来说，死亡是一种拯救，因为虽然他已死去，但是他儿子将要继承象征着英国的霍华德庄园。第四十二章的叙述节奏陡然变快，这种快速的叙述节奏恰好表现出威尔科克斯先生内心的惶恐不安和情感危机。他正在焦急地等候玛格丽特，因为她晚上没有回家。当得知查理在霍华德庄园导致了巴斯特先生的死亡，玛格丽特将与海伦一起前往国外，他变得更加恐慌和焦虑。

第四十三章在达成人物之间的最终联结方面又向前迈进了一步，尽管玛格丽特与威尔科克斯先生之间的紧张关系依然未能得到化解。该章节的叙述节奏要比前一章节和缓一些。由于查理在导致巴斯特先生死亡方面有过失而被判处三年的监禁，这件事情使得威尔科克斯先生陷入精神崩溃。尽管如此，此时的叙述节奏并没有受到明显的影响，因为施莱格尔姐妹似乎对查理获刑之事并不在乎。而玛格丽特选择留下来照顾海伦和她的丈夫这种做法与她的人生目标"只有联结"是相吻合的。

小说的结尾章节也是开放性的章节。在这个章节里，叙述节奏最为快捷。几乎所有的矛盾都得到了缓和，许多的联结已经取得，如人际之间的联结、人与自然之间的联结以及相关人物之间的情感联结。凡是那些不能或不愿意与外界联结的人都遭受痛苦或失败——巴斯特先生因无法接受或面对悲惨生活的残酷现实而突然丢掉性命；查理·威尔科克斯因拒绝与施莱格尔姐妹发展任何关系，同时因忽略内在生活与外在生活的联结，其下场是承受牢狱之苦。相形之下，亨利·威尔科克斯先生由于心力交瘁而妥协。他与海伦都认识到接纳不同人和不同生活方式的重要性。因此，在最后的场景中，已故威尔科克斯夫人的灵魂盘旋在霍华德庄园的上空，在其庇佑下，玛格丽特、海伦和亨利·威尔科克斯先生和睦、平静地在霍华德庄园繁衍生息。亨利·威尔科克斯先生把象征着统一的霍华德庄园赠给玛格丽特，又继而转赠给海伦之子的这一行为表明，施莱格尔姐妹倡导的精神生活与威尔科克斯家族注重的物质生活已经成功地彼此相互融合在一起。由此可见，这最后场景的蕴含意义是：精神生活或物质生活本身都不是人的理想生存；只有把它们联结起来的时候，人类才能拥有生活的全部。

第五节 《印度之行》的叙述运动节奏

福斯特的《印度之行》不仅已被公认是作者最具代表性的小说，而且也是英国小说史上最伟大的经典作品之一。达斯（G. K. Das）和约翰·比尔曾声称，《印度之行》"标志着福斯特的最高文学成就"（Das & John Beer 1979：5）。同时，该小说也被视为"决定福斯特声望是高或低的一部作品"（Batchelor 1982：208）。作为福斯特小说创作生涯的巅峰之作，《印度之行》也是"一部融现代混乱与现代审美秩序"（Bradbury 2005：169）之作，它是福斯特所有小说作品中具有最大的吸引力和感染力，而这种巨大的吸引力和感染力体现在小说的太多方面，以至于很难在此对其进行完整而准确的概括。该小说的主题思想也是如此，正如普拉萨德所说，"《印度之行》的主题思想是如此的复杂和多元，以至于很难对其做出一个显而易见的阐释"（Prasad 1981：53）。尽管如此，还是有很多评论家在解析这部小说的独特性和非凡之处等方面取得了丰硕的成果，比如"《印度之行》是一部文学交响曲"（Edwards 2002：172）；"文本的交响乐式完整性是基于小说的三重结构"（Das & Devadawson，2005：10）；约翰·科尔莫认为，《印度之行》是"统一视角下接纳衰败中的东西方文明的20世纪唯一伟大的小说"（Colmer 1975：152）；詹姆斯·麦肯基（James McConkey）断言，"《印度之行》自身就证明了福斯特要把音乐的特性转换成小说特性的所有尝试"（McConkey 1957：12）；安德鲁·卢瑟福（Andrew Rutherford）将这部小说评价为"一部历史文献，一个哲学陈述，一部文学艺术品"（Rutherford 1970：1），等等。然而，"使得福斯特先生的小说（《印度之行》）如此非凡卓绝的东西是，他赋予其丰富的……主题思想，正是这些主题思想，通过与巨大而敏锐的想象力相互融合在一起，给我们编织了一部奇特而优美的艺术作品"（转引自 Gardner 1973：206），弗吉尼亚·伍尔夫如是说。

由于《印度之行》"有着如此巧妙的结构，如此深刻的思想，如此富含象征意义的暗示，如此近乎奇迹般地把小说主题和戏剧性事件的巨大容积简缩成精炼的词语"（Dauwen 1957：243），难怪该小说长期以来一直是世界各地学者和评论家关注的中心。很显然，《印度之行》与《最漫长的旅程》和《霍华德庄园》有着某些相同之处，比如这三部小说的叙述都在故事情节的推进过程中表现出向外扩展的倾向。然而，"（在《印度之行》）通过彼此必然关联的场景，这种扩展得以稳妥地实现，这在其他两部小说里是没有的"（Johnstone 1963：258）。尽管这部小说已经获得了人们足够多的关注和解析，但是它的叙述节奏依然无人或极少有人问津，因此本节探究福斯特《印度之行》的叙述节奏无疑是一次新的尝试。

　　《印度之行》的叙述手法较之于福斯特的其他小说都显得更加成熟和复杂。不仅仅是福斯特在这部小说里取得了"节奏与表达的完美结合"（McConkey 1957：13），而且他还精美地把叙述的进程设计为"圆形叙述和线性叙述"（Medalie 2002：141），这无疑增添了这部小说作为一首文学交响曲的独特魅力。或许，这正是其中一个理由让人们认为，《印度之行》是"一本可以反复阅读的书，让人爱不释手，就像品味优质红酒一样"（转引自 Nartwar-Singh 1964：7）。

　　小说的第一章至第五章构成了一个叙述单元，它给我们呈现了一段简短的地理景观描写，为故事的展现进行铺垫，为我们提供了"政治环境"（Daniels 1991：10），同时也为将要出现的冲突设定背景。昌德拉普尔城（Chandrapore），除了 20 英里外的马拉巴山洞（the Marabar Caves），没有"什么特别之处"（Forster 1992：7）。昌德拉普尔城由两个城镇组成：一个是本地居民居住区，另一个是英国居民安置区。这个城市吸引人的地方就是"一群拳头和手指……那就是马拉巴山，里面有特别的洞穴"（Forster 1992：9）。这个介绍性的开篇章节预示着将要出现的三个基本现象：这样的区域分割必然会造成关系紧张；殖民者与被殖民者之间将会产生隔阂和矛盾；马拉巴山洞将是故事中所有事件的核心。该章节的第一句话和最末一句话，用丹尼尔斯（Molly A. Daniels）的话说，"强调了这两个对立面，而正是从这两个对立面当中衍生出整篇小说的矛盾"（Daniels 1991：15）。小说的开篇章节对《印度之行》的结构起到了重要作用，它"勾勒出昌德拉普尔城的地理特征以及小说的主要主题思想"（Shahane 1983：15）。

　　小说开篇不久，一些主要人物即开始粉墨登场，并且介入之后发生的事件当中。阿齐兹医生正跟一些朋友讨论"是否可能和英国人成为朋友"（Forster 1992：10）的话题。外科医生凯伦达少校因为一个医疗病例的事情要见一见阿齐兹。从凯伦达少校所住的平房回来时，阿齐兹步行来到了附近的清真寺歇息一会儿。此时，一位上了年纪的英国老夫人出现在清真寺。见此情形，阿齐兹要求她脱掉鞋子，可实际上她已经脱掉了鞋子。此人正是刚刚从英国来到印度的穆尔太太，她是从英属俱乐部出来后来到清真寺的。她来印度是为了看望她的儿子西斯洛普先生，英国派驻印度殖民地的地方法官。由于感觉到穆尔太太跟他所认识的其他英国男人或女人都如此不同，阿齐兹不由自主地对她说道："你是一个东方人。"（Forster 1992：23）

阿黛拉·奎斯特德小姐从英国来到印度的主要目的，是想确认一下她是否适合嫁给西斯洛普先生，顺便也想"看看真实的印度"（Forster 1992：24）。菲尔丁校长建议她们去尝试着"看看印度人"，而不是印度。英国收税官提议举办一场搭桥会，"一场联结东西方鸿沟的聚会"（Forster 1992：28）。穆尔太太在下榻的房间里挂上她的外衣，但是她发现"挂衣钩的端部有一只小黄蜂"（Forster 1992：35）。尽管印度黄蜂与英国黄蜂很不相同，她还是称它为"亲爱的小可爱"（Forster 1992：35）。在故事中反复出现的黄蜂意象不仅成为一个与普鲁斯特的《追忆逝水年华》中范陀义的乐曲相似的节奏，而且还构建起小说的包容和排斥主题。

许多居住在附近的印度当地人都被邀请前来参加搭桥会。两位英国传教士一直认为，尽管上帝应该接纳每一个人，但是"我们必须从聚会上排除某个人，否则我们将一无所有"（Forster 1992：38）。这场关于宗教的讨论暗示了在印度的英国人普遍持有的等级观念，而且也暗示了它是小说的主导主题之一。英国精英们采纳这种包容和排斥体系，"根据他们的能力来界定他们的权力，进而统治印度人，排除他们的某些特权，不管是政治层面的还是社会层面的"①。然而，这场搭桥会的结果证明：它是一次可敬的失败，因为在搭桥会上，除了穆尔太太和奎斯特德小姐以外，很少有英国上层人士愿意跟受邀前来的印度人交流。

菲尔丁先生建议穆尔太太和奎斯特德小姐见见阿齐兹医生。穆尔太太，作为本书的道德中心，正与她的儿子讨论他与奎斯特德小姐的关系问题以及他在印度的所作所为。穆尔太太已经注意到，"每个人

---

①　参见 http：//www.gradesaver.com/a-passage-to-india/study-guide/section1/（accessed 20 Nov.，2009）。

都失败，而且有着许多种失败"（Forster 1992：52）。这无疑再一次激活了小说的失败主题，同时也意味着穆尔太太的基督教信仰和道德信念将在不以基督教为宗教信仰的印度面临严峻的考验。

该叙述单元在43.5页的叙述篇幅里出现了52次概括与戏剧场景之间的转换，平稳的叙述节奏渐渐揭示出一系列潜在冲突与紧张关系：殖民者与被殖民者之间、东西方之间、基督教与印度教之间以及小说中主要人物之间的潜在冲突与紧张关系。小说的开篇章节是个很特殊的章节，它不仅可以成为小说的第一部分"清真寺"的简要背景介绍，而且还可以作为整篇小说的简要背景介绍。概括与戏剧场景的转换频率在第二章至第五章节中呈现出几乎均等的分布。小说的一些主要主题在该部分得以概述出来，进而对整部作品形成主导作用，比如英国精英们与印度人之间的巨大差异，这将不可避免地导致他们之间产生激烈冲突；英国女人对印度人表现得更加粗暴无礼，这使得印度人意识到英国人对他们的无礼程度，这就意味着渗透在小说中的殖民主义主题；阿齐兹医生与穆尔太太之间的互动其实就是东西方文化交流的一种反映。尽管如此，潜藏的矛盾和冲突并没有被剧烈地激发出来，因此，就整体而言，该部分的叙述节奏始终保持着稳步向前推进的态势。

第六章至第十一章构成了一个叙述单元。阿齐兹医生没有前去参加搭桥会。他收到了"菲尔丁先生的邀请……让他前来一起喝茶"（Forster 1992：60）。他非常欣喜，期待着见到菲尔丁先生，因为他"没有种族偏见"，而且相信人们"通过善意加上修养和理解的帮助"（Forster 1992：61）可以很好地做到彼此友善。这种想法使我们想起了穆尔太太曾经对她的儿子西斯洛普所说的话，劝诫他要对印度人友好："友好，再友好，再友好。"（Forster 1992：52）如果说穆尔太太是小说的道德中心，那么菲尔丁先生就是一个具有人文主义思想的人物，能够联结英国人与印度人之间的鸿沟。穆尔太太和奎斯特德小姐也应邀前来参加菲尔丁先生组织的茶话会。在茶话会期间，他们进行了一场有关神秘事物和混乱状态的讨论，而神秘和混乱的概念在后来的马拉巴洞穴里得到了进一步强化。戈德博尔教授出现在茶话会。阿齐兹医生公开邀请在场的所有人到马拉巴洞穴进行野餐活动。西斯洛普前来带走他母亲和奎斯特德小姐回去观看马球比赛。奎斯特德小姐邀请戈德博尔教授唱首歌，但是他却吟唱了一首宗教歌曲。

西斯洛普在菲尔丁举办的茶话会上的粗鲁行为惹怒了在场的两位英国女士。奎斯特德小姐宣布她不会嫁给他，但自知理亏的西斯洛普提议要带她们去游览昌德拉普尔城的风光，而印度行政长官巴哈杜尔主动提出带领她们前去观光。他让司机走马拉巴路，但路上却发生了轻微的交通事故。由于车子的颠簸，奎斯特德的手碰到了西斯洛普的手，这使得她收回了先前所说的不嫁他之类的话。尽管如此，是否嫁给西斯洛普的问题，实际上，依然在困扰着她。这无疑预示着将在马拉巴洞穴里发生的事情，正是这件事情导致了灾难降临于奎斯特德小姐身上，同时也造成了英国人和印度人之间巨大冲突的爆发。辨认一种不知晓的鸟的困难以及对幽灵引发的交通事故的误解，预示着小说中判读困难之主题。

阿齐兹医生有些轻微发烧。一些朋友议论着他的病情，但由于戈德博尔教授参加菲尔丁的茶话会之后也生病了的缘故，人们心中不免产生了疑窦。印度人对菲尔丁的怀疑表明，印度人跟英国人一样很容易产生误读误判。因此，这些印度人的议论与英国人用怀疑和偏执的心态解读印度的不同文化是具有讽刺性的并置。炎热的季节将至，这暗示着某种不祥的事情可能会发生。阿齐兹医生把自己已故妻子的照片拿给菲尔丁看，这对穆斯林人来说是件很不寻常的事情。事实上，阿齐兹之所以这样做，是因为他把菲尔丁视为亲兄弟。

这个叙述单元共有70页的篇幅，却出现了62次戏剧场景与概括之间的转换。很显然，该单元的叙述节奏要比前一个单元的叙述节奏缓慢。这种缓慢的叙述节奏恰好反映出表层之下蕴含的悲伤音调。阿齐兹没有参加搭桥会，更多的是因为那天适逢他妻子去世的纪念日，在悲伤的心情之下，他无法忍受那些英国女人的傲慢无礼。虽然菲尔丁举办的茶话会本身，对被邀请的人来说，是件愉快的事情，但却以失败告终。这场茶话会之所以失败，一部分是由于东西方的传统差异所致，另一部分是由于西斯洛普在茶话会上对阿齐兹和戈德博尔教授的粗暴无礼行为所致。因此说来，在这种情形下，采用缓慢的叙述节奏来表明跨文化交际中的艰难是很自然的事情。不仅如此，在印度的英国人内部也出现了摩擦。奎斯特德小姐和西斯洛普的关系也经历了可怕的危机，以至于他们一度解除了婚约。他们的幻灭感和挫败感也反映在缓慢地叙述节奏之中。误解的主题在该叙述单元有了进一步的涉及。人们刚刚知道，阿齐兹和戈德博尔教授参加了菲尔丁组织的茶话会就生病了，对这可能是阴谋的怀疑之火焰就"在每个人胸中升腾起来"（Forster 1992：130）。福斯特对当地印度人和在印度的英国人都持有讥讽和批判的态度，因为在他看来，他们同样都有种族偏见。第十章是一个简短而特别的章节，在该章节里作者只是简要地描写了在印度占主导地位的冷漠感和美感匮乏，特别是在即将显现"不祥特征"的炎热季节（Forster 1992：115）。这个简短章节主要是用来预示在小说第二部分"马拉巴洞穴"里将要发生的灾难性事件。阿齐兹和菲尔丁已成为兄弟和挚友。福斯特运用这个章节勾勒出三个主要人物各自的不足之处：菲尔丁把奎斯特德小姐定义为只有学术知识的自命不凡者和肤浅之人；菲尔丁显露出自己在知性上的局限性；阿齐兹在两性方面存在傲人之处，鄙视奎斯特德小姐的外貌和平胸。尽管也有让阿齐兹高兴的事情发生，诸如他被邀参加茶话会，并在那里很高兴地认识了奎斯特德小姐和穆尔太太，尤其是他跟菲尔丁结为亲密朋友，但是在大多时候他还是一个受害者，承受着英国统治的迫害。为此，他邀请两位英国女士前去马拉巴洞穴游览的善举，也就成为即将来临的暴风雨的凶恶征兆。有鉴于此，缓慢叙述节奏的使用可以暗示不祥事件即将发生。

　　第十二章至第十六章构成一个叙述单元。所有的马拉巴洞穴都非常相似，别无二致，因此看了一个洞穴就等于看了全部洞穴。凡是前来看过马拉巴洞穴的人都可证明，游览这些洞穴是一种乏味的体验或者说根本就是毫无体验。这些洞穴被确定为该小说的中心模糊点，而模糊通常会导致误解和误读。这些毫无特征的洞穴，其实，就是缺少灵魂的宇宙的一个象征。乔治·H. 汤姆森的评价可以证实这一点："正如马拉巴山丘象征着缺乏生命的物质宇宙一样，马拉巴洞穴象征着缺乏灵魂的人类宇宙。"（Thomson 1961：53）当然，福斯特创造这些洞穴并非只服务于这一个目的，因为它们在小说的结构上也扮演着重要的角色："福斯特巧妙地把山丘和洞穴编织到小说的结构体系中，强化了一个反复出现、日益增长的神秘事物的效果，一种向外扩展的飘忽不定。"（Shahane 1985：280）

阿齐兹邀请了戈德博尔教授、菲尔丁先生、奎斯特德小姐和穆尔太太，并亲自组织了这次旅程。这两位英国女士，自从听了戈德博尔教授那首古怪的宗教歌曲之后，就一直生活得"差不多与世隔绝"（Forster 1992：133）。旅行出发的那天，戈德博尔教授和菲尔丁先生不知是什么原因都未能赶上火车。阿齐兹与两位英国女士走进了一个洞穴，在那里他们听到了"一个令人可怕的回声"，吓得穆尔太太"几乎昏厥过去"（Forster 1992：147）。由于这个回声让她感到如此不安，以至于她深深觉得"一切皆存在，但是一切皆无意义"（Forster 1992：147）；在她看来，甚至基督教也失去了它的威力，以至于"它的圣言……只等同于〔回声〕'嘣……〔而且〕她从来弄不懂的宇宙让她的灵魂忐忑不安'"（Forster 1992：150）。奎斯特德小姐走进其他一些洞穴，继续着乏味的探索。此间，她陡然意识到她根本不爱西斯洛普，但她又不敢肯定这能不能成为与其分手的充分理由。正当奎斯特德小姐把一半心思用在无聊的观光上，一半心思用在质疑她跟西斯洛普的婚姻的时候，她独自走进了另一个洞穴。发现奎斯特德小姐不见了，阿齐兹赶忙到处寻找她。在一个洞穴的边缘他发现了奎斯特德小姐的望远镜，并随手把它装进了自己的衣袋里。旅程结束了，但阿齐兹也遭到了逮捕，并被投进了班房。

这个叙述单元共有40页的叙述篇幅，但只出现了38次戏剧场景与概括之间的转换。该叙述单元主要用于呈现游览马拉巴洞穴这一中心事件。随着故事情节的向前发展，英国人和印度人之间的冲突也随着涌现出来。尽管阿齐兹满怀好意组织了这次游览马拉巴洞穴之旅以取悦两位英国女士和菲尔丁先生，但是正如菲尔丁预见到将有摩擦产生，平滑的表面之下隐藏着一股股暗流。很显然，该叙述单元的叙述节奏比之前的单元略微快一些。第十二章节占用了3页的篇幅，描述那些"黑暗且比所有灵魂都古老"（Forster 1992：124）的马拉巴洞穴，因此，一种强烈的神秘感事先已被建立，暗示着某种灾难即将降临。虽然阿齐兹曾被告诫"把自己与英国女人搅和在一起是最不明智"的事情，但是他还是坚持要组织这次马拉巴洞穴旅行，为的是能够借此向他的英国朋友表示尊重和友善。为了反映阿齐兹的兴奋之情（能够有这样的机会向穆尔太太表示对她的爱戴），此时的叙述节奏明显加快。然而，这次观光却是沉闷乏味的。洞穴中的恐怖回声让穆尔太太受到如此惊吓，以至于她不仅对基督教失去信心，而且也使她对任何事情都失去了兴趣，甚至包括阿齐兹。尽管此处的冗长叙述话语很好地反映出两位英国女士都感到乏味的观光，但人们还是能强烈感受到潜藏的暗流。由于受到她和西斯洛普彼此不爱对方的想法的折磨以及是否应该解除婚约的困扰，奎斯特德小姐独自一人恍恍惚惚地走进了另一个洞穴。此时，一件最为可怕的事情发生了：奎斯特德小姐走失了。福斯特并没有关注事件本身的细节，而是把视角转向阿齐兹，他禁不住为奎斯特德小姐担心和焦虑。此处的叙述节奏最为快速，表现出阿齐兹坐立不安的情绪以及他对奎斯特德小姐的深深担忧之情；与此同时，这也暗示着阿齐兹希望这次旅程结束得越早越好。然而，最让人们想象不到的是，当他们刚刚返回城里之时，阿齐兹却遭到了逮捕并被送进了监狱。这个戏剧性的事件预示着在接下来的几个章节里即将出现的高潮场景。

　　第十七章至第二十四章组成了一个叙述单元。在该部分里，在印度的英国人对奎斯特德小姐在马拉巴洞穴里遭受侵扰一事的反应，最为清晰地表现出他们龌龊的一面。事实上，他们仅仅是想借此机会表现对印度人的蔑视而已，因此奎斯特德小姐在这个事件当中难免成为一个受害者。由于菲尔丁先生坚信阿齐兹医生是无辜的，所以他没有选择站在奎斯特德小姐的一方，为此他被在印度的英国人赶出了他们的圈子。

　　接下来，在印度的英国人的种族歧视暴露得更加淋漓尽致。与此同时，由于指控阿齐兹医生的证据足以证明他是有罪之人，所以他的处境变得越发糟糕。然而，在印度的英国人提出控告的潜在目的，只是把阿齐兹医生和奎斯特德小姐当成两个种族斗争的工具罢了。

事实上，即将到来的法庭审判涉及英国人、穆斯林教徒和印度教教徒之间的关系问题。福斯特对此持有讥讽的态度，暗示这件事可谓荒谬之极，因为发生在马拉巴洞穴的神秘而可能根本不存在的事情竟然会在昌德拉普尔城引发种族间的对抗。菲尔丁先生依然坚持认为阿齐兹医生是无辜的，并最终与在印度的英国人决裂。奎斯特德小姐只是印度野蛮行径的象征，而这即将到来的审判则既是针对个人的审判又是公众性审判，因为英国人的安全和福祉仰仗着这一事件的审判结果。

奎斯特德小姐之所以拒绝扮演一个无助的受害者角色，一方面是因为她想保持自己的尊严，另一方面是因为她不敢确定自己对阿齐兹医生的指控是不是实有其事。在这种情形下，她想见穆尔太太，但是这位老人被隔离开来，因为在印度的英国人担心她会出面确认阿齐兹医生是无辜的。虽然穆尔太太似乎对这件事情有些漠不关心的样子，但是她非常肯定阿齐兹是无辜的。由于害怕穆尔太太的证词会对阿齐兹有利，因此西斯洛普准备把她送回英国。尽管穆尔太太离开了印度，但是马拉巴洞穴里的回声依然萦绕在她心头，提醒着她宇宙是空洞和空虚的。

不仅如此，在开庭审理之前，奎斯特德小姐也一直遭受着洞穴回声的折磨。在庭审现场，穆尔太太的名字"像一股旋风突然出现在法庭上……（并）被印度化为埃斯米思—埃斯莫尔（Esmiss Esmoor）……一个印度教女神"（Forster 1992：224—225）。令人惊讶的是，奎斯特德小姐此时突然撤诉，因为她非常肯定是自己错怪了阿齐兹。事实上，阿齐兹在洞穴里根本没有尾随过她。由于奎斯特德小姐的撤诉，阿齐兹只能被当庭宣布无罪释放。由于奎斯特德小姐的所作所为严重地伤害了英国人的利益，因此她的英国同胞们自此疏远了她。福斯特把穆尔太太确立为一个不朽的人物。在一定程度上，就像《霍华德庄园》里的威尔科克斯·露丝太太一样，穆尔太太在死后更具影响力（此时她已葬身大海）。作为英国人对于印度人的善意和同情的杰出典范，穆尔太太已俨然成为一个宗教圣像。

该叙述单元聚焦英国人审判阿齐兹侵扰奎斯特德小姐的场景。这是英国人和印度两个种族之间紧张关系的高潮。此间，叙述节奏从整体上相当缓慢，在68.5页的篇幅里只出现了55次概括与戏剧场景的转换。第十七章至第十九章节的叙述节奏相对要快速些，而其他章节却缓慢很多。在该叙述单元的头三章里，尽管阿齐兹不幸被诬告以及奎斯特德小姐不幸成为英国政治的牺牲品，但是菲尔丁先生还是抱有一丝希望，相信能够通过自己的努力找到事情的真相。此时，菲尔丁先生处于突出的位置，积极地与英国在印度的官员进行谈判，与戈德博尔教授协商，寻求解决问题的方法。有鉴于此，为了表明菲尔丁对于化解这场灾难的乐观态度，此时的叙述节奏保持着平稳前行的姿态，尽管他的艰辛努力以失败而告终。此外，失败的主旨也通过其他一些事实得到进一步的呈现：菲尔丁被逐出设在昌德拉普尔城的英国人俱乐部，进而成为在印度的英国人的弃儿；穆尔太太离开印度，失去了她来到昌德拉普尔城时所拥有的基督教慈悲情怀。菲尔丁和穆尔太太的凄惨失败，奎斯特德小姐蒙受的痛苦侮辱，以及阿齐兹案件引发的印度人对种族身份的强烈要求，都弥漫在当前的气氛之中。为了迎合当下的沉重局势（如穆尔太太莫名其妙地死在海上，菲尔丁和奎斯特德小姐的极度失望，以及印度人对种族身份的沉重危机感），此时的叙述节奏相当缓慢，仿佛步履沉重，艰难前行着。此外，英国人和印度人之间以及主要人物之间的冲突也在该叙述单元达到了顶峰，这有助于建立一个深深影响着每个相关人物的凄凉曲调。然而，印度的闷热气候仿佛也给当时的情形平添了更多的苦涩和沉重感。这或许就是为什么福斯特选择运用非常缓慢的叙述节奏的原因，甚至他在第二十一章和第二十三章里根本没有采用概括与戏剧场景转换的方式呈现叙述运动。第二十一章和第二十三章分别聚焦菲尔丁被逐出英国人俱乐部以及穆尔太太离开印度回国的凄惨后果。作者插入这两章的主要意图是增加气氛的悲情程度，同时又能使得叙述运动在各章节之间更具节奏感。

第二十五章至第三十二章是一个叙述单元。阿齐兹被判无罪，这也是奎斯特德小姐真正被逐出在印度的英国人圈子的标志。虽然审判已经结束，但英国和印度两个民族之间产生的憎恨却在加深，而且由此发生在昌德拉普尔城的混乱是另一个例证，表明事态有些失控。在胜利（阿齐兹被判无罪）的鼓舞下，几个暴动的组织者做出了相当愚蠢的行为，这表明被殖民的印度人与在印度的英国人一样短视。尽管阿齐兹已被释放，但是英国人和印度人之间的冲突仍将继续。

菲尔丁开始能够更好地理解奎斯特德小姐，认为她是"一个真实的人"（Forster 1992：245）。至此，虽然洞穴里的回声不再困扰奎斯特德小姐，但是她为穆尔太太的突然逝去、阿齐兹提出索赔以及失去西斯洛普而深感苦恼。尽管阿齐兹饱受冤屈，但是他并没有被当成是殉难者，因为他在两性问题上是个势利小人。在印度的英国人对他的无端监禁使他受到了深刻影响，以至于他获释后变得尖刻、愤世嫉俗，充满复仇之心。他决定自此抵制英国人，并离开昌德拉普尔城前往某个穆斯林邦。菲尔丁试图让他相信，奎斯特德小姐是个既真诚又勇敢的人，但阿齐兹提出要征求一下穆尔太太的看法，因为她是阿齐兹唯一值得绝对信赖的人。此时，菲尔丁脱口说出她已经去世的消息，而且奎斯特德小姐也将离开印度，这让阿齐兹几乎无法相信自己的耳朵。

阿齐兹最终决定放弃向奎斯特德小姐提起索赔的诉求，仿佛"这正是穆尔太太的愿望，让他放过这个将要嫁给她儿子的女人，这也是他唯一能够回敬她的东西"（Forster 1992：261）。虽然奎斯特德小姐离开印度时已经成长为一个能够更好面对现实的坚强女人，但是人们传闻她是菲尔丁的情人。

在印度的英国人对阿齐兹的审判导致了穆斯林教徒与印度教教徒之间达成了和解。对所有印度人来说，虽然阿齐兹成为一名当地英雄人物，但是他还是决意离开昌德拉普尔城，前去一个穆斯林邦行医、写诗。他与菲尔丁的友谊也变得淡漠起来。他强烈不满菲尔丁与奎斯特德小姐之间的情人关系，但是这场误会很快就云消雾散了。菲尔丁中途的陡然离开让阿齐兹有足够理由相信，他是回国与奎斯特德小姐成婚，而事实上，根本不是这么回事。

该叙述单元主要聚焦马拉巴山洞之行以及随后的法庭审判引发的

各种后果。阿齐兹被无罪释放之后，昌德拉普尔城的印度人爆发了一场暴动，这无疑更加深了英国人和印度人之间的冲突和敌意。菲尔丁与在印度的英国人彻底决裂，完全站在了阿齐兹和奎斯特德小姐的一边。奎斯特德小姐被阿齐兹提起赔偿诉讼，因此她只能无奈而痛苦地离开印度回国。穆尔太太已经对世界失去信任，并出人意外地在回国的途中死去。人们对菲尔丁与奎斯特德小姐的恋情传闻让阿齐兹既恼火又痛苦。所有这一切都以悲痛的语气呈现出来，因此在大多情况下，叙述运动相当缓慢：整个单元在51.5页的篇幅中只有28次概括与戏剧场景之间的转换。该叙述单元有两个章节（即第二十八章和第三十二章）没有任何叙述模式转换。穆尔太太的突然离世在昌德拉普尔城产生了持续的影响。她的死亡标志着阿齐兹与在印度的英国人的联系或妥协的结束，因为她是阿齐兹与之建立了真诚友谊的唯一英国人。尽管她已经去世，但是她的精神依然盘旋在印度的上空，并且作为一个印度教女神活在印度人的心中。第三十二章（小说第二部分的收尾章节）是关于菲尔丁离开印度的情形。当他在别的异国他乡旅行时，他被印度所没有的那种美深深吸引。这表明，在一定意义上，像在印度的英国统治者一样，菲尔丁未能理解东方文化，因而他无法使自己融入其中。简言之，此处缓慢的叙述运动只是用于反映相关人物痛苦的内心状态，而且与此同时，也是一种预先准备去迎接在语气和心情上具有强烈对比的欢闹场面的到来。

第三十三章至第三十七章是整篇小说的收尾叙述单元。两年之后，印度教的克利须那神（Shri Krishna）的诞生庆祝活动在茂城（Mau）举行。戈德博尔教授正与他的唱诗班唱着赞歌。此时，每个人都沉浸在喜悦和狂欢的气氛之中。当戈德博尔教授回想那个小黄蜂的时候，他恰巧记起了穆尔太太。此时此刻，无论戈德博尔教授是个婆罗门人，或者穆尔太太是个基督教徒，这已经没有任何区别。乍看起来，尽管戈德博尔教授突然想起穆尔太太一事似乎对当前欢闹的气氛是个突兀的侵扰，然而，此时穆尔太太的"出现"很是恰如其分，因为她是唯一能够与印度文化进行很好沟通的英国人。福斯特突然释放两年前在昌德拉普尔城因马拉巴洞穴之旅所产生的戏剧性冲突。此时此刻，英国人和印度人之间在闷热季节的昌德拉普尔城所发生的矛盾冲突被眼下雨季的和谐和浓浓的爱所取代。

阿齐兹医生也参与到印度教克利须那神的诞生庆祝活动中来。自从法庭审判事件以来，他与菲尔丁之间出现了隔阂，而且当听说菲尔丁要娶奎斯特德小姐时，这种隔阂变得更加明显。菲尔丁已经完婚并返回印度，但是阿齐兹不想再见到他，因为此时他生活得很幸福，也很享受创作诗歌。最为重要的是，他已经获得了一种民族认同感。

阿齐兹遇见了菲尔丁夫妇与拉尔夫·穆尔。由于拉尔夫的眼睛被蜜蜂蜇伤，因此他需要阿齐兹的帮助。此时，菲尔丁与阿齐兹之间的误会已经消除了。阿齐兹曾经发誓，如果他见到穆尔太太的孩子，他将会热情对待他们，但是他眼下依然仇视英国人。福斯特试图要表明，正是穆尔太太的精神再次促使阿齐兹做出更为友善的行为。阿齐兹来到拉尔夫下榻的宾馆为他医治眼伤。为了向穆尔太太表示敬意，他主动提出带拉尔夫到河里划船。然而，阿齐兹的小船与菲尔丁夫妇乘坐的小船撞在了一起。正在进行的、充满和谐的庆祝活动与两船相撞所形成的对比，意味着"英国和印度两个民族无法成为朋友"（Forster 1992：311）。此外，两只小船的喜剧性碰撞也标志着东西方文化的冲突，然而阿齐兹与菲尔丁的隔阂只是通过对穆尔太太的回忆才得以化解，并且穆尔太太的精神在她去世之后很久依然在小说中弥漫着。

虽然阿齐兹和菲尔丁已经获得了苦乐参半的和解，但他们都很清楚彼此没有更多机会相见，为此他们决定骑马出去溜达溜达。可是，他们各自骑着的马却选择分道扬镳，而且印度的所有东西似乎齐声说道"不，不是此时"，同时天空在说"不，不在此处"（Forster 1992：322）。

这最后的叙述单元（在结构上恰如一首奏鸣曲的第三乐章）就像是用于总结和扩展意义的终曲（coda）。该叙述单元在40页的叙述篇幅里只有23次概括与戏剧场景之间的转换，也就是说，该叙单元的叙述节奏与之前的叙述单元相似，都相当缓慢。所不同的是，此时的叙述语气有了根本性的变化，从之前的怨恨变为此时的甜蜜，而且气氛也出现了明显变化，从之前沉闷的忧伤变为此时欢闹的轻松愉快。该叙述单元的前三章节（第三十三章至第三十五章）主要用于呈现印度教克利须那神的诞生庆祝活动场景。在这次活动中，所有人以及所有事物都沉浸在和睦的情绪之中，因此这种缓慢的节奏能够最大限度地达成作者想要以一种自然、连绵不断的流动方式呈现庆典仪式的意图。如此一来，作者可以呈现出一种强烈的民族团结气氛或民族认同感，正如叙述者告诉我们"所有人都变得像一个人"（Forster 1992：303），也正如阿齐兹冲着菲尔丁喊道："印度将成为一个民族！没有任何种类的外国人！印度教、穆斯林教、锡克教以及其他都将融为一体！"（Forster 1992：322）在第三十六章里，叙述运动相对比较快捷；然而，相当一部分篇幅还是展现典礼仪式活动，所不同的是，它是通过阿齐兹的视角呈现出来的。虽然典礼仪式的呈现结束了，但是它产生的效果却在延续着。因此，该章节的第一部分叙述节奏相当和缓，但是当阿齐兹撞见菲尔丁夫妇和拉尔夫时，叙述节奏就开始变得快速起来。基于之前一场可笑的误会（即菲尔丁跟奎斯特德小姐结婚），虽然阿齐兹与他们的不期而遇引发了他与菲尔丁之间的危机，但同时也激起了阿齐兹对穆尔太太的美好回忆。

全书最末章节的叙述节奏明显变慢。阿齐兹与菲尔丁表现出的貌似愉悦（由于他们达成和解并再度成为朋友），无论是政治层面、文化方面还是社交方面，却掺杂着失败的悲剧性意味。福斯特巧妙地重现了小说的重要主旨思想，比如东西方之间种族认同的责任感和局限性以及文化交流的失败。有鉴于此，英国人和印度人之间的紧张关系再度升温，东西方之间的鸿沟再度凸显，并当两只小船在河中发生相撞时达到高潮。很显然，正是东西方之间业已存在的紧张冲突自然而然地使得叙述运动缓慢地迈向扩展而非完成，正如小说末尾对阿齐兹和菲尔丁能否成为朋友所做出的回应那样："不是此处"，也"不是此时"。

第五章　福斯特小说的叙述重复节奏

　　随着现代认知科学的飞速发展，随着现代叙述学的发展，特别是热内特（Gérard Genette）的叙述话语的提出，人们可以采用叙述重复创造的成型模式为基础对小说节奏进行探究。热内特在《叙述话语》一书中提出的四种叙述重复当中，"将发生 N 次的事件叙述 N 次"以及"将发生 1 次的事件叙述 N 次"两种叙述重复，如果它们得以均衡地安排和设置，就能够"在讲述的事件（属于故事层面）与叙述话语（属于文本层面）之间构建一种重复关系系统……"（Genette 1980：114）热内特不仅仅提出这样的观点，而且在对法国著名小说家普鲁斯特的《追忆逝水年华》（*Remembrance of Things Past*）的研究中成功地得到了证实。这种叙述重复关系系统可以在小说里创建一种与音乐节奏相似的叙述节奏模式。该章节拟对福斯特的五部主要小说的叙述重复节奏进行探讨。

第一节　《看得见风景的房间》的叙述重复节奏

　　正如小说标题所暗示的那样，这部小说首当其冲的叙述重复即是爱默生父子与露西和巴特莱特小姐在一家意大利旅馆里交换可以看得见风景的房间的事件。当露西和巴特莱特小姐来到这家旅馆时，她们被告知没有之前承诺的可以看得见风景的房间，对此她们深感失望。此时，爱默生父子（另外两个陌生的游客）已经住进了两间看得见风景的房间，并主动提出可以跟她们调换房间。但是由于他们是陌生人的缘故，他们的好意遭到了这两位英国女士的拒绝。经过一番周折，最终毕比先生成功地说服了两位女士，让她们接受了爱默生父子的提议。该事件在小说的第一部分里重复叙述了三遍。当露西与巴特莱特小姐在小说的第18页去游览圣十字教堂（Santa Croce）时，作者运用了一次迭代叙述（iterative statement）。爱默生父子也来到了这个教堂。拉韦什小姐把露西一个人留在了那里，而且还拿走了她的旅行手册。此时，既气愤又无助的露西只好走进了圣十字教堂，不承想却在那里遇见了爱默生父子。见面后，露西感谢了爱默生父子昨晚的友善行为——跟她调换了房间。该叙述在第22页再度进行了重复。在老爱默生先生的引导下，露西开阔了对意大利艺术的认识视野，同时老先生那富有见地的说教也开始使她醒悟，意识到"我们来自风，也将回归风；生活或许就是永远平顺过程中的一个结，一团乱麻，一个污点"（Forster 1977：26—27）。尽管交换房间事件主要是在小说的第一部分进行重复，但是其比喻性暗示却渗透在整篇小说的始末，比如它体现在露西为争取自由与独立而跟英国的陈规陋习进行艰难斗争的过程中，以及体现在露西对丈夫的选择方面（众所周知，塞西尔代表着房间，而乔治象征着风景）。

虽然"露西并非一个中世纪女性"（Forster 1977：40），但她却依然活在混沌状态之中。她不是在体验意大利的生活，而是被意大利的艺术所吸引，因此她买了一些艺术图片。正当露西心里想着自己一直是顺风顺水，生活中风平浪静，她来到了市政广场，在这儿她撞见了一个恐怖的谋杀事件的发生。露西在第40页购买了一些艺术图片的事情后来又出现了反复的叙述重复，而且对这个事情的叙述性重复还经常与谋杀事件混合在一起或平行重复。在第42—45页，露西被血腥的谋杀场景所惊吓而昏厥了过去；当她醒来之后，她询问乔治她的艺术图片哪里去了。乔治告诉她，因为那些图片都沾上了血迹，所以他把它们都扔进了阿尔诺河。对这些图片的极富节奏性的重复叙述暗示着，露西更关注艺术而不是生活，这也就意味着，她其实是非真实（unreality）的受害者。当爱默生父子搬到了露西的家乡夏季街居住之后，毕博先生和露西的弟弟弗雷迪前来探视过他们。当他们走进爱默生父子租住的房子时，毕博先生看到了一些与露西在意大利所买一样的图片。这个出现在第 125 页的重复叙述意味着，露西和乔治之间存在某些共性的东西，这其实是在预示着即将出现的结果：他们将成为恋人走到一起。在第 153 页，当露西前来看望爱默生父子时，叙述者又一次重复了图片的事情。在他们见面时，乔治表现出的尴尬和窘迫引发了露西对人类是人而非神灵的思考。"当乔治在佛罗伦萨把她的图片扔进了亚尔诺河的时候"（Forster 1977：153），露西就曾经有过这种感受。通过对这些图片的最后一次重复叙述，我们或许可以看到，露西开始醒悟过来去面对现实，尽管她未来的人生路依然还会有障碍。

对那个意大利人被杀的事件进行反复重复叙述，或许是给露西敲响警钟：真实的现实与她幻想中的理想化现实具有极大的反差。一个意大利男人被杀的事件首次呈现在小说的第 41 页，此时露西正想穿过市政广场返回居住的旅馆。那个被刺的意大利男人"面带一副感兴趣的神色倒向露西，仿佛是有重要信息要告诉她"，而且嘴里喷出"一股鲜血"（Forster 1977：41）。这个可怕的杀人事件吓坏了露西，以至于让她昏厥了过去。那个人的死亡之事分别在第 42、43 和 45 页重复叙述，而正是他的被杀使得露西昏倒在碰巧路过附近的乔治的怀里，这也使她的内心"第一次对他有了温暖的感觉"（Forster 1977：43）。杀人事件之后，叙述者在第 47、48、51 和 52 页再度多次重复叙述该事件。眼下，露西、拉韦什小姐和巴特莱特小姐都在前一天发生惨案的广场上。拉韦什小姐站在谋杀案的现场，想要把它写进自己的新书。由于谋杀一事对露西影响很大，因此她给巴特莱特小姐讲述事情的经过，这表明露西被严酷的生活和残酷的现实置于深深的混沌之中。

然而，残酷的现实频频向露西袭来。伊格先生在第 54 页的叙述中告诉露西：老爱默先生曾当着上帝的面谋杀了自己的妻子。露西为此非常震惊，没想到那位老人竟然是如此邪恶之人。虽然这是伊格先生不怀好意编造的谎言，但是露西对此毫不知情，丝毫没有想到这仅仅是个诽谤。从那以后，露西的心中总是怀疑爱默生父子的人性有问题。在他们前往菲耶索莱山（Fiesole）旅行的途中，叙述者在第59页又重复叙述了此事。露西认为，拉韦什小姐与老爱默先生是邪恶之人。然而，随着故事情节的向前发展，露西开始摒弃她对爱默生父子的怀疑，因为她逐渐意识到伊格先生其实是个极为不诚实的人。在第98和99页，露西告诉塞西尔说：伊格先生是个"势利小人，而且相当自命不凡；他的确讲过这般不厚道的话"（Forster 1977：98）。"不厚道的话"指的是他诽谤老爱默生先生当着上帝的面谋杀了自己的妻子。这次叙述重复表明，露西对伊格先生和爱默生父子的态度出现了一个巨大的转折，这也为她与爱默生父子建立友好关系做了铺垫，尽管眼下尚不清晰。在第114页，塞西尔引荐爱默生父子来到露西的家乡。爱默生这个名字立刻就使露西联想到她在意大利认识的爱默生父子，这让她忐忑不安起来。为了保护露西免遭烦扰，毕博先生提及了老爱默生先生谋害了妻子一事。毕博的话让霍妮彻奇太太想起在意大利贝托里尼旅店的游客中间有两个杀人犯：一个是正在讨论的爱默生先生，另一个是名叫"哈里斯"的人。这使得露西既紧张又尴尬，因为她跟母亲撒了"一个愚蠢的谎"（Forster 1977：115）。有一次，当乔治正与弗雷迪以及其他人在打网球的时候，塞西尔给他们朗读一本小说。在第159页，当塞西尔读到故事男女主人公接吻的场景时，露西却想到了乔治的母亲被谋害的场面。这一叙述重复并非露西相信确有其事的标志，而是说明她根本不相信此事，因为她敢肯定老爱默生先生是个可亲可爱的老人。当露西在毕博先生的书房里见到老爱默生先生时，她的想法最终得到证实。在第197页，老爱默生先生讲述了他妻子是如何死去的，以及孩提时的乔治患上伤寒的情景是多么悲惨，只因没有牧师在教堂里给他举行洗礼仪式。至此，露西对老爱默生先生的疑虑彻底消除了。在他对爱情和真理的真诚说教的影响之下，露西获得了真正的解脱，从而她果断地决定要做真实的自己，并决定为了爱情和幸福嫁给乔治。

毕博先生组织了一次前往菲耶索莱山的郊游，但结果却很失败。游客们即将返回的时候，出现了"莫名的摸索前行和慌乱的情形"（Forster 1977：69）。露西无意中跌倒在一片长满紫罗兰的露天台地上，并且她突然被乔治亲吻。在第 69 页，随着露西心中的混沌感在不断地加重，并随着恶劣天气的临近，引领露西前来独自会见乔治的那位意大利车夫似乎能够解释"五天前露西从那位奄奄一息的意大利男人口中获得的信息"（Forster 1977：69）。然而，露西对获得这个信息表现得很迟钝。虽然她和塞西尔已经订婚，可是她并没有感到快乐，因为她模糊地感觉到他们之间并不存在真正的爱情，只是社会和道德习俗的束缚才让他们走到一起。当乔治应邀前来一起打网球的时候，他表现出来的活力让露西大为吃惊。这让她想起那个意大利男人被刺身亡的时候，乔治表现出来的非凡勇气。尽管露西眼下尚不清楚自己的内心想法，但是她在第 156 页对乔治的变化所作出的思考激起她对他的好感。在第 157 页，当露西公开指责乔治第二次的鲁莽亲吻并让他自此从她面前消失，作者通过乔治之口再度重复叙述了这一事件。为了能够让露西明白他是怎样的一个人，而且如果他们能够走到一起，他将会让她过上怎样的生活，乔治表达了他对爱情和自由的态度，同时也告诉露西他在那个意大利男人死后所发生的变化——"自从那个人死后，我就一直把你放在心上。"（Forster 1977：167）正是乔治的真诚与塞西尔的虚伪所形成的巨大反差，才使得露西最后得以跟塞西尔解除婚约。

　　尽管在意大利佛罗伦萨市政广场发生的谋杀事件对露西逐步意识到残酷现实的存在起到很重要的作用，尽管乔治在佛罗伦萨给她的意外亲吻对唤起露西内心深处那种自发的和真诚的爱情的感觉是具有重要意义的时刻，但是由于长时间受到英国社会风俗的迫害，露西要想完全意识到这一点也并非易事。这个情形首先发生在第 68 页，当时露西与伊格先生带领的一群游客走散而迷了路。由于不知道伊格先生在哪里，露西只好去向一个名叫法厄同的意大利车夫打听；然而，由于沟通上的障碍所致，车夫把"牧师"理解成"好人"（good man）。这样一来，意大利车夫把露西带到了乔治所在的一小片露天台地。露西刚到就看见乔治转身"走过来并亲吻了她"（Forster 1977：68）。尽管露西从未想到会有这种情况发生，尽管巴特莱特小姐及时打断了乔治的亲吻，但是乔治的亲吻还是给她造成了极大的不安：它时而把她进一步推向了黑暗，但最终把她从黑暗的世界里拯救出来，并成为她追寻爱情和真理的一股力量。

在第 72 页，露西试图跟巴特莱特小姐解释乔治亲吻她的事实真相，但是她发现很难做到，因为她此时被一种既懊悔又"不可理喻的欣喜"（Forster 1977：73）所控制着。在第 73 页，露西变得更加冷静起来，决定不再让"那些毫无意义的事情"（Forster 1977：73）烦扰自己。然而，巴特莱特小姐，"一个象征房间的女人"（Stone 1966：222），却忧心忡忡，心里焦虑着采取怎样的措施去让乔治保守秘密。在第 74 和 75 页，巴特莱特小姐惊恐万分，强烈反对露西与乔治直接接触——劝说乔治对接吻一事三缄其口。作为"一个无爱和自我包裹的女人"（Martin 1976：107），巴特莱特小姐仅仅是关切自己保护露西的责任。为了避免再见到乔治，她们决定尽早动身前往罗马。在第 78 页，她们动身之前承诺不把此事告知霍妮彻奇太太，让它成为她们两人之间的秘密。在第 119—120 页，露西与巴特莱特小姐的书信中再次提及了此事。巴特莱特小姐担心，如果露西把此事告诉了她母亲和弟弟弗雷迪，她的未婚夫塞西尔就会发现这个秘密。

霍妮彻奇太太打算邀请巴特莱特小姐来她家小住几日，但是露西担心巴特莱特小姐会不小心把这个秘密泄露给她母亲。在第 145 页，巴特莱特小姐刚刚到达，她就询问露西是否已经将乔治吻她的事情告诉了塞西尔，而且担心塞西尔可能会从其他渠道获悉此事。在第 147 页，露西不认为乔治应该受到谴责，因为他那时一定是失去了理智。露西非常担心乔治会把这件事情告诉他父亲，但是当她一家人前去探访老爱默生先生时，她才如释重负，因为事实证明乔治并没有那么做，也就是说，塞西尔永远也不会知晓这个秘密。当乔治和露西在打网球的时候，塞西尔主动要求给他们朗读拉韦什小姐的小说。在第 160 页，塞西尔大声朗读小说的一个片段，主要是描写男女主人公在紫罗兰的簇拥之中相拥亲吻的情形。这个故事激发了乔治的欲望，突然之间，他在花园的狭窄幽径上再一次亲吻了露西。这让露西非常气愤，因为她猜想一定是巴特莱特小姐把这个秘密泄露给了拉韦什小姐。在第 162 页，巴特莱特小姐承认是她在罗马的时候告诉拉韦什小姐的，但是她原本希望她没有因此而伤害到露西。事实上，巴特莱特小姐的这一行为或直接或间接地成全了露西和乔治，使得他们最终能够有情人终成眷属。

在这部小说里，福斯特运用"发生一次的事件叙述 N 次"的叙述重复手法要远多于运用"发生 N 次的事件叙述 N 次"的叙述重复手法，因此该小说的叙述重复节奏主要是基于"发生一次的事件叙述 N 次"的对称性布局而创建的叙述重复关系体系。然而，小说中的确有一个重要的事件是通过运用"发生 N 次的事件叙述 N 次"的叙述重复手法来呈现的，而且这种叙述重复手法的运用也对构建小说的叙述节奏发挥了重要的作用。

露西很喜欢弹奏钢琴，因为音乐通常能让她进入一个更加坚实可靠的世界。在第 29 页，一个阴雨绵绵的下午，露西在贝托里尼旅店演奏贝多芬的一些奏鸣曲。每当她打开钢琴，她就会觉得自己"不再是叛逆者或者奴隶"（Forster 1977：29），因为音乐王国与现实世界大相径庭。尽管如此，她还是受到现实世界的一些影响，所以在弹琴时她经常按错琴键。虽然她有些模糊不清，但她还是意识到了意大利与维多利亚时代的英国有多么的不一样。在她内心深处，她喜欢"弹奏激昂、凯旋的乐曲"（Forster 1977：29），因此贝多芬的奏鸣曲就成为她的最爱。毕博先生对露西的钢琴演奏的评价非常富于见地："如果霍妮彻奇小姐能够像她演奏钢琴那样生活，那将是令人激动的事情——无论是对我们而言还是对她自己而言。"（Forster 1977：31）虽然露西在弹琴时激情昂扬，但是她在生活中却是谨小慎微。在她未来的人生路上，她不得不努力抗争，从而使自己能够生活得像弹奏钢琴一样精彩。当露西得知塞西尔已经介绍爱默生父子来到夏季街（露西家的所在地）的时候，为了避开见到乔治的尴尬情形，她与塞西尔决定前往伦敦去探望塞西尔的母亲。露西在伦敦逗留期间，巴特莱特小姐的来信让她忐忑不安，因为如果塞西尔一旦发现了她与乔治在意大利佛罗伦萨接吻的秘密，那势必毁掉了塞西尔的生活。与此同时，露西发现，维斯家族的人以及他们圈内人都很俗套和虚伪，以至于"她以前曾喜欢的"氛围"现在却让她感觉有些疏远和格格不入"

（Forster 1977：121）。在第 121 页，塞西尔让露西演奏一首钢琴曲。尽管塞西尔想让她弹奏贝多芬的曲子，但是露西却坚持要弹舒曼的曲子。虽然舒曼的曲子听起来很欢快，但是它的主旨是讥讽嘲弄；尽管贝多芬的奏鸣曲深沉悲壮，但听起来却有得意扬扬之感。露西选择弹奏舒曼的乐曲而非贝多芬的乐曲这一行为本身就是他们将解除婚约的先兆。

随着露西与塞西尔的接触增多，她越发意识到，他们彼此实在不适合在一起，因为塞西尔把他们之间的关系只看作是"保护与被保护的关系"（Forster 1977：154）。由于不满于塞西尔，露西心中的天平开始向乔治倾斜，只是此时的她尚没有清晰地意识到这一点。在第 154 页，人们要求露西弹奏钢琴。起初，她虽然知道瓦格纳的《魔法花园曲》并非钢琴曲，但是她还是选择弹奏它。塞西尔让她演奏瓦格纳《帕西法尔》中的其他花园曲，但遭到了露西的拒绝。此时此刻，乔治出现了。刹那间，露西耳红面赤，没有跟他打招呼，而是很糟糕地演奏了几小节"花姑娘"曲子。很显然，她这是为乔治演奏的，而不是塞西尔。这次她之所以弹奏得很不好，是因为她正忍受着内心的折磨而无心演奏。她为乔治演奏这一事实本身就是一个模糊的信号：她将跟塞西尔解除婚约，而与乔治结合。

在第 180—189 页，当露西解除了与塞西尔的婚约并拒绝了乔治的求爱之后，她最后一次弹奏钢琴。此时，露西的内心极其混沌，她甚至放弃了理解自己的尝试，而是加入了"那些既不听从内心又不听从理智召唤的愚昧的浩荡大军之列"，"高喊着口号向着他们的命运"挺进（Forster 1977：174）。她对身边的人撒谎。在这种心情之下，她演奏莫扎特和舒曼的乐曲，以及塞西尔给她的曲子。这种频繁变换乐曲的做法表明，她内心思绪混乱。这一点在她所哼唱的歌词当中得到了很好的印证：

　　　　迷茫的心，空空的手，迷惘的眼睛，
　　　　苟且地活着，默默地死去。（Forster 1977：189）

尽管露西眼下正陷入黑暗和混沌之中，但是她最终还是通过嫁给了乔治而得以冲破禁锢去拥抱生活、爱情和真理。她的人生与贝多芬的奏鸣曲相似，听起来很悲壮，但最终却是喜悦的结局。

露西最终生活得精彩纷呈，就像她弹钢琴一样那么美妙，一部分是由于乔治给她的那两次热吻，点燃了她追求真爱的激情。乔治的两次亲吻，虽然一次发生在意大利，另一次发生在英国，而且在时间和空间上相距遥远，但是它们彼此呼应着，以至于它们通过重复而形成了一种叙述重复节奏。此外，露西的两次意大利之行也分别在小说的开篇和小说的结尾处进行叙述，这使我们很容易就感觉到叙述重复的匀称布局所产生的并行性节奏效果。

第二节　《天使不敢涉足的地方》的叙述重复节奏

该小说包含了一系列基于"对发生一次的事件进行 N 次叙述"的叙述重复。这些叙述重复形成了一种确立小说叙述话语节奏模式的关系体系。显而易见，第一个被重复叙述的事件是哈里特小姐借给（而不是给予）莉莉娅的一只镶嵌盒子。她借给莉莉娅这只盒子的行为发生在小说的第 4 页，当时赫利顿一家人在查令十字街为莉莉娅和卡洛琳·阿伯特前往意大利送行。哈里特小姐借给莉莉娅一只镶嵌盒子的事件分别在第 34、91、100 和 131 页重复叙述了 4 遍。在第 34 页，当已经获悉了莉莉娅与一个名叫基诺的意大利青年订婚之事的时候，哈里特小姐给莉莉娅寄去了一封信，要求她必须归还那只镶嵌盒子。第 91 页，哈里特小姐已经来到意大利，要把莉莉娅的孩子从基诺手里救出来。她告诉菲利普，要设法救出孩子，并拿回她借给莉莉娅的镶嵌盒子。尽管她承认那只盒子"并不值钱"（Forster 2002a：91)，但是她依然想把它要回来。第 100 页，阿伯特小姐独自来到基诺的住处跟他私下交涉孩子的事宜。她被带进会客厅，在这里她看见了已故莉莉娅的肖像挂在墙上，莉莉娅的《旅行指南》放在一张桌子上，而在另一张桌子上面放着哈里特小姐的那只镶嵌盒子。第 131 页，当莉莉娅的孩子已在车祸中死去之后，哈里特小姐生病了。尽管如此，她更多的还是谈及那只镶嵌盒子，"而不是近来所遇到的麻烦事"（Forster 2002a：131）。这种迭代叙述是对体现在哈里特小姐身上的英国式市侩和平庸的讥讽，同时也揭示出哈里特小姐性格当中狭隘和残忍的一面。像她的母亲一样，哈里特小姐俗气不堪。由于受到道德伦理的限制，她对任何人都几乎无法付出情感，甚至包括自己的家人。她关心自己的"尊严"和利益远远多于关心他人，即使在生病期间她更多的是想着那只盒子，而不是那个孩子的死亡和基诺的痛苦。福斯特塑造这样一个人物，旨在讽刺和指责那些有"发育不良的心"的英国人，这也正是福斯特小说的核心主题思想之一。

小说的前两章对莉莉娅与基诺的订婚之事进行了反复叙述。在小说的第 12 页，赫利顿家人收到一则令人吃惊的消息：莉莉娅与意大利青年基诺订婚了。正是这一事件随后引发了一系列的危机和悲剧。一时间，莉莉娅与基诺订婚的事情成为赫利顿一家人饭前茶后谈论的热门话题。赫利顿夫人是一个伪君子，对莉莉娅很是恼怒，因为她认为莉莉娅"玷污了我们的家族名誉，因此她将要为之付出代价"（Forster 2002a：15）。为了挽救家族的名声，赫利顿夫人派儿子菲利普前去意大利阻止莉莉娅的婚姻。第 18 页，菲利普跟阿伯特小姐商谈莉莉娅的婚约事宜。第 25 页，菲利普见到了莉莉娅，并与她、阿伯特小姐以及基诺一起共进了一顿很不愉快的晚餐。虽然当时的情形非常令人不爽，但是菲利普还是"不敢爆发出来指责他们的婚约"（Forster 2002a：25），因为他觉得，如果让他与莉莉娅单独谈论此事，可能效果更好。他在自己下榻的旅馆房间里与莉莉娅进行了一次私下交谈。然而，这次会面事实证明是不成功的，因为菲利普声称基诺"或许是个恶棍，当然是个下流男人"（Forster 2002a：27）；而且他在第 28 页断言，莉莉娅与基诺的婚约将不会持续下去。正是菲利普的这一举动惹恼了莉莉娅，让她决定这次非要为爱情而嫁给基诺不可。虽然叙述者对莉莉娅与基诺的婚约进行的重复叙述几乎全部出现在小说的前两章，但是这一事件的隐喻性暗示，更确切地说，这一事件的后果所产生的呼应效果却贯穿于整部小说。

然而事实上，莉莉娅与基诺已经结婚了。当得知已无法阻止他们的婚姻时，菲利普转而打起了基诺的主意，想把他买通。见此情形，基诺一下子被激怒了，奋力给了菲利普"一个漫无目的的推搡，结果把他推倒在床上"（Forster 2002a：31）。基诺与菲利普的这场搏斗事件在此后的行文中反复叙述。在第41—42页，基诺为他把菲利普推倒在床上的粗鲁行为感到抱歉。此处的重复叙述意味着：基诺虽然经常易于冲动，行事唐突，但他是一个本性善良的好人。菲利普与哈里特小姐来到意大利后，想把莉莉娅与基诺的孩子带回英国抚养。为了达成他们的目的，菲利普要与基诺商谈此事。在第82页，他先前毫无成果的意大利之行的画面显现在他的脑海里，而且让他最为记忆犹新的是基诺的"那一个让他倒在床上的粗野推搡"（Forster 2002a：82）。这次短暂的沉思可以起到某种暗示作用，暗示着他缺乏完成这次使命的信心，因而也预示着，甚或注定着他的再次失败。由于再度失败，菲利普指责阿伯特小姐，因为是她在此之前单独约见了基诺而造成的。实际上，这是一场误会。阿伯特小姐并非有意安排单独约见基诺，而是无意遇见了他，随即他们就随便聊了起来。在他们的闲聊中，基诺表达了他"希望18个月前他没有对你（菲利普）那么粗鲁"（Forster 2002a：88）。此处的重复叙述对菲利普而言很重要，因为他自此改变了对基诺和阿伯特小姐的态度。菲利普身上发生的这一巨大变化是他心灵提升的起始标志：他开始理解基诺，甚或开始喜欢上他；此外，他以前从来没有像现在这样被阿伯特小姐所吸引，尤其是在他们看完了意大利歌剧之后，阿伯特小姐对他的吸引力更加强烈。在第98页，菲利普心潮澎湃地对阿伯特小姐说，他现在是基诺的朋友了，而且是"久违了的兄弟"（Forster 2002a：98）。尽管18个月以前基诺曾把他推倒在床上，但是菲利普已经原谅了他。这不仅是菲利普取得进步的另一标志，同时也是文化联结的一种体现。

尽管莉莉娅并非小说的核心人物，但是她与一个意大利人的婚姻以及她的死亡却成为推动故事发展的动力。她的死亡在第54页首次被提及，并在余下的叙述中多次被重复提及。她的死亡对基诺来说是一场灾难，然而赫利顿一家却试图阻挠莉莉娅在英国的女儿厄玛知晓此事。可是，在第57页，"厄玛获悉了她母亲逝世的消息"（Forster

2002a：57）。这让赫利顿夫人和菲利普很担心厄玛，因为她"心灵异常脆弱"（Forster 2002a：58）。出现在第57—58页关于莉莉娅之死的重复叙述揭示出，赫利顿一家墨守成规，循规蹈矩，明显缺乏爱任何他人的能力。阿伯特小姐对菲利普所讲的话可以更好地说明赫利顿一家人的真实本质："我发现这里（索斯顿）的每个人都在花费他们的一生为那些他们根本不关心的东西而做出点滴牺牲，去讨好他们根本不喜欢的人；他们从未学会真诚做人——而且，糟糕的是，从未学会如何让自己活得快乐。"（Forster 2002a：60—61）阿伯特小姐对莉莉娅的死深感自责，因为她觉得自己应该对此负责。然而，莉莉娅的死却让阿伯特小姐变得成熟起来：她开始走进真实的生活，意识到了并开始憎恶索斯顿的那种平庸、乏味、小家子气的自私自利和充满恶意的生活。内心的改变唤起了她对美好壮丽事物的关注，同时也唤起了她对"那些构成真实生活的思想和信仰——真实的你"的关注（Forster 2002a：62）。当阿伯特小姐试图把莉莉娅的孩子从基诺身边带回来时，基诺在第104—105页提及了莉莉娅的死亡。尽管阿伯特小姐曾误认为基诺娶莉莉娅的动机是为了她的钱财，但是基诺在此情形下重复谈及莉莉娅的死亡则暗示着他失去爱妻的悲痛心情。当基诺的孩子在事故中夭折后，菲利普返回基诺家去告诉他这一噩耗，这导致了两个男人之间爆发了一场恶战。一时间，几个月前莉莉娅躺在这个房屋里的生动画面出现在第135页。对莉莉娅之死的最后一次重复叙述自然而然地增加了故事的悲剧性基调，使之无限扩展为一种挫败感。

菲利普与哈里特小姐为了拯救莉莉娅的孩子来到意大利之后不久，圣女迪奥达塔的意象就在第79页第一次呈现出来。将圣女迪奥达塔用作框架叙述的手段，在李建波教授看来，不仅是构建小说结构的重要方法，而且也是扩展主题思想的重要方式。李建波教授敏锐地观察到，圣女迪奥达塔被用作莉莉娅的反面模式（anti-pattern）（李建波，2009：95）。不同于这位圣人，莉莉娅非常不落俗套。正是她的不俗行为导致了她的悲惨死亡，而福斯特意在借此批判陈腐的英国伦理道德。第80页出现的对圣女迪奥达塔的重复叙述旨在表明：在菲利普的眼里，哈里特小姐要比这位圣人更加循规蹈矩，墨守成规，而此时的菲利普，在意大利文化的影响和感染之下，已经开始经历巨大的变化。当菲利普发现阿伯特小姐正在圣女迪奥达塔教堂联合会做祷告时，他的改变或进步得到了进一步的体现。随后连续出现在第116—188页的重复叙述使反映菲利普和阿伯特小姐的改变达到顶点：他们二者均已改变立场，均将满怀激情步入真实生活。对圣女迪奥达塔最后一次的重复叙述出现在第124页，此时，菲利普业已放弃了把孩子从基诺身边带回英国的想法，而且准备与哈里特小姐一道启程回国。然而，他发现哈里特小姐的旅店房间空无一人，只有一本翻开着的紫色祈祷书放在床上。此处对圣女迪奥达塔的重复叙述是对哈里特小姐的一个暗示，意欲表明她比这位圣人是个更糟糕的同伴。实际上，她已经无情地绑架了莉莉娅的孩子。

在小说的第110页，当阿伯特小姐试图前去基诺的住处商讨孩子的事宜时，另外一件重要事件发生了。莉莉娅的孩子长得很漂亮，基诺正准备给他洗澡。见此情景，阿伯特小姐主动提出帮助基诺给孩子洗澡，而且两个人并排跪在地上。这个事情之所以重要，部分原因是通过观察基诺作为一个父亲以及一个男人对孩子表现出的温柔的爱，阿伯特小姐发现了基诺身上所具有的崇高品质。事实上，阿伯特小姐已经开始钦佩、尊敬，甚至爱上了基诺。正在此时，菲利普走了进来，看见了她与孩子，仿佛他们就是"圣母与圣子"（Forster 2002a：111）。这个事件在小说的后半部分被重复叙述了好几遍。在第114页，菲利普向哈里特讲述阿伯特小姐帮助基诺给孩子洗澡的感人情景。此处的重复叙述暗示着，菲利普对阿伯特小姐越来越钦佩。他对阿伯特小姐的爱意在唤醒自己的无所事事和无所作为的意识方面起到了重要作用。在意大利文化的影响之下，在阿伯特小姐的激发之下，菲利普下定决心不再游戏人生，而是要有所作为。在第127页，当菲利普和哈里特抱着孩子急匆匆地行进在漆黑的丛林里试图赶上开往英国的火车时，菲利普对孩子"伸开四肢躺在阿伯特小姐的膝上……"的回忆，"让他充满了悲伤，而且预期真正的悲伤将会出现"（Forster 2002a：127）。此处的重复叙述意在唤起人们对这个可爱孩子的感觉，而正如黑暗的丛林和无声的雨所暗示的那样，这个可爱的孩子将要发生不测，面临危险。在第 135 页，菲利普已经返回了基诺的住处，把孩子的噩耗告诉他。得知孩子的死讯，基诺陡然变得发了疯似的愤怒，他随即与菲利普扭打起来，并在厮打中严重弄伤了菲利普的一只胳膊。正当菲利普感到疼痛难忍之际，他的脑海里浮现出了一幅幅生动的画面，它们缓缓地从莉莉娅数月前死在这所房子里转换到阿伯特小姐俯着身子给孩子洗澡。此处的重复叙述强化了这样一个想法："这个世界上有了不起的事情"，而且通过与基诺分享原本为孩子准备的牛奶，菲利普"经历了改变"（Forster 2002a：137），获得了拯救。在第 140 页，菲利普与阿伯特小姐在开往英国的火车上谈论着他们各自的未来规划。自从莉莉娅的孩子不幸夭折之后，菲利普就决定了离开索斯顿前往伦敦。此时的重复叙述暗示着，菲利普对自己的现状以及生活的真实意义有了一个清醒的认识。他已经醒来，并认识到"奋力工作和正义的必要性"（Forster 2002a：140）。与之形成鲜明对照的是，哈里特从未意识到"在那个可怜的孩子之死背后，是否存在着什么不对劲的地方"（Forster 2002a：140—141），而是像她母亲一样，她只想着这个事情办完了。既不同于菲利普也不同于阿伯特小姐，哈里特是一个相当墨守成规的人，拒绝改变，因而拒绝获得拯救。

小说里共出现了三次意大利之行，也分别叙述了三次。第一次是莉莉娅在阿伯特小姐的陪护下前往意大利。赫利顿太太把莉莉娅派到意大利旅行的目的是让她能够忘记，甚或是放弃她的求婚者，一个名叫金克罗夫特的助理牧师。然而，到了意大利之后，莉莉娅却开启了一种新生活：她与一位意大利牙医的儿子基诺订了婚。莉莉娅的行为，在赫利顿家人看来，是对他们家族名誉的侮辱。为此，赫利顿太太指派儿子菲利普前来意大利，力争阻止莉莉娅嫁给基诺，这就出现了第二次意大利之行。尽管菲利普到了意大利之后发现，他们事实上已经完婚，但是他还是想尽力完成挽救莉莉娅的使命，或者更确切地说，完成挽回他家族名声的任务。不幸的是，他并未达成目的。在此期间，有消息称，莉莉娅在分娩时死亡。为了不让家族再次受辱，赫利顿太太把儿子菲利普和女儿哈里特派往意大利，以便带回莉莉娅的孩子。事实证明，第三次意大利之行再次以赫利顿家人的失败而告终。虽然哈里特采取了卑劣的手段绑架了莉莉娅和基诺的孩子，但是这个孩子却惨死于意外撞车事故中。尽管如此，菲利普和阿伯特小姐两人均从这次的意大利之行中受益匪浅：他们更加了解基诺，更加了解自己，同时也因意大利文化的熏陶而获得了改变。正是在这第三次意大利之行当中，菲利普和阿伯特小姐开始了他们各自的新生活。

第三节 《最漫长的旅程》的叙述重复节奏

小说《最漫长的旅程》是由这样一个哲学命题开篇的："奶牛在那里。"对是否"奶牛在那里"这个哲学命题的讨论确立了小说的主题思想——探寻真理的意义。然而，这种开篇场景"戏剧化了一种包含但却超越了里奇的人生悲剧之外对意义的探寻"（Rosecarance 1982：52）。在深层意义上，这个哲学性的讨论主要涉及正确生存的问题，但是"环绕在里奇头顶的非现实的乌云来回飘浮"（Rosecarance 1982：54）在小说的始终，在里奇看来，那里根本就没有奶牛。事实上，奶牛是人们虚构的一个意象，它不断重现并"作为小说的一个重要主旨词从整体上充当了能够分辨什么是虚幻的，什么是'真实存在'的重要性的主题"（Brown 1982：58）。这个形而上学式的探究如此深刻的涉及里奇的悲剧以及小说的主题，因此作者在小说里频繁地对其进行重复叙述。

在小说的开篇场景，安塞尔坚持认为奶牛就在那里，而其他同学均不赞同他的看法。他们继续争论着，但是阿格尼丝的突然出现打断了他们的争论。实际上，里奇仅仅是一个有着"病态想象力"（Forster 2002b：18）的人。当阿格尼丝突兀地出现在他们面前的时候，安塞尔并没有把她视为真实的存在。由于有着病态想象力的里奇把阿格尼丝看作他已故母亲的化身，他不可避免地进一步陷身于虚幻的世界里。自从阿格尼丝闯入他的生活那一刻起，里奇就开始活在对世界的虚假幻象里。在小说的第14页，里奇坚信，写作对于他的未来生涯来说是一个很好的选择，因为他坚持认为自己对奶牛是否存在的命题的想法是正确的。然而，众所周知，里奇将致力于在索斯顿公学的教学工作而非写作。在第 18 页，这群剑桥大学的学生重新谈论奶牛的命题。对里奇来说，阿格尼丝是真实存在的；而在安塞尔看来，阿格尼丝并不像奶牛那样真实存在。在安塞尔的眼里，阿格尼丝只是里奇那病态想象力所虚构出来的臆想物。如果里奇固执己见，顽固不化，安塞尔作为"小说里的预言家"（Johnstone 1963：177）已经预见到将会有灾难降临于里奇身上。

里奇疯狂地爱上了阿格尼丝，而且他"相信女人，只因他一直爱着他的母亲"（Forster 2002b：60）。在第 60 页，叙述者对奶牛的重复叙述暗指，在里奇大学毕业之际，他不再满足于剑桥大学的世界，因为在他看来，剑桥大学只是个狭小的天地，而且已经跟时代脱节。尽管他的这种想法遭到了持不同意见的安塞尔的强烈反对，但是里奇被非现实的错觉严重地蒙蔽了双眼，以至于他固执地选择"像一簇海草一样"（Forster 2002b：62）四处无助地漂浮。由于里奇已经开始了在自称是"浓缩的世界"（Forster 2002b：170）的索斯顿公学的教学工作，他一步步更深地陷入虚假世界的云雾之中。在第 170 页，叙述者对奶牛是否真的在那里的重复叙述表明，里奇已经加入彭布罗克兄妹所代表的腐败大军之列，而且他已经严重偏离正轨，以至于达到无可救药的地步。然而，只有当他意识到阿格尼丝从未真正爱过自己，而且阿格尼丝一直隐瞒斯蒂芬是他同母异父的兄弟身份的时候，里奇才如梦初醒，拨云见日。他离开索斯顿，和斯蒂芬一起返回威尔特郡，在那里他能够亲近土地、大自然以及真理。经历了漫长的寻找自我之旅，里奇现在放弃了妻子和婚姻，转而致力于小说创作。在第 263 页，他告诉费琳太太："我们在剑桥大学通常都说，奶牛在那里。"（Forster 2002b：263）此处的重复叙述（实际上这是安塞尔的见解）表明，里奇现在终于意识到了安塞尔是对的，因此对他而言，"这世界又变得真实了"（Forster 2002b：263）。

小说里另外一件被多次重复叙述的事情是安塞尔绘画的图形："正方形里面套着一个圆圈，而这个圆圈里面又套着一个正方形。"

（Forster 2002b：17）这个图形"象征着安塞尔对终极意义的探寻"
（Gransden 1962：91）。圆圈意味着里奇"在做圆周运动，一直到死
都在重复自己的过去"（Kaplan，1987：208）。阿格尼丝的出现是一
种错误的引导，它开始使里奇偏离寻找真实自我的正轨。安塞尔绘制
圆圈和正方形图案的行为最初发生在小说的第 17 页，紧接着在第 18
页安塞尔和里奇再度对此进行讨论。对于里奇而言，阿格尼丝像是一
个女皇一样真实存在，然而安塞尔却坚决否认，因为在他看来，阿格
尼丝仅仅是里奇的"病态想象力的主观产物"（Forster 2002b：18）。
虽然安塞尔已经解释了这个图形的意思，但是里奇还是不解其意，这
是因为幻觉以及非真实的乌云已开始环绕着他飘来飘去。带着他那病
态的想象力，里奇前去索斯顿公学与彭布罗克兄妹一起生活和工作，
这使得他进一步远离真实的存在感。在第 173 页，当安塞尔与威德灵
顿同学一起在大英博物馆的阅览室读书时，威德灵顿要求安塞尔到索
斯顿去看望里奇。安塞尔凝视着在论文草稿上所画的圆圈和方形图
形，他拒绝前往，因为他坚信里奇和阿格尼丝都并非真正地存在。安
塞尔的判断是正确的，因为事实证明，在彭布罗克兄妹的操纵下，婚
姻中在其妻子的欺骗下，里奇已经失去了他的独立身份和自由意志。
然而，"环绕着里奇的云雾似乎正在消散"（Forster 2002b：176），而
里奇也似乎突然要走出可怕的梦魇："他既没有在并不适合自己的工
作中看到希望之光，也没有在那个已经不再尊敬他，而自己不再爱的
女人身上看到希望之光。"（Forster 2002b：176）在第 177 页，正当
他开始从虚妄的梦境中醒来的时候，他似乎能够"用本性之眼"审
视人生，仿佛他"发现了一个代表宇宙的新象征，一个套在方形里
的新圆圈"（Forster 2002b：177）。此处的重复叙述显然表明，里奇
眼下正处于被拯救的边缘：他将回归真实的自我、真理和现实。他很
快要与彭布罗克兄妹分道扬镳，离开索斯顿返回威尔特郡，意在追求
创作小说的理想以及与他的同母异父兄弟斯蒂芬共同生活，亲近大
自然。

　　叙述者在小说的第 39 页还叙述了一件事情，随后对此也进行了
重复叙述。当里奇第一次前来索斯顿看望彭布罗克兄妹的时候，他偶

然遇见了一个情景："杰拉尔德和阿格尼丝紧紧地拥抱在一起。"
（Forster 2002b：39）可是，他得知他们并不相爱。在他的心里，他
们"无论是在心理层面上还是在象征意义层面上都等同于他的父母"
（Trambling 1995：55）。尽管如此，"此情此景还是在他的脑海里留下
了深深的烙印"（Forster 2002b：39）。在第53页，杰拉尔德猝死之
后，里奇对阿格尼丝说道，她与杰拉尔德之间最美妙的时刻已经结
束。杰拉尔德，"外表上长得像一个希腊神式美男子，但在智力方面
却一点儿不像希腊人"（转引自 Gardner 1973：92）。在里奇心里，杰
拉尔德根本不是真实存在的，就像他的父亲对他而言从未真实存在过
一样。然而，里奇的问题是他无法分辨现实与非现实的区别。由于剑
桥大学启发了那种"更让他关注杰拉尔德"（Trambling 1995：36）
的希腊精神，杰拉尔德对里奇而言就是一个幻象，一种浪漫的理想主
义的产物。事实上，阿格尼丝对里奇来说也是一种幻象，是他病态想
象力的臆想物。为此，在第73页，他为了提醒阿格尼丝而重复说道：
"他（杰拉尔德）那个时候给予你的远比你将从我这里得到的东西要
重要。"（Forster 2002b：73）由于里奇越来越被阿格尼丝所吸引，也
由于他的自卑感使然，他不可避免地越来越依赖阿格尼丝，其结果就
是婚后他被她操纵着。他发现，"爱情已经向他显现出无限的魅
力……三年前，当他看见他妻子与一个死人紧紧缠抱在一起"（For-
ster 2002b：161）。尽管"死亡将杰拉尔德与阿格尼丝分开"，但是它
却把里奇与阿格尼丝连在了一起（Prakash 1987：141）。由于"阿格
尼丝与杰拉尔德之间的性事快乐已经结束"（Beauman 1994：194），
如今的阿格尼丝就像是一个活死人一般冷淡无情。这也正是她"从
未对他（里奇）真实过"（Forster 2002b：161）的原因所在。对此事
件的最后一次重复叙述出现在第247页，此时斯蒂芬已经来到索斯顿
公学想要告诉里奇他们是兄弟关系。阿格尼丝接待了斯蒂芬，而斯蒂
芬却"使她想起了她所熟知的最快乐的事情"（Forster 2002b：247）。
此处的重复叙述明显地暗示出，阿格尼丝已经伴随着杰拉尔德的猝死
而象征性地死亡。这也就说明了她为什么从来就没有爱过里奇，因为
像里奇这样一个跛足的男人只是用来填补杰拉尔德遗留下来的空白

而已。

　　C. F. G. 马斯特曼（C. F. G. Masterman）正确地指出："当福斯特先生希望除掉他的作品人物的时候，他就通过在铁路交叉口或者足球场上无情地谋杀他们。"（转引自 Gardner 1973：73）当阿格尼丝与里奇乘火车前往凯多佛去探望费琳太太时，他们被告知刚刚又有一个孩子在罗曼交叉口被火车压死了。叙述者在第 89 页首次叙述了此事，并在第 90 页进行了重述。在第 93 页，斯蒂芬努力让里奇相信：他们乘坐的火车已经压死了那个孩子。他们对这件事情的交谈一直持续到第 94 页，此时斯蒂芬建议费琳太太在交叉口处建造一座桥梁，这样一来，"那个孩子就不会发生这样的事情。"（Forster 2002b：94）从以上对该事件的重复叙述我们可以看出，那个孩子在铁路交叉口的遇难一事让斯蒂芬和里奇比身边的其他人更为忧心忡忡。里奇更关心那个孩子的灵魂会怎样，而斯蒂芬则更实际，他想到了要建造桥梁以避免此类灾难的再度发生。在第 102 页，费琳太太向阿格尼丝讲述斯蒂芬亲眼所见那个孩子在铁路平交道口被压死的情形。在第 106 页，威尔布拉汉先生正在给里奇和斯蒂芬讲述那个孩子遇难的情形，这是因为他或许觉得他们不知道这个事情。在第 123 页，里奇与斯蒂芬步行到凯兹伯里环形高地（Cadsbury Rings）。当他们走到罗曼交叉口的时候，里奇停下了脚步，想起了那个被火车压死的孩子。这一事故发生在里奇前来凯多佛的路上，而随后的重复叙述也总是与里奇有关。这或许会让我们联想到，那个孩子在平交道口的死讯似乎是在不祥地暗示或提醒人们：某个灾难性事件将会降临到里奇身上——他正等待着自己在相同的平交道口被火车压死。

　　最后一个事件，当然并非最次要的事件，是对斯蒂芬的真实身份的披露。叙述者在第 126 页叙述该事件，当时费琳太太和里奇在做完教堂礼拜仪式之后一起前去凯兹伯里环形高地。在此期间，费琳太太突然披露出斯蒂芬是里奇的兄弟一事。里奇对此并不相信，因为他从不把她的话当真。费琳太太在第 127—128 页重复讲述斯蒂芬是里奇的兄弟、同母异父兄弟。尽管里奇此时情不自禁地为拥有这个同母异父兄弟而深感迷茫，但是他依然很快就选择了接受这个事实。当他呼喊着斯蒂芬的名字并得到了回应时，阿格尼丝似乎已经明白了这是怎么回事，并不失时机地把里奇拽到怀里。阿格尼丝正是使用了这种方式，阻止了里奇承认斯蒂芬是他的兄弟。正如叙述者所说，对于里奇来讲，"可以这么说，这个时刻消逝了；其象征永远不会失而复得"（Forster 2002b：133）。在第135页，当斯蒂芬在里奇的窗外叫他时，里奇急切地想要回应和承认他，但是"在他灵魂的深处他知道那个女人（阿格尼丝）已经征服了"他（Forster 2002b：135）。虽然他再度错过了这个关键时刻，但让他高兴的是，"他弟弟未经验证就与他擦身而过"，因为他（斯蒂芬）是"罪恶之果实"（Forster 2002b：136）。然而，当里奇刚刚摆脱了困顿，如释重负的时候，他为自己先前的不诚实和怯懦表现而感到羞愧。在第184—186页，斯蒂芬被分别重复叙述为里奇急切想要承认的兄弟，并通过这个兄弟，他们的家族血脉才能得以延续。在第195—197页，里奇与他妻子在登伍德膳寄宿舍很严重地吵了一架，因为他发现费琳太太寄来的关于斯蒂芬的书信被她掩藏了起来。让他更为气愤的是，她跟费琳太太已经密谋了两年的时间，试图毁灭他弟弟斯蒂芬——剥夺他的继承权并把他送到加拿大。里奇坚持认为，斯蒂芬应该获得他姑妈的钱财，因为他一直与她生活在一起，而且跟自己一样也是她的侄子。尽管阿格尼丝背叛了他，但里奇还是再次屈服于她。在第212页，斯蒂芬来到登伍德膳寄宿舍，想告诉里奇他们是兄弟关系，但是阿格尼丝却认为他的目的是要敲诈他们。安塞尔为了费琳先生的《随笔集》也来到了登伍德膳寄宿舍，在这里他撞见了斯蒂芬，并且得知他与里奇是兄弟关系。当安塞尔被告知里奇和阿格尼丝拒绝承认斯蒂芬这个弟弟时，他非常愤怒。在第216—217页，安塞尔披露了一个重大消息：斯蒂芬并非里奇父亲之子，而是其母亲的儿子。斯蒂芬的真实身份被突然披露出来，这使得里奇大为震惊，同时也让他为自己的行为感到非常羞愧。此时已经看破红尘的里奇宣布斯蒂芬不能被赶走，而是必须跟他一起住在登伍德膳寄宿舍。里奇对斯蒂芬的态度，或者他对斯蒂芬的爱成为他结束与彭布罗克兄妹之间的联系的标记。里奇与斯蒂芬离开了登伍德膳寄宿舍，前去跟安塞尔的家人住在一起。此时，阿格尼丝为里奇的离去以及沸沸扬扬的离婚传闻而深感伤心。身边的人们将指责阿格尼丝，因为"她说谎并唆使他说谎；她不让他从事他喜欢的工作，让他远离他的朋友，远离他的兄弟。简言之，她试图操控他，这是一个男人所无法宽恕的"（Forster 2002b：246）。里奇和斯蒂芬暂时离开安塞尔家前去凯多佛做短暂探访。由于已经摆脱了索斯顿的束缚以及沉浸在与兄弟团聚的快乐之中，此时兄弟俩处于充满喜悦和成就感的状态之中。在第253—254页，里奇情不自禁地思考着：他首先需要斯蒂芬成为一个男人，其次才是他的兄弟。在第264页，当斯蒂芬在安蒂洛普家时，里奇与雷顿在谈论着第二天的天气。雷顿告诉他，明天可能会下雨，然而里奇却愿意相信他弟弟的话——明天将是晴天。这表明，在里奇的眼中，斯蒂芬已经成长为一个英雄，甚或是"自行其是"（Forster 2002b：265）。可是，斯蒂芬再一次喝醉了酒，躺在铁轨上。在火车临近的关键时刻，里奇冲上前去抢救他弟弟。不幸的是，尽管弟弟获救了，但火车却从他的双膝碾压了过去，最终他死于凯多佛。虽然他为弟弟而牺牲了自己的性命，但是他弟弟却得以存活了下来，并通过其女儿使得他们母亲的血脉能够得以延续下去。

第四节　《霍华德庄园》的叙述重复节奏

作为"最后一部英国状况小说"（转引自 Forster 1985a：viii），《霍华德庄园》是以1910年英国的民族危机为背景。这场民族危机的部分根源是由于科技的迅猛发展引发了市郊的大力开发，步入了所谓的"瞬息万变，充满商业气息的现代生活"（转引自 Forster 1985a：vi）。该小说的主题之一便是关于"一种对自然界具有象征性过敏的"枯草热（Gilbert 1965：11）。通过叙述重复的方式，有关枯草热的主题贯穿全书，而正是这种叙述重复产生了一种节奏，环绕小说的始末。

小说中第一个被重复叙述的事件是查尔斯·威尔科克斯和蒂比·施莱格尔患上了枯草热病。在第1页，海伦写给玛格丽特的第一封书信首次提及这件事情；在第 3 页，海伦写给玛格丽特的第二封书信对此进行了重复叙述，嘲笑威尔科克斯家的男人竟然患上了枯草热病。此处的叙述重复为故事定下了基调：威尔科克斯家的男性都是现代商业和工业化的产物，对文化和大自然反应迟钝，并与之疏离，因此他们的生活必将陷入"恐慌与空虚"之中。在第 7 页，蒂比的枯草热病还没有痊愈，这让他在夜间很是担心。与两位姐姐不同，蒂比胸无大志，对包括人类以及人际关系在内的一切事物都麻木不仁，漠不关心。随着故事情节的发展，玛格丽特想要构建一座"能联结我们内心的平淡与激情的彩虹桥"（Forster 1985a：146）。她通过嫁给威尔科克斯先生的方式成功地达成了这种联结。他们夫妇计划再建造一所新房子供婚后居住，但是有人告诉玛格丽特，艾弗里小姐（威尔科克斯太太的仆人）把施莱格尔家暂时存放在霍华德庄园的家具都给拆开包装了。闻此消息后，玛格丽特非常气愤，她来到霍华德庄园处理此事。在第 214 页，玛格丽特对艾弗里小姐说，她与威尔科克斯先生已经计划好了要住到一所新房子里，而不是霍华德庄园。此时，艾弗里小姐似乎明白了为何威尔科克斯先生不愿住在霍华德庄园的原因。她告诉玛格丽特，他之所以要搬到别的地方住，是因为他容易患上枯草热病。这无疑提醒了我们，威尔科克斯先生既不是霍华德庄园的精神继承人，也不是传统、和谐以及快乐的象征。"霍华德庄园，当然，不仅仅是一个地方：它代表着前工业化英国的思想，是一个社会和谐、健康和令人满足的理想化的农业乐园。"（Milligan 1987：78）因此，在玛格丽特的帮助下，威尔科克斯先生"最终入住霍华德庄园，那是走出自己的世界而进入纯粹的精神世界的通道，是进入乐队停止演奏之后的所能听到的音乐世界的通道，是进入'从没演奏过的'未来完美境界的通道"（Stone 1966：274）。玛格丽特发现，她们的家具竟然非常契合霍华德庄园。当艾弗里小姐坚持认为他们将来总有一天会搬回霍华德庄园来住的时候，她告诉玛格丽特："没有一个威尔科克斯家的人能够忍受六月份的田野。"（Forster 1885a：216）然而，玛格丽特还是想为威尔科克斯先生辩护一番，因此她突然说出蒂比也患上了枯草热病的事情。此处的叙述重复旨在证明威尔科克斯一家人"聊胜于无"（Forster 1885a：216）。或许，塞缪尔·海因斯的观察是正确的，他指出："福斯特的明显用意是威尔科克斯和施莱格尔两个家族中创造出两种类型的人——思考的人和做事的人——每一种自身都不完整，而且每一种都需要另一种尽心补充。"（转引自 Forster 1985a：x）作为福斯特的代言人，玛格丽特清楚地了解这个状况。由于每一类人自身都不完整，因此她把"联结"视为自己的神圣使命，正如叙述者所讲的那样：

> 只有联结！这是她说教的全部内容。只有把平淡与激情联结起来，让它们两者都得到提升，才能从高度上看到人性之爱。让我们不再生活在碎片化之中。只有联结，若把野兽与僧侣隔离开来，对任何一方都不是生活，他们将会灭亡。（Forster 1985a：147）

正由于这个原因，虽然玛格丽特知道威尔科克斯先生是典型有着"发育不良的心"的英国人，她却从未放弃拯救他的希望。在玛格丽特的影响之下，威尔科克斯先生最终同意与海伦及其孩子一起居住在霍华德庄园。尽管施莱格尔姐妹平静、快乐地生活在霍华德庄园，享受着美妙的田园生活，但是威尔科克斯先生对自然界的过敏症依然未能得到治愈。在第265页，海伦向玛格丽特询问他是否生病了，因为他总是把自己关在家里，玛格丽特回答道："枯草热是他反对住在这里的主要原因"，而且他属于那种"一看见一种事物就崩溃"的人（Forster 1985a：265）。简言之，对患上枯草热病的叙述重复本身意味着那些对干草过敏的人都不大可能兴旺：威尔科克斯先生总是疲倦不堪，精神崩溃；查尔斯·威尔科克斯被囚禁；保罗·威尔科克斯"像妖精一样没有真实存在"（Prasad 1981：136）；蒂比没有朋友，没有目标，没有激情，更没有未来。

小说是以海伦写给姐姐玛格丽特的三封信为开端，主要是告诉玛格丽特有关她与威尔科克斯一家人住在霍华德庄园的情况。在第3页，在海伦的第三封信（或更确切地说，更像是一张便条）中，她告诉玛格丽特她与威尔科克斯家的小儿子保罗·威尔科克斯恋爱了。姑妈朱莉得知海伦爱上了一个男人后，不禁为她担心起来，因此她主动要求前去霍华德庄园进行核实。在第 6 页，玛格丽特试图阻止姑妈前往霍华德庄园，担心这样做"会冒犯威尔科克斯全家人"（Forster 1985a：6），可是姑妈却执意要去。在去往霍华德庄园的途中，姑妈朱莉遇见了查尔斯，但姑妈把他误认为是保罗。于是，她脱口说出她要去霍华德庄园的任务。在第 14 页，查尔斯意识到朱莉一定指的是爱上海伦的保罗。在第 16 页，查尔斯不失时机地指责保罗所做的蠢事。然而，海伦与保罗的恋情转眼间结束了；见此情景，威尔科克斯夫人轻松地就让查尔斯镇定下来。在第 17 页，当海伦精神崩溃地回到家后，她大病了一场。她之所以崩溃，是因为"她不是爱上了一个人，而是爱上了一个家庭"（Forster 1985a：17）。"威尔科克斯家人的活力让她着迷，并在她那敏感的头脑中产生了美的新意象。"（Forster 1985a：17）这场恋情，或者这场失败的恋情，让海伦走向了极端：她开始把威尔科克斯家人视为仇敌。这种巨大变化的结果是，她非常荒唐地与巴斯特先生变得很亲密，而这种亲密关系则演变成为推动故事情节发展中出现冲突的重要动力。威尔科克斯家搬进了坐落在施莱格尔姐妹住处对面的一幢公寓。这让姑妈朱莉不禁为海伦担心起来，害怕她与保罗再次坠入爱河。在第 49 页，海伦宣称她要前往德国，而且绝不会再爱上威尔科克斯家的任何人。在此期间，威尔科克斯夫人邀请玛格丽特来她家做客，并且通过这次拜访让她们的友情得以迅速发展。当玛格丽特与威尔科克斯夫人见面时，她们谈论的首要话题自然便是海伦与保罗曾经的恋情问题。在第 53 页，她们一致认为，海伦和保罗"属于可以彼此相爱但无法生活在一起的那种人"（Forster 1985a：53）。此处的叙述重复意味着，这两个家庭属于差异性很大的两类人，这无疑预示着：他们若要彼此联结起来，他们将面临着漫长的路程。

施莱格尔一家人以及巴斯特先生观看的贝多芬《第五交响曲》音乐会是小说中的重要事件。从许多方面来讲，这场音乐会都具有重要意义，比如，在主题上它与小说的主题思想相联系；在这部乐曲中，"恐慌与空虚"这一词语的不断重复产生了复杂节奏以及它成为该小说结构的基础（Weatherhead 1985：251）；以及《第五交响曲》的结尾象征性地预示着"施莱格尔式的肥沃土壤将战胜威尔科克斯式的贫瘠土壤"（Prakash 1987：167）——玛格丽特继承霍华德庄园，并把它传承给海伦的孩子。此外，语篇层面的叙述重复也构建了一种叙述节奏，就像一首交响曲一样，它对小说在主题方面和结构方面的复杂节奏都产生了作用。

在第 23 页，贝多芬的《第五交响曲》开始演奏。在第一乐章结尾时，海伦被音乐深深吸引住了，她感受到似乎有妖精从宇宙的一端悄悄地走向另一端，而且她还仿佛看见了"恐慌与空虚"的存在。实际上，这是"她发明的一个词语，用于表达在霍华德庄园逗留期间她对保罗的热烈和殷切的性爱反应，并再次使用它作为她对贝多芬《第五交响曲》中那令人不安的幽灵的反应"（Weatherhead 1985：250）。第 25 页出现的叙述重复恰好表明，对于海伦来说，这首交响曲就像是对她生涯中已经发生的事情及其将会发生的事情的一种总结。由于被交响曲中那令人不安的幽灵所烦扰，海伦突然离开了音乐厅，并无意间拿走了巴斯特先生的雨伞。海伦的这一疏忽促成了巴斯特与施莱格尔两家的互动往来，也给故事的发展增添了更多的冲突和紧张气氛。在第 30 页，贝多芬的《第五交响曲》被再次重复叙述，它暗示着施莱格尔姐妹是那种"敏锐的知识分子"（转引自 Forster 1985a：ix）类型的人，与属于"迟钝的豪富阶层"（转引自 Forster 1985a：viii-ix）的威尔科克斯一家人大相径庭。海伦过于敏感，而且更易于受到干扰，正如她"突然割舍《第五交响曲》"（Forster 1985a：31）。第 31 页出现的重复叙述意在解释海伦错拿巴斯特先生的雨伞的原因。作为来自中产阶级下层且生活极端贫困的年轻人，巴斯特先生正在试图通过仿效施莱格尔姐妹的方式让自己成为一个有文化修养的人。《第五交响曲》音乐会结束后，他拿着玛格丽特送给他的名片回了家。他告诉妻子琪奇，他听了贝多芬的《第五交响曲》音乐会，而且感觉非常愉快。在第 39 页，出自巴斯特先生之口的重复叙述暗示着，他的"欲望是不可企及的，部分原因是因为他对文化的幻想仅仅存在于他的想象之中而已"（Edwards 2002：51）。此外，巴斯特先生想要通过接触文学艺术的方式来提升自己。在第41页，叙述者对他的这种荒唐想法所做的重复叙述旨在进行讽刺性的强调，如他告诉妻子"今天下午我很喜欢那场古典乐曲音乐会"（Forster 1985a：41）。在第42页，叙述者告诉我们，"连贯地审视生活以及审视生活的全貌并不适合于他那样的人"（Forster 1985a：42）。正如结果所显示的那样，他"无法取得进展——在社交方面，在经济方面以及在文化方面——其原因是他是退化的化身，即使他在努力挣扎前行，也会不知不觉地倒退"（Medalie 2002：20）。然而，妨碍他取得进展的最大障碍毫无疑问是缺少金钱，因为"金钱经常是我们在社会里实现个人愿望的关键所在"（Gilbert 1965：24）。在第91页，巴斯特先生出现在施莱格尔姐妹的住处，他前来为他妻子的冒昧造访给她们带来的麻烦而致歉。对贝多芬《第五交响曲》的重复叙述或许是为了把巴斯特先生与施莱格尔姐妹的关系拉得更近些，从而使得他能有机会跟她们谈论文化方面的事情。交谈中，巴斯特先生讲，整个周六晚上他在黑暗之中步行了一夜。他的冒险精神给海伦留下了良好的印象，这也为他们之后的联结铺平了道路。正是他们的联结给故事增添了更多的紧张气息，"然而，也正是伦纳德·巴斯特与海伦·施莱格尔之间的联结让英国真正的继承人得以产生"（Martland 1999：122）。

重复叙述次数最多的事件当属海伦错拿了巴斯特先生的雨伞。叙述者在第26页首次叙述该事件，并在第27—28页进行重复叙述。由于海伦不经意所犯下的错误，这使得巴斯特先生意外地能够结识让他仰慕已久的知识分子施莱格尔姐妹。正如所重复叙述的那样，巴斯特先生要取回那把破伞的急切心情，也暗示着他卑微的社会地位以及悲惨的生活境况。虽然他向往文化，但是"爱情、社会关系以及精神志向［……］都拒绝"他（Gilbert 1965：24）。在第30—32页，巴斯特先生前来施莱格尔姐妹家索要雨伞时，这个事件再次被重复叙述，而此时他对雨伞的索要"变成了对中层阶级地位进行岌岌可危的声索的一个半喜剧性象征"（Page 1987：86）。音乐会为巴斯特先生打开了大门，给他提供了他强烈盼望的机会能够接近像施莱格尔姐妹那样有修养的文化人，以便他能够通过自我完善的方式成为她们的一员；对此他尝试过，但是从未成功过。在第34—35页出现的重复叙述表明，巴斯特先生很贫困，精神上与身体上都营养不良，但这些一直都被他那虚假的幻象所欺骗，因为"他宁死也不承认他在富人之下"（Forster 1985a：35）。尽管玛格丽特善意地邀请巴斯特先生喝茶，但是女士们正在议论的盗伞之事却伤害了他的自尊心，这是因为他相信自己跟施莱格尔姐妹没有什么两样。然而，现实的情况是，"毫无疑问，他比大多数富人都差"（Forster 1985a：35）。他最终的失败一方面是由于他缺少金钱，另一方面是由于他的错误想象所致。他的自尊心受到伤害，但他从未真正感觉到自己低于富人一等。在第42页，他在思考着海伦，虽然她"偷窃"了他的雨伞，但她却给他留下了美好的印象。此处的重复叙述暗示着，尽管眼下形势依然不够明朗，但是他与海伦将会纠缠在一起。叙述者在第47页再一次重复叙述该事件，此时玛格丽特正在思考着可怜的巴斯特一家以及住在对面公寓里富裕的威尔科克斯一家。渐渐地，她悟出了一个道理："这个世界的灵魂是经济"，而且像她们自己以及威尔科克斯一家这样的人"站在金钱上就像站在岛屿上一样坚实"（Forster 1985a：47）。可是，他们几乎忘记了真实的现实情况，那就是在海面之下"穷人不是总能接近那些他们想爱的人，而且也不能避开那些他们不再爱的人"（Forster 1985a：47）。很显然，像《最漫长的旅程》中的安塞尔，他就像一个预言家预见到里奇加入彭布罗克兄妹之后即将出现的堕落，而玛格丽特也在《霍华德庄园》里扮演着相似的角色，正确地预见到在这样一个灵魂是经济的世界上巴斯特先生的命运。一个"失去了躯体活力而又无法达成精神生命力"（Forster 1985a：90）的巴斯特先生再次来到施莱格尔姐妹家。在第91页，为了提醒施莱格尔姐妹想起他是谁，他不得不提及海伦不经意间错拿了他的雨伞之事。第91和102页出现的对雨伞以及音乐会的重复叙述旨在暗示，像巴斯特先生这样如此在意丢失一把破雨伞的人竟然也追求文化生活，那是多么荒唐可笑的事情。最后一次的重复叙述出现在第188

页，此时海伦与巴斯特先生离开威尔科克斯先生的女儿埃维的婚礼庆典来到一家旅馆。巴斯特先生告诉海伦，他现在意识到了"一切的核心是金钱，而其他都只是梦幻"（Forster 1985a：188），但海伦另有见解，她认为死亡可以显示出金钱的空洞，因此在她看来，"死亡与金钱是永恒的敌人"（Forster 1985a：188）。正是在此情形下海伦对死亡得出这样的结论，即"死亡毁灭一个人，死亡的理念却挽救了他"（Forster 1985a：188）。由于听不懂海伦所说的话，巴斯特先生更是陷入了迷雾之中。处于困惑和迷茫之中，糊里糊涂的巴斯特先生最终在霍华德庄园被压死在一架子书籍下面。

猪牙插在霍华德庄园的榆树树干里的事情在小说中被多次重复叙述。在第55页，玛格丽特第一次被告知这件事情。由于海伦与保罗的恋情已经中断的缘故，两个家庭之间的关系也因此出现了危机。玛格丽特被告知，很久以前人们插进这个树干的猪牙具有疗伤功能："如果人们嚼一块树皮，它可以消除牙疼。"（Forster 1985a：55）结合这些猪牙的疗伤功能，玛格丽特拜访威尔科克斯夫人的目的旨在与威尔科克斯家缓和关系。当威尔科克斯夫人突然去世之后，玛格丽特试图通过嫁给威尔科克斯先生的方式把他们两个家庭联结起来。在第149页，她提及插在榆树树干里的猪牙能够消除牙疼；然而，威尔科克斯先生却对此毫不知情，而且他拒绝相信它的魔力。这意在表明，玛格丽特与威尔科克斯先生之间要想达成真正的联结还有很长的路要走，他们之间的婚约仅仅是一个形式上的联结而已。如果他们要达成真正的联结，他们必须要用人性之爱的魔力联结"平淡与激情"之间的鸿沟。在第162页，叙述者对猪牙插在榆树树干里又一次进行了重复叙述，此时玛格丽特与威尔科克斯先生在霍华德庄园。艾弗里小姐误把玛格丽特看作是已故的威尔科克斯夫人，这无意当中激起了玛格丽特对象征着传统的霍华德庄园的兴趣和热情。此处对猪牙以及榆树的重复叙述意味着，玛格丽特满怀希望地期待着她与威尔科克斯先生能够实现更为真实的联结。对猪牙插在榆树树干的最后一次重复叙述出现在第247页，此时，海伦结束了与巴斯特先生之间的那段荒谬的恋情，而怀着巴斯特先生的孩子回到了玛格丽特的身边。与玛格丽特达成了和解，海伦正快乐地在霍华德庄园与玛格丽特住在一起，之前"所有的深仇大恨都已烟消雾散"（Forster 1985a：247）。与榆树树干里的猪牙具有疗伤功能这一传说相联系，两姐妹间的联结、两个家庭间的联结、人与自然的联结以及现代文明与传统间的联结正近在咫尺，似乎所有这些都大有希望得以实现。

奈杰尔・梅辛杰指出，"无论在结构方面还是主题方面，伦纳德都是很重要的"（Messenger 1991：126）。他的重要性一方面在于这样一个事实，即"正是伦纳德・巴斯特与海伦・施莱格尔的联结使得英国的真正继承人得以产生"（Martland 1999：122）。巴斯特先生被用作情节发展的催化剂，成为"威尔科克斯与施莱格尔两个家庭之间的碰撞点，以及他们联结与分裂的一股力量"（Wright 1984：57）。他与海伦的联结始于那把破旧不堪的雨伞，而更为实质性的开端则是巴斯特先生在漆黑的夜晚所显现出的具有冒险精神的漫步行走。正是巴斯特先生的这种浪漫与冒险精神深深地吸引着海伦，从而导致了她怀上了他的孩子，也使得英国真正的继承人得以诞生。

在第 92 页，巴斯特先生向施莱格尔姐妹透露，他独自一人在黑暗当中走了一夜。得知此事后，海伦对他产生了浓厚的兴趣，把他想得很美好，仿佛在他身上她终于找到了自己的影子。在第 97 页，巴斯特先生又进行了一次探险活动。即使人们嘲笑他，但是他依然感觉那是"永恒的快乐"，因为"施莱格尔姐妹没有认为他是愚蠢的"（Forster 1985a：97）。由于受到海伦的极大启发以及自身对文化渴望的巨大推动，巴斯特先生不停地一边走着，一边假设着"那些未知事物是书籍、文学、充满智慧的交谈以及文化"（Forster 1985a：98）。然而，事实却是他注定要失败，这是"因为他对文化的幻想仅仅存在于他的想象之中而已"（Edwards 2002：51）。在第 172 页，叙述者对此进行了重复叙述，当时玛格丽特在参加威尔科克斯先生女儿的婚礼仪式期间，她独自出来欣赏外面的美丽风景。她看见查尔斯与一个仆人在河边正要游泳，但由于器具的原因而未能成行。此处的重复叙述旨在对两类人进行对比：施莱格尔姐妹以及巴斯特先生向往精神追求，而威尔科克斯家人则受制于物质的东西。经过一系列的波折之后，身怀六甲的海伦又回到了玛格丽特的身边。而巴斯特先生，眼下俨然一个职业乞丐，却被"热爱纯粹事物"（Forster 1985a：250）的海伦完全毁掉了。在第 250 页，叙述者最后一次的重复叙述意在证明，海伦与巴斯特先生都是受害者，他们"似乎都孤独地存在于非现实的世界上"（Forster 1985a：250），但是他们最终又都得到了挽救：海伦恢复了理性，与玛格丽特重归于好，带着她与巴斯特的孩子快乐地生活在霍华德庄园；巴斯特先生虽然被一架子书籍压死了，但他在孩子身上得到了重生。巴斯特先生之死结束了施莱格尔与威尔科克斯两大家族之间的冲突与分裂。至此，作者所期待的联结，如果未能完全达成，但至少部分地得以实现。威尔科克斯先生、玛格丽特、海伦及其孩子都融洽地、快乐地生活在霍华德庄园，大有希望获得"从未有过的干草"（Forster 1985a：271）大丰收。

第五节　《印度之行》的叙述重复节奏

作为一名小说家，福斯特的最卓著成就无疑是他的《印度之行》，用马尔科姆·布莱德伯里的话说，它"是他最为宏大的作品，而且毫无疑问是英国现代经典小说之一，一部既关于现代混乱又关于现代审美秩序的作品"（Bradbury 2005：169）。作为"福斯特的自由—人文主义思想的墓志铭"（Beer 1962：42），《印度之行》标志着他的审美观发展的巅峰，同时也标志着他的人文主义哲学视野达到了顶点。该小说远比福斯特的其他小说更具吸引力，一方面是因为这部小说"具有跨文化视野且给我们呈现了广阔的画面"（转引自 Das & Christel R. Devadawson 2005：99），另一方面"因为这部小说是对 20 世纪小说创作各种技巧的完美艺术融合"（Prasad 1981：175）。事实上，正如马尔科姆·布莱德伯里所指出的那样，福斯特是"一个很难读懂而且很难界定的作家"（Bradbury 1966：6）。然而，有一点似乎是肯定无疑的，即《印度之行》是一部远比福斯特的其他小说都更具音乐特质的小说。许多评论家都意识到这一点，而沃尔特·A. S. 凯依尔（Walter A. S. Keir）对此进行了最好的概括：

　　《印度之行》是最准确的以乐曲为模式而创作的小说。设计精美、和谐悦耳、意义深远，所有这一切都是由重复的主题紧密地缝合在一起，那些难以捉摸的回声旋律，通过那个节奏，伴随着"优美的唱片，我们充满惊讶、新鲜感以及希望"（转引自 Rutherford 1970：43）。

　　虽然这是真实的，但是它依然并非完整，因为环状及线性叙述和重复叙述也都贡献于小说的音乐特质。简言之，将所有这些特质集于一身的《印度之行》是一部结构精美的非凡艺术品。在这一点上，弗吉尼亚·伍尔夫的评论似乎很有权威性："让福斯特先生的小说（《印度之行》）如此精彩的东西是它有着大量的'主题'，经过与伟大的精妙想象力交织在一起，它们为该书编织成了一个奇特而美妙的结构。"（转引自 Gardner 1973：206）

　　该小说讲述了两位英国女性在印度遭遇文化误解的经历，同时它也讲述了"人类对更为永恒的家园以及以印度大地与天空为化身的宇宙的探求"（转引自 Herz & Robert K. Martin 1982：282）。作为一部具有多维主题的小说，《印度之行》含有一系列事件，甚或有时是非事件（non-event），而这些有条理交织在一起的事件作用于作品的主题和结构。第一件重要的事件在第 20 页发生，此时穆尔太太刚刚抵达印度之后前来游览穆斯林清真寺。在进入这座清真寺时，她被阿齐兹拦住了，让她脱了鞋再进来，因为清真寺是"穆斯林人的神圣之地"（Forster 1992：20）。这次在清真寺的不期之遇让他们两人自此成为好朋友。穆尔太太喜欢阿齐兹，而阿齐兹尊敬穆尔太太，并把她视为"一个东方人"（Forster 1992：23）。在第 24 页，穆尔太太告诉奎斯特德小姐，她去过穆斯林清真寺。当她们正从俱乐部返回住处时，穆尔太太又一次看到了那座清真寺，并在第 30 页告诉奎斯特德小姐和西斯洛普，那就是她去过的清真寺。奎斯特德小姐听说之后感到很兴奋，因为她觉得游览清真寺是件"很浪漫的事情"（Forster 1992：30）。在第 34 页，穆尔太太"在重新思考清真寺的情景，以验证她的印象是否正确"（Forster 1992：34）。尽管让友谊摆脱种族障碍而得以发展的清真寺暗示着"尝试性的融合"（Prakash 1987：108），但是旅居印度的英国人更主张通过排他性的方式进行联合。

　　有一天，阿齐兹应菲尔丁的邀请前来一起喝茶。当他来到菲尔丁的住处时，他被告知还有两个英国女士将要加入他们。这两位英国女士分别是穆尔太太和奎斯特德小姐。在第 66 页，阿齐兹回忆在清真寺里的传奇相遇。在第 68 页，奎斯特德小姐告诉阿齐兹，他在清真寺里给穆尔太太很大帮助。这次在一起喝茶的相识帮助阿齐兹对两位女士有了更多的了解。不同于那些在印度的英国同胞们，她们不鄙视印度人。正因为此，阿齐兹喜欢这两位女士，尤其是穆尔太太；也是因为此，他主动邀请她们，同时也包括菲尔丁和戈德博尔教授，去游览马拉巴洞穴，这也成为小说故事的核心事件。由于菲尔丁和戈德博尔教授不知何故姗姗来迟，阿齐兹觉得"这次游览是个失败"（Forster 1992：131）。阿齐兹为此感到沮丧，但穆尔太太在第 131 页安抚他。被穆尔太太的行为深深感动的阿齐兹此时觉得，"他在清真寺感受到的对她的爱再度涌上心头"，并暗下决心"他一定誓死要让她快乐"（Forster 1992：131）。在第 143 页，在他们走进洞穴之前，阿齐兹向穆尔太太问起她是否还记得在清真寺里的情景。然而，好景不长，因为转眼间这次旅行不仅仅变成了一次失败之旅，而且对他们所有人来说将演变成一次导致巨大灾难之旅。阿齐兹被控告性侵奎斯特德小姐，并因此被拘禁。在第 205 页，穆尔太太承认自己相信阿齐兹是清白无辜的，并重复提及她在清真寺见过他，现在她想要他幸福快乐。穆尔太太对阿齐兹是清白无辜的坚定信念给奎斯特德小姐揭示了真相，因而使得奎斯特德小姐在庭审期间撤销了对阿齐兹的控告。因此，在更大程度上，是穆尔太太拯救了阿齐兹。穆尔太太在清真寺与阿齐兹的相遇事件在第 254 页又一次被重复叙述，此时菲尔丁先生正力劝阿齐兹放弃向奎斯特德小姐索赔的念头。在此，阿齐兹讲述了穆尔太太在清真寺里告诉他有关她另外两个孩子的事情。他的这些叙述只暗示着，他对穆尔太太的美好回忆与奎斯特德小姐以恶报善的行为形成了强烈对照。此时此刻，阿齐兹开始对旅居印度的英国人愈加憎恨。但是，当阿齐兹在第 311 页得知穆尔太太的另一个儿子拉尔夫（他像他母亲一样也是个"东方人"）被蜜蜂蜇了的时候，他立刻又想起了穆尔太太在清真寺的情形，而且为了她的缘故，他答应给拉尔夫治疗蜜蜂的蜇伤。拉尔夫的出现重新恢复了依然活在阿齐兹心里的穆尔太太的形象，而且她也活在拉尔夫的形象里，因为"人只有被他人感觉已死的时候，他们才是真正的死亡了"（Forster 1992：255）。伴随着对阿齐兹与穆尔太太在清真寺的浪漫邂逅事件的重复叙述，文化交流与联结的主题贯穿整部小说。在穆尔太太的仁慈以及更多的仁慈精神的感染之下，许多摩擦与冲突最终都得以化解或调和，例如奎斯特德小姐撤销了对阿齐兹的控告；菲尔丁先生改变了他以往对奎斯特德小姐的印象；阿齐兹决定不向奎斯特德小姐提出索赔诉求；穆斯林教徒与印度教教徒达成了团结，并共同把穆尔太太推崇为一尊印度女神，等等。毫无疑问，对这一事件的节奏性重复叙述使小说主题与结构融合成为统一整体。

在第 24 页，奎斯特德小姐声称她想"看到真实的印度"（Forster 1992：24）。在第 26 页，叙述者对此又进行了重复叙述，此时菲尔丁先生建议她要设法看看印度人，而不是印度。为了让她能在印度度过一段快乐的时光，英国在印度的征税官主动提出组织一场搭桥会，以便"架起一座联结东西方鸿沟的桥梁"（Forster 1992：28）。当奎斯特德小姐跟西斯洛普谈起穆尔太太去过清真寺的事情时，她重新提及自己想要看看真实的印度的想法。然而，在搭桥会上，当她可以"看看真实的印度"的机会来到时，她却深感失望，因为印度人与英国人是被隔离开来的。奎斯特德小姐，由于她"身上保留维多利亚传统的一面，也保持着现代精神的一面"（Davidis 2000：259），强烈地"渴望着帝国式的传奇"（Forster 1992：266）。菲尔丁先生主动举办一次茶话会，其间奎斯特德小姐可以见到一位或两位印度人。茶话会上，他们都很开心，但是这种轻松愉快的气氛很快就被西斯洛普打断了。当奎斯特德小姐与西斯洛普驱车离开的途中，她一气之下跟他解除了婚约，而此时"她想要看看真实的印度的欲望也忽然间减弱了"（Forster 1992：87）。在第 95 页，身心俱疲的穆尔太太宣布，他们（一起前来游览马拉巴洞穴的那些人）愿意的话可以去看看印度，但是她自己不想再看了。奎斯特德小姐想看真实的印度的冲动导致了灾难的发生。在第220页的重复叙述具有讽刺意味地暗示着，奎斯特德小姐在印度的经历一败涂地。除此之外，失败还时常在该小说中呈现，正如大卫·梅达利所恰当地指出的那样，"《印度之行》在很多方面是关于失败的蕴涵，包括英国殖民统治的失败，友谊的失败，获得'联结'的尝试的失败；同时它又是探索自身失败以及逃避折中主义者诅咒的不可能性"（Medalie 2002：128）。很快将得到证明，失败是不可避免的，至少就奎斯特德小姐而言。当菲尔丁对她指出"你对阿齐兹，甚或对整个印度人根本没有真正的情感"（Forster 1992：259），奎斯特德小姐对此表示赞同。在第260页的重复叙述起到了一个确认的作用进而表明：她的失败，连同英国在印殖民统治的失败，从一开始就是注定的。各种失败感弥漫在空气中直至小说的结尾，数以百计的声音此起彼伏的叫喊着"不在此时"和"不在此地"。

另一个不断重复叙述的重要事件是搭桥会。叙述者在第26—27页首次叙述该事件，当时奎斯特德小姐宣称她"想要看看真实的印度"（Forster 1992：26）。为此，在印英国人组织了一场搭桥会以取悦奎斯特德小姐。在第38页的重复叙述不仅仅意味着搭桥会的失败，而且还预示着英国殖民统治的失败、友谊的失败以及联结尝试的失败，其主要根源在于在印英国人的"发育不健全的心灵"。在第44页，当搭桥会正在进行之中，菲尔丁先生邀请穆尔太太和奎斯特德小姐去参加茶话会，这样她们可以见到几个印度人。在第48页，当搭桥会结束时，其他在印度的英国女人，如德里克小姐，甚至认为举办这场搭桥会很可笑。具有讽刺意味的是，英国人妄图联结东西方之间不可逾越的鸿沟。沃尔特·A. S. 凯依尔的评论是正确的："这一悲喜参半的场景完全具有福斯特的视角特性，正如他向我们呈现出英国人和印度人这无聊的两类人，他们各自站在俱乐部草坪的一侧，同时各自又强烈地意识到他们之间那种巨大而'不可逾越的'鸿沟，但是双方都忽略了他们置身其中的巨大构架以及讽刺的、不言而喻的评论。"（转移自 Rutherford 1970：36）在第 53 页，叙述者指出阿齐兹并没有参加搭桥会。此处的重复叙述也同时暗示着，阿齐兹没有受到邀请，因为旅居印度的英国人怀疑他是个坏人，这一点也成为隐晦的暗示，暗指在阿齐兹身上将要发生什么事情。另外，它或许暗示阿齐兹之所以躲避搭桥会，是因为他已经预见到：如果他前来参加搭桥会，他可能会受到羞辱。叙述者对该事件的最后一次重复叙述出现在第 220 页，此时旅居印度的英国人正在开庭审理阿齐兹的性侵案。奎斯特德小姐似乎意识到了她要看看真实的印度的愿望全然失败，可是她却没有意识到，这一方面是由于她要看印度而非印度人以及她对印度人缺乏情感所致，另一方面是由于旅居印度的英国人的"发育不健全的心灵"所致。所有这一切是导致她的失败以及很多方面失败的本质因素。

有一个事件表面看似不重要，而且只重复叙述了三次，但是它对于小说的接纳与排斥主题却有着相当重要的作用。在第 35 页，当穆尔太太在她下榻的房间里要挂斗篷时，"她发现挂衣钩的顶端有一只小黄蜂"（Forster 1992：35）。尽管她发现这只小黄蜂跟英国的黄蜂不一样，但是她依然还称其为"亲爱的"（Forster 1992：35），而且她也没有弄醒它或者把它赶走，这是因为"穆尔太太持有泛神论观，尊崇所有生命的神圣性"（Medalie 2002：129）。穆尔太太是旅居印度的英国人中唯一一个能正视各种表现形式的生命体，同时这也是印度教的一个特征。在第 38 页，叙述者对黄蜂的重复叙述意在把穆尔太太对生命的理解与那两位传教士的主张——把某些动物排除在天堂之外——形成鲜明的对照。同理，旅居印度的英国人试图按照肤色的不同，运用限制、分类以及排斥的方式对待人类。传教士"拒绝接受黄蜂的观点是在昌德拉普尔城俱乐部英国官员们拒绝接纳印度人这一行为的变体"（Prasad 1981：112）。因此，这只小黄蜂在这里是用于"讽刺这样的观念：通过排斥以及重要性的等级推定获取联合"（Medalie 2002：131）。大约 250 页后，当人们几乎忘却了小黄蜂，它又突然出现在第 286 页的叙述中。在小说的第三部分"寺庙"的第一章节里，现今是茂城教育部长的戈德博尔教授正在主持一场宗教仪式，庆祝印度教克利须那神（Krishna）的诞生。在人们兴高采烈地载歌载舞的过程中，戈德博尔教授突然想起了"他忘记在哪里见过的一只黄蜂"，而且正如他在昌德拉普尔城遇见过的那位英国老夫人一样，"他同样喜欢那只黄蜂"（Forster 1992：286）。他对那只黄蜂的记忆暗示着，他的视野已经把自己、黄蜂以及穆尔太太融为一体。更为重要的是，福斯特如此完全地把穆尔太太融合到印度教的目的，在于"把她的挫败转化成精神再生——一种死后转世，它恰好与回声模式相吻合，同时也暗示着超验的秩序"（McConkey 1957：152）。正是在这种欢快、和谐的气氛中，戈德博尔教授记起了穆尔太太和黄蜂，这进一步暗示着"穆尔太太的精神与印度教之精神开始携手迈向相同的目标——和解"（Wilde 1964：154）。然而，和解与联合的达成必须通过爱才能实现，因此戈德博尔教授对穆尔太太的回忆也意味着，"爱的理念，作为一种接近上帝的路径，是印度教与基督教所共有的"（Prakash 1987：104）。

戈德博尔教授是小说中的一个特殊人物，是除了阿齐兹之外的焦点人物。事实上，正如许多评论家们已经注意到的那样，他"是一个调和剂"（Wilde 1985：133），但他又时常让人费解，其中也包括他的印度朋友。为了能让奎斯特德小姐有机会了解印度人，同时也为了能让穆尔太太了解到更多的印度人，菲尔丁先生邀请阿齐兹和戈德博尔教授参加茶话会，以便他们能与这两位英国女士相见。在茶话会期间，戈德博尔教授应邀唱一首歌。在第79页，他唱了一首歌，并在第80页对歌词的含义进行了讲解。这是一首宗教歌曲，在这首歌曲中，他招呼克利须那神降临，但是神祇拒绝降临。虽然两位英国女士根本听不懂歌曲的意思，但是它依然对她们产生了一些深刻的影响："自从戈德博尔教授唱了那首古怪的短歌之后，她们都或多或少生活在隔离状态"（Forster 1992：133）。戈德博尔教授的演唱以及叙述者在第133页对此的重复叙述，只是一些为游览洞穴过程中将要发生的事件进行铺垫的初步迹象。正如阿伦森（Alex Aronson）指出的那样，"他的歌曲为读者准备迎接马拉巴洞穴的插曲进行了铺垫，在充满远古时期混乱的黑暗洞穴里，任何事情都有可能发生，而且在那里，我们都懂得，事实上，什么也没有发生"（Aronson 1980：147）。很显然，戈德博尔教授是"福斯特的代言人"（McConkey 1957：11），是爱与和平的象征。他与穆尔太太的最重要的共同之处在于，他们都有通过爱的理念来实现联合与联结；但不同于穆尔太太的是，后者通过虚无（nothingness）的视角解读生活和宇宙，而前者却持有一种圆满的视角。难怪玛丽·拉戈（Mary Lago）把戈德博尔教授的演唱解释为暗示着"爱成为一种神圣的联结与圆满的不可抗拒的力量"（Lago 1995：81）。在第 239 页，马拉巴洞穴之行发生灾难之后，菲尔丁先生与奎斯特德小姐正在分析导致后者对阿齐兹提出控告的可能原因。奎斯特德小姐此时重复了戈德博尔教授的演唱。此处的重复暗示着，她和西斯洛普之间缺失爱，是导致她在洞穴里产生幻觉的真正原因，因此她提出了对阿齐兹的怪异控告。正如小说中福斯特所意指的那样，也正如事实所证明的那样，"正是爱的精神以及直觉的知性最终获得胜利"（White 1953：652）。尽管穆尔太太已经故去，但是她依然活在阿齐兹的心中，而且她"复活于戈德博尔通过忠诚、爱以及歌曲获得的幻象之中"（Prasad 1981：57），同时她也在拉尔夫和斯黛拉身上获得重生，最终被印度人神化为印度女神。

另一个看似不重要的事件是印度行政长官纳瓦布的轿车在马拉巴路上发生的一次小小的事故。当戈德博尔教授在菲尔丁先生举办的茶话会上演唱那首幽冥歌曲时，西斯洛普突然出现，要带奎斯特德小姐领去观看马球比赛。西斯洛普指示司机选择马拉巴路前往马球赛场。西斯洛普与奎斯特德小姐并肩坐在车里，两人发生了争吵。在第 79 页，轿车发出了模模糊糊的声响，撞到了路堤上的一棵树。尽管这场事故无人受伤，但由于车子颠簸，导致奎斯特德小姐的手碰到了西斯洛普的手，因而两人的紧张关系得以缓解，并和好如初。然而，眼下的和好只是暂时的，因为"它将随时消失，或许又再度出现……"（Forster 1992：88）黑暗中，事故的场景多少有点像是马拉巴洞穴灾难的预兆。由于渴望爱情，奎斯特德小姐陷入了幻觉之中，认为他们撞上了一个动物。在他们看完比赛回到穆尔太太的住处后，他们跟她讲述了这场事故，而穆尔太太本能地说出"鬼魂"一词（Forster

1992：97）。在第97页，叙述者的重复叙述强化了奎斯特德小姐对事故的感受，如同《霍华德庄园》呈现的贝多芬《第五交响曲》里的妖精，预示着更为可怕的回声正在临近。在第135页，当他们正走向马拉巴洞穴时，除了"各种各样的黑暗阴影"（Forster 1992：135）之外，他们什么也看不清楚。这使奎斯特德小姐想起了那场事故以及鬣狗。在第258页，奎斯特德小姐也决定离开印度。此时，叙述者重复叙述了汽车事故，旨在表达奎斯特德小姐因与西斯洛普订婚而产生的遗憾与痛苦，因为他们并不般配。简言之，汽车事故及其重复叙述是即将在洞穴里遭遇回声的不祥征兆。当交通事故与洞穴回声交织在一起时，它们就构成了一个更为错综复杂的叙述节奏体系，促进了整部小说节奏模式的形成。

在整个故事中，最为重要的事件当属马拉巴洞穴之旅，或者更为准确地说，是奎斯特德小姐和穆尔太太在洞穴里灾难性的经历。马拉巴洞穴在小说中被置于如此重要的地位，以至于"它们是交响乐曲的主基调，奇特的旋律总是回归于此"（转引自 Bradbury 1966：27）。事实上，发生在马拉巴洞穴的事件是"一个非事件——一个表达蔓延的英国恐惧'故事'"（Bailey 2002：326）。马拉巴洞穴提供了一个核心的情感背景，这里汇聚着行动，而且正是这次洞穴之旅"促成了这场戏剧"（转引自 Bradbury 1966：70）。尽管这个事件或非事件只是发生在第二部分的第13章节，但是在第一部分"清真寺"里时常涉及洞穴，同时在事件发生后又频繁出现重复叙述。这样的叙述布局有效地引导我们向前和向后关注这个中心点，关注"这个从未解开的谜"（转引自 Bradbury 1966：27）。这个与游览洞穴密切相关的神秘而深奥的回声"表达了一种回荡于小说的反意义"（Crews 1960：110），其本身具有深刻的形而上学或哲学含义，恰如福斯特曾宣称的那样：

　　……此书并非真的关于政治，虽然正是它的政治层面吸引了公众的关注并使之畅销。它是关于比政治更加宽泛的东西，是关于人类对一个更为持久的家园的探寻，是关于以印度大地为具象化的宇宙，暗藏在洞穴里的恐惧，以及由克利须那神之诞生所象征的释怀。该书是——甚或希望是——哲理性的和诗性的。这也是当我完成创作时，我从瓦尔特·惠特曼的著名诗篇中选取"印度之行"作为书名的原因所在（转引自 Colmer 1975：156）。

所有的洞穴都有着相似的样貌，彼此大同小异。这些洞穴"非同寻常"，因为"它们比所有的神明都古老……［而且］没有什么可看的，也看不见……"（Forster 1992：124—125）马拉巴洞穴里非常幽暗。当一个游客进入其中一个洞穴并划一根火柴时，马上就有一个火焰在岩石的深处升起，而这两个火焰"彼此触摸，亲吻，熄灭"（Forster 1992：125）。许多游客或香客都慕名前来追寻这种非同凡响的感受，然而当他们离开之后，他们都发现实际上根本就不曾获得过任何体验。

当阿齐兹一行抵达马拉巴洞穴时，已感疲倦并受到闷热天气影响的穆尔太太"愈发感觉到（幻觉或梦魇?），尽管人是重要的，而人们之间的关系并非那么重要，但是人们尤其对婚姻有些过于大惊小怪了"（Forster 1992：135）。穆尔太太内心的变化以及菲尔丁先生与戈德博尔教授的缺席都成为失败的旅行以及即将降临的灾难的不祥兆头。在他们进入洞穴之后，穆尔太太"差点在洞穴里晕倒……［而且］里面还出现了一个令人毛骨悚然的回声"（Forster 1992：147）。马拉巴洞穴里的回声"完全没有自身的特点"（Forster 1992：147），因为在这里几乎所有的东西都会发出相同的、千篇一律的单调声响——"Boum"、"bou-oum"或者"ou-boum"。作为一种邪恶或否定的象征，回声不仅"拉长了自己的声响使之贯穿于整篇小说，并为其提供了一种威胁性的低音，而且也削弱甚至瓦解了穆尔太太对生命的坚持，因而摧毁了她"（转引自 Bradbury 1966：70）。此外，回声也改变了其他几个人物的生活，甚或改变了他们之间的关系（Graham 1988：12）。正如福斯特想要暗示的那样，马拉巴洞穴是非凡之地，在那里实现了人与宇宙的合二为一。在这些洞穴里，一切都变得"等距离和无意义"（Daniels 1991：4），而且所有的差异都是无限的虚无。因此，马拉巴洞穴象征着"空心的人类世界"（Thomson 1961：53）。当一个人走进这样的一个洞穴时，他或许象征性地"洞察自己的心灵，使得他能够直面自己"（Prakash 1987：195）。因受到回声的影响，穆尔太太开始超越人文主义，并意识到"一切皆存在，但一切皆无意义"（Forster 1992：149）。回声也让奎斯特德小姐对婚姻陷入了可怕的困惑和绝望状态。她突然意识到，她与西斯洛普彼此根本不爱对方。此时，不爱一个自己将要嫁给的男人的念头对她产生了如此强烈的震撼，以至于"她感觉自己就像是一个断了绳子的登山者"（Forster 1992：152）。如果说回声"触及她的［穆尔太太］精神自我的深度琴弦"（Shahane 1985：285），那么它只是触及奎斯特德小姐的理智表层，此时她开始质疑她与西斯洛普之间是否存在真爱。由于被幻觉所蒙蔽，奎斯特德小姐与阿齐兹在洞穴里失去了联系，并感觉是阿齐兹袭击了自己。马拉巴洞穴里发生的这一灾难性事件导致了奎斯特德小姐对阿齐兹提起了控告，转而引发了针对阿齐兹的犯罪行为所进行的法庭审判。尽管奎斯特德小姐在穆尔太太的影响之下最终醒悟过来，而且阿齐兹也获得了无罪释放，但是回声依然像贝多芬《第五交响曲》中妖精们的话语一样———一次一次地折返回来。

通过把马拉巴洞穴与可怕的回声巧妙地关联起来，伴随着叙述者对其频繁的重复叙述，回声不停地在空中盘旋，"向外朝着文本反射"（Messenger 1991：166），"从处于中心位置的洞穴向宇宙的最外层边缘"（Stone 1966：299）一圈一圈地无限扩展着，甚至小说的叙述结束于"不在此时，不在此地"的回声之中。这是一种表示"非人类的语言在回应人类渴望友谊以及朋友的呐喊声"（Graham 1988：202）的回声。作者对马拉巴洞穴及其所产生的回声的这种体系化重复叙述排列，不仅对揭示小说主题发挥了很大作用，而且还对于构建一个具有更为完美审美紧密度的小说形式起到了很大作用。

结　语

　　作为一名卓越的艺术家，爱·摩·福斯特把艺术视为"独立的和谐体……在这个混乱无序的星球上，艺术必须与秩序相关联，而且创造出属于自己的小世界，拥有其内在和谐"（Dowling 1985：39）。事实上，福斯特的每一部小说作品都属于拥有"自身的小世界"以及审美秩序与和谐的精美艺术品，远远超越了"混乱无序的星球"而成为永恒的经典之作。

　　福斯特对读者的重要性一直有着强烈的意识，坚持认为"文学是'一对一的生意'，而且重点在于读者对于作者对真实生活的布局安排的反应"（Dowling 1985：42）。因此，他要求"最伟大的小说能够对读者产生一种将会超越小说结尾而延续下去的启迪作用"（Dowling 1985：43）。由于强调对读者产生启迪作用的重要性，以及专注于读者对于作者对真实生活的布局安排的反应，福斯特在其小说创作中熟练地运用"简单节奏"与"复杂节奏"的概念，进而使得他的小说作品，在很大程度上，成为局部的"简单节奏"与整体的"复杂节奏"的混合体。正如福斯特在《小说面面观》里所界定的那样，"简单节奏"通常是由"重复加变化"创造而来。更具体地讲，简单节奏的运用多见于主旨词的重复或者反复重现的意象或者扩展性象征。如同福斯特在《小说面面观》里运用普鲁斯特的《追忆逝水年华》中范陀义的乐曲进行说明它能够从小说内部起到缝合作用，简单节奏的上述三种形式通常被设置于以及重复出现在不同的语境之中，进而形成一种能够有助于建立小说结构的内部缝合作用的简单节奏模式，同时这种模式又能起到重新唤起读者记忆的重要作用，进而强化作品的整体性以及阐明意义。通过对具有黏合作用的词句、意象以及象征的巧妙运用，福斯特成功地取得了像小小的曲调对于一部乐曲所起到的那种效果。事实上，"简单节奏"与"复杂节奏"的运用帮助福斯特的小说具有如此的启发性和音乐性。对此，约翰·柯尔默的评论恰如其分，且一语中的。他指出，运用节奏的文学手法是"福斯特小说艺术的命脉"（Colmer 1975：19）。

或许，福斯特通过"简单节奏"或者"重复加变化"所要暗示的东西有点像是"重复出现的音符序列，我们倾听它们是因为它们已经产生了'自己的生命'"（Lavin 1995：8）。作为一种文学手法的"简单节奏"，它不仅仅能够起到从小说内部把细节缝合起来进而帮助小说更具完整性的作用，而且它还能无限扩展其意义，宛如不断扩大的圆圈，"无休无止"地向外扩展着（Stone 1966：343）。的确，随着福斯特越来越成长为成熟的小说家，他在小说创作中运用"简单节奏"的艺术或技巧也在不断发展和完善。他的意大利小说是实验性作品，"简单节奏"在这些早期小说里的运用远不如他在后期小说里那样精美和巧妙，因为在意大利小说里"简单节奏"时常未能发展为扩展性象征，相反，它通常被用作"一种审美手段或者作为人物和情节的伴随物而已"（McConkey 1957：98）。节奏在《最漫长的旅程》中的运用要比两部意大利小说更加娴熟，然而却逊色于《霍华德庄园》，特别是《印度之行》。事实上，节奏在《印度之行》中的运用已经远超于一种技巧或手法，或者借用斯通的话说，"它是这本书的意义的化身"（Stone 1966：343）。

除了"简单节奏"之外，福斯特坚持认为小说中还存在"复杂节奏"。福斯特总是强调艺术作品的整体效果，或许这就是他为什么把"复杂节奏"比作"《第五交响曲》的整体节奏"（Forster 1927：164）。既然小说很可能在音乐中找到其最为接近的相似之处，同时既然音乐也可以有简单或复杂节奏，那么福斯特坚信，就像音乐一样，小说也能以其特有的方式取得自身的艺术美感。当然，正如之前所阐释的那样，福斯特已经成功取得了宛如音乐家在交响曲或奏鸣曲中所取得的艺术美。在作者本人有关"复杂节奏"学说的指导下，福斯特的确创作出这样的小说，其中《印度之行》无疑是最为成功的范例。作者在这部小说中构建了具有节奏性的结构，"近似一首交响曲的绝妙形式"（Advani 1984：140），而且这种结构有助于创造整体性、完整性以及公共实体———一个新的事物。

此外，福斯特的"复杂节奏"也在一定程度上与小说的开放式结尾相关联，因为在福斯特看来，小说结尾应该具有扩展性而非完成性。当我们读完一部小说后，具有开放性结尾的小说可以获得"一种更大的存在"（Forster 1927：169）。然而，这绝不是说福斯特的小说都有开放式结尾。具有讽刺意味的是，《看得见风景的房间》是以圆满婚姻的方式结尾的，它是福斯特唯一一部以婚姻的传统方式结尾的小说。这样的一种结尾阻碍了小说获得"一种更大的存在"。因此说来，就这方面而言，小说《看得见风景的房间》逊色于福斯特的其他小说，这是因为在其他小说里作者更加有效地实践了他的"扩展……而非完成"理论（Forster 1927：169）。

福斯特的小说通常具有"'交响曲式'三分结构的复杂节奏"，它"是指小说呈现出一种与交响曲或奏鸣曲相吻合的结构形式"（张福勇 2014：187）。尽管《看得见风景的房间》主要是由分别发生在意大利和英国的事件构成的两大部分，但在一定意义上，它像是由两个乐章组成的交响曲。事实上，该小说的最后一个章节（更像是一个简短但欢快的终曲）可被视为交响曲的第三乐章。《天使不敢涉足的地方》并没有清晰的、交响曲式的三分或四分结构。然而，如果我们仔细读之，我们就会发现它实际上也有着相互连接的三个乐章。第一乐章是莉莉娅从索斯顿前往意大利，在那里她的成长导致了她与基诺的结合；第二乐章是菲利普第一次前往意大利去"拯救"莉莉娅，试图阻止她嫁给基诺；第三乐章是菲利普、哈里特以及阿伯特前往意大利，旨在从基诺手里"救"回莉莉娅的孩子。这三次旅行建立了一个扩展、收缩、再扩展的运动模式。《最漫长的旅程》是一部有着精美"复杂节奏"的杰出小说，在形式上它与交响曲或奏鸣曲的形式相吻合。该小说的三个部分既彼此独立又相互联系，每一部分不仅仅是另外两个部分不可或缺的组成部分，而且还超越它们向外扩展。里奇的精神追求与小说三个部分当中的每个部分都紧密交织在一起，这使得小说的节奏性结构得以形成。如同《印度之行》（该小说有着以马拉巴洞穴为中心的圆周运动，不停地重复着并向外延伸着），小说《最漫长的旅程》也有着类似的圆形结构，对于小说意义的扩展起到了非常重要的作用。《霍华德庄园》是真正意义上福斯特的成名作，它确立了作者在 20 世纪英国文学中作为一个杰出小说家的地位，同时它也是福斯特的"第一部对'节奏'写作技巧的主要实验性作品"（Stone 1966：267）。正如斯通指出的那样，节奏在该小说中的运用更加成熟，以至于它"通向无限……［而且］小说中回响着一首普世的乐曲"（Stone 1966：274）。就其形式结构而言，《霍华德庄园》与《天使不敢涉足的地方》相似，二者都没有明确、清晰的三分或四分结构形式。然而，在《霍华德庄园》里，一首交响曲的三个乐章之类的东西却被用作小说的架构。小说的头两章形成了第一个也是简短地指向霍华德庄园的乐章；在霍华德庄园，海伦与威尔科克斯一家人相处得开心和睦。该部分象征着人际关系的联结。然而，海伦与保罗的恋情只是昙花一现，他们很快就分道扬镳。从那以后，海伦开始强烈抵触威尔科克斯一家，并逐渐远离他们以及霍华德庄园。这也就开启了第二乐章，即施莱格尔一家与威尔科克斯一家的关系陷入分裂，其或还引发了施莱格尔姐妹间的冲突。当海伦想与玛格丽特在霍华德庄园留宿一夜的请求被拒绝时，这种冲突与分裂达到了高潮。当威尔科克斯先生与施莱格尔姐妹达成和解，并平静地、和睦地以及快乐地生活在霍华德庄园的时候，这标志着重新联结的第三乐章便开始了。这种联结、分裂、再联结的节奏性模式使小说呈现出交响曲的形式。在福斯特所有的小说中，《印度之行》拥有最为错综复杂的节奏性结构，同时也与交响曲最为相似。或许，正是由于这个缘故，迈克·爱德华兹宣称这部小说是"一首三个乐章的文学交响曲"（Edwards 2002：172）。与《最漫长的旅程》一样，这部小说也具有类似于交响曲式三大乐章的三分结构。把清真寺、洞穴、寺庙精心设计为三大交响乐章的结构，而且它"如此复杂以至于没有任何定义可以轻易从整体上对这部小说错综复杂的乐曲进行概括"（Prasad 1981：138）。《印度之行》的三个交响曲式乐章以呈现部、展开部以及再现部的发展过程呈现出来，而且这三个部分与主题以及地方有着密切的内在联系，有助于把该小说创作成一首复杂的交响曲。这种以各部分的重大遭遇而形成的展开模式（如阿齐兹在清真寺与穆尔太太的偶遇，阿齐兹、穆尔太太以及奎斯特德小姐在马拉巴洞穴的可怕遭遇，阿齐兹在寺庙与拉尔夫以及斯黛拉的相遇），创建了"节奏性的升—降—升"结构（Brown 1950：113）。拥有这种"节奏性的升—降—升"结构，该小说的"复杂节奏"以福斯特在普鲁斯特的《追忆逝水年华》中发现的音乐结构类似的方式扩展着。

　　杰拉德·热内特的相关叙述学理论可被用作恰当的指导原则对小说作品的叙述运动节奏以及叙述重复节奏进行分析。当然，热内特的理论同样也适用于福斯特的小说。依据热内特的观点，"描写性停顿"与"省略"之间以及"戏剧场景"与"概括"之间的交替在叙述运动的过程中可以产生某种节奏，它类似于由音符与声音的某些排列组合之间的交替而形成的音乐节奏。然而，不难发现，福斯特的小说通常含有极少的"描写性停顿"，却有着相对较多的"省略"。换言之，福斯特小说的叙述运动节奏主要是由"戏剧场景"与"概括"之间的交替形成的。

　　总体而言，福斯特的每一部小说都含有自身的节奏，而这种节奏是由某种特别安排的叙述运动产生的，用于揭示人物的心理变化以及构建人物发展与事件发生所需的氛围。"戏剧场景"与"概括"之间切换的不同频率在福斯特小说里创建了不同的节奏模式，而且叙述运动节奏通常与情节发展相吻合，也就是说，"戏剧场景"与"概括"之间的交替频率表明情节发展。然而，小说中的叙述运动节奏只能在文本细读的过程中进行把握。

　　叙述重复节奏的研究也是基于热内特的叙述话语理论而展开的。热内特在其《叙述话语》一书中提出了四种叙述重复，其中包括"叙述 N 次发生 N 次的事件"以及"叙述 N 次只发生一次的事件"。如果重复叙述安排对称的话，可以"针对叙述事件（故事层面）和叙述话语（文本层面）……"建立一种重复关系体系。这种叙述重复关系体系进而可以在小说中建立一种相当于音乐节奏的节奏性叙述模式。福斯特小说里的叙述运动节奏，大多情况下，是由"叙述 N 次发生一次的事件"而创建的。这种类型的节奏与小说主题的展现密切相关，而且通过重复叙述，使得小说主题在我们读完小说很长时间以后能够继续发展，超越结构界限不断向外扩展，在我们耳边不停地回响着。在一定程度上，安排对称的叙述重复创建了音乐一般的节奏，就像音乐家贝多芬和瓦格纳在他们的乐曲中所获得的音乐效果。简言之，通过分析福斯特小说的四种类型节奏，我们可以得出这样的结论：福斯特的小说内嵌着各种不同的节奏，它们被如此精致地组合以及如此错综复杂地编织在一起，以至于它们建立了多样的关系体系，直接作用于小说主题的扩展以及小说结构的形成。借助于对节奏的精妙运用，福斯特不仅达成了他的目标，在小说创作上取得了可与音乐媲美的节奏效果，而且还成功地给自己的小说增加了交响乐式的艺术美感。福斯特以小说节奏的"精细使用者"而著称，"节奏成为福斯特创作技术手法的基本要素"（转引自 Bradbury 1966：9）。彼得·巴拉曾经指出，福斯特的小说"是出色的艺术品，其原因在于他对自己所描述的模式和节奏的特性给予密切的关注"（转引自 Bradbury 1966：25）。由此不难看出，对福斯特小说的节奏进行综合研究不仅必要，而且很有意义。

　　不过，本书自身也有其一定的局限性。首先，针对"简单节奏"的探讨可能存在不完全的现象，诸如某些词句、意象或象征未有涉及；其次，由于缺乏对音乐知识的充分了解，使得本书中对音乐节奏与小说节奏的对比分析不够深入；最后，或许福斯特的小说里还有其他类型的节奏尚未挖掘出来。鉴于福斯特是"一个在艺术技巧与思想方面了不起的作家，其作品非常复杂难懂，很值得我们进行悉心研究与分析"（Bradbury 1966：1），因此，我们应该付出更多努力对其小说的节奏进行更为全面的探究和分析，以便人们能够更好地赏析福斯特式小说节奏所创造出来的艺术效果及其艺术美感。

参考文献

Abdel-Al, Nabil M. "The Concept of Cosmic Music in E. M. Forster's India". *Crossing Boundaries: An Interdisciplinary Journal*, 2006（2）.

Advani, Rukun. *E. M. Forster as Critic.* Newhampshire: Croom Helm, 1984.

Allen, Glen O. "Structure, Symbol, and Theme in E. M. Forster's *A Passage to India.*" *PMLA*, 1955（5）.

Allot, Miriam. *Novelists on the Novel.* London: Routledge & Kegan Paul, 1959.

Arlott, John, et al. *Aspects of E. M . Forster.* New York: Harcourt, Brace & World, Inc, 1969.

Armstrong, Paul B. "Reading India: E. M. Forster and the Politics of Interpretation." *Twentieth Century Literature*, 1992（4）.

Aronson, Alex. *Music and the Novel: A Study in Twentieth-Century Fiction.* New Jersey: Rowman and Littlefield, 1980.

Austin, Don. "The Problem of Continuity in Three Novels of E. M. Forster." *Modern Fiction Studies*, 1961（7）.

Bailey, Quentin. "Heroes and Homosexuals: Education and Empire in E-. M. Forster." *Twentieth Century Literature*, 2002（3）.

Batchelor, John. *The Edwardian Novelists.* London: Duchworth, 1982.

Beauman, Nicola. *E. M. Forster: A Biography.* New York: Afred A. Knope, 1994.

Beer, John. *The Achievement of E. M. Forster*. London: Chatto and Windus, 1962.

Beer, John, ed. , *A Passage to India: Essays in Interpretation*. London: The Macmillan Press Ltd, 1985.

Bennett, Arnold. "Notice." *E. M. Forster: The Critical Heritage*. ed. , Philip Gardner. NY: Routledge, 1973.

Bentley, Phyllis. "The Novels of E. M. Forster. " *The English Journal*, 1948 (4) .

Bloom, Harold, ed. , *E. M. Forster*. New York: Chelsea House Publishers, 1987.

Bradbury, Malcolm, ed. , *Forster: A Collection of Critical Essays*. NJ: Prentice-Hall, Inc, 1966.

Bradbury, Malcolm, ed. , *E. M. Forster: A Passage to India*. London: The Macmillan Press Ltd, 1970.

Bradbury, Malcolm. *The Modern British Novel 1878 – 2001*. Beijing: Foreign Language Teaching and Research Press, 2005.

Brower, Reuben A. *The Fields of Light: An Experiment in Critical Reading*. NY: Oxford University Press, 1951.

Brower, Reuben A. "The Twilight of Double Vision: Symbol and Irony in *A Passage to India*. " *E. M. Forster: A Passage to India*. ed. Malcolm Bradbury. London: The Macmillan Press Ltd, 1970.

Brown, E. K. *Rhythm In The Novel*. Toronto: University of Toronto Press, 1950.

Brown, Tony. "Edward Carpenter and the Discussion of the Cow in *The Longest Journey*. " *The Review of English Studies*, New Series, 1982 (129) .

Burra, Peter. "The Novels of E. M. Forster. " *Forster: A Collection of Critical Essays*. ed. , Malcolm Bradbury. NJ: Prentice-Hall, Inc, 1966.

Buzard, James Michael. "Forster's Trespasses: Tourism and Cultural Politics. " *Twentieth Century Literature*, 1988 (2) .

Cheng, Sinkwan. "Crossing Desire and Drive in *A Passage to India*: the Subversion of the British Colonial Law in the 'Twilight Zone of Double Vision.'" *Literature and Psychology*, 2001 (3).

Childs, Peter, ed., *A Routledge Literary Sourcebook on E. M. Forster's A Passage to India*. London: Routledge, 2002.

Christie, Stuart. *Wording Forster: The Passage from Pastoral*. New York: Routledge, 2005.

Clubb, R. L. "A Passage to India: The Meaning of Marabar Caves." *College Association*, 1963 (6).

Cole, Sarah. *Modernism, Male Friendship, and the First World War*. Cambridge: Cambridge University Press, 2003.

Colmer, John. *E. M. Forster: the Personal Voice*. London: Routledge & Kegan Paul, 1975.

Colmer, John. *Coleridge To Catch-22: Images of Society*. London: Macmillan, 1978.

Colmer, John. "*The Longest Journey.*" *E. M. Forster*. ed., Harold Bloom. New York: Chelsea House Publishers, 1987.

Cox, C. B. *The Free Spirit: A Study of Liberal Humanism in the Novels of George Eliot, Henry James, E. M. Forster, Virginia Woolf, Angus Wilson*. London: Oxford University Press, 1963.

Crews, Frederick C. "E. M. Forster: The Limitations of Mythology." *Comparative Literature*, 1960 (2).

Crews, Frederick C. *The Perils of Humanism*. Princeton University Press, 1962.

Crisp, Peter. "Allegory, Maps, and Modernity: Cognitive Change from Bunyan to Forster." *Mosaic*, 2003 (4).

Cucullu, Lois. "Shepherds in the Parlor: Forster's Apostles, Pagans, and Native Sons." *Novel*, 1998 (1).

Daniels, Molly A. *The Prophetic Novels*. NY: Peter Lang Publishing, Inc, 1991.

Das, G. K. *E. M. Forster's India*. London: The Macmillan Press Ltd, 1977.

Das, G. K. and Christel R. Devadawson, eds., *Forster's A Passage to India: An Anthology of Recent Criticism*. Delhi: Pencraft International, 2005.

Das, G. K. and John Beer, eds., *E. M. Forster: A Human Exploration*. London: Macmillan Press Ltd., 1979.

Dauwen, Morton. *Craft and Character: Texts, Method, and Vocation in Modern Fiction*. London: Victor Gollancz, 1957.

Davidis, Maria M. "Forster's Imperial Romance: Chivalry, Motherhood, and Questing in *A Passage to India*." *Journal of Modern Literature*, 1999/2000 (2).

Delbaere-Garant, Jeanne. "The Call of the South: *Where Angels Fear to Tread* and *The Lost Girl*." *E. M. Forster: Critical Assessments* (Vol. IV). ed., J. H. Stape. Mountfield: Helm Information, 1998.

Dowling, David, ed., *Novelists on Novelists*. London: The MacMillan Press LTD, 1983.

Dowling, David. *Bloomsbury Aesthetics and The Novels of Forster and Woolf*. London: The Macmillan Press Ltd, 1985.

Duckworth, Alistair M. *Howards End: E. M. Forster's House of Fiction*. NY: Twayne Publishers, 1992.

Edwards, Mike. *E. M. Forster: The Novels*. Hampshire: Palgrave, 2002.

Eldridge, C. C. *The Imperial Experience: From Carlyle to Forster*. London: Macmillan Press Ltd, 1996.

Fitzgerald, F. Scott. *The Great Gatsby*. London: Penguin Books Ltd., 1998.

Fordonski, Krzysztof. *The Shaping of the Double Vision: The Symbolic Systems of the Italian Novels of Edward Morgan Forster*. Frankfurt am Main: Peter Lang, 2005.

Forster, E. M. *Two Cheers for Democracy*. Penguin Books, 1951.

Forster, E. M. *Maurice.* Kent: Hodder & Stoughton Ltd, 1971.

Forster, E. M. *A Room with a View.* ed., Oliver Stallybrass (Abinger Edition). London: Edward Arnold Ltd., 1977.

Forster, E. M. *The Longest Journey.* London: Edward Arnold, 1984.

Forster, E. M. *Howards End.* with an introduction by Samuel Hynes. NY: Bantam Books, 1985a.

Forster, E. M. *Commonplace Book.* ed., Philip Gardner. London: Scolar Press, 1985b.

Forster, E. M. *A Passage to India.* Annotated by He Qixin. Beijing: Foreign Language Teaching & Research Press, 1992.

Forster, E. M. *Abinger Harvest and England's Pleasant Land.* ed., Elizabeth Heine. London: Andre Deutsch Limited, 1996.

Forster, E. M. *Where Angels Fear to Tread.* A Penn State Electronic Classics Series Publication, 2002a.

Forster, E. M. *The Longest Journey.* A Penn State Electronic Classics Series Publication, 2002b.

Forster, E. M. *Aspects of the Novel.* Florida: Harcourt, Inc., 1927.

Forster, E. M. "Art of Fiction." *The Paris Review*, The Paris Review Foundation, Inc., 2004 (1).

Friedman, Alan. *The Turn of the Novel: The Transition to Modern Fiction.* New York: Oxford University Press, 1970.

Frierson, William C. *The English Novel In Transition, 1885 - 1940.* Norman: University of Oklahoma Press, 1942.

Furbank, P. N. *E. M. Forster: A Life* (vol. 1). Oxford: Oxford University Press, 1979.

Furbank, P. N. *E. M. Forster: A Life* (vol. 2). Oxford University Press, 1979.

Gardner, Philip, ed. *E. M. Forster: The Critical Heritage.* NY: Routledge, 1973.

Genette, Gérard. *Narrative Discourse.* Trans. Jane E. Lewin. Oxford Blackwell, 1980.

Gilbert, S. M. *E. M. Forster' s A Passage to India and Howards End*. NY: Monarch Press, 1965.

Gillen, Francis. " 'Howards End' and the Neglected Narrator. " *Novel: A Forum on Fiction*, 1970 (2) .

Gordon, Jan B. "The Third Cheer: 'Voice' in Forster. " *Twentieth Century Literature*, E. M. Forster Issue, 1985 (2/3) .

Gowda, H. H. Anniah, ed. , *A Garland for E. M. Forster*. Mysore – 9: The Literary Half-yearly, 1969.

Graham, Kenneth. *Indirections of the Novel*. Cambridge: Cambridge University Press, 1988.

Gransden, K. W. *E. M. Forster*. Edinburgh: Oliver and Boyd, 1962.

Hapgood, Lynne & Nancy L. Paxton, eds. , *Outside Modernism In Pursuit of the English Novel,1900 – 30*. London: Macmillan Press Ltd, 2000.

Heath, Jeffrey. "Kissing and Telling: Turning Round in *A Room with a View*. " *Twentieth Century Literature*, 1994 (4) .

Herz, Judith Scherer. "The Double Nature of Forster' s Fiction: *A Room with a View* and *The Longest Journey*. " *Critical Essays on E. M. Forster*. ed. , Alan Wilde. Massachusetts: C. K. Hall & Co. , 1985.

Herz, Judith Scherer. *The Short Narrative of E. M. Forster*. London: The Macmillan Press Ltd, 1988.

Herz, Judith Scherer. *A Passage to India: Nation and Narration*. NY: Twayne Publishers, 1993.

Herz, Judith Scherer and Robert K. Martin, eds. , *E. M. Forster Centenary Revaluations*. New York: The Macmillan Press Ltd, 1982.

Hirai, Masako. *Sisters in Literature: Female Sexuality in Antigone, Middlemarch, Howards End and Women in Love*. London: Macmillan Press Ltd, 1998.

Hoffman, Michael J. & Patrick D. Murphy, eds. , *Essentials of the Theory of Fiction*. Durham: Duke University Press, 1996.

Hollingworth, Keith. "*A Passage to India*: the Echoes in the Marabar Caves." *Criticism*, 1962 (4).

Honeywell, J. Arthur. "Plot in the Modern Novel" In *Critical Approaches to Fiction*. eds., Shiv Kumar and Keith McKean. New York: McGraw-Hill, 1965.

Howard, Catherine E. "'Only Connect': Logical Aesthetic of Fragmentation in A Word Child." *Twentieth Century Literature*, 1992 (1).

Hoy, Cyrus. "Forster' s Metaphysical Novel." *PMLA*, 1960 (1).

Hunt, John Dixon. "Muddle and Mystery in *A Passage to India*." *Journal of English Literary History*, 1966 (4).

Hunter, Jefferson. *Edwardian Fiction*. Cambridge, Mass.: Harvard University Press, 1982.

Johnstone, J. K. *The Bloomsbury Group: A Study of E. M. Forster, Lytton Strachey, Virginia Woolf, and Their Circle*. New York: The Noonday Press, 1963.

Kaplan, Carola M. "Absent Father, Passive Son: the Dilemma of Rickie Elliot in *The Longest Journey*." *Twentieth Century Literature*, 1987 (2).

Karl, Frederick R. & Marvin Magalaner. *A Reader' s Guide to Great Twentieth-Century English Novels*. NY: Noonday Press, 1959.

Kermode, Frank. "Mr. E. M. Forster as a Symbolist." *Forster: A Collection of Critical Essays*. ed., Malcolm Bradbury. NJ: Prentice-Hall, Inc, 1966.

Kermode, Frank. *The Sense of an Ending: Studies in the Theory of Fiction*. Oxford: Oxford University Press, 1977.

Kermode, Frank. *The Genesis of Secrecy on the Interpretation of Narrative*. London: Harvard University Press, 1979.

Kermode, Frank. *Essays on Fiction 1971 – 82*. London: Routledge & Kegan Paul, 1983.

King, Francis. *E. M. Forster and his World*. London: Thames and Hudson

Ltd, 1978.

Krutch, Joseph Wood. "In Defense of Values." *E. M. Forster: Critical Assessments* (Vol. I) . ed., J. H. Stape. Mountfield: Helm Information, 1998.

Lago, Mary. "Forster on E. M. Forster." *Twentieth Century Literature*, E. M. Forster Issue, 1985 (2/3) .

Lago, Mary. *E. M. Forster: A Literary Life.* London: Macmillan Press Ltd, 1995.

Land, Stephen K. *Challenge and Conventionality in the Fiction of E. M. Forster.* NY: AMS Press, 1989.

Lavin, Audrey A. P. *Aspects of the Novelist: E. M. Forster' s Pattern and Rhythm.* New York: Peter Lang Publishing, Inc, 1995.

Lever, Katherine. *The Novel and the Reader.* London: Methuen, 1961.

Li Jianbo. *An Intertextual Reading of E. M. Forster' s Novels.* Beijing: Peking University Press, 2001.

Lucas, John. "Wagner and Forster: *Parsifal* and *A Room with a View.*" *E. M. Forster: Critical Assessments* (Vol. III) . ed., J. H. Stade. Mountfield: Helm Information, 1998.

Ludowyk, E. F. C. "Return to *A Passage to India.*" *A Garland for E. M. Forster.* ed., H. H. Anniah Gowda. Mysore – 9: The Literary Half-yearly, 1969.

Macaulay, Rose. *The Writings of E. M. Forster.* London: Hogarth Press, 1938.

Macdonogh, Caroline. *E. M. Forster: Howards End.* Harlow: Longman Group Ltd, 1984.

Maclean, Hugn. "The Structure of *A Passage to India.*" *The University of Toronto Quarterly*, 1953 (2) .

Markley, A. A. "E. M. Forster' s Reconfigured Gaze and the Creation of a Homoerotic Subjectivity." *Twentieth Century Literature*, 2001 (2) .

Martin, John Sayre. *E. M. Forster: The Endless Journey.* Cambridge: Cambridge University Press, 1976.

Martin, Robert K. "The Paterian Mode in Forster's Fiction: *The Longest Journey* to *Pharos and Pharillon*." *E. M. Forster: Critical Assessments* (Vol. IV) . ed., J. H. Stape. Mountfield: Helm Information, 1998.

Martland, Arthur. *E. M. Forster: Passion and Prose.* Swaffham: The Gay Men's Publishers Ltd, 1999.

Marx, John. "Modernism and the Female Imperial Gaze." *Novel*, Fall, 1998 (1) .

Mason, W. H. *A Passage to India* (E. M. Forster) . Basil Blackwell (Oxford) , 1965.

May, Brian. "Modernism and Other Modes in Forster's *The Longest Journey*." *Twentieth Century Literature*, 1996 (2) .

May, Brian. *The Modernist as Pragmatist: E. M. Forster and the Fate of Liberalism.* Columbia: University of Missouri Press, 1997.

McConkey, James. *The Novels of E. M. Forster.* Connecticut: Cornell University, 1957.

Medalie, David. *E. M. Forster's Modernism.* NY: Palgrave, 2002.

Messenger, Nigel. *How to Study an E. M. Forster Novel.* London: Macmillan Education Ltd, 1991.

Milligan, Ian. *Macmillan Master Guides: Howards End by E. M. Forster.* London: Macmillan Education Ltd, 1987.

Miracky, James J. *Regenerating the Novel Gender and Genre in Woolf, Forster, Sinclair, and Lawrence.* London: Routledge, 2003.

Moore, Harry T. "E. M. Forster." *Six Modern British Novelists.* ed., George Stade. New York: Columbia University Press, 1974.

Moran, Ronald. "'Come, Come,' 'Boum, Boum': 'Easy' Rhythm in E. M. Forster's *A Passage to India*." *Ball State University Forum*, Spring, 1968 (9) .

Muir, Edwin. "Review." *E. M. Forster: The Critical Heritage.* ed., Philip Gardner. NY: Routledge, 1973.

Muir, Edwin. *The Structure of the Novel*. London: Chatto & Windus Ltd, 1979.

Müllenbrock, Heinz-Joachim. "Modes of Opening in the Work of E. M. Forster: A Contribution to the Poetics of His Novels." *E. M. Forster: Critical Assessments* (Vol. IV). ed., J. H. Stape. Mountfield: Helm Information, 1998.

Natwar-Singh, K., ed., *E. M. Forster: A Tribute with Selections from his Writings on India*. NY: Harcourt, 1964.

Nierenberg, Edwin. "The Withered Priestess: Mrs. Moore's Incomplete Passage to India." *Modern Language Quarterly*, 1964 (25).

Oliver, H. J. *The Art of E. M. Forster*. Melbourne: Melbourne University Press On Behalf Of The Australian Humanities Research Council, 1960.

Page, Norman. *E. M. Forster*. London: Macmillan Press, 1987.

Peat, Alexandra. "Modern Pilgrimage and Authority of Space in Forster's *A Room with a View* and Woolf's *The Voyage Out*." *Mosaic*, 2003 (4).

Pinkerton, Mary. "Ambitious Connections: Leonard Bast's Role in *Howards End*." *Twentieth Century Literature*, E. M. Forster Issue, 1985 (2/3).

Poburko, Nicholas. "Transitional Passages: The Metaphysical Art of E. M. Forster." *Renaissance*, Fall, 2001 (1).

Prakash, DR. Lakshmi. *Symbolism in the Novels of E. M. Forster*. Seema Publication, 1987.

Prasad, Yamuna. *E. M. Forster: the Theories and Practices of his Novels*. New Delhi: Classical Publishing Company, 1981.

Rahman, Tariq. "The Significance of Oriental Poetry in E. M. Forster's *A Passage to India*." *Forster's A Passage to India: An Anthology of Recent Criticism*. eds. G. K. Das and Christel R. Devadawson. Delhi: Pencraft International, 2005.

Rajiva, Stanley F. "E. M. Forster and Music." *A Garland for E.*

M. Forster. ed. , H. H. Anniah Gowda. Mysore-9: The Literary Half-yearly, 1969.

Ransom, John Crowe. "E. M. Forster." *E. M. Forster: The Critical Heritage.* ed. , Philip Gardner. NY: Routledge, 1973.

Raskin, Jonah. *The Mythology of Imperialism*（Ⅰ）. NY: Dell Publishing co. , Inc. , 1971.

Raskin, Jonah. *The Mythology of Imperialism*（Ⅱ）. NY: Dell Publishing co. , Inc. , 1971.

Richards, I. A. "A Passage to Forster: Reflections on a Novelist." *Forster: A Collection of Critical Essays.* ed. , Malcolm Bradbury. NJ: Prentice-Hall, Inc, 1966.

Richardson, Brian. "Remapping the Present: the Master Narrative of Modern Literary History and the Lost Forms of Twentieth-Century Fiction." *Twentieth Century Literature*, 1997 (3) .

Richetti, John, ed. , *The Columbia History of the British Novel.* Foreign Language Teaching and Research Press & Columbia University Press, 2005.

Riffaterre, Michael. *Fictional Truth.* Baltimore: The Johns Hopkins University Press, 1990.

Robbins, Ruth. *Pater to Forster* 1873 – 1924. NY: Palgrave Macmillan, 2003.

Rose, Martial. *E. M. Forster.* London: Evans Brothers Ltd. , 1970.

Rosecrance, Barbara. *Forster's Narrative Vision.* NY: Cornell University Press, 1982.

Rosenbaum, S. P. "*The Longest Journey*: E. M. Forster's Refutation of Idealism." *E. M. Forster: A Human Exploration.* eds. , G. K. Das and John Beer. London: Macmillan Press Ltd. , 1979.

Rosenbaum, S. P. "Towards a Literary Story of Monteriano." *Twentieth Century Literature*, E. M. Forster Issue, 1985 (2/3) .

Ross, Stephen D. *Literature and Philosophy—an analysis of the philosophi-*

cal novel. New York: Meredith Corporation, 1969.

Rutherford, Andrew, ed. , *Twentieth Century Interpretations of A Passage to India.* NY: Prentice-Hall, Inc. , 1970.

Savage, D. S. "E. M. Forster." *Forster: A Collection of Critical Essays.* ed. , Malcolm Bradbury. NJ: Prentice-Hall, Inc, 1966.

Schwarz, Daniel R. *The Humanistic Heritance.* London: The Macmillan Press Ltd. , 1986.

Schwarz, Daniel R. *The Transformation of the English Novel 1890 – 1930* (2nd edition) . London: Macmillan Press Ltd. , 1995.

Schwarz, Daniel R. *Reading the Modern British and Irish Novel 1890 – 1930.* NY: Blackwell Publishing, 2005.

Scott-James, R. A. "A novel of character." *E. M. Forster: The Critical Heritage.* ed. , Philip Gardner. NY: Routledge, 1973.

Shahane, Vasant A. *E. M. Forster: A Study in Double Vision.* New Delhi: Arnold-Heinemann Publishers (India) , 1975.

Shahane, Vasant A. *E. M. Forster: A Passage to India.* Harlow: Longman Group Ltd. , 1982.

Shahane, Vasant A. "Mrs. Moore's Experience in the Marabar Caves: A Zen Buddhist Reading." *Twentieth Century Literature*, E. M. Forster Issue, 2/3 (1985) .

Shaheen, Mohammad. "Forster's Salute to Egypt." *Twentieth Century Literature*, 1993 (1) .

Shaheen, Mohammad. *E. M. Forster and the Politics of Imperialism.* London: Palgrave Macmillan. , 2004.

Shanks, Edward. "Mr E. M. Forster." *E. M. Forster: Critical Assessments* (Vol. II) . ed. , J. H. Stape. Mountfield: Helm Information, 1998.

Simon, Richard Keller. "E. M. Forster's Critique of Laughter and the Comic: The First Three Novels as Dialectic." *Twentieth Century Literature*, E. M. Forster Issue, 1985 (2/3) .

Singh, Frances B. "*A Passage to India*, the National Movement, and Independence. " *Twentieth Century Literature*, E. M. Forster Issue, 2/3 (1985).

Spear, Hilda D. *Macmillan Master Guides*: *A Passage to India by E. M. Forster*. London: Macmillan Education Ltd. , 1986.

Stade, George, ed. , *Six Modern British Novelists*. New York: Columbia University Press, 1974.

Stape, J. H. , ed. , *E. M. Forster*: *Critical Assessments* (Volume I-VI). Mountfield: Helm Information, 1998.

Stephens, John. *Seven Approaches to the Novel*. London: Harrapa Publishers, 1972.

Stevenson, Lionel. *The History of the English Novel*: *Yesterday and After* (Vol. XI). NY: Barnes & Nobel, 1967.

Stoll, Rae H. " 'Aphrodite with a Janus Face': Language, Desire, and History in *The Longest Journey*. " *New Casebooks*: *E. M. Forster*. ed. , Jeremy Trambling. London: Macmillan Press Ltd. , 1995.

Stone, Wilfred. *The Cave and the Mountain*: *A Study of E. M. Forster*. London: Oxford University Press, 1966.

Stone, Wilfred and E. M. Forster. "Some Interviews with E. M. Forster, 1957 – 58, 1965. " *Twentieth Century Literature*, 1997 (1).

Thomson, George H. "Thematic Symbol in *A Passage to India*. " *Twentieth Century Literature*, 1961a (2).

Thomson, George H. "Theme and Symbol in *Howards End*. " *Modern Fiction Studies*, 1961b (7).

Trambling, Jeremy, ed. , *New Casebooks*: *E. M. Forster*. London: Macmillan Press Ltd. , 1995.

Traversi, D. A. "The Novels of E. M. Forster. " *E. M. Forster*: *Critical Assessments* (Vol. II). ed. , J. H. Stape. Mountfield: Helm Information, 1998.

Trilling, Lionel. *E. M. Forster*. Oxford: Oxford University Press, 1971.

Turner, Henry S. "Empires of Objects: Accumulation and Entropy in E.

M. Forster' s *Howards End.* " *Twentieth Century Literature*, Fall, 2000 (3).

Walls, Elizabeth MacLeod. "An Aristotelian Reading of the Feminine Voice-as-Revolution in E. M. Forster' s *A Passage to India.* " *Papers on Language and Literature*, Winter, 1999 (1).

Weatherhead, Andrea K. "*Howards End*: Beethoven' s Fifth. " *Twentieth Century Literature*, E. M. Forster Issue, 1985 (2/3).

Werry, Richard R. "Rhythm in Forster' s *A Passage to India.* " *Studies in Honor of John Wilcox.* eds. , A. Dayle Wallace and Woodburn O. Ross. Detroit: Wayne State University Press, 1958.

Weston, Michael. *Philosophy, Literature and the Human Good.* London: Routledge, 2001.

White, Gertrude M. "*A Passage to India*: Analysis and Revaluation. " *PMLA*, 1953 (4).

White, Leslie. "Vital Disconnection in *Howards End.* " *Twentieth Century Literature*, Spring, 2005 (1).

Wilde, Alan. *Art and Order: A Study of E. M. Forster.* NY: New York University Press, 1964.

Wilde, Alan. "Desire and Consciousness: The 'Anironic' Forster. " *Novel: A Forum on Fiction*, Winter, 2 (1976).

Wilde, Alan, ed. , *Critical Essays on E. M. Forster.* Massachusetts: C. K. Hall & Co. , 1985.

Womack, Kenneth. "A Passage to Italy: Narrating the Family in Crisis in E. M. Forster' s *Where Angels Fear to Tread.* " *Mosaic* 3 (2000).

Woolf, Virginia. "The Novels of E. M. Forster. " *E. M. Forster: The Critical Heritage.* ed. , Philip Gardner. NY: Routledge, 1973.

Wright, Anne. *Literature of Crisis* (1910 – 1922). NY: St. Martin' s Press, 1984.

Yarrow, Alexandra. "Sympathy in the Novels of E. M. Forster. " *Aspects of E. M. Forster.* ed. , Heiko Zimmermann. 21 Apr. , 2002. http: //emforster. de/pdf/yarrow.

Zwerdling, Alex. "The Novels of E. M. Forster." *Twentieth Century Literature*, 1957 (4).

陈雷:《中产阶级与浪漫主义意象——解读〈最漫长的旅程〉》,《外国文学评论》2006 年第 2 期。

崔少元:《文化冲突与文化融通——〈印度之行〉:一个后殖民主义读本》,《国外文学》2000 年第 1 期。

丁建宁:《〈印度之行〉中的统一性》,《外国文学研究》1999 年第 2 期。

丁建宁:《〈印度之行〉的诗性和乐感》,《外国文学》2001 年第 3 期。

傅修海:《结构即节奏——〈白门柳〉结构论》,华南师范大学硕士学位论文,2005 年。

傅修延:《试论叙述节奏》,《江西社会科学》1991 年第 1 期。

管才君:《论小说叙事话语节奏的生成》,《安徽文学》2007 年第 1 期。

侯维瑞、李维屏:《英国小说史》(下),译林出版社 2005 年版。

金光兰:《〈印度之行〉的象征意蕴》,《兰州大学学报》2000 年第 2 期。

金光兰:《〈印度之行〉中的意象与节奏》《西北师大学报》2000 年第 3 期。

赖辉:《〈印度之行〉中探求者形象分析》,《四川外语学院学报》2005 年第 4 期。

李昊:《永无止境的灵魂之旅》,《四川外语学院学报》2001 年第 3 期。

李建波:《跨文化障碍的系统研究:福斯特国际小说的文化解读》,《外国文学评论》2000 年第 4 期。

李建波:《互文性的呈示:E. M. 福斯特小说主题概观》,《外语研究》2001 年第 4 期。

李建波:《福斯特小说的框架叙述及其文学动力机制》,《外语研究》

2009 年第 2 期。

李新博：《〈印度之行〉：福斯特对人类及世界的探索之旅》，《四川外语学院学报》2001 年第 1 期。

马丽荣：《福斯特〈印度之行〉解读》，《西安外国语学院学报》2001 年第 4 期。

彭颖：《〈印度之行〉中的节奏艺术》，湖南师范大学硕士学位论文，2009 年。

申丹、韩加明、王丽亚：《英美小说叙事理论研究》，北京大学出版社 2005 年版。

陶家俊：《文化身份的嬗变——E. M. 福斯特小说和思想研究》，中国社会科学出版社 2003 年版。

王丽亚：《E. M. 福斯特小说理论再认识》，《外国文学》2004 年第 4 期。

鄢恩露：《论〈印度之行〉中的原型，节奏与象征》，四川大学硕士学位论文，2007 年。

杨芬：《〈印度之行〉中的节奏研究》，中南大学硕士学位论文，2009 年。

殷企平：《福斯特小说思想蠡测》，《解放军外国语学院学报》2000 年第 6 期。

殷企平、高奋、董燕萍：《英国小说批评史》，上海外语教育出版社 2001 年版。

于艳玲：《现实主义与现代主义的有机融合——谈福斯特小说〈可以远眺的房间〉的写作手法》，《探索与争鸣》（理论月刊）2004 年第 5 期。

岳峰：《文化身份的嬗变——E. M. 福斯特小说的"联结"的最终尴尬》，《湖南科技学院学报》2005 年第 4 期。

张福勇：《解读 E. M. 福斯特的文学艺术观》，《天津外国语学院学报》2007 年第 3 期。

张福勇：《E. M. 福斯特的小说节奏理论新解》，《英美文学研究论丛》，上海外语教育出版社 2009 年版。

张福勇:《论 E. M. 福斯特的自由——人文主义思想及其体现》,《鲁东大学学报》2010 年第 5 期。

张福勇、王晓妮:《论 E. M. 福斯特小说的"交响曲式"复杂节奏》,《东岳论丛》2014 年第 8 期。

张福勇:《论福斯特〈霍华德庄园〉的交响曲式复杂节奏》,《英美文学研究论丛》2015 年第 22 期。

张海华:《让爱穿越文化的障碍——论福斯特〈印度之行〉的文化意义》,《山西师大学报》(社会科学版) 2004 年第 2 期。

赵辉辉:《联结与隔阂——E. M. 福斯特作品〈印度之行〉赏析》,《学术论坛》(理论月刊) 2002 年第 2 期。

朱静:《景中节奏——爱·摩·福斯特小说〈看得见风景的房间〉中节奏运用研究》,河北大学硕士学位论文,2001 年。